LUCIA

ÉGALEMENT CHEZ POCKET

GLACÉ
LE CERCLE
N'ÉTEINS PAS LA LUMIÈRE
UNE PUTAIN D'HISTOIRE
NUIT
SŒURS
M, LE BORD DE L'ABÎME
LA VALLÉE
LA CHASSE
LUCIA

Sommaire

La nuit, limier noir, poursuit le faon blanc du jour.

SWINBURNE

Il était plus de minuit, d'anciennes histoires le content, alors que, la sombre terre étant enveloppée de sommeil et de silence, les vivants semblent des morts, les morts quittent la tombe. C'était l'heure où parfois résonnent des voix terribles, informes, où l'on entend des pas sourds et sonnant le creux, où des fantômes effrayants vaguent à travers les épaisses ténèbres, où les chiens hurlent épouvantés à leur vue.

José de ESPRONCEDA, *L'Étudiant de Salamanque*

Je ne crois en rien : ni dans le jour ni dans les ténèbres.

Thirty Seconds to Mars, *100 Suns*

OCÉAN
ATLANTIQUE
Gijón
Santander
Oviedo
Monts Cantabriques
León
Burgos
Valladolid
Duero
PORTUGAL
Salamanque
Ségovie
Sierra de Guadarrama
Madrid
Tage
0
100 km
Cartographie : Noël Meunier

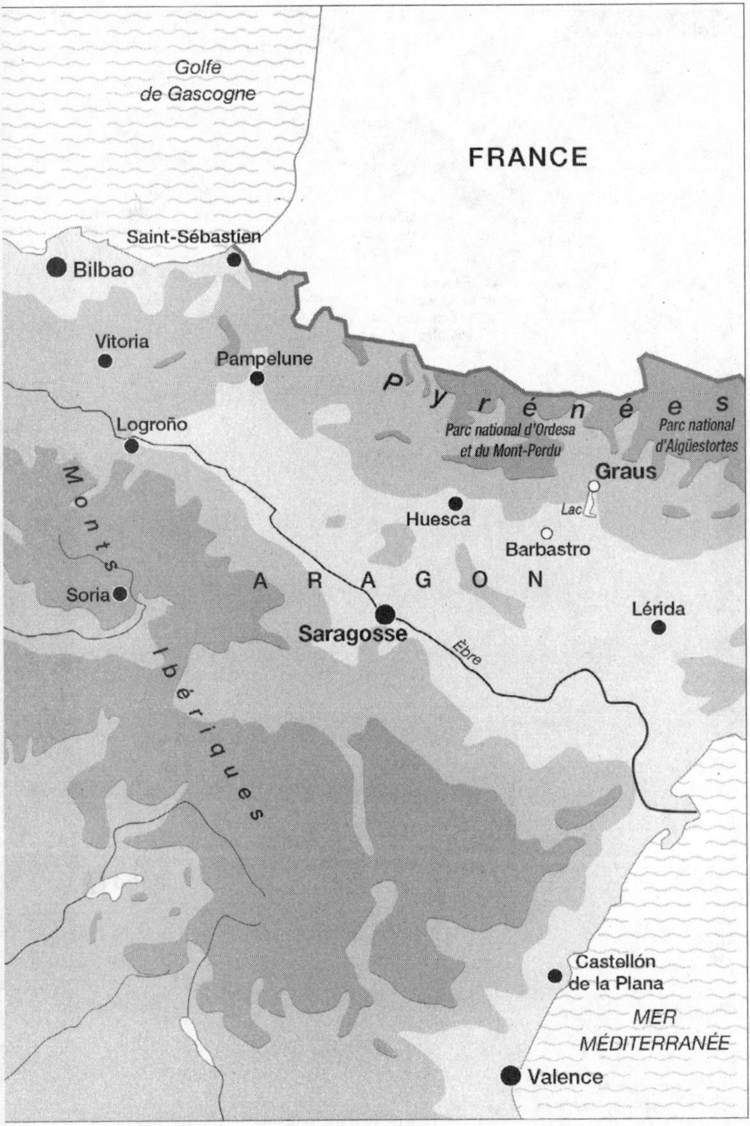
Golfe
de Gascogne
FRANCE
Saint-Sébastien
Bilbao
Vitoria
Pampelune
Pyrénées
Parc national d'Ordesa
et du Mont-Perdu
Parc national
d'Aigüestortes
Graus
Lac
Logroño
Monts Ibériques
Huesca
Barbastro
Soria
ARAGON
Saragosse
Lérida
Èbre
Castellón
de la Plana
MER
MÉDITERRANÉE
Valence

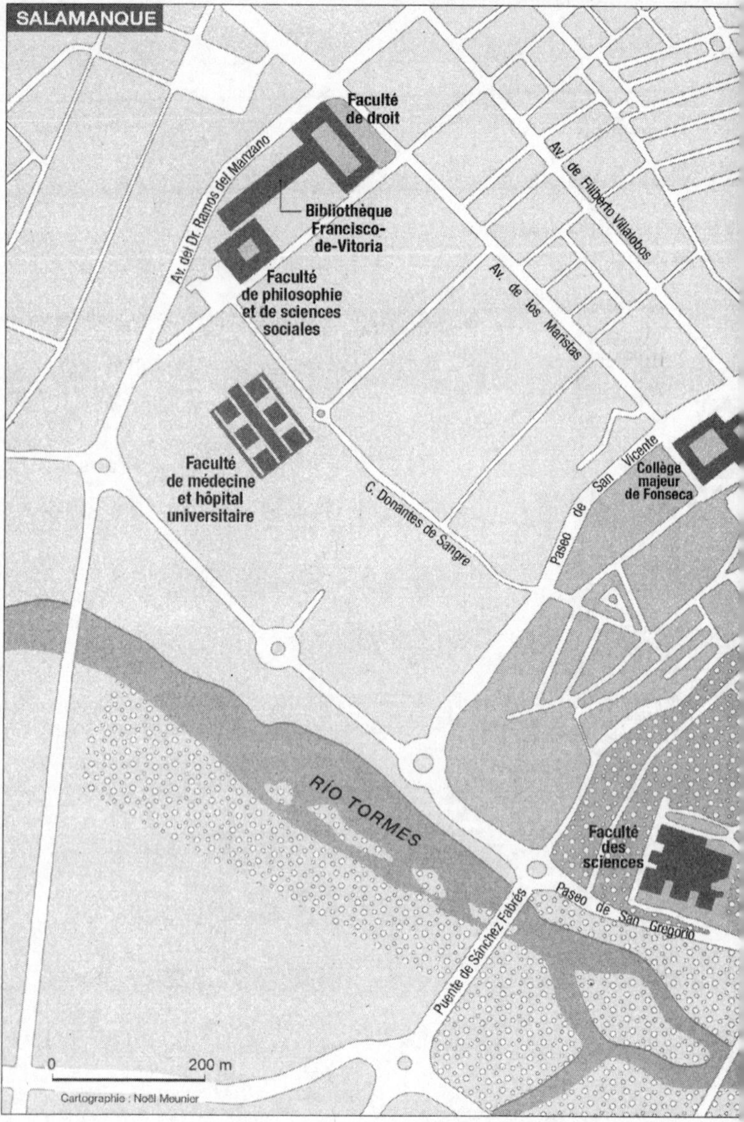
SALAMANQUE
Faculté de droit
Bibliothèque Francisco-de-Vitoria
Faculté de philosophie et de sciences sociales
Faculté de médecine et hôpital universitaire
Collège majeur de Fonseca
Faculté des sciences
Av. del Dr. Ramos del Manzano
Av. de Filiberto Villalobos
Av. de los Maristas
C. Donantes de Sangre
Paseo de San Vicente
Paseo de San Gregorio
Puente de Sánchez Fabrés
RÍO TORMES
0
200 m
Cartographie : Noël Meunier

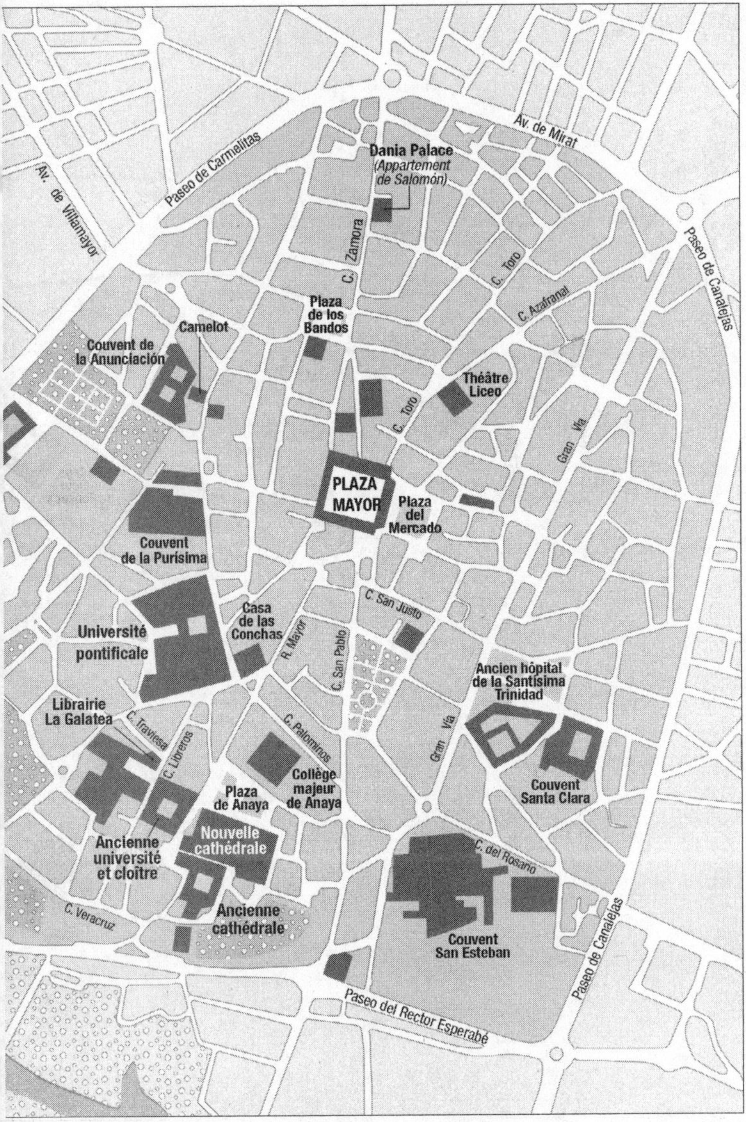

Av. de Mirat
Paseo de Carmelitas
Av. de Villamayor
Dania Palace
(Appartement de Salomón)
C. Zamora
C. Toro
Paseo de Canalejas
C. Azafranal
Plaza de los Bandos
Camelot
Couvent de la Anunciación
Théâtre Liceo
C. Toro
Gran Vía
PLAZA MAYOR
Plaza del Mercado
Couvent de la Purísima
C. San Justo
Casa de las Conchas
R. Mayor
C. San Pablo
Université pontificale
Ancien hôpital de la Santísima Trinidad
Librairie La Galatea
C. Traviesa
C. Libreros
C. Palominos
Gran Vía
Collège majeur de Anaya
Plaza de Anaya
Couvent Santa Clara
Nouvelle cathédrale
Ancienne université et cloître
C. del Rosario
C. Veracruz
Ancienne cathédrale
Couvent San Esteban
Paseo de Canalejas
Paseo del Rector Esperabé

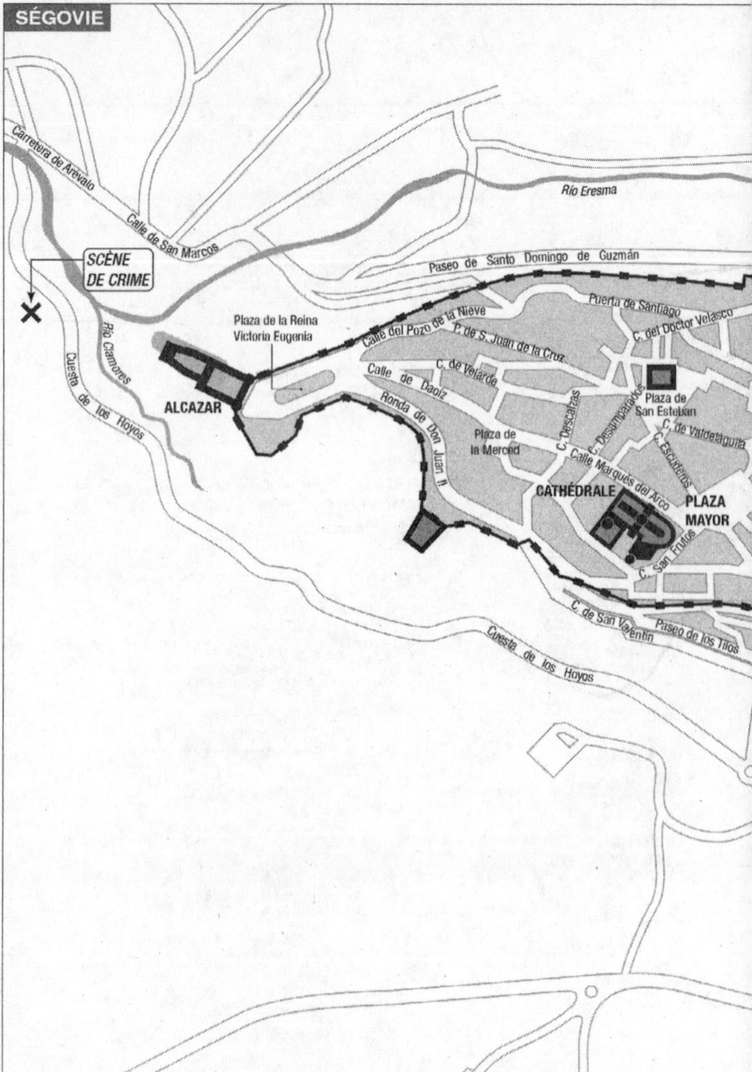
SÉGOVIE
Carretera de Arevalo
Calle de San Marcos
Río Eresma
SCÈNE DE CRIME
Paseo de Santo Domingo de Guzmán
Puerta de Santiago
C. del Doctor Velasco
Calle del Pozo de la Nieve
P. de S. Juan de la Cruz
Plaza de la Reina Victoria Eugenia
Río Clamores
Cuesta de los Hoyos
ALCAZAR
Calle de Daoiz
C. de Velarde
Ronda de Don Juan II
C. Descalzas
C. Desamparados
Plaza de San Esteban
C. de Valdeáguila
Plaza de la Merced
Calle Marqués del Arco
C. Escuderos
CATHÉDRALE
PLAZA MAYOR
C. San Frutos
C. de San Valentín
Paseo de los Tilos
Cuesta de los Hoyos
0
200 m
Cartographie : Noël Meunier

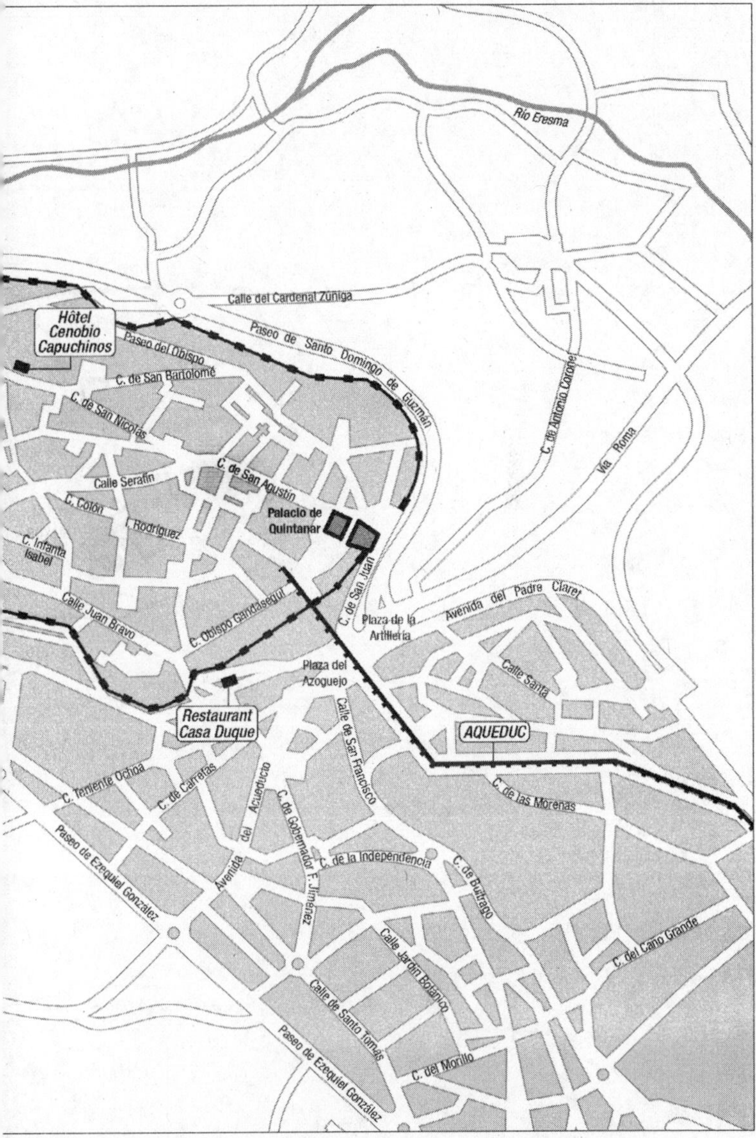
Río Eresma
Calle del Cardenal Zúñiga
Hôtel Cenobio Capuchinos
Paseo del Obispo
Paseo de Santo Domingo de Guzmán
C. de San Bartolomé
C. de San Nicolás
C. de Antonio Coronel
Vía Roma
Calle Serafín
C. de San Agustín
C. Colón
I. Rodríguez
Palacio de Quintanar
C. Infanta Isabel
C. de San Juan
Calle Juan Bravo
C. Obispo Gandásegui
Plaza de la Artillería
Avenida del Padre Claret
Plaza del Azoguejo
Calle Santa
Restaurant Casa Duque
AQUEDUC
Calle de San Francisco
C. Teniente Ochoa
C. de Carretas
Avenida del Acueducto
C. de Gobernador F. Jiménez
C. de las Morenas
Paseo de Ezequiel González
C. de la Independencia
C. de Buitrago
Calle Jardín Botánico
C. del Caño Grande
Calle de Santo Tomás
C. del Morillo
Paseo de Ezequiel González

Prologue

Éclairs.

Tonnerre.

Orage.

Elle se gara au pied de la colline. Descendit de voiture. Dès qu'elle fut dehors, elle eut l'impression qu'un accessoiriste de cinéma lui versait des seaux d'eau sur la tête. Sans même remonter sa capuche, elle avança vers les véhicules dont les pulsations bleutées crevaient la pluie battante, alors que d'autres RAV4 sérigraphiés rappliquaient, sirènes hurlantes. Dans sa hâte, elle n'avait pris ni parapluie ni veste imperméable. Le temps qu'elle parvienne jusqu'à eux, elle fut trempée ; l'eau lui dégoulinait dans le cou, ruisselait sur son gilet tactique noir marqué « UCO ».

UCO pour « Unité centrale opérationnelle » : l'élite des services de police judiciaire de la Guardia Civil.

La jeune femme leva le regard vers le ciel aussi noir que de la poussière de charbon. Il faisait presque nuit alors qu'on était au beau milieu de l'après-midi, et toutes les voitures stationnaient feux allumés.

Lucia cligna des yeux à cause des gouttes qui frappaient sa cornée. *Et elle les vit.* Au sommet de la colline. Trois grandes croix sombres – le Christ au milieu, les deux larrons de part et d'autre.

— Celle de droite, lui dit le sergent près d'une des carrosseries crépitantes.

Son visage reflétait toute l'horreur que lui inspirait le spectacle qui attendait Lucia là-haut. On appelait ça des *cruceiros*. Des calvaires. On en comptait des milliers en Galice, à l'ouest du pays. Mais on était loin de la Galice : à trente kilomètres à peine au nord-ouest de Madrid. En rase campagne. À l'écart de toute habitation.

Lucia suivit des yeux la direction indiquée.

La croix de droite...

Nul besoin d'être un spécialiste pour constater qu'il y avait quelque chose de *différent* dans celle-ci – quelque chose qu'elle distinguait mal à travers la pluie violente. Même de là où elle se tenait, il était évident qu'alors que la statue centrale – celle du Christ – et celle du larron à gauche avaient été noircies par des siècles d'intempéries, celle de droite était beaucoup plus pâle : presque de la couleur d'un cierge.

Lucia inspira.

Elle se mit en devoir d'escalader la pente raide, le sol meuble, spongieux, qui, très vite, se détacha en mottes lourdes pour coller à ses semelles. Toute cette eau qui lui rinçait le visage, coulait dans ses cheveux, le long de ses cervicales et de sa colonne comme un ruisseau rebondissant de galet en galet...

Elle perçut les coups sourds de son cœur dans sa poitrine tandis que les grandes croix semblaient descendre vers elle. Sous le ciel d'encre, des lueurs écorchaient par dizaines les ténèbres de l'après-midi orageux. Des ombres blanches passaient devant elle : des techniciens en combinaison intégrale qui effectuaient des prélèvements et cherchaient des traces que l'averse n'aurait pas effacées.

Elle suivit le parcours matérialisé par un ruban clair dans la pénombre, au milieu des rigoles qui dévalaient la colline.

Il pleuvait si fort qu'il lui fallut s'approcher encore et traverser les voiles liquides pour commencer à distinguer la statue – celle qui était beaucoup plus pâle.

Lucia la regarda.

L'espace d'un instant, l'image lui en rappela une autre – et elle en fut glacée.

Puis elle ouvrit la bouche. Un cri muet bloqué dans sa gorge quand la réalité de ce qu'elle voyait lui sauta au visage. Non, ce n'était pas possible, ce n'était pas vrai : *ça ne pouvait pas être lui…*

La pluie ne s'arrêtait pas. Elle tombait. Opiniâtre, drue, oblique. Lucia frissonna. Elle était hors d'haleine, elle aurait dû avoir chaud après la montée, et cependant elle avait froid. Froid jusque dans ses os, froid jusque dans son sang.

Car ce qui se trouvait là, à plusieurs mètres au-dessus du sol, suspendu dans le ciel pluvieux, n'était pas une statue mais bien un homme. *Quelqu'un qu'elle connaissait.* Son collègue de travail, son ami, son coéquipier : le sergent Sergio Castillo Moreira. Trente-cinq ans. Marié, père de deux petites filles. Un bon flic. Un bon père. *Pour ce qu'elle en savait*...

La pluie tabassait le corps nu et dégoulinant, ses chairs livides, le dessin élégant de ses muscles. Malgré elle, elle nota un détail incongru : l'eau coulait au bout de son pénis comme d'un robinet.

Suspendu entre ciel et terre, en lévitation au-dessus de la colline. Il y avait là une impossibilité physique évidente et pourtant c'était ce qu'elle voyait : *un corps nu qui tenait en l'air tout seul.*

Quelqu'un avait ôté la statue de droite, laquelle gisait au sol, dans la boue, face contre terre, et l'avait remplacée par le corps supplicié de Sergio. L'échelle qui avait aidé à cette opération se trouvait encore en place. Les bras en croix, Sergio tournait son visage vers le ciel noir, la tête renversée en arrière, comme pour implorer une grâce qui n'était pas venue.

Quelqu'un – homme ? femme ? – lui avait planté un tournevis dans le cœur à maintes reprises avec une violence inouïe, comme s'il avait cherché à le faire exploser : il y avait plusieurs plaies profondes entre le sternum et le téton gauche, et le manche du tournevis dépassait encore de l'une d'elles.

L'univers a ses mystères, songea-t-elle. À lui seul, le soleil représente 99 % de la masse du système solaire ; il n'y a aucun son dans l'espace ; pour chaque être humain sur Terre il existe environ 1,6 million de fourmis ; l'une des plus anciennes œuvres littéraires de l'humanité s'appelle *L'Épopée de Gilgamesh*, elle est rédigée sur des tablettes d'argile et son personnage principal était déjà obsédé par la mort. *C'était Rafael, son petit frère, qui lui avait appris tout ça*... Mais ce mystère-ci était pour Lucia le plus grand, le plus incompréhensible de tous.

Celui de la cruauté, du mal absolu.

Elle sentit la nausée monter. Se força néanmoins à fixer cette atrocité qui défiait l'entendement.

Il n'y avait aucun clou, aucun lien qui maintînt le corps contre la croix. *Impossible*... Il semblait tenir dans les airs par la seule force de sa volonté. Mais de volonté il n'avait plus : il était mort. Alors quel était ce prodige ?

On finissait d'assembler un échafaudage pour décrocher le corps : des tubes brillants et des plaques métalliques qui tintaient en s'entrechoquant. L'averse éclatait en vapeur blanchâtre dans le halo des projecteurs. Elle se tourna vers un des techniciens à ses côtés :

— Comment il tient ?

— Étrange, pas vrai ? souffla le petit homme vêtu d'une combinaison blanche de cosmonaute sur laquelle la pluie crépitait. Pas de liens, pas de fixations, et pourtant il tient… Celui qui a fait ça est véritablement diabolique.

— Ils le sont tous, répliqua-t-elle, agacée par cette remarque. Alors ?

— *De la colle*...

— Quoi ?

— On a badigeonné son dos, ses fesses, ses mollets, l'arrière de ses bras, de ses mains et de son crâne avec comme qui dirait de la colle ultra-forte. Mouais… Le temps qu'elle prenne, on a dû l'maintenir contre la croix, sans doute avec des liens, p't-êt' avec du câble, va savoir : on discerne des marques assez profondes sur les bras et les poignets, le torse, le front et les chevilles. Sans doute aussi avant qu'y pleuve. L'opération n'aura pris que quelques minutes, mais il a fallu une sacrée force… Ensuite, qu'elle soit fabriquée par Dieu ou par des millions d'années d'évolution depuis le premier micro-organisme monocellulaire, la peau est une merveille d'ingénierie biologique, à la fois esthétique, élastique et suffisamment résistante pour garder le corps dans la position où on l'a collé.

— Seigneur, gémit-elle.

Elle se plia en deux. Les mains sur les cuisses, elle respira fort pour lutter contre la nausée. Après quoi, elle se redressa.

Une image volée : le sergent Moreira et elle s'embrassant dans les vestiaires lors de la dernière fête de la Saint-Sylvestre, Lucia le repoussant doucement, disant : « Sergio, non. » Ils travaillent ensemble, elle connaît son épouse, ses filles... On entend de la musique, des cris joyeux, des rires montant de la salle voisine. Il sent bon : un fumet de savon et d'eau de toilette, et sa bouche a un goût agréable de tabac, de chewing-gum et de dentifrice. Il a envie d'elle et elle a envie de lui. Mais elle dit « non ».

Soudain, Lucia tressaillit. Elle se demanda si elle n'avait pas rêvé, elle fixa de nouveau son regard sur la poitrine blanche. L'eau qui coulait dessus miroitait en réfléchissant la lumière des projecteurs.

Cela recommença.

Une fois, deux – la poitrine : elle se soulevait !

Oh, mon Dieu ! Visiblement, le tournevis n'avait pas tout à fait rempli son office.

Elle se tourna vers les hommes et les femmes présents sur la colline :

— IL VIT ! hurla-t-elle. IL EST VIVANT ! IL EST VIVANT !

Un médecin et deux infirmiers avaient remplacé les hommes en combinaison blanche. Ils s'activaient sur le corps, hissés à sa hauteur sur l'échafaudage, à trois mètres du sol. La pluie jouait du xylophone sur l'aluminium ; des cris, des appels, des cavalcades partout.

— Comment on fait pour le décoller sans lui arracher la peau, putain ? aboya l'un des hommes sur l'échafaudage.

— Il y a un témoin, dit à Lucia au même moment le capitaine Peña, son chef à l'UCO.

Il s'était approché d'elle, la moustache ruisselante. Elle tourna la tête pour le dévisager.

— Un témoin ?

Il haussa les épaules.

— Plutôt un suspect.

Elle fronça les sourcils.

— Un témoin ou un suspect ?

— Un promeneur, soi-disant… Il était là quand la patrouille est arrivée. C'est lui qui a appelé la police. Il dit qu'il a vu ce qui s'est passé. Et celui qui a fait ça. Qu'il a tout vu. Mais qu'il a eu peur d'intervenir… Nous, on pense que c'est lui, le coupable…

L'air sinistre, elle se raidit.

— Et qu'est-ce qui vous fait penser ça ?

— Tu comprendras quand tu le verras, Lucia.

Elle hésita, considéra le médecin et les deux infirmiers qui s'activaient autour de Sergio, sur l'échafaudage. Elle ne pouvait rien faire de plus pour l'instant.

— Je veux le voir tout de suite, déclara-t-elle.

Ils redescendirent vers les voitures, en prenant garde à ne pas déraper dans les rigoles et la boue. Lucia sentait le bas de son jean tout mouillé coller à ses mollets, ses Chuck Taylor alourdies par la terre compacte et grasse.

Elle le découvrit appuyé à la carrosserie d'un des SUV, debout entre deux gardes civils en uniforme. Une peau pâle, un visage mince, un menton pointu, des sourcils blonds presque blancs, comme ses cheveux. Dans les trente ans. Les taches de sang sur sa salopette orange blessèrent les yeux de Lucia.

Il leva les siens quand elle s'approcha. De grands yeux d'enfant aux iris très clairs, aux paupières rouges. Elle résista à l'impulsion de le saisir par le col.

— C'est toi qui as fait ça ?

Ses cils blonds perlés de pluie battirent. Il sourit, un sourire tordu, qui donna à Lucia l'envie de lui cogner le front contre le capot.

Puis il fit non de la tête :

— Non, c'est Lui. Je L'ai vu…

— Qui ça, *lui* ?

— Eh ben, Lui, pardi…

Tout à coup, un cri en haut de la colline :

— On est en train de le perdre !

Elle regarda vers le sommet. *Oh, merde !* Elle se mit à courir, remontant la pente aussi vite que possible. Elle dérapa, se rattrapa. Repartit.

— Non ! non ! non ! Putain, non !

Elle grimpa à l'échafaudage, rampant le long des tubes d'aluminium.

— Hé là ! lui lança un des secouristes. Qu'est-ce que vous faites ? Descendez ! Ce n'est pas fait pour autant de personnes !

Lucia l'ignora. Elle passa sur la petite plate-forme vibrante en quelques reptations. Le médecin avait entamé un vigoureux massage cardiaque, ce qui – sur un corps placé à la verticale et mouillé – était tout sauf aisé. Des électrodes avaient été appliquées sur la poitrine de Sergio, mais Lucia savait que l'humidité excessive pouvait fausser la mesure de l'activité cardiaque.

Les infirmiers lui jetèrent un coup d'œil courroucé, l'un d'eux tripotait les boutons d'un défibrillateur.

— Qu'est-ce que vous attendez ? s'impatienta-t-elle. Allez-y ! Choquez-le !

— On ne peut pas ! répondit le toubib sans cesser de pomper, bras tendus, mains crispées sur la poitrine de Sergio. Avec cette pluie et ce métal, on risque tous de ressentir le choc électrique ! Et il ne sera d'aucune efficacité sur lui.

— Donnez-moi ce truc ! Je vais pas le laisser crever sans rien faire !

Elle essaya de se saisir de l'appareil de la main gauche – elle était gauchère –, mais celui qui avait le défibrillateur le retint fermement.

— Hé ! Arrêtez ! Z'êtes malade ! Ça sert à rien !

— Écoutez, s'il vous plaît, protesta l'autre infirmier, on fait tout ce qu'on peut !

— Dis-lui de descendre de cet échafaudage ou j'arrête le massage, menaça le toubib en s'adressant à son collègue. Dis-lui de descendre de là ! *Tout de suite !*

Lucia hésita.

Il avait raison. C'était peine perdue. Elle obéit. Pendant les trente minutes qui suivirent, les trois hommes alternèrent massage cardiaque et bouche-à-bouche sans dételer.

La pluie ne cessait pas. Lucia était incapable de détacher ses yeux du corps pâle massé infatigablement sous la flotte.

— Il est mort. C'est fini.

Ils redescendirent. L'un après l'autre. Tête basse. Presque aussitôt, les cosmonautes en combinaison blanche prirent le relais.

Elle sentit des tremblements convulsifs dans ses mains, dans ses jambes : tout son corps tremblait. La nausée vint si rapidement qu'elle eut à peine le temps de se pencher avant que la brûlure acide ne remonte le long de sa gorge et que son dernier repas mêlé à des flots de bile n'éclabousse copieusement le sol.

PREMIÈRE PARTIE
LUCIA

1
Lundi soir

La lieutenante Lucia Guerrero examina son DNI[1]. Gabriel Agustín Schwartz. Trente-deux ans. Né le 18 mars 1987 à Málaga. Résidant rue San Jerónimo à Madrid. Elle leva le regard. Cheveux blonds presque blancs, visage pâle, étroit, cils incolores.

Il avait les yeux grands ouverts, clairs, inquiets – ils furetaient à droite et à gauche –, des lèvres trop rouges, trop… *humides*.

— Gabriel Schwartz, commença-t-elle.

Les yeux du blond vinrent se poser sur elle.

— Ah non, c'est pas moi… Je suis pas Gabriel.

Elle haussa un sourcil :

— Tu t'appelles comment alors ?

— Ivan.

— Ivan… ? Ivan comment ?

— Ivan.

— Et qui est Gabriel dans ce cas ?

— Un autre…

1. *Documento Nacional de Identidad* : carte nationale d'identité.

Elle le fixa. La jambe gauche de Lucia remuait sous la table. Convulsivement. Elle bougeait depuis qu'elle s'était assise dans la pièce, face à lui. SJSR : syndrome des jambes sans repos.

— Bien, euh... *Ivan*. Tu es accusé du meurtre du sergent Moreira (un trou à l'estomac quand elle prononça son nom), tu comprends ?

— Ce n'est pas moi, insista Gabriel en se mordant la lèvre. J'ai rien fait.

— Je vous rappelle que jusqu'à preuve du contraire mon client est un simple témoin dans cette affaire, intervint l'avocat gominé assis à côté de Schwartz.

Elle observa le blond puis l'avocat puis de nouveau le blond, ses yeux ouverts comme ceux d'un enfant, son regard sautant d'un coin à l'autre de la pièce.

— Il y a tes empreintes digitales partout, dit-elle, sur le corps, sur la croix, sur l'échelle... sur l'arme du crime. Et tu as le sang de la victime sur tes vêtements...

— C'est pas moi.

Il avait l'air si timide. Il n'avait pas l'air d'un tueur.

— C'est qui alors ?

— C'est Ricardo.

— Qui est Ricardo ?

— Quelqu'un de très méchant...

— Ah bon ?

— Oui...

Elle essaya d'ignorer les taches de sang séché sur l'éclatante salopette orange. Tout comme l'image mentale de Sergio nu et crucifié sous la pluie.

— Comment tu sais que c'est lui ?

— Parce qu'il me l'a dit.

Elle tressaillit :

— *Ricardo t'a dit qu'il l'avait tué ?*

— Lieutenante, intervint l'avocat commis d'office, étant donné… l'état de mon client, je vous demanderai de ne pas prendre en considération cette dernière remarque.

— C'est à moi d'en juger, maître, répondit-elle fermement. Écoute, Gabriel…

— Je ne m'appelle pas Gabriel : je suis Ivan.

Il s'appelait Gabriel Schwartz. Il ne devait pas matcher souvent sur Tinder, mais il avait matché dans les fichiers de la Guardia Civil : plusieurs condamnations pour des vols à l'étalage et de la revente de produits stupéfiants. Aucun séjour en taule – mais plusieurs hospitalisations en établissement psychiatrique.

Il avait toujours vécu chez sa mère. Lorsque celle-ci était décédée en février de cette année, il avait fait un ultime quoique bref séjour en hôpital psychiatrique. Ils avaient contacté le psy qui le traitait : il était en route.

Lucia se leva.

Elle passa dans la pièce voisine – où Arias, son collègue, et Peña, son chef, avaient suivi l'interrogatoire sur un écran. Elle fit signe au premier :

— Vas-y. C'est ton tour.

— Tu y crois, toi, à son changement de personnalité ? dit Arias, sceptique. Il a l'air complètement fou, mais il joue peut-être la comédie.

Le sergent Arias était affecté d'un léger strabisme du genre divergent. Un de ses yeux regardait à droite quand l'autre partait vers la gauche, et la lumière ne jouait pas de la même façon sur les deux. Ça conférait à son regard une aura d'étrangeté qui mettait généralement les personnes interrogées mal à l'aise. Arias le savait et il en jouait. Et Lucia avait noté que les résultats de ses auditions étaient sensiblement supérieurs à la moyenne. Il secoua la tête. Sortit, puis entra dans la salle d'interrogatoire aux murs gris et au néon trop brillant.

Lucia et Peña – l'officier dirigeant le groupe Homicides, séquestrations et extorsions de l'UCO – le suivirent sur l'écran. Peña, cinquante-trois ans, apparence soignée, tronche de bon père de famille et belle moustache dont il prenait grand soin. Un des meilleurs hommes de terrain qu'elle connût – et elle en connaissait beaucoup : la Guardia Civil comptait 84 000 agents et l'UCO – qui était en quelque sorte son service central de police judiciaire –, environ quatre cents.

— *Bonjour, Gabriel.*

La voix d'Arias dans les haut-parleurs disposés autour de l'écran. Ils le virent s'asseoir en face du blond.

— *Allons, monsieur l'agent*, roucoula une voix féminine au ton taquin. *Soyez sérieux ! Ça se voit que je ne suis pas Gabriel, non ?*

Sur l'écran, Gabriel Schwartz émit un petit rire en ramenant une mèche de cheveux derrière son oreille. Il croisa les jambes, posa les mains à plat sur ses genoux, le dos bien droit.

— *Et comment tu t'appelles ?* demanda Arias, désarçonné.

— *Je suis Marta. J'aime vos yeux, monsieur l'agent. Ils sont beaux…*

Lucia fut scotchée par le changement brutal de physionomie. Elle avait presque l'impression de voir une femme.

— C'est quoi, ce cirque ? s'énerva Peña à côté d'elle.

— *Euh… Marta… tu sais pourquoi tu es ici ?*

— *Vous voyez bien que mon client n'est pas en état de répondre à vos questions*, intervint le jeune avocat. *Je demande qu'il soit examiné sans délai par un psychiatre !*

— *Pourquoi je suis ici, je n'en ai pas la moindre idée*, confia Gabriel, alias « Marta », sans tenir compte de l'intervention de son conseil. *Mais j'imagine que vous allez me le dire, monsieur l'agent.*

— Bordel ! murmura Lucia, les nerfs à vif.

Elle serrait tellement les dents en fixant l'écran que sa mâchoire lui faisait mal. Ils n'allaient pas passer des heures à jouer à ce petit jeu. Elle lui aurait fait cracher le morceau avant.

— Je suis sûre que c'est un simulateur, articula-t-elle.

— Possible, la tempéra Peña. Mais tant qu'on n'a pas parlé à son psychiatre, on doit entrer dans son jeu. Sinon n'importe quel avocaillon nous la mettra profond, tu piges ? Le psy, il est en route ?

— Oui, répondit Lucia. Il ne va pas tarder.

— *Marta, tu as quel âge ?* demanda Arias dans les haut-parleurs.

— *Quel âge vous me donnez ?* roucoula la pseudo-Marta.

— *Marta, tu sais qui a tué le sergent Moreira ?* poursuivit Arias.

— *Oui, c'est Ricardo...*

— *Et tu le connais, ce Ricardo ?*

— *Ben oui, évidemment que je le connais, on le connaît tous... Ce n'est pas quelqu'un de bien. C'est quelqu'un de méchant. Je ne l'aime pas. Il me fait peur.*

Lucia devait admettre que la conviction avec laquelle « Marta » dressait le portrait du pseudo-Ricardo était assez perturbante.

— *Tu peux m'en dire davantage au sujet de Ricardo ?* proposa Arias.

— *Non, je ne veux pas...*

— *Pourquoi ça ?*

— *Il me fait peur.*

— *Pourquoi il te fait peur ?*

— *Il fait peur à tout le monde.*

— *Il est si méchant que ça ?*

Lucia fut frappée par l'expression d'angoisse apparue sur les traits de Schwartz.

— Il me fout les jetons, ce type, commenta Peña à mi-voix en se redressant.

Elle fut surprise. Son chef n'était pas spécialement connu pour sa suggestibilité. Peña était un dur. De la vieille école. Il avait affronté quelques-uns des truands les plus dangereux d'Espagne. Mais les changements de personnalité de Schwartz avaient de quoi déstabiliser le caractère le mieux trempé.

— *Tu sais où il se trouve ?* continua doucement Arias dans l'autre pièce.

Schwartz se tortillait nerveusement sur sa chaise à présent, sa face agitée de tics nerveux.

— *Et comment je le saurais ?*

— *Il ne t'a jamais dit où il habitait ?*

Le blond haussa les épaules.

— *Pfff, il habite là, comme tous les autres*, répondit-il avec la voix de « Marta » en se tapotant la tempe du bout de l'index. *Où tu veux qu'il habite ?*

— *Marta, parle-moi de Ricardo, c'est important*, insista Arias.

Lucia vit Schwartz secouer la tête énergiquement, se mordre la lèvre, fermer les yeux en serrant très fort les paupières, les rouvrir.

— *S'il vous plaît, ne nous faites pas de mal.*

— *Quoi ?* fit Arias, déboussolé.

— *Ne dites rien à Ricardo, s'il vous plaît, monsieur. Il nous fera du mal. S'il vous plaît... s'il vous plaît... s'il vous plaît...*

Merde, la voix d'un enfant maintenant... Même son visage paraissait tout à coup encore plus enfantin. *Ça suffit*, pensa-t-elle.

— Je prends la suite, dit-elle à Peña.

Celui-ci tourna son regard vers elle :

— Tu es sûre ? Tu ne devrais pas t'investir autant, Lucia... Normalement, je ne devrais même pas te laisser participer à cet interrogatoire, tu le sais. Tu es trop impliquée émotionnellement. C'était ton coéquipier.

— Précisément.

Elle sortit dans le couloir, ouvrit la porte voisine, entra.

— C'est bon, dit-elle à Arias.

— T'es sûre ?

— Vas-y, je te dis !

— Lieutenante..., s'interposa l'avocat.

— La ferme, maître.

Elle avait parlé trop fort. Arias se leva et fila sans demander son reste.

— Ceci sera consigné, soyez-en sûre, s'indigna l'avocat, tout rouge.

Le petit garçon qu'était devenu Gabriel Schwartz l'observait d'un air étonné, comme s'il la découvrait pour la première fois.

— Je veux parler à Marta, dit-elle.

Le blond se redressa. Le sourire mielleux revint. Il regarda autour de lui, examinant le sol, le plafond, les murs.

— Ben, tu vois quelqu'un d'autre ici, ma chérie ? dit la voix roucoulante de Marta.

Lucia revit le corps nu et ruisselant de Sergio sur la croix, et la colère fit blêmir ses lèvres. Elle respira un grand coup.

— Moi aussi, je connais Ricardo, dit-elle sur un ton de défi. Tu n'es pas la seule à le connaître, Marta…

La pseudo-Marta lui lança une œillade méprisante :

— Pffff. Tu mens. Tu ne connais pas Ricardo.

— Oh que si.

— Je ne te crois pas ! J'ai la migraine… Vous avez quelque chose contre la migraine ?

— Tu n'es pas obligée de me croire. Mais je le connais, je t'assure. Il n'est pas aussi dangereux que tu le dis.

Schwartz haussa de nouveau les épaules :

— Pfff. N'importe quoi ! Ça se voit que tu le connais pas. Tu ne dirais pas ça sinon…

— Il joue les durs, mais c'est un trouillard, ton Ricardo.

Schwartz cligna des paupières nerveusement. Il jeta un coup d'œil inquiet autour de lui.

— Tais-toi ! T'es folle ou quoi ? S'il t'entend, il va venir !

— Qu'il vienne. Je lui dirai la même chose. Mais il ne viendra pas. Et tu sais pourquoi, Marta ? Il n'est fort qu'avec les faibles comme toi. C'est un poltron, ton Ricardo.

— Tais-toi ! J'ai mal à la tête, gémit Marta. Donnez-moi quelque chose : j'ai trop mal à la tête…

Lucia sentit son duvet se hérisser sur ses bras. Les paupières de Schwartz papillotaient à présent. Il tremblait et ses lèvres bougeaient comme s'il se parlait à lui-même, mais aucun son n'en sortait. Elle se redressa sur son siège.

— Marta ? dit-elle.

Pas de réponse.

Elle jeta un coup d'œil à la caméra. Si ce dingue tentait quoi que ce soit, elle lui mettrait une gauche et la cavalerie débarquerait dans la seconde.

Schwartz avait maintenant les yeux fermés. Lucia le scruta. Son visage ne trahissait plus la moindre expression. Un masque de cire. Comme s'il dormait. Soudain, il rouvrit les yeux, la faisant sursauter. Lucia vit un tel éclat de fureur les traverser, suivi d'une lueur si dure, si viscérale, à l'orée incandescente de son regard, qu'elle se raidit instantanément sur sa chaise.

— Tu sais qui je suis ? dit une voix plus basse, plus profonde, pleine de morgue et d'arrogance.

Lucia hésita :

— Ricardo ?

2
Lundi soir

— Et toi, t'es qui ? dit la voix.

Lucia était abasourdie par le changement. C'était non seulement sa voix et son regard qui avaient changé, mais toute sa personne : il semblait plus grand, plus fort. Il donnait l'impression d'occuper plus d'espace.

— Il paraît que tu me traites de lâche…

Malgré elle, elle sentit son pouls battre plus vite dans sa carotide. L'individu qui lui faisait face était sans l'ombre d'un doute capable de violence.

— C'était pour te faire sortir du bois, répondit-elle.

— Comment ça ?

— Eh bien… tu sais : cette histoire de personnalités…

Elle marchait sur des œufs. Muscles tendus sous la salopette, penché en avant, il la fixait hargneusement.

Elle pria pour que Peña ne mette pas fin à l'audition prématurément. Schwartz eut un sourire narquois.

— Tu me prends pour un dingue, c'est ça ?

— Non, je…

— Mon client doit voir un psychiatre, insista l'avocat à côté de lui.

— Toi, tu fermes ta bouche, dit le pseudo-Ricardo. Tu sais que dalle, alors tu fermes ta bouche. Tu me prends pour un dingue ? répéta-t-il à l'intention de Lucia.

Elle le fixa droit dans les yeux.

— C'est moi qui pose les questions ici, répondit-elle.

Les pupilles de Schwartz noircirent. Elle pouvait percevoir physiquement la densité de ce regard. L'atmosphère dans la pièce était irrespirable.

Puis, tout aussi soudainement, il sourit et se détendit, se rejetant contre le dossier de sa chaise. *Il me laisse venir*, songea-t-elle.

— Tu as tué le sergent Moreira ?

— Le type sur la croix ? Ouais, ouais… Je l'ai tué… Qu'est-ce qu'il pleuvait… C'était un véritable lundi des eaux, ce lundi. Enfin, je l'ai tué… oui et non.

Il parlait d'un ton indifférent. Elle résista à l'envie de lui balancer un coup de coude.

— Oui ou non ?

— C'est plus compliqué que ça, répondit le pseudo-Ricardo.

— Explique.

— Suis pas sûr de vouloir…

— Tu sortiras pas d'ici sans l'avoir fait.

Elle vit la fureur envahir ses prunelles. Même son visage semblait plus impressionnant, moins frêle.

— Je le connaissais même pas, ton collègue. Je l'avais jamais vu avant ce jour. C'est l'autre qui m'a dit de le faire.

Encore un autre, pensa-t-elle. Elle réprima un soupir.

— « L'autre » ? Encore une de tes personnalités ?

— Non, non : l'autre. *À l'extérieur*... Pas quelqu'un de l'intérieur. *Quelqu'un du dehors*.

Elle sentit sa nuque se couvrir de chair de poule. Elle s'inclina à son tour.

— Qui c'est, ce « quelqu'un du dehors » ?

Un silence. Subitement, « Ricardo » se pencha vers elle si vite qu'elle dut résister à la tentation de faire un bond en arrière et que l'avocat tressaillit. Ils étaient maintenant séparés par moins de quarante centimètres. *Trop près*. Peña allait mettre fin à l'interrogatoire. Ou bien l'avocat. Ou le psychiatre, s'il était arrivé.

Elle devait faire vite.

Elle pouvait voir la lumière du néon jouer dans ses yeux. Le noir avait envahi tout l'iris. Comme du pétrole dans la mer. Lucia entendit son sang battre dans ses tympans, elle plongea dans ces ténèbres comme elle aurait plongé dans l'océan du haut d'une falaise :

— Qui c'est, celui qui est « à l'extérieur » ?

Le sourire.

Narquois. Affilé comme la lame d'un rasoir.

Son regard sur elle. Elle sut ce qu'il voyait parce que la silhouette de Lucia se reflétait dans le miroir de ses pupilles : une femme dans la trentaine, mince, tout de noir vêtue. Jean noir, tee-shirt noir, blouson de cuir noir. Un joli visage témoignant de la macédoine de gènes présents dans son ADN, russes par sa mère, castillans par son père… À l'arrivée, des yeux marron foncé pailletés d'or, de longs cils et une chevelure d'un noir brillant qui retombait en frange droite sur ses sourcils, tel un rideau tiré sur le front.

Mais c'était son corps, dissimulé sous ses vêtements, qu'il lui aurait fallu lire pour comprendre. Treize tatouages. Crânes, roses, fil de fer barbelé, phrases en écriture cursive, chiffres romains.

« Ricardo » la lorgnait avec un air d'avidité pure. Elle pensa à un caméléon qui s'approche d'un insecte pour le gober avec sa langue démesurée. Il passa la pointe de la sienne sur ses lèvres humides.

— Qui est « à l'extérieur », Ricardo ?

Nouveau regard noir dans sa direction. À côté de Schwartz, l'avocat ne mouftait plus. Elle lut l'inquiétude dans ses yeux.

— Quoi ?

— Tu as son nom ?

Il partit d'un grand rire. Redevint aussitôt sérieux.

— Merde alors, pour qui tu me prends ? Et pour qui tu te prends, poulette ? Je suis pas une balance.

Il leva la tête vers la caméra :

— Cette conversation est terminée. Je veux un autre avocat. Et faites-moi sortir cette pute d'ici avant que je la tue.

3
Lundi soir

— Tu crois que c'est une autre de ses personnalités ? demanda Peña.

Elle vit de la sueur briller au-dessus de sa moustache.

— Je ne crois pas. Je pense qu'il y avait quelqu'un d'autre avec lui.

— On n'a pas trouvé d'autres traces de pas que les siennes sur la colline…

— L'averse les a sûrement effacées. Et il lui aurait fallu une sacrée force pour hisser… Sergio là-haut tout seul.

— La… euh… personnalité nommée Ricardo m'en semble capable, avança son chef.

Elle l'avait rarement vu aussi peu affirmatif.

— D'après le pseudo-Ricardo, intervint Arias, ce serait cet *autre* qui lui aurait dit de le faire. Vous y croyez, vous ?

— Allons donc, dit Peña. Vous savez comme moi que les accusés rejettent *toujours* la faute sur quelqu'un d'autre. Sergio travaillait sur quoi ces derniers temps ?

Comme s'il ne le savait pas. Ils géraient vingt dossiers à la fois. Mais le plus important était un règlement de comptes à Villaverde. Un homme abattu dans sa voiture sur un parking deux mois plus tôt. Ils soupçonnaient un des frères Lozano, qui contrôlaient une grande partie du trafic de drogue de Madrid, d'avoir commandité le crime.

— Les Lozano, dit-elle. Sérieusement, vous trouvez qu'il ressemble à un des hommes de main des Lozano ? ajouta-t-elle en montrant le blond.

— Peut-être qu'il était juste là au mauvais moment. Qu'il est juste fou. Et qu'il s'attribue un crime qu'il n'a pas commis, suggéra Arias.

— Et le sang sur ses vêtements ?

— Il a touché le corps… Il est monté sur cette échelle et il a essayé de le décrocher… Qu'est-ce que j'en sais, moi ? On n'a aucune preuve contre lui.

— À part ses aveux…

— Ceux de « Ricardo », rectifia Peña. Pas ceux de Gabriel Schwartz. Ses avocats vont se régaler.

Elle les regarda à tour de rôle.

— Sérieux ? Franchement, vous trouvez que cette mise en scène évoque un règlement de comptes entre trafiquants ?

— Non, non, bien sûr que non…, admit Peña. Mais on a quoi d'autre ?

Elle consulta sa montre.

— L'autopsie commence dans une heure, dit-elle.

— Arias, c'est toi qui t'y colles, trancha Peña. Pas question que tu assistes à ça, Lucia, tu m'entends ?

Elle hocha la tête. Revit sa première autopsie. Elle était presque une gamine à l'époque ; quand elle était ressortie, elle avait les jambes en coton et le cœur dans la gorge ; les vétérans de la section Homicides l'avaient conduite au bar en face de l'Institut médico-légal – pas pour y boire un café, non : pour y déguster du sang cuit avec des oignons. Une tradition. Par bonheur révolue. Elle jeta un coup d'œil au blond sur l'écran. Il était redevenu Gabriel Schwartz. Ou peut-être « Ivan ». Un garçon timide et effacé. « Ricardo » en tout cas n'était plus là. Il avait de nouveau l'air d'un enfant perdu.

Tout à coup, elle pensa à un autre *enfant perdu*. Une silhouette longiligne, voûtée, qui lui disait à voix basse, penchée sur elle : « T'en fais pas, sœurette, ça va aller. »

Elle fila aux toilettes. Qui sentaient la Javel. Comme toujours, elle examina le sol avant de laisser descendre sur ses chevilles son pantalon et l'étui de son lourd Beretta 92. C'était un truc qu'on ne voyait pas dans les films : que faisait une femme de son arme aux toilettes ? Et un homme ?

Parfois elle se disait que le H&K USP Compact aurait été plus pratique que le Beretta, à cause de son poids, mais elle était plus métal que polymère. Elle urina longuement, s'essuya, se leva, remonta culotte, pantalon, étui et arme. Tira la chasse. Se lava les mains et sortit. Elle prit un Coca Zéro dans le distributeur au passage.

Elle avait les cheveux encore humides bien qu'elle les eût séchés avec une serviette. Elle avait changé de tee-shirt et de jean en arrivant, elle en gardait toujours en réserve dans son bureau. Elle avait aussi nettoyé ses Chuck Taylor crottées.

— J'ai appelé la Place de Castille, dit Peña quand elle réapparut. Une équipe va perquisitionner le domicile de Schwartz.

— C'était qui, le juge de permanence ?

— Álamo… Un coup de chance. Mais, avec ce qu'on a, ils n'auraient pas pu nous refuser l'ordonnance de toute façon.

Elle hocha la tête. La place de Castille était connue pour ses deux tours parallélépipédiques inclinées l'une vers l'autre comme deux sumos s'apprêtant au combat, mais aussi pour son tribunal. Or, si les relations entre la police et le parquet étaient généralement fluides en province, il en allait tout autrement à Madrid, où les magistrats étaient souvent portés à la méfiance, voire à l'hostilité envers les forces de l'ordre. Combien de fois avait-elle eu à affronter un gus cravaté ou une juge en tailleur griffé qui l'avaient prise de haut et lui avaient battu froid simplement parce qu'elle était un petit bout de femme qui ne faisait pas son âge avec un flingue sur la hanche et un écusson ?

Elle aurait aimé les remettre à leur place en leur expliquant que son métier était assez compliqué comme ça, qu'ils n'étaient pas censés être des ennemis mais des alliés dans la lutte contre tout ce que cette ville comptait de salopards. Mais, évidemment, elle ne le pouvait pas. Et, bien qu'elle fût connue à l'UCO pour son caractère de cochon, Lucia avait chaque fois mangé son chapeau, comme tous ceux qui venaient solliciter une ordonnance judiciaire. Et qui s'inclinaient devant un pouvoir plus grand que le leur.

Ils entendirent des pas à l'extérieur. Jetèrent un coup d'œil dans le couloir. Le long corridor aux murs jaunes ressemblait à celui d'un hôpital.

Un petit homme approchait, portant manteau et chapeau de feutre taupé. Il était trempé. Quand il fut assez près, il tendit la main et se présenta : Dámaso Ferrater, psychiatre.

— Bonsoir, docteur, dit Peña. Merci de vous être déplacé si vite.

Le manteau mouillé dégouttait sur le sol.

— Il est là ? demanda le psychiatre d'un air soucieux.

Peña lui montra sur l'écran la pièce sans fenêtre, où Schwartz demeurait prostré tandis que l'avocat lui disait quelque chose. Ferrater le regarda comme un père regarderait son enfant. Et elle se souvint – crut se souvenir – qu'elle regardait son frère Rafael de la même façon.

— Il est incroyable, dit le chef de l'UCO comme s'il parlait de la performance d'un artiste. Je n'ai jamais vu une chose pareille.

Son chapeau dans une main, le psychiatre tira de l'autre sur sa barbiche. Qui avait fait, à l'évidence, l'objet d'une teinture, même chose pour ses cheveux. Tout dans sa personne respirait la douceur, la délicatesse, l'humanité. Lucia lut la préoccupation dans ses yeux.

— Est-ce que « Ricardo » s'est manifesté ?

4
Lundi soir

Ils s'arrêtèrent. Écoutèrent.

Dans l'obscurité presque complète qui régnait en haut des marches. Pas un bruit. Hormis la rumeur des voitures qui montait de la rue San Jerónimo, au centre de Madrid. Il faisait sombre dans la cage d'escalier. Dehors, l'air nocturne était une bulle de lumière au-dessus des toits, tandis que des phares défilaient non-stop dans les rues du centre. Mais ici, il faisait noir : *quelqu'un avait ôté la dernière ampoule ou bien elle avait grillé*... Le seul éclairage provenait de la verrière pyramidale au-dessus de la cage d'escalier – à travers laquelle se devinait le halo sanglant de la ville.

Un immeuble fin XIXe. Six étages. Un escalier de marbre en hélice au tapis élimé, de lourdes portes sur chaque palier. Avec sans doute, derrière les portes, des appartements hauts de plafond, des meubles lourds, des rideaux, du silence, de l'ennui. L'écho d'une télé montait quelque part.

— Bon sang, gémit le serrurier en parvenant sur le palier, ils auraient pu mettre un ascenseur.

— Fermez-la. Et ouvrez cette porte, dit Arias.

Le gros homme lui jeta un regard noir. Se penchant sur sa caisse métallique, il en tira bruyamment quelques outils. *Trop bruyamment...*

— Nom d'un chien, vous êtes obligé de faire autant de boucan ? grommela Arias.

— *Joder*[1], grogna le serrurier.

— Du calme, intervint l'homme en costume gris et cravate qui les accompagnait.

L'avocat d'administration de justice – un fonctionnaire du ministère dont la présence était requise pour toute perquisition et qui n'avait pas plus envie d'être là qu'ils n'avaient envie de l'avoir dans leurs pattes.

Dès qu'ils entendirent le déclic de la serrure, ils levèrent leurs armes en position de sécurité : au téléphone on leur avait parlé d'un complice éventuel. Ils attendirent que l'homme de l'art eût remballé ses outils et déguerpi en maugréant. Encore un qui aurait une dent contre la Guardia Civil. Ils franchirent le seuil. Pincèrent aussitôt les narines : ça fouettait là-dedans.

Une odeur de moisissure, de viande morte, d'évier bouché et de nourriture ayant dépassé la date de péremption. D'autres encore : terre, talc, cire, sueur... Arias, qui était entré le premier, remonta le haut de son pull-over sur son nez, histoire de combattre l'écœurant air ambiant par sa propre signature olfactive.

— Rubén, lança-t-il, t'as pas ton eau de Cologne ?

Quelques rires nerveux accueillirent cette saillie ; ledit Rubén était connu pour s'asperger trop généreusement d'eau de Cologne avant de partir au travail. L'un après l'autre, ils entrèrent. On chercha un interrupteur. Une lueur vacillante, bleutée, incertaine, presque

1. « Putain », en espagnol.

mourante. Ils firent un bond en arrière quand quelque chose frôla leurs chevilles en même temps qu'un cri aigu leur transperçait les tympans.

— Bordel ! s'écria l'un d'eux.

Des chats. À présent, c'était un concert de miaulements, de sifflements, tandis qu'une douzaine de chats de toutes les races et de toutes les couleurs – des noirs, des tigrés, des siamois, des angoras – filaient dans la cage d'escalier ou partaient se planquer dans l'appartement, se cognant dans leurs jambes en une mêlée affolée.

Ils regardèrent autour d'eux. Découvrirent non pas un appartement mais une… *jungle*. Un couloir, faiblement éclairé par un néon bleuté, aménagé en serre. Des plantes partout. Elles colonisaient le moindre espace.

Certaines possédaient de grandes feuilles larges comme la main, d'autres grimpaient telles des lianes ou au contraire tombaient de pots suspendus et déployaient leurs feuillages touffus à hauteur de visage. Un ventilateur pulsait un air chaud, qui agitait les feuilles, caressant leurs visages. Arias se faufila dans cette végétation dense. Il entrevit des étiquettes : *Strelitzia reginae*, *Monstera deliciosa*, *Syngonium podophyllum*, *Senecio rowleyanus*…

— Seigneur, dit celui qui était juste derrière. C'est quoi, cet endroit ?

— OK, on fouille tout ! lança Arias en enfilant gants de latex et surchaussures. Faites monter Schwartz !

La loi obligeait le propriétaire des lieux à être présent. Le blond attendait au rez-de-chaussée, entre deux gardes civils. Il prétendait avoir perdu ses clés.

— Qu'est-ce que ça pue ! s'exclama un troisième.

— Presque autant que tes pets, s'écria un autre.

— C'est vrai que tes gardés à vue se mettent à table pour fuir l'odeur ? lança le cinquième.

Nouveaux rires.

— On se concentre, messieurs, les rembarra le fonctionnaire de justice.

— Il a raison, intervint Arias. Vous vous souvenez pourquoi on est là, pas vrai ? Ou plutôt pour *qui* ?

La question jeta un froid. Certains baissèrent les yeux, les autres n'eurent plus envie de plaisanter après ça. Tous connaissaient Sergio. Tous savaient qu'on l'avait retrouvé collé à une croix, quelque part au nord-ouest de Madrid.

Arias commença à avancer lentement dans le couloir. Il s'immobilisa quelques instants plus tard au seuil d'une grande cuisine.

— Putain, *qu'est-ce que c'est que ça* ?

— Trouble dissociatif de l'identité, dit Dámaso Ferrater, autrefois appelé trouble de personnalité multiple. Il figure dans le DSM-5, le *Manuel diagnostique et statistique des troubles mentaux*.

Le psychiatre essuya ses lunettes avec le bout de sa cravate, les remit en place sur son nez grumeleux.

— Le trouble dissociatif de l'identité survient généralement chez des personnes qui ont connu un stress ou un traumatisme important durant l'enfance. C'est le cas de Gabriel… Son père le battait comme plâtre, sa mère le méprisait ; il a fait l'objet de maltraitances terribles. Au moins 80 % des personnes atteintes de TDI ont un diagnostic secondaire de stress post-traumatique et entre 85 et 90 % ont souffert d'abus sexuels dans leur enfance. La dissociation est une façon de se défendre, de s'évader du traumatisme. Avec le temps, elle devient leur unique manière de gérer le stress.

Le regard que Lucia posait sur lui était de la couleur d'un ciel d'hiver. On en revenait toujours à l'enfance. Quels que soient les actes de ces monstres, le petit enfant était toujours l'excuse.

— Le trouble se caractérise souvent par des amnésies, des trous de mémoire : on a la preuve de choses qu'il a faites, y compris illicites, mais le patient a oublié qu'il les a faites. Ou bien un de ses *alter* s'en souvient mais pas les autres, comme c'est le cas ici.

— Illicites ? gronda-t-elle. *Illicites ?* Il a *massacré* mon coéquipier, docteur. Il lui a planté un foutu tournevis dans le cœur ! Il l'a collé à une saloperie de croix ! Trous de mémoire, mon cul ! Il n'est pas question qu'il aille se bourrer de pilules dans un asile en attendant qu'un psychiatre irresponsable le remette en liberté !

Elle avait approché son nez de celui du praticien. Elle irradiait la colère comme une ampoule à filament la chaleur. Peña la tira en arrière. Le Dr Ferrater la scrutait en plissant les yeux, sans montrer d'émotion, comme s'il analysait chaque donnée : voix, attitude, langage corporel, réactions.

— Je ne vous cache pas que le TDI figure parmi les troubles dissociatifs les plus controversés, admit-il. Certains confrères remettent en question jusqu'à son existence. Et il est beaucoup plus reconnu aux États-Unis qu'en Europe. L'exemple le plus célèbre là-bas est celui de Billy Milligan, la première personne à avoir été jugée non responsable de ses actes en raison d'un trouble dissociatif. En tout, vingt-quatre personnalités distinctes se disputaient le contrôle de l'esprit de Milligan. Mais il y a quand même une jurisprudence ici aussi. Je pourrais vous citer au moins un cas où un tribunal espagnol a admis que cette pathologie avait pu *annuler ou affecter la capacité du sujet à juger de la gravité de ses actes*.

— Bon Dieu ! s'exclama Lucia, furieuse.

— Je connais bien Gabriel, poursuivit Dámaso Ferrater sans se démonter. Je le suis depuis plusieurs années. Il ne simule pas. Est-ce qu'il s'est plaint d'avoir mal à la tête ?

Peña acquiesça.

— C'est fréquent chez les personnes atteintes de TDI quand elles sont mises sous pression, dit le psychiatre.

Lucia poussa un profond soupir.

— Et la crucifixion, demanda-t-elle, ça vous évoque quelque chose ?

— Concernant Gabriel, vous voulez dire ? Rien du tout. Je ne l'ai jamais entendu parler de religion, ni de quoi que ce soit d'approchant. Pas de délire mystique à ma connaissance chez aucune de ses personnalités. Mais, bien sûr, la croix est le symbole de la Passion, du martyre du Crucifié. Elle évoque la souffrance, une souffrance inhumaine. Et Gabriel est un être qui souffre…

Une fois de plus, Lucia se cabra en entendant ce discours.

— Vous devez le mettre sous surveillance, ajouta le psy. Assurez-vous qu'il ne pourra pas se faire de mal. Plus de 70 % des personnes atteintes de TDI font des tentatives de suicide. Et la pression énorme qu'il est en train de subir pourrait l'inciter à passer à l'acte.

— Est-ce qu'il pourrait avoir subi l'influence de quelqu'un d'autre ? demanda soudain Peña.

Le psychiatre réfléchit. Il hocha affirmativement la tête.

— Certains thérapeutes pensent que les patients atteints de TDI sont tout simplement des patients plus vulnérables à la suggestion ou réagissant davantage à l'hypnose. Pour d'autres, ce seraient même les thérapeutes qui induiraient les symptômes. Si quelqu'un a essayé de le manipuler pour lui faire commettre un crime, il n'est pas exclu que ça ait fonctionné.

— Merci, docteur, dit Peña.

— Vous l'avez fait examiner par un médecin ? voulut savoir le psychiatre.

— Pas encore. Il ne l'a pas demandé.

— Faites-le. Gabriel est hémophile. Une infirmière passe trois fois par semaine lui faire une intraveineuse de facteur VIII, un facteur de coagulation.

— Hémophile et complètement barré, soupira Lucia, et vous n'avez pas jugé que son état nécessitait un internement permanent…

Arias se tenait à l'entrée de la cuisine. Immobile. Un néon au plafond. Éclat de lumière blafard, clignotant. Sous cette lumière, la cuisine avait un aspect sinistre. Le néon éclairait la longue table par intermittence. Huit chaises. Dont deux aux extrémités. Huit chaises. Huit couverts. Huit ronds de serviette.

Il y avait encore de la nourriture dans deux des assiettes, et un fond de vin dans un verre. Des miettes autour. Tous les autres couverts étaient intacts.

Il y avait aussi une ribambelle de gamelles pour chats par terre. Et des plantes partout : sur les plans de travail, au-dessus des placards, sur les appuis des fenêtres. Il flottait dans la grande cuisine une odeur de terre remuée et de rance.

Il sentit son pouls accélérer. Il avait une bonne vue – c'était indispensable dans son métier –, assez bonne en tout cas pour distinguer ce qui était écrit sur les ronds de serviette : GABRIEL, IVAN, MARTA, FERNANDO, KARL, VINZENT, RICARDO…

Des feuilles de papier punaisées aux murs… Des portraits grossièrement exécutés – stylo et feutre – d'hommes et de femmes. Par endroits, le stylo avait transpercé le papier tant les portraits avaient été dessinés à la hâte et rageusement. On aurait dit des dessins d'enfant. Et toujours les mêmes prénoms : Ivan, Marta, Karl, Ricardo…

— Bonté divine.

Il s'approcha de la table. Un fond de liquide très brun dans une tasse, près d'une des assiettes. Il se pencha. Ça n'était ni du thé, ni du café, ni même du maté. On aurait dit une décoction, une infusion. Il renifla.

— Pouah !

Ça avait un parfum amer, piquant, désagréable.

— Faites venir Schwartz ici, dit-il.

Il attendit.

— Qu'est-ce que c'est ? demanda-t-il au blond quand on l'eut amené.

Pas de réponse. Arias sortit son téléphone, prit plusieurs photos. Les envoya.

Lucia examina les photos. Elle appela Arias dans la foulée.

— Cet endroit me fout les jetons, dit-il, et elle songea que Peña avait employé exactement la même expression s'agissant de Schwartz.

— Arias, dit-elle, je veux que tu me décrives la table avec précision. Dans les moindres détails…

Il s'exécuta. En tournant lentement autour de la table.

— Ils ont mangé des spaghettis bolognaise. Il y en a encore dans les assiettes. Et ils ont bu du vin. Et puis, il y a ce truc au fond d'une tasse…

— Quel truc ?

— Ça a l'air d'une décoction : c'est très épais, brun, ça a une odeur désagréable.

— Envoie-le à la toxicologie. Ils étaient combien à manger ?

— Deux… Les autres couverts sont intacts.

— Leurs prénoms. Donne-moi leurs prénoms.

— Attends. Le premier, c'est… Ricardo.

— Et l'autre ?

Un silence.

— Celui-là n'a pas de prénom. C'est bizarre. C'est le seul rond de serviette qui n'en porte pas…

— *Il est placé où ?*

— En tête de table. Comme Ricardo. L'un en face de l'autre. Les autres couverts sont sur les côtés.

— Et la tasse avec l'infusion, elle se trouve où ?

— À côté de l'assiette de Ricardo.

— Merci.

Elle se tourna vers Peña :

— Il y avait quelqu'un avec lui.

DEUXIÈME PARTIE
SALOMÓN

5
Lundi matin

Il pressa le pas. Il faisait froid. Un froid de canard. Un mélange de brouillard et de neige fondue embrassait la ville dans une étreinte humide et glaciale. Il trottinait presque sur les pavés brumeux de l'étroite *calle* Libreros – la rue des Libraires – pour fuir la morsure du froid.

L'autre raison était qu'il était en retard…

Il entendait déjà les trompettes ouvrant la cérémonie à l'intérieur du bâtiment historique de l'université, au cœur des rues de la vieille ville. *Ça avait commencé...* Salomón Borges, soixante-deux ans, petit, trapu, bedonnant, professeur de criminologie et de criminalistique à la faculté de droit de l'université de Salamanque, accéléra encore sur ses courtes jambes. Se faufilant parmi les rares touristes qui affrontaient cette frileuse matinée d'automne, il s'engouffra sous le portail qui s'ouvre dans la façade plateresque surchargée de motifs.

Le porche donnait sur un patio entouré d'arcades et orné d'un séquoia de trente mètres de haut, dont la cime verte se perdait dans la blancheur opaque de la brume. Salomón tourna à gauche dans la galerie à colonnes, puis à droite.

Passant devant les portes des anciennes salles de cours Dorado Montero, Unamuno et Fray Luis de León, il atteignit celles du grand auditorium au moment même où les derniers membres du cortège disparaissaient à l'intérieur.

Tous en tenue d'apparat.

Il n'avait pas revêtu la tenue solennelle depuis ses débuts de professeur. Il portait chaque hiver le même vieux manteau râpé, sa chemise blanche pendouillant généralement hors de son pantalon, sa couronne de cheveux poivre et sel ayant toujours besoin d'un peigne et lui donnant l'air de sortir de son lit. Que les barbons de l'université prennent encore plaisir à se déguiser à leur âge lui avait toujours paru une incongruité autant qu'un symptôme de snobisme flagrant. Ou de sénilité. Il savait bien ce qu'ils lui auraient répondu : « La tradition, mon cher. » La tradition : un maître mot dans cette université fondée en 1218 et dont la bulle papale *licentia ubique docendi*[1] avait confirmé l'importance en 1255. En conséquence de quoi, pas mal de membres de cette université continuaient de penser qu'ils étaient le sel de la terre.

Il s'assit sur l'un des bancs, parmi les étudiants et les profs venus assister à la cérémonie solennelle d'ouverture de l'année académique 2019-2020.

Cette année, on avait pris du retard : les cours de la 801e saison universitaire avaient commencé depuis des semaines.

---

1. Licence d'enseigner valable dans toute la chrétienté accordée à partir du XIIIe siècle.

Il essaya de se concentrer sur le discours du recteur qui venait de prendre la parole, mais c'était difficile. Le recteur remerciait en une interminable litanie les personnalités présentes : les recteurs des universités voisines de Valladolid, León et Burgos, le conseiller d'éducation de Castille-León, le directeur des universités et de la recherche, le maire, le secrétaire général de l'université pontificale, le lieutenant-colonel de la *comandancia* de la Guardia Civil…

Salomón réprima un bâillement. Le recteur souligna ensuite la progression de l'université dans les classements nationaux et internationaux. Fit remarquer que le Conseil européen de la recherche avait attribué à l'université de Salamanque un financement de deux millions et demi d'euros sur les vingt obtenus au total par les universités espagnoles.

Salomón ferma un instant les yeux. Quand il les rouvrit, le recteur passait la parole à un professeur de génie chimique qui allait donner cette année la leçon inaugurale. Comme le professeur en question était totalement dépourvu du moindre sens de l'humour, Salomón craignait le pire. Il bâilla de plus belle, s'attirant un coup d'œil réprobateur de la part de sa voisine.

Toutes ces cérémonies désuètes étaient là pour vous rappeler d'où vous veniez, songea-t-il. *Vous croyez être quelqu'un d'important ?* disaient-elles. *Au regard de l'histoire de cette ville et de cette université, vous n'êtes rien. Personne. Rien qu'un nom parmi des centaines de milliers d'autres.*

Il piqua de nouveau du nez. Un bruissement autour de lui. Zut, combien de temps avait-il dormi ? Apparemment, c'était terminé, car tout le monde se levait. Fort bien. Il se leva à son tour. Se mit en quête de celui qu'il était venu chercher.

Héctor Delgado, conseiller pour l'éducation de la junte de Castille-León[1]. Mince, apparence soignée, rasé de près. Regard perçant derrière des lunettes rectangulaires, sourire de loup et fines pattes-d'oie. Aussi affûté que Borges était petit et bedonnant. Ils s'étaient pourtant connus sur les bancs de l'école. Sauf que Delgado paraissait avoir quinze ans de moins que lui.

— Héctor, dit Salomón en s'approchant.

Le conseiller le vit et, après avoir échangé quelques mots avec un petit groupe, s'en écarta pour prendre Borges par le coude :

— Salomón… tu es venu ? Depuis quand tu t'intéresses à ce genre de cérémonie ?

— Depuis que tu y assistes, répondit le criminologue.

Le sourire éclatant disparut.

— Je vois… Tu viens me rappeler ma promesse de financer ton projet, c'est bien ça ?

— C'est ça.

— Tu sais comme moi que les temps sont durs…

— Pas pour tout le monde : vous avez la générosité sélective au conseil.

Delgado émit un grognement :

— Tu connais ton problème, Salomón ? Le manque d'humilité… Au lieu de t'abaisser à cirer quelques pompes de temps en temps, à passer un peu de pommade ici ou là, tu te crois au-dessus de tous et tu préfères rester dans ta tour d'ivoire. Et après, tu viens me taxer…

1. Organe de gouvernement et d'administration de la communauté autonome de Castille-León.

Salomón tiqua légèrement :

— *Te* taxer ? Cet argent, ce n'est pas le tien, que je sache, Héctor. C'est celui du contribuable. Celui de la région. Celui de cette université.

— Qui, pour cette raison même, doit être dépensé avec parcimonie. Pas en fonction d'une quelconque amitié ou affection entre nous.

— Notre amitié n'a rien à voir là-dedans, et tu n'éprouves aucune affection pour moi, répliqua Salomón en souriant. DIMAS est un projet révolutionnaire. Mes étudiants sont des jeunes gens brillants. Ils ont fait un boulot extraordinaire. Nous sommes sur le point d'aboutir mais on a besoin de financements. Et la Guardia Civil comme les autres forces de police suivent de très près ce projet.

Des cloches sonnèrent dans l'une des deux cathédrales voisines. Des pigeons s'envolèrent quand ils s'avancèrent dans le cloître, où le banc de brouillard dissolvait les lignes des vieilles pierres.

— Il y a des gens au conseil qui ne croient pas à ton projet, Salomón. Il est où, ton « outil informatique révolutionnaire » ? On n'a encore rien vu. Apporte-moi quelque chose de concret et je verrai ce que je peux faire.

— « Quelque chose de concret », c'est-à-dire ?

— Je ne sais pas, moi. Des résultats. Une affaire résolue. C'est bien à ça que DIMAS doit servir, non ?

— Une affaire résolue, rien que ça ? Pour cela, il nous faudrait précisément des financements supplémentaires.

Le professeur de criminologie savait qu'en l'état actuel des choses Delgado demandait l'impossible.

Et le conseiller pour l'éducation le savait aussi. Ce dernier dit, avec l'air de s'ennuyer :

— Mets-toi à leur place : ils ne peuvent pas financer quelque chose qu'ils ne voient pas. (Il jeta un coup d'œil à la grosse montre qu'il avait au poignet.) Désolé, je dois y aller. On se fait une bouffe un de ces quatre ?

Question purement rhétorique. Cela faisait des années qu'ils n'avaient pas partagé un repas. Delgado s'éloignait déjà, ses richelieus glissant sur le dallage. Salomón leva les yeux pour contempler le grand séquoia planté en 1870, dont la cime trouait le brouillard entre les fenêtres aux arabesques mauresques du premier étage. Il soupira. Il allait se consoler comme toujours avec l'achat de quelque livre ancien à la librairie La Galatea voisine – *La Galatea, librería anticuaria, compra-venta de libros, manuscritos y grabados* – quand son téléphone vibra au fond de son manteau.

Ulysses…

Ulysses Joyce ne l'appelait jamais sur son portable. Il se demanda ce que l'étudiant en informatique venu d'Angleterre pouvait bien avoir à lui dire de si urgent – cela faisait deux ans qu'Ulysses et le reste du groupe travaillaient avec lui à ce projet, et le mot « urgence » ne faisait certainement pas partie de leur vocabulaire.

Mais la voix d'Ulysses Joyce était tout sauf abattue quand il s'écria dans le téléphone :

— Professeur, DIMAS a trouvé quelque chose !

6
Lundi midi

Il sortit sur la petite place où un couple de jeunes touristes frigorifiés s'amusait à chercher, cou cassé, la célèbre grenouille cachée parmi les dizaines de sculptures de la façade. Inhalant la brume humide, il prit conscience que son cœur palpitait comme celui d'un oisillon.

DIMAS a trouvé quelque chose.

Coupant par les rues étroites de la vieille ville, il déboucha sur l'avenue de los Maristas. L'humidité lui piquait le visage, glissait sous le col de son manteau, de sa chemise en coton. Le brouillard suintait des murs, mouillait trottoirs, voitures à l'arrêt et vêtements.

Il se recroquevilla en remontant l'avenue comme s'il était Leonardo DiCaprio dans *The Revenant*.

La faculté de droit apparut dans la brume. Un grand bâtiment moderne – mi-atrium, mi-bunker – tout en angles, vitres et structures d'acier, revêtu par endroits de cette même pierre jaune de Villamayor avec laquelle on avait construit jadis les plus beaux monuments de la ville, dans le quartier des facultés, à environ un kilomètre du centre. Grimpant quatre à quatre les marches de l'entrée est – celle des professeurs –, il présenta son badge rouge sang au lecteur, traversa le hall vitré puis emprunta la longue passerelle qui fait le tour du patio.

DIMAS a trouvé quelque chose... Le patio, vitré lui aussi, était divisé en son milieu par une passerelle suspendue. Deux séquoias plus jeunes – descendance de celui qui était planté dans le cloître du bâtiment historique – lançaient leurs cimes toujours vertes dans l'épais brouillard. Dans les coins d'ombre, la neige précoce refusait de fondre. Perchée sur un haut plateau à huit cents mètres d'altitude, Salamanque est une ville ardente l'été, froide l'hiver.

Croisant des étudiants qui parlaient avec animation, livres et ordinateur sous le bras, le criminologue gagna rapidement l'aile ouest. Il descendit au niveau inférieur, de plain-pied par rapport aux cours intérieures et donnant sur elles par le truchement d'un grand mur de verre. Là, dans ce sous-sol, se trouvaient les locaux de son groupe.

Il salua Assa et Cordélia derrière la cloison transparente qui faisait ressembler leur bureau à un aquarium, Verónica et Haruki dans le suivant, marcha jusqu'à une porte marquée « LABORATOIRE DE CRIMINOLOGIE ». Deux ans auparavant, l'endroit n'était pratiquement pas utilisé. Certains étudiants en criminologie n'y avaient même jamais mis les pieds. Jusqu'à ce que le groupe en fasse son QG et le cœur de DIMAS.

Salomón poussa la porte.

Une pièce basse de plafond, éclairée au néon, d'environ sept mètres sur onze. À gauche de la porte, une longue fenêtre au store baissé en permanence, si bien que la pièce ne recevait jamais la lumière du jour.

Sur les autres murs s'alignaient des portraits qui témoignaient de l'influence du FBI sur l'imaginaire criminel occidental : Charles Manson, Ted Bundy et autres *serial killers*. Mais aussi des agrandissements d'empreintes digitales et un mannequin en plastique posé sur une paillasse…

Mais l'élément le plus étrange se dressait au milieu de la pièce : une authentique tente de camping modèle familial en toile bleue.

Il fit deux pas de plus, passa sous l'auvent de toile et souleva le rideau pour entrer dans la tente.

Salomón s'arrêta sur le seuil. À l'intérieur, des écrans trouaient l'ombre épaisse de leur faible éclairage. Deux silhouettes se penchaient dessus, lui tournant le dos. Elles ne semblaient pas avoir noté sa présence, toute leur attention accaparée par les écrans. Des ordinateurs, des câbles, des bureaux envahis par du matériel informatique, des lampes et des mugs occupaient tout l'espace.

Salomón toussota. Les deux silhouettes se retournèrent. Ulysses Joyce, grand, aussi long et étroit qu'un chat maigre, oreilles décollées, boutons d'acné tardifs. Très tardifs. À vingt-six ans, Ulysses était thésard, comme les autres membres du groupe, comme Alejandro Lorca, vingt-cinq ans, qui venait de Linares et qui, avec son regard de braise et ses cheveux de jais, aurait pu jouer dans une de ces séries espagnoles peuplées de jeunes hidalgos beaux comme des dieux.

L'un et l'autre souriaient dans le halo des écrans. Salomón les sonda. Son pouls s'emballa.

— Alors ? DIMAS a trouvé quoi ?

— Trois occurrences, répondit Ulysses.

— Trois, répéta Alejandro.

Il nota leur excitation. Dans leurs voix et dans leurs regards. Mais il y avait quelque chose en plus dans leurs yeux. Une lueur. Triomphale. Et Salomón sentit la fébrilité des deux gosses le gagner.

« Occurrences ». Cela ne faisait pas partie du jargon qu'ils employaient habituellement. Entre eux, ils parlaient plutôt *tri*, *tâches*, *graphes*, *boucles*, *arbres*, *variables*, *objets*… Ils prononçaient des noms aussi étranges que Python ou Anaconda…

Salomón savait qu'il y avait désormais des algorithmes dans à peu près tout ce qui nous entoure. Dans les sciences, la finance, dans nos voitures, nos téléphones, dans les propositions de séries sur Netflix, Apple TV ou Amazon Prime, dans le choix d'un partenaire sexuel sur les applis de rencontres, dans le trading à haute fréquence des Bourses du monde entier… Que, sans eux, la planète se serait arrêtée de tourner. Ulysses et Alejandro lui avaient expliqué que les algorithmes existaient en vérité depuis la plus haute Antiquité, que « même un truc aussi banal que préparer un toast » pouvait être représenté sous forme algorithmique, mais – si intelligent ou stupide fût-il – il n'avait toujours pas compris de quoi il s'agissait.

Tout ce qu'il savait, c'était qu'ils tenaient enfin quelque chose. « Occurrence », ça signifiait *résultat*. Même lui était capable de le comprendre. Et c'était tout ce qui comptait.

— Expliquez-moi ça, dit-il.

DIMAS. *(De Dimas, aussi connu comme Dismas, Desmas ou Dumachus, du grec* dysme, *« crépuscule », saint patron des voleurs : c'était le nom qu'ils avaient choisi pour leur logiciel « voleur » de données.)*

DIMAS. Un logiciel et une base de données qui seraient un jour capables de corréler les informations contenues dans les différents fichiers de la police et de la Guardia Civil concernant meurtres, séquestrations, actes de torture et de barbarie et agressions sexuelles, et de repérer des liens jusque-là passés inaperçus entre des affaires criminelles qu'on croyait sans rapport. Un outil dont toutes les forces de l'ordre de ce pays rêvaient. Depuis deux ans, aux quatre coins du pays, des gendarmes de la Guardia Civil et des policiers alimentaient bénévolement la base de données à partir des procédures enregistrées dans leurs propres fichiers. Le logiciel et le questionnaire à remplir pour nourrir DIMAS avaient été mis au point par Salomón et son petit groupe d'étudiants doctorants, qui travaillaient dessus dès qu'ils avaient le moindre créneau dans leurs agendas surchargés. Seuls Ulysses et Alejandro – les deux informaticiens de la bande – y consacraient l'essentiel de leur temps. DIMAS était aussi le premier logiciel de ce genre à utiliser massivement l'intelligence artificielle et les algorithmes. C'était ce qui rendait son approche si révolutionnaire. On n'en était cependant qu'au stade artisanal. Mais si DIMAS continuait d'obtenir des résultats, les financements afflueraient et la base de données serait rapidement étendue à tous les services de police judiciaire d'Espagne.

— On a changé de routine de tri, commença Ulysses. On est revenus au tri par insertion pour les sous-listes de moins de quinze éléments. Et on s'est aperçus que la plupart des dysfonctionnements de DIMAS ne venaient pas de nous.

Combien d'affaires non résolues parce que les services nationaux et locaux ne disposaient pas d'un outil commun capable de les relier entre elles ? Des outils comme il en existait déjà dans d'autres pays.

— Les derniers dysfonctionnements venaient du CPD, continua Ulysses. La faute à leurs putains de pare-feu. Ils ont remédié à ça.

Le CPD, le *Centro de Proceso de Datos* : en gros, le cœur informatique de l'université ; ses locaux se trouvaient de l'autre côté de la cour, dans l'aile nord. Une quarantaine de personnes y utilisaient une trentaine de serveurs Sun Microsystems. Salomón ne savait absolument pas comment tout ça fonctionnait, il était totalement imperméable à l'informatique. Tout ce qu'il savait, c'est que DIMAS était supporté par l'un de ces serveurs, que c'était comme s'ils disposaient d'un morceau virtuel d'une des grandes armoires métalliques qu'on lui avait un jour montrées. Et que des pare-feu – des sortes de barrières de sécurité invisibles – séparaient et isolaient les uns des autres les différents programmes développés par l'université afin d'éviter qu'un virus ne se répande parmi eux et ne contamine l'ensemble du système.

Il éprouva une légère ivresse.

— Laissez tomber le jargon informatique, dit-il. Et dites-moi ce que DIMAS a trouvé…

7
Lundi après-midi

— Trois affaires, dit Ulysses Joyce.

— Reliées entre elles par plusieurs éléments, dit Alejandro Lorca.

— Trois affaires de meurtre, précisa le jeune Anglais. Et personne n'a fait le lien entre elles… jusqu'à présent.

Il y avait dans leurs voix comme une vibration sur une fréquence plus basse. Une fréquence *émotionnelle*. Et Salomón sentit un léger picotement dans sa nuque.

— Je vous écoute.

Il avait l'impression que son cœur tictaquait comme une montre ancienne. Ulysses jeta un coup d'œil à Alejandro, lequel hocha la tête. Il leva ensuite les yeux vers Salomón.

— Le premier double meurtre a eu lieu il y a trente ans, en 1989. Les victimes : un jeune couple dans la trentaine.

Double meurtre… Salomón attendit la suite la gorge sèche. La lueur des écrans éclairait par en dessous le visage des deux doctorants.

— Ils ont quitté leur domicile à Barbastro, province de Huesca, dans le nord-est de l'Espagne, crut bon de préciser Ulysses, pour qui la géographie espagnole n'était pas aussi familière qu'à Salomón et à Alejandro, le 10 juin 1989 vers 7 heures du matin. L'homme conduisait un petit camion de livraison, sa femme était assise à côté de lui. Ils devaient livrer des fruits et des légumes dans les commerces de Graus, un village d'environ trois mille habitants, à une demi-heure de route vers le nord, dans les premières montagnes basses avant les Pyrénées. Ils se sont arrêtés pour prendre un petit déjeuner à une station-service, dans la plaine, puis ils sont repartis, toujours vers le nord. Le serveur a été la dernière personne à les voir vivants. En dehors de l'assassin, bien sûr…

La voix d'Ulysses tremblait légèrement. L'air de la tente semblait vibrer comme les élytres d'un insecte, ou alors c'était dans la poitrine du criminologue qu'un papillon faisait vibrer son cœur.

— Avant d'arriver à Graus, enchaîna Alejandro, la route, qui, en ce temps-là, était sinueuse et en mauvais état, s'engage dans un défilé où elle traverse onze tunnels. Puis elle longe la berge d'un lac sur environ sept kilomètres. Le village est un peu plus loin, au bord d'une rivière qui s'appelle l'Esera.

Apparemment, Ulysses et Alejandro avaient passé la nuit à mémoriser tous les détails du dossier craché par DIMAS – ou bien ils avaient complété leurs connaissances en allant sur Internet. Aujourd'hui, se dit Salomón, on trouvait presque tout sur Internet.

— Selon la boîte noire du camion, le véhicule s'est arrêté une première fois entre les tunnels 5 et 6 – on n'a jamais su pourquoi –, est reparti une minute plus tard et s'est arrêté de nouveau, cette fois pour de bon, entre les tunnels 7 et 8. C'est là qu'ils ont été tués. Un seul tir dans la tête, à travers le pare-brise, pour l'homme comme pour la femme. Un quart d'heure environ après avoir quitté le bar où ils avaient pris leur dernier petit déjeuner.

— Continuez.

Les grands yeux d'Ulysses et d'Alejandro étincelaient.

— Vers 8 h 30 du matin, poursuivit Alejandro, quarante minutes après que le camion s'est arrêté définitivement – et sans doute que le couple a été abattu –, un homme qui circulait sur la même route a vu le véhicule immobilisé dans un virage. Il est descendu de voiture pour savoir si les occupants avaient besoin d'aide. C'est lui qui a découvert les cadavres. Ils se trouvaient entre le camion et le bord du ravin, donc invisibles de la route. Il a appelé la Guardia Civil. Une patrouille est arrivée de Graus environ dix minutes plus tard. Elle a aussitôt identifié le jeune couple – tout le monde les connaissait dans la région, ils allaient d'un village à l'autre vendre leurs primeurs – et elle a prévenu le commandement de Barbastro, à trente kilomètres de là. On a appelé le père du jeune homme, un vieux qui vivait dans le même appartement que son fils et sa belle-fille. « Et mon petit-fils ? » leur a-t-il aussitôt demandé. « Quoi, votre petit-fils ? » lui ont répondu les gardes civils. Le grand-père leur a alors expliqué qu'ils étaient partis à trois ce matin-là : son fils, sa belle-fille et leur petit garçon de neuf ans. Que ce samedi-là ils projetaient de se baigner en famille dans le lac après avoir livré leur marchandise. Seulement voilà, il n'y avait que *deux* cadavres à côté du camion. Et aucune trace du garçon. On a aussitôt entrepris des recherches dans le ravin et aux alentours. On a cherché jour et nuit. En vain. *On n'a jamais retrouvé l'enfant*. Disparu. Envolé. Trois décennies se sont écoulées et la question de ce qu'il est devenu est toujours sans réponse. Tout comme celle de l'identité du ou des tueurs. Ce mystère demeure irrésolu depuis trente ans. Qui a tué le couple ce matin-là ? Qu'est devenu l'enfant ? Le grand-père est mort en 2008 sans avoir obtenu la moindre réponse à ces questions.

Le silence qui suivit était si épais que même le rock *made in England* sortant des petits haut-parleurs parut lointain aux oreilles de Salomón.

— Et ce n'est pas tout, dit Alejandro. Il faut qu'on te parle de la mise en scène[1]...

Le criminologue passa le bout de sa langue sur ses lèvres.

— Continuez...

— C'est la cerise sur le gâteau, poursuivit Ulysses sans dissimuler son excitation. Après avoir été tué d'une balle dans la tête, le couple a été sorti du camion, déshabillé et déposé au bord de la route, entre le camion et le ravin. Le plus étrange était leur position : la femme assise sur la chaussée, le dos appuyé contre une borne de béton servant de garde-fou, seins nus, jambes écartées ; l'homme à genoux entre ses cuisses, dos tourné à la route et au camion, penché sur elle, un bras passé autour du torse de la femme, tandis qu'elle avait une main posée sur son épaule. Comme s'ils dansaient. L'homme à genoux était nu ; seul un voile rouge ceignait le bas de son corps, ses fesses et ses cuisses ;

1. Les Espagnols tutoient plus facilement que les Français.

la femme, nue elle aussi, avait un linge vert sur les genoux…

Salomón les vit. Il inspira, rêveur, le regard lointain.

— Laisse-nous te raconter les cas suivants, fit Ulysses.

8
Lundi après-midi

— La première affaire a été baptisée par la presse « le double crime des tunnels ». Aux victimes du deuxième double meurtre, les journalistes ont donné le nom des « mariés de l'alcazar ».

Il marqua une pause. *Ce jeune Anglais aime tenir son public en haleine*, se dit Salomón, en songeant que, s'il avait porté un cardiofréquencemètre, celui-ci aurait sans doute indiqué un chiffre supérieur à cent.

— Encore un couple. De Ségovie cette fois. Marié, sans enfants. Un promeneur les a retrouvés un matin de mars 2015 dans les collines juste en face de l'alcazar. À eux deux, ils avaient reçu plus de quarante coups de couteau au torse, au cou, au visage et dans les parties génitales.

L'alcazar de Ségovie : un château baroque perché sur un piton rocheux, qui évoquait aussi bien les dingueries architecturales de Louis II, le roi fou de Bavière, que le château de Walt Disney – auquel, disait-on, il avait servi de modèle. Ségovie se trouvait dans le centre de l'Espagne, à moins de deux heures de route de Salamanque et à une heure de Madrid.

— Le couple de Ségovie était lui aussi dans une position très étrange, expliqua Alejandro, l'homme accroupi, jambes repliées, adossé à un tronc d'arbre, la femme assise par terre entre ses genoux, le dos contre son torse, un bras passé sur sa cuisse gauche, ses jambes repliées sous elle et sur le côté. Comme le couple des tunnels, ils avaient été déshabillés. L'homme avait juste un voile rouge sur les épaules, la femme un voile vert en travers des cuisses. Détails encore plus étranges : ils avaient tous deux aux pieds des sandales qui ne correspondaient pas à leurs pointures, et on avait déposé un petit bouquet de fleurs blanches entre le pied de l'homme et celui de la femme, qui était assise sur une… raquette de tennis.

— On dirait des compositions, commenta Salomón.

— Et chaque fois, les couleurs rouge et verte, ajouta Alejandro d'une voix ardente de dévot.

— Pourquoi « les mariés de l'alcazar » ? voulut savoir le criminologue. Simplement parce qu'ils étaient mariés et qu'on les a trouvés à cet endroit ?

— Pas seulement, intervint Ulysses. Parce qu'en révisant leurs téléphones et leurs réseaux sociaux la police a découvert que, chaque année, pour leur anniversaire de mariage, ils se prenaient en photo là où ils avaient échangé leur premier baiser : *à l'endroit même où on les a trouvés*. Il y avait une très grande quantité de sang sur les lieux, ce qui indique qu'ils ont été selon toute probabilité massacrés sur place. On n'a pas retrouvé l'arme du crime. Et pas plus de coupable que dans le premier double meurtre. Mais la violence avec laquelle ils ont été tués fait penser à un crime de la jalousie ou passionnel…

— Vous avez dit trois occurrences, fit remarquer Salomón.

Il avait la bouche sèche. Quelque part dans le couloir à l'extérieur de la tente et de la pièce, une femme émit un rire clair.

— Benalmádena, sur la Costa del Sol, l'été dernier, répondit Ulysses avec enthousiasme. Un couple de touristes. Massacré dans son lit. Dans la maison qu'ils louaient au bord de la mer. Des Britanniques. Eux aussi mariés, sans enfants. Ça a fait la une des journaux l'été dernier. Ils passaient le plus clair de leur temps autour de la piscine, qui dominait la plage publique en contrebas. Ce qui laisse penser que l'assassin les a peut-être repérés depuis la plage. Un vrai carnage : pas moins de soixante coups de couteau sur le torse, le cou, le visage et les parties génitales. L'homme était allongé sur le dos, une chemise ouverte sur la poitrine, le bras gauche le long du corps, la main droite posée sur son torse, bras replié, des sandales aux pieds. Là encore, elles ne correspondaient pas à sa pointure. Et sa chemise était verte. Il avait aussi une grosse corde passée autour des mollets, mais ce n'était pas un lien : elle était disposée de manière assez lâche. Et une couverture rouge en travers du bassin. La femme était allongée sur le flanc près de lui, nue jusqu'à la taille, une grande dague ancienne plantée entre les seins, un bras étiré au-dessus de la tête dans une pose langoureuse, un drap vert sur les jambes.

À mesure qu'Ulysses parlait, Salomón sentait son intérêt s'accroître exponentiellement.

— 1989, 2015, 2018, dit-il. Pourquoi autant de temps entre les deux premières dates ?

Ils se regardèrent, Ulysses haussa les épaules.

— Peut-être que l'assassin était en prison.

— Ou à l'étranger, suggéra Alejandro. Où il aura continué à tuer.

Salomón secoua la tête :

— Le premier couple est tué par balles, les autres sont lardés de coups de couteau. En outre, le premier couple avait un enfant, les autres non. *Ça ne correspond pas*... Tout ce que nous avons en commun, c'est la pose, les couleurs et les corps dénudés ?

— Pas tout à fait, articula Ulysses d'un ton satisfait.

Salomón se tourna vers lui. Les yeux de l'Anglais lançaient des éclairs.

— Quoi d'autre ?

— Pour maintenir les corps en place, chaque fois l'assassin a utilisé de la colle.

— De la *colle*... ?

— Oui... en grande quantité... De la colle extra-forte, sur le dos, les membres ou les mains de ses victimes, selon la position qu'il voulait leur voir adopter.

— Et personne n'a fait le rapprochement avant DIMAS ?

Le sourire d'Ulysses s'agrandit.

— Toutes ces affaires ont été traitées par des services différents, sans contact entre eux compte tenu de l'éloignement géographique des scènes de crime : une à l'extrême nord du pays, l'autre au centre, la troisième au sud. Si on a affaire à un même assassin, il s'est déplacé au cours des dernières années. Et, comme tu l'as souligné, il s'est passé presque trente ans entre la première affaire et les deux suivantes.

Salomón hocha la tête. Les fichiers ne manquaient pas dans la police espagnole et la Guardia Civil : l'intranet-SINDEPOL pour les plaintes, PERPOL pour les personnes avec antécédents, VIOGEN pour la violence de genre. Et surtout le SIGO, le système intégré de gestion opérationnelle, sans doute la base de données la plus complète, qui avait fait dire à un général : « Ce qui n'est pas dans le SIGO n'existe pas. » Mais ce qui manquait aux polices judiciaires de ce pays, c'étaient un logiciel et une base de données spécialement conçus pour détecter les crimes sériels et capables de relier entre eux les *modus operandi* et les signatures pour les meurtres les plus violents, les assassins compulsifs, à l'image de ce qui se faisait dans d'autres pays.

Jusqu'à ce jour. Car, désormais, songea-t-il, il y avait DIMAS. Et DIMAS surpasserait tous les autres systèmes.

— En somme, dit Ulysses, si on part de l'hypothèse qu'il s'agit d'un même tueur, les coups de couteau comme les tirs seraient son *mode opératoire*, lequel, on le sait, peut évoluer au fil du temps, en fonction des nécessités matérielles, tandis que les couleurs rouge et verte, le choix de couples et les mises en scène seraient sa *signature*, laquelle ne change pas, comme tu nous l'as appris.

— Et la colle ?

— La colle est les deux à la fois, répondit Alejandro, elle fait partie du mode opératoire, car elle permet aux corps de tenir en place, mais, à ce titre, comme les mises en scène elles-mêmes, elle fait aussi partie de la signature…

Ils avaient bien retenu leur leçon. Le criminologue choisit très soigneusement ses mots quand il reprit la parole :

— Ce que vous êtes en train de me dire, c'est que DIMAS n'a déniché rien de moins qu'un tueur qui sévit depuis trente ans, un assassin remarquablement retors qui met en scène ses crimes d'une manière unique et qui est passé sous tous les radars pendant trois décennies, c'est bien ça ? Et notre homme a frappé pour la dernière fois il y a à peine un an ?

Les deux étudiants échangèrent un regard. Salomón les fixa à son tour.

— Bravo, fit-il avec un léger vibrato dans la voix. C'est incroyable ! On y est enfin arrivés… Vous en avez parlé aux autres ?

— Pas encore, dit Ulysses.

— Allez les chercher. Il faut les mettre au courant. Et ce soir, arrosez ça comme ça le mérite : c'est du beau boulot.

9
Lundi soir

Le brouillard s'était encore épaissi avec la tombée de la nuit, et la lueur des réverbères n'était plus qu'une suite de halos vaporeux et distants comme des lunes jaunes le long des rues. La nuit de Salamanque était une nuit vieille de plusieurs siècles. Les lanternes qui brillaient comme des bijoux anciens dans une vitrine d'antiquaire n'étaient pas très différentes de celles qui éclairèrent le passage du roi Alphonse IX de León en 1218. Serrant frileusement le manteau sur ses flancs, Salomón songea brièvement à tous les professeurs qui l'avaient précédé dans ces rues et qui peuplaient aujourd'hui les cimetières. Il fredonnait en marchant :

« *Yesterday, all my troubles seemed so far away, now it looks as though they're here to stay.* »

Du monde dans les rues…

Pour l'essentiel, des jeunes gens. Pour l'essentiel, des étudiants. Pour l'essentiel, des étudiants bourrés. S'il y avait un diplôme que Salamanque distribuait généreusement, c'était bien celui de fêtard. Les études et la fête y avaient toujours fait bon ménage. Salomón lui-même y avait pris quelques cuites mémorables en son temps.

Mais ce temps-là était loin. Dans chaque jeune, il y a un vieillard qui sommeille, se dit-il. À moins que ce ne fût l'inverse.

Il atteignit son immeuble aux 62-64 de la rue Zamora. Un édifice ancien de trois étages dont la façade baroque pleine de corniches sculptées, de bow-windows et de balcons ouvragés était presque aussi surchargée que les monuments de la ville. Le rez-de-chaussée était occupé par un vendeur de chaussures et un salon de coiffure. Il était écrit « DANIA PALACE » sur la façade. Salomón ignorait pourquoi. Il y avait aussi un café baptisé *El Colonial* (*cafés-tapas-licores*) tout à côté, dans lequel il aimait descendre le matin, à l'ouverture – bien que, là encore, il eût quelque doute sur l'origine du nom.

Salomón habitait le dernier étage. Un appartement de trois cents mètres carrés qu'il avait acquis à une époque où l'immobilier n'était pas encore devenu une folie. Le précédent propriétaire s'était pendu à un lustre deux nuits après que son épouse eut été emportée par un cancer à l'âge canonique de cent trois ans. Salomón y avait pourtant vu un augure favorable : le pendu avait lui-même atteint les quatre-vingt-dix-sept ans bien sonnés quand il avait raisonnablement estimé qu'il avait assez vécu comme ça. Par ailleurs, lecteur assidu des philosophes latins et grecs, le criminologue avait vu dans ce geste ce qu'il est convenu d'appeler un « suicide philosophique ».

Il déverrouilla l'un des battants de la double porte.

Dès l'entrée, on était assailli par les livres. Ils couvraient les murs du couloir, ceux des trois salons et ceux de sa chambre, du sol au plafond, passant même par-dessus les portes. Des reliures en cuir sombre dont les dorures luisaient sourdement dans la pénombre, des dos plus clairs mais jaunis par le temps. De la poésie, de la philosophie, du théâtre, des livres d'art. Il possédait par ailleurs les 193 romans et les 158 nouvelles de Simenon, et les 66 romans d'Agatha Christie. Et aussi les 17 aventures de Pepe Carvalho, le héros gastronome et détective de Manuel Vázquez Montalbán. Ainsi que les 10 volumes de son *Carvalho gastronómico* plus ses *Recettes immorales*.

Il alluma une lampe à abat-jour sur un guéridon, ôta son manteau, son écharpe, ses gants, les accrocha au portemanteau. Ayant retiré ses souliers, il les remplaça par une paire de mules puis s'avança – glissa plus exactement – jusqu'au premier salon, le plus grand, laissant la chambre d'amis sur sa droite.

Le plafond à caissons était d'une hauteur comme on n'en fait plus, les lampes disposées de façon à laisser une grande partie de la pièce dans l'ombre, à créer des bulles de lumière séparées les unes des autres : près de la bergère à oreilles où il lisait, du petit canapé où il regardait la télé, du buffet où s'entassaient les bouteilles et les verres. Il aimait l'ombre. Il n'avait pas peur du noir. Il ne craignait pas le chariot des terreurs nocturnes. Il avait vu la mort en face, celle de la personne la plus chère, la plus aimée, et c'était un visage d'une incontestable laideur. Mais il l'affronterait le moment venu avec le même stoïcisme que Begoña.

Il marcha jusqu'au buffet, où trônait une photo dans un cadre d'argent.

— Aujourd'hui, j'ai eu une journée vraiment intéressante, Begoña, dit-il à la photo. Tu n'imagines pas ce dont ces gosses sont capables. Je crois que je me suis plutôt bien débrouillé en recrutant les membres de mon groupe. Ce sont des jeunes gens brillants.

Il déboucha la lourde carafe de cognac en cristal taillé à côté de la photo, se servit un verre.

— Et DIMAS a enfin donné des résultats. Tu serais fière de moi, Begoña.

Il avala une gorgée, sentit le feu descendre le long de sa gorge. Regarda de nouveau la photo.

« *Why she had to go I don't know she wouldn't say, I said something wrong, now I long for yesterday.* »

Yesterday. La chanson préférée de Begoña. Ce n'était pas une intello, Begoña. C'était une femme simple. Pourquoi avait-il fallu qu'elle l'abandonne au seuil de la vieillesse ? Cette saloperie de maladie n'aurait pas pu s'en prendre à quelqu'un d'autre ?

Il s'inclina, attrapa un vinyle dans la collection rangée à même le parquet, le long de la plinthe, se redressa pour le tirer de sa pochette et le poser sur la platine.

La musique s'éleva. Un quintette à cordes de Boccherini. Les violons d'abord, légers comme des battements d'ailes de papillons. Puis la voix plus grave, plus profonde, plus sylvestre, du violoncelle. Il marcha jusqu'à une des fenêtres. La clarté rouge de la ville montait entre les rideaux épais, diffractée par le brouillard. Il contempla le chaos des toits, les antennes tordues comme des trombones qui accrochaient des reflets mouillés, les fenêtres où s'encadrait la lueur de foyers heureux. Brusquement, un frisson le traversa. Comme une onde à la surface de l'eau.

DIMAS.

Il avait trouvé quelque chose. Il avait débusqué un tueur surgi du passé, un tueur invisible aux crimes inouïs. Et il allait mettre ses étudiants sur sa piste, comme une meute de jeunes chiens.

La chasse était ouverte…

TROISIÈME PARTIE
SALOMÓN ET LUCIA

10
Lundi soir

Minuit. L'heure de sa ronde. C'était une nuit calme. Une nuit silencieuse. Pour le moment.

Il y avait des nuits infernales. Des nuits où ça grondait et ça gueulait de partout, où les cellules de garde à vue ressemblaient à des volcans en éruption, où l'électricité et la tension vous tenaient constamment en éveil.

Cette nuit, il allait devoir se faire violence pour ne pas s'endormir. On leur avait dit d'avoir le nouvel arrivant à l'œil. Le blondinet qui lui faisait penser à son fils. Il revit le bong et le cannabis qu'il avait découverts planqués sous les vêtements de celui-ci, dans l'armoire de sa chambre, et l'amère dispute qui s'était ensuivie. Il l'avait frappé. C'était parti tout seul. Il n'aurait pas dû, bien sûr. Son fils lui avait craché à la figure : « Je te déteste, je te méprise ! Tu n'es qu'un maton de merde ! Une saleté de fasciste à la solde du pouvoir ! »

Il y pensait tous les jours, à cette dispute. Et aux mots de son fils. C'était plus fort que lui. Ça le rongeait. Il passa devant la cellule du blond. Entendit une voix s'élever de l'autre côté de la porte métallique :

— Ne le tue pas, Ricardo.

Une voix de femme… Il savait pertinemment qu'il n'y avait aucune femme derrière cette porte, mais c'était drôlement bien imité. Il tendit l'oreille.

— Je dois le punir, Marta, répondit une voix beaucoup plus grave, qui le fit tressaillir. Il ne faut plus qu'il parle.

Une troisième s'éleva presque aussitôt, voix d'homme implorante, oscillant entre le fausset et le rauque, qui lui arracha un frémissement :

— Ne me tue pas, je t'en supplie, Ricardo !

Il secoua la tête. Putain, quel bazar dans la tête du blondinet ! Au moins, se dit le gardien, le nouveau locataire ne risquait pas de s'ennuyer avec toutes ces voix pour lui tenir compagnie. Il songea qu'il avait tout intérêt à suivre les instructions et à ne pas le perdre de vue. Il y avait une caméra dans chaque cellule, reliée aux écrans du poste de contrôle. La fiche de détention du blondinet était on ne peut plus claire : « vigilance maximale, risques de tentative de suicide ». Mais avec quoi, bon sang ? On lui avait tout enlevé, comme toujours : ses lacets, sa ceinture, sa montre, son briquet – et il avait fait l'objet d'une fouille intégrale.

Le gardien s'éloigna.

— Il faut que je le tue, Marta, dit la voix grave et virile dans son dos, à travers la porte.

C'est ça, mon pote, continue ton délire…

Mais il ne put s'empêcher de frissonner.

11
Lundi soir

Adrián promenait le bout de l'index sur ses tatouages. Une *calavera* – une tête de mort – de douze centimètres de haut qu'elle s'était fait tatouer sur le biceps gauche pendant des vacances au Mexique, la rose aux épines sanglantes près du pubis, les danseurs de tango sur le mollet, la boussole sous le sein gauche, dont le nord était orienté vers le cœur – et aussi phrases, chiffres, étoiles, symboles…

— Un livre ouvert, commenta-t-il, allongé nu près d'elle.

— C'est l'idée.

— *Le livre de ta vie…*

Il faisait le même commentaire chaque fois. Chaque fois qu'ils faisaient l'amour. Adrián Sanz était un cérébral. Il aimait analyser les choses. Et il savait que chacun des tatouages était associé à un événement – joyeux ou triste. À des lieux aussi.

— Mmm, fit-elle en passant une main sur le torse d'Adrián.

Il suait légèrement. Lucia, elle, ne suait jamais. Même quand elle poussait la barre de quarante kilos au développé-couché sur le banc de musculation du gymnase de l'UCO. Une histoire de glandes. « Hypohidrose », on appelait ça.

On lui avait dit que cela pouvait être dangereux. Sur une échelle de 1 à 5, où 1 représentait quelqu'un qui ne sort jamais de chez lui et 5 un membre de la Guardia Civil qui s'était déjà retrouvé trois fois devant le canon d'une arme à feu, cela représentait quel niveau de danger ? avait-elle demandé. Le toubib n'avait pas su répondre.

— Tu en as sur les chevilles et sur les pieds, mais pas sur les mains ou la nuque, fit-il remarquer.

— Ce n'est pas autorisé.

— Et celui-là, dit-il en la faisant pivoter sur le ventre pour lui caresser le dos. Parle-moi de celui-là.

Le grand tatouage qu'elle avait dans le dos. Des omoplates jusqu'au creux des reins. La longue silhouette, simple contour, ouvrant les bras en croix, qui n'était cependant pas un Christ. Ou alors *son Christ à elle*. Rafael. À jamais attaché à sa peau. Elle le garderait contre elle tant qu'elle vivrait. Elle se l'était fait faire à l'âge de dix-huit ans. Le premier. Quelques semaines seulement *après*…

Elle se raidit. Elle n'aimait pas parler de ça. Elle se leva.

— Et quand est-ce que tu vas me présenter ton gamin ? demanda-t-il.

— Laisse-moi le temps.

— Le temps ? (Il s'assit contre les oreillers, bras croisés.) Lucia, sans déconner, ça fait combien de mois qu'on sort ensemble ? Douze ? Treize ? Où tu vas ?

— Prendre une douche.

— Tu t'en vas déjà ?

Elle ne répondit pas. Elle traversa la salle de bains attenante à la chambre, entra dans la luxueuse douche noire avec disque lumineux changeant de couleur autour des jets du plafond, écran LCD « intelligent », baignoire, jacuzzi, sauna et hammam intégrés. Une vraie cabine spatiale. Merde, pourquoi avait-il besoin d'une douche pareille, lui qui les prenait toujours en quatrième vitesse ?

— Tu fais chier, tu sais ça ? lui lança-t-il depuis le lit.

Elle sourit. Adrián ne se départait de son langage châtié que quand il était furax. Elle était sûre qu'il avait remis ses lunettes avant de se rhabiller. Parfois elle se disait qu'elles étaient son bouclier, qu'elles le protégeaient du monde extérieur, qu'Adrián Sanz se cachait derrière elles. Il avait un visage désagréablement nu quand il les ôtait.

Ils s'étaient rencontrés dans le cadre du boulot, comme des millions d'autres. Un cambriolage qui avait mal tourné : deux morts, des tableaux de prix volés. Elle avait contacté le Groupe du patrimoine historique, auquel Adrián appartenait. Il l'avait invitée à leur rendre visite dans leurs bureaux ; une Joconde clignait de l'œil sur la porte du sien. Examinant les documents qu'elle avait trouvés dans l'appartement, documents relatifs aux objets volés, il avait parlé fourgues, revente, circuits, galeries. Il était mignon. Il connaissait son affaire. Elle avait eu envie de lui chiper ses lunettes et de l'embrasser sur-le-champ. Mais elle avait attendu le soir pour le rappeler et lui proposer de prendre un verre.

Sous la douche, une autre image l'assaillit.

Sergio et elle faisant l'amour à l'arrière de la voiture qu'ils utilisaient pour les filatures, au fond d'une impasse de la zone industrielle de San Blas-Canillejas, au nord-est de Madrid, derrière l'entrepôt qu'ils étaient censés surveiller. Les épaules musclées de Sergio sorties de sa chemise Silbon, qu'elle griffait, à califourchon sur lui, les doigts de Sergio sur ses seins aux mamelons érigés, son gros sexe dur s'enfonçant en elle chaque fois qu'elle pliait les genoux, l'excitation de faire quelque chose de répréhensible, d'interdit, à la fois parce qu'ils étaient en planque et parce qu'elle connaissait Lisa, la femme de Sergio, et qu'elle l'appréciait. Mais la fureur de leur désir balayait tous les principes. Plus de morale, plus de règles qui vaillent : rien que ce feu dévorant.

Lucia resta un moment la main sur la poignée de la douche. Submergée par la culpabilité.

Quinze minutes plus tard, au volant de son Hyundai Tucson, elle récupérait ses courses au Carrefour Market de la rue Alberto-Aguilera ouvert 24/24. Elle frissonnait dans son blouson de cuir trop léger et son sweat à capuche. Il était 23 h 47, il faisait trois degrés au-dessus de zéro et elle ne disposait que de quatre heures et demie de sommeil avant de rejoindre les autres pour le briefing pré-assaut du lendemain. Car Peña avait finalement estimé que les frères Lozano feraient des suspects suffisamment présentables dans le meurtre de Sergio pour mettre en branle l'UEI, l'unité spéciale d'intervention.

L'assaut serait donné avant l'aube. Quand l'attention des fauves est au plus bas. Pas celle des loups. Ni des tigres. Non : celle des chacals, des hyènes, des *perros callejeros*, les chiens des rues. Elle n'éprouvait pour eux aucun sentiment particulier. C'était l'ennemi, et c'était une guerre. Lucia Guerrero – la *guerrera* : « la guerrière ».

Elle introduisit la clé dans la porte de l'appartement voisin du sien aussi silencieusement que possible, les bras chargés de sacs de courses, vingt minutes plus tard.

— C'est à cette heure-là que tu rentres ?

Lucia s'avança dans le petit salon. Se tourna vers la femme au visage émacié et aux cheveux gris en désordre, vêtue d'une robe de chambre en molleton passée sur un pull épais et un jean informe mais sûrement confortable, qui l'observait depuis le canapé, devant la télé allumée. Enfouie parmi des montagnes de coussins et de couvertures qu'elle ne quittait que pour se rendre aux toilettes. Elle avait vieilli, bien sûr. Mais il restait dans ses traits durs quelque chose de la femme autoritaire, cassante et rigide qu'elle avait été. Celle qui avait fait la vie à son père, lequel avait préféré quitter la scène prématurément d'une crise cardiaque à cinquante-neuf ans.

— On est sur une affaire importante, maman, se justifia-t-elle.

— Tu n'oublies pas que samedi tu as Álvaro ?

— Non, maman, je n'oublie pas.

Elle avait la garde de son fils un week-end sur deux. Ainsi en avait décidé la juge, une femme dans la trentaine, dont elle savait qu'elle n'avait pas d'enfant – elle s'était renseignée.

Et sa mère n'avait qu'un centre d'intérêt dans son existence de veuve : ses petits-enfants. Elle oubliait de plus en plus de choses, mais jamais quoi que ce soit qui eût trait à Álvaro.

— Samuel a appelé, dit encore sa mère. Il voulait te parler. Il n'a pas réussi à te joindre. Je crois qu'il y a eu un incident à l'école…

Un incident ? Qu'est-ce que ça voulait dire ? Samuel était son ex-mari. Il dirigeait une agence de compagnie d'assurances – ce qui, de toute évidence, était un métier autrement qualifiant pour être parent aux yeux d'une juge que celui d'officier de police judiciaire à la Guardia Civil. Elle regarda son téléphone. Elle avait deux appels manqués de son ex-mari.

— Je l'appellerai demain, répondit-elle en entrant dans la cuisine et en ouvrant le frigo pour y ranger fruits, légumes, yaourts, fromage et poisson.

— Samuel m'a dit qu'il avait essayé de te joindre deux fois sur ton portable, insista sa mère depuis le salon.

Le calendrier de l'année précédente était maintenu par des magnets sur la porte du frigo, celui de l'année en cours n'était visible nulle part. Elle se sentit agacée : pourquoi Samuel éprouvait-il le besoin, quand il ne parvenait pas à la joindre, de joindre sa mère ?

— C'est possible. Maman, je ne réponds pas aux appels privés quand je suis en…

Elle avait failli dire « en audition ».

— … au travail.

— Oui. On sait tous que ton travail passe avant *tout le reste*, commenta sa mère dans la pièce voisine.

En ressortant de la cuisine, elle aperçut sur le mur la photo de Rafael. À quinze ou seize ans. Il était déjà si grand pour son âge… Si grand et si mince… Il mesurait un mètre quatre-vingt-huit pour tout juste soixante-quatorze kilos.

— Bonne nuit, maman, dit-elle en se dirigeant vers l'entrée quand elle eut fini de ranger les courses.

Il n'y eut pas de réponse.

Avait-elle seulement entendu ? Elle devenait de plus en plus sourde. Et aussi de moins en moins propre. Une odeur désagréable flottait dans tout l'appartement. Sa sœur prétendait que leur mère perdait la boule. Mónica voulait la placer dans une maison de retraite. Elle expliquait que c'était une charge trop grande pour *elles* alors que Lucia s'occupait de tout et que sa sœur – qui vivait dans une maison de quatre cents mètres carrés et dont le mari pilote de ligne chez Air Europa gagnait très bien sa vie – ne savait que faire de ses journées. Chaque fois qu'elles abordaient le sujet, la conversation finissait dans les récriminations et les reproches mutuels. Mónica – qui s'était mariée jeune à son pilote de ligne, lequel était alors pilote de chasse à l'EDA, l'Ejército del Aire – n'avait apparemment que de très rares notions de ce qu'était le monde réel, où des gens s'échinent du matin au soir pour des salaires à peine décents, ont des fins de mois difficiles, ne peuvent envoyer leurs enfants dans les meilleures écoles. Lucia se souvint que, quand ses neveux étaient petits, c'était Consuela, la femme de ménage, qui les emmenait et allait les chercher à l'école.

Samuel avait essayé de la joindre deux fois ? Tout à coup, elle fut inquiète. Elle entra dans son appartement, alluma, tira les trois verrous derrière elle et, sans ôter ses Chuck Taylor, alla jusqu'au frigo. Presque vide. Elle attrapa dans la porte le bidon de boisson isotonique bourrée de calcium, de magnésium, de vitamine B1 et surtout de sucre, but une gorgée, composa le numéro.

— Bon Dieu, t'as vu l'heure ? s'exclama son ex-mari.

— Désolée. J'ai eu une longue journée. Il s'est passé quoi avec Álvaro ?

— On en parlera demain, Lucia, répondit-il d'une voix lasse et condescendante. Je dors, là…

— Rien de grave ? demanda-t-elle.

— Sur une échelle de 1 à 5 ? ironisa-t-il, l'imitant, avant de raccrocher.

Connard ! Elle retourna au réfrigérateur, prit un plat qu'elle glissa dans le micro-ondes, l'avala en quatre bouchées. Pas si mauvais. Elle mit son assiette dans le lave-vaisselle, se lava les mains et marcha jusqu'à sa chambre. Au passage, elle ouvrit la porte d'Álvaro.

Des posters de vedettes qu'elle ne connaissait pas, une parure de lit *Star Wars : The Mandalorian*, la série complète des Harry Potter depuis *À l'école des sorciers* jusqu'aux *Reliques de la Mort* et aussi celle de Philip Pullman, *À la croisée des mondes*, sur une planchette au-dessus du bureau, un ciel étoilé au plafond – elle l'avait peint elle-même.

Elle éteignit.

Elle estimait à moins de vingt le nombre de nuits qu'Álvaro avait passées dans cette chambre. Et pas seulement parce qu'elle n'avait la garde qu'un week-end sur deux : elle avait elle-même annulé plus d'un week-end à cause du boulot.

Dans la salle de bains, elle ouvrit l'armoire à pharmacie, prit un comprimé de Buscapina contre les douleurs gastriques, se brossa les dents et se passa du fil dentaire.

Revenue dans la chambre, elle retira ses Converse et son perfecto dans le noir. Le seul éclairage était la lumière provenant de la salle de bains. Se laissant tomber tout habillée sur le lit, elle se frotta les paupières et bâilla, le visage tourné vers le plafond. Tandis qu'elle le fixait, sa jambe gauche se mit à s'agiter, comme un appendice indépendant de son corps, sur lequel elle n'avait aucun contrôle.

Trente secondes plus tard, elle dormait.

12
Mardi matin

6 h 21. Le gros insecte de métal glissa au-dessus des tours de béton et des barres d'immeubles, ses pales barattant tel un mixeur le flot d'ambre jaune qui coulait sous la masse des nuages.

Madrid. Quartier de Villaverde. Le soleil ne se lèverait pas avant une bonne heure.

Concentrés, les douze hommes de l'unité spéciale d'intervention finissaient de vérifier leur matériel. L'un fixait ses genouillères ; un autre enfilait par-dessus ses épaules le lourd gilet de protection balistique pour le combat urbain, avec l'antenne de l'émetteur dépassant dans le dos et les grenades paralysantes devant, contre le plastron ; un troisième glissait une oreillette sous son passe-montagne avant de coiffer son casque à visière intégrale. Ils ressemblaient, avec leur équipement et leur harnachement pleins de protubérances et d'antennes, à de gros scarabées noirs.

— Hé, Alberto ! C'est toi qui es chargé de protéger mes fesses ?

— Ouais, répondit ledit Alberto, et crois-moi : je préférerais protéger autre chose.

L'humour pour faire baisser la pression. Et pourtant, ils adoraient ça. L'adrénaline, la tension, le danger. Ils touchaient des salaires qui n'étaient pas bien élevés eu égard à leurs aptitudes et aux risques encourus. Certains y pensaient chaque fois qu'ils regardaient un match de l'Atlético ou du Real. Ces types couverts d'or pour donner des coups de pied dans un ballon. Ou quand un petit malin devenait du jour au lendemain millionnaire en bitcoins.

Mais ils savaient qu'ils avaient au moins une chose en commun : dans un cas comme dans l'autre, il s'agissait de faire partie des tout meilleurs. Et meilleurs, ils l'étaient.

Dans la tendre lumière du matin, leurs armes rutilaient. H&K USP et Glock 17, fusils d'assaut H&K G36K, fusils de précision de calibre .7,62. Du matériel de pointe en comparaison de celui de bien des unités.

— C'est parti, les gars.

Les culasses claquèrent. Ils s'élancèrent vers l'immeuble de sept étages. Deux groupes de six. En file indienne. L'édifice les engloutit. Ils gravirent rapidement l'escalier de secours, une volée de marches après l'autre, en silence.

Firent irruption au dernier étage.

Maintenant.

Il régnait dans les couloirs le silence qui régnait autrefois sur les banlieues usinières et ouvrières écrasées de fatigue. Avant que des jeunes qui ne connaissaient ni la fatigue ni la loi ne les transforment en leur terrain de jeu. Mais il n'y avait pas d'ouvriers à cet étage. Tous les appartements avaient été rachetés par les mêmes individus : les frères Lozano et leur tribu.

Ils y logeaient leurs sbires, leur garde rapprochée, leurs familles, leurs gosses.

La dernière porte au bout du couloir était celle des deux frangins. Ils ne se séparaient presque jamais. Il y en avait toujours un pour couvrir les arrières de l'autre.

On avait montré aux membres de l'unité spéciale des photos pendant le briefing. Ils n'avaient pas besoin de photos : ils les connaissaient déjà. Des faces de brutes épaisses, des regards froids, mesquins. Une volonté lisible d'écraser et d'intimider la concurrence par des actes d'une cruauté inimaginable.

Cet objectif, c'était un vrai piège, avec toutes ces portes derrière lesquelles se trouvaient des gens théoriquement endormis mais qui pouvaient s'ouvrir d'un instant à l'autre. Ils craignaient de ne pas avoir le temps d'atteindre la dernière, que quelqu'un ne surgisse et ne les tire comme des lapins.

Ils reprirent leur souffle. Échangèrent quelques signes. Silence complet. Puis ils foncèrent à toute allure mais sans un bruit le long du couloir.

Ils encerclèrent la dernière porte : le premier à gauche, agenouillé derrière le bouclier pare-balles, celui de droite muni du bélier pneumatique, les autres armes levées, dirigées vers la porte, les derniers protégeant leurs arrières.

Le chef du groupe fit un signe. La porte explosa.

— Guardia Civil ! Guardia Civil ! hurlèrent-ils en s'engouffrant à l'intérieur et en réveillant tout le monde.

Des hommes en caleçon ou nus apparurent ; des femmes ensommeillées puis énervées ; et même des gosses. Tant mieux. Les gosses étaient une bonne nouvelle : ça n'allait pas canarder dans tous les sens.

Ils tirèrent les Lozano de leurs lits aux draps de soie, agonis d'insultes par leurs épouses.

L'une des têtes de lit était un tableau de trois mètres sur deux représentant un tigre du Bengale dans la jungle. Sa splendide fourrure était peinte avec une précision quasi photographique, tout comme les feuillages qui l'entouraient. L'animal avait l'air calme, puissant et noble. Tout le contraire des Lozano et de leur clique. Des miroirs dans des cadres dorés reflétaient le chaos ambiant ; des hurlements fusaient de tous côtés.

— Putain, qu'est-ce que vous me voulez ? gueula Nano Lozano en se laissant docilement embarquer – il n'avait pas envie qu'un de ces cow-boys lui torde le poignet.

— Salut, Nano, dit Lucia quand il eut été extrait de l'appartement.

— Tiens, dit-il comme s'il était content de la voir, la *guerrera* en personne ! Qu'est-ce qui me vaut l'honneur d'une visite aussi matinale ?

Il n'avait pas l'air inquiet. Les frères avaient une armée d'avocats à leur service – et ils avaient déjà échappé plusieurs fois au bras un peu court de la justice.

Elle allait répondre quand quelque chose vibra sur elle ou tout près. Elle examina ses vêtements, son jean usé. Contrairement aux types de l'unité spéciale, qui portaient leurs lourds gilets pare-balles par-dessus leurs combinaisons vertes, son gilet balistique, plus mince, était glissé sous son sweat.

Elle crut d'abord que c'était le talkie-walkie, avant de se rendre compte qu'il s'agissait de son portable, qu'elle avait mis en mode vibreur.

— Guerrero, répondit-elle.

— Lieutenante, faut que vous veniez tout de suite.

13
Mardi matin

Il faisait froid mais le soleil brillait quand Lucia se gara devant le bâtiment de la Guardia Civil à Tres Cantos, un quartier au nord-ouest de Madrid sorti de terre cinquante ans plus tôt. Dans cette vive lumière automnale, les mornes alignements d'immeubles avaient l'air presque riants.

Une fois à l'intérieur du bâtiment, elle s'orienta. Tres Cantos était la seule caserne autour de Madrid qui comportât des cellules de garde à vue. Une cinquantaine, fermées par des portes métalliques percées de judas et surveillées en permanence par des caméras.

Elle se présenta devant le local vitré où se tenaient les gardes.

— Gabriel Schwartz, déclara-t-elle en sortant son badge.

Elle vit le visage des deux gardes se fermer.

— Venez, dit l'un d'eux.

Lucia le suivit. Un autre surveillant les attendait. Il affichait l'air contrit d'un enfant pris en faute. Mais c'étaient surtout ses mains qui le trahissaient : les bras ballants, il les ouvrait et les fermait comme Lucia lorsqu'elle musclait les siennes avec ses *handgrips*. Elle remarqua plusieurs taches de sang sur son uniforme.

— C'est moi qui vous ai appelée, dit-il. J'étais de permanence cette nuit. Vous arrivez à temps. Ils sont en train de l'évacuer. Votre collègue est déjà là…

Elle lui emboîta le pas. Le couloir bruissait d'animation. Dans la dernière cellule, la porte en métal était ouverte et la lumière allumée. Le gardien s'effaça pour la laisser passer. Elle franchit le seuil d'un pas presque militaire. La cellule ne comportait pas de W-C, seulement un lit et un lavabo.

À l'intérieur, Arias et un médecin encadraient le corps du blond étendu sur un brancard, entre le lit et le mur.

En entendant le bruit de ses pas, Arias tourna vers elle ses yeux loucheurs. Et lugubres. Lucia sentit aussitôt sa tension nerveuse grimper en flèche. Elle eut l'impression que le temps ralentissait, se déformait. Gabriel Schwartz avait les paupières closes, l'air serein d'un dormeur, un masque à oxygène sur le bas du visage. Elle s'avança, incapable de détacher son regard de la face bleue ; elle vit à travers le masque les coulées vermeilles du sang à demi coagulé qui sortaient de ses narines et de sa bouche.

On avait ouvert sa chemise imbibée de sang et il avait des électrodes sur le torse, mais aussi de gros hématomes à hauteur des côtes. Une perfusion était fixée aux ridelles du brancard. Le médecin fit signe aux deux infirmiers qui venaient d'entrer ; ils le roulèrent hors de la cellule.

— Qu'est-ce qui s'est passé ? demanda-t-elle, le cœur battant. Qui lui a fait ça ?

— Il s'est fait ça tout seul, répondit le toubib sans quitter Gabriel Schwartz des yeux tandis qu'on l'évacuait.

Elle le retint par le bras avant qu'il ne s'en aille.

— Comment ça ?

Elle nota le coup d'œil qu'il jeta à la main qu'elle avait posée sur sa manche et la retira.

— Saignements spontanés, répondit-il, hémorragies massives. Le PT Quick est très perturbé.

— Le quoi ?

Il la regarda.

— Le PT Quick. Un test qui mesure le taux de prothrombine, la coagulation sanguine si vous préférez, impliquant les facteurs de coagulation VII, X, V, II. Il souffre d'une déplétion en vitamine K, laquelle a entraîné une chute massive des facteurs de coagulation. Je soupçonne l'ingestion d'un anticoagulant, vraisemblablement un raticide.

— Un *raticide* ? répéta-t-elle, l'esprit plein de confusion.

Il hocha la tête.

— Oui. Le centre antipoison de Madrid reçoit chaque année des dizaines d'appels concernant des empoisonnements par rodenticide – un produit pour tuer les rongeurs. La majorité des accidents impliquent des enfants, mais parfois aussi des adultes. Et chez 20 % des adultes, il s'agit d'ingestions volontaires.

— Vous voulez dire… des *actes suicidaires*… Mais il a été fouillé et il est resté sous surveillance constante ! Il est impossible qu'il ait avalé ça au cours des dernières heures, docteur.

Le toubib secoua la tête.

— La perturbation maximale du PT Quick telle qu'on l'observe ici se situe entre la trente-sixième et la soixante-quinzième heure après l'ingestion. Par ailleurs, les effets cliniques n'apparaissent qu'au bout de deux à quatre jours. Évidemment, son hémophilie a dû accélérer le processus mais, quoi qu'il en soit, il a ingéré la substance *avant* d'être arrêté.

La tasse, bon sang ! songea-t-elle. *Soit il l'avait avalée volontairement... soit on la lui avait fait avaler.*

— Comment il va ?

Le médecin fit la grimace.

— Je suis très pessimiste. Il est dans le coma et les signes vitaux ne sont pas bons. Il a sans doute une hémorragie intracrânienne sous-arachnoïdienne, c'est-à-dire entre le cerveau et la boîte crânienne, et aussi des hémorragies gastro-intestinales et pulmonaires entraînant une hypoxie : un manque d'oxygène et une insuffisance respiratoire... On va faire notre possible, mais je ne sais pas s'il arrivera vivant à l'hôpital...

— Merci, docteur.

Elle le regarda s'éloigner. À côté d'elle, Arias était livide.

Ils visionnèrent la vidéo. Au début, cela se manifesta sous la forme d'un simple saignement de nez. Puis Schwartz toussa et du sang jaillit de sa bouche ouverte. Finalement, il se mit à cracher du sang en grande quantité sur son menton et ses vêtements, comme s'il le vomissait.

Sur l'écran, la porte de la cellule s'ouvrit à la volée et deux gardiens firent irruption.

— Dès qu'on a vu qu'il saignait, on s'est précipités, expliqua celui qui était assis devant l'écran.

Sur la vidéo, les gardiens se penchaient à présent sur Gabriel Schwartz, qui convulsait dans son lit. L'un d'eux saisissait sa radio pour appeler les secours.

À la toute fin, le corps de Gabriel Schwartz se tendit tel un arc, comme s'il recevait une série de décharges électriques, devant les gardiens impuissants. Son nez pissait le sang, sa bouche saignait abondamment. Et même ses yeux et ses oreilles. Puis tous ses muscles se relâchèrent d'un coup et il resta étendu, inerte, sur sa couche.

— Je veux voir ce qui s'est passé avant, dit-elle.

Le gardien rembobina.

— On dirait qu'il parle tout seul, fit observer Arias.

Il n'y avait pas de son, rien que les images. Le surveillant toussa. Ils se tournèrent vers lui.

— Quand je suis passé devant sa cellule, il… il parlait… avec une voix de femme. Ensuite, une voix d'homme… Et puis, encore une autre…

— Qu'est-ce qu'il disait ?

— Qu'il fallait tuer quelqu'un… La voix de femme, elle, suppliait un certain Ricardo de ne pas le faire… de ne pas le tuer, je veux dire.

— Nom de Dieu ! souffla Arias.

— Regardez, dit Peña.

Sur l'écran, Gabriel s'était approché de la caméra et levait la tête vers elle. Il fixait l'objectif. Il parlait. Il *leur* parlait. Les mouvements de ses lèvres étaient très nets et très distincts.

— On dirait que ce sont des lettres qu'il articule…

— Revenez en arrière, ordonna Lucia.

Ils repassèrent la séquence.

— Oui, c'est ça ! Un L, fit Arias. Ou un N…
— Et là un U ou un O, dit Peña.
— Un C, dit Arias.
— Un I, enchaîna son patron.
— Un A…

Lucia se taisait. Depuis qu'elle s'était assise, sa jambe gauche bougeait sans interruption, convulsivement, sous la table supportant l'écran. Ils se tournèrent vers elle, la regardèrent :

L
U
C
I
A

« LUCIA ». Elle frissonna. Tel était le dernier mot prononcé par Gabriel Schwartz avant sans doute de quitter ce monde : le médecin s'était montré très pessimiste sur ses chances de survie.

Et Lucia comprit que l'être invisible qui, dans l'ombre, tirait les ficelles de la marionnette Schwartz s'adressait à elle par-delà la mort. Il lui envoyait un message muet.

Un message venu de l'au-delà.

14
Mardi matin

La conférence de presse débuta à 11 heures, dans une salle pleine à craquer. Ce n'est pas tous les jours que les médias peuvent se mettre sous la dent un meurtrier souffrant d'un trouble de personnalité multiple. Quand, par-dessus le marché, sa victime est un membre de la Guardia Civil…

Dès la veille au soir, lorsque certaines informations avaient fuité, les chaînes d'info avaient convoqué sur leurs plateaux télé tout ce que Madrid comptait de psychiatres ayant servi à un moment ou à un autre d'experts près les tribunaux. Leurs avis, énoncés la plupart du temps avec la bonhomie condescendante du spécialiste s'adressant aux profanes, s'étaient révélés remarquablement contradictoires. Mais, comme chacun sait, la psychiatrie n'est pas la physique – et elle autorise quelques divergences de vues.

Étaient présents ce matin-là d'un côté une trentaine de journalistes fréquentant commissariats et tribunaux et un nombre inhabituel de caméscopes Panasonic AG-HPX500 et de caméscopes portatifs AG-HPG20, le matériel standard de la télévision espagnole, de l'autre, c'est-à-dire derrière la longue table et les micros : Peña et la directrice de l'Unité centrale opérationnelle, la colonelle Pilar Molina Marcos, une femme grande, anguleuse, dépourvue d'humour comme de charisme, mais qu'on disait redoutable organisatrice et fanatiquement dévouée au corps de la Guardia Civil.

Lucia se tenait en retrait.

On ne lui demandait pas de parler en public. Non qu'elle fût timide. Mais elle n'était pas du genre à faire semblant qu'on avançait quand l'enquête était au point mort. Ni à changer le négatif en positif, pour parler comme les coachs en communication.

Elle se serait montrée trop franche. Trop directe. Trop… agressive.

Comme avec cette journaliste blonde aux yeux émeraude, qui posait d'emblée la question de savoir comment un suspect avait pu échapper à la surveillance de l'UCO et mettre fin à ses jours.

Parce qu'il a bouffé de la mort-aux-rats avant qu'on l'arrête et s'est noyé dans son propre sang, lui aurait répondu Lucia, histoire de voir son joli visage prendre une teinte de lait caillé.

Mais, bien évidemment, on ne dit pas cette sorte de choses en conférence de presse. Ou du moins pas comme ça.

Un autre détail la frappa : l'extrême attention des journalistes. Ils avaient flairé l'odeur du sang. Le genre d'histoire qui allait tenir en haleine lecteurs et spectateurs pendant des semaines, voire des mois.

— On connaît les causes exactes de la mort du sergent Moreira ? demanda un autre journaliste.

— L'autopsie a révélé qu'il a d'abord été assommé. Son crâne portait la marque de ce que les légistes appellent « anesthésie préalable de Brouardel » : un enfoncement occipital à l'arrière du pariétal qui témoigne d'un coup violent porté pour étourdir ou pour tuer, et qui provoque un traumatisme crânien suivi d'une hémorragie. Ça confirme ce que nous pensions : le sergent Moreira a sans doute été attaqué par surprise. Il a ensuite été poignardé à hauteur du cœur.

— Et crucifié, ajouta une voix.

— Techniquement parlant, ce n'est pas une crucifixion, précisa la colonelle Pilar Molina Marcos. Mais il a été collé à une croix, en effet…

— Donc, un de vos sergents est assassiné, collé à une croix, puis le principal suspect se suicide dans sa cellule quelques heures plus tard, c'est bien ça ? revint à la charge la pimbêche blonde.

Pas de réponse cette fois.

— On dit qu'une opération de l'UEI a eu lieu tôt ce matin à Villaverde, lança le chroniqueur du journal *El País*. Est-ce que ça a un rapport avec la mort du sergent Moreira ?

— C'est ce que nous cherchons à établir, répondit Peña.

— Ça veut dire que c'est un innocent qui s'est suicidé cette nuit dans vos cellules ?

La même, encore une fois... Elle était nouvelle, mais elle avait visiblement compris que le meilleur moyen de faire parler d'elle était de déclencher un bon gros buzz. Et Lucia la vit telle qu'elle était : jeune, ambitieuse, cynique, suffisante, égocentrée. La carrière avant la déontologie. L'image et l'estime de soi avant la compétence.

Lucia voyait déjà d'ici les gros titres : « UN INNOCENT SE SUICIDE SOUS LA PRESSION DE L'UCO ».

— Non, pas du tout, répondit Peña, piqué au vif. Il a été trouvé près du corps, il avait le sang de la victime sur lui et il est passé aux aveux.

— Mais vous n'avez pas de preuve formelle ? interrogea un autre.

— Comment les aveux d'une personne souffrant de trouble dissociatif de l'identité peuvent-ils être pris au sérieux ? revint à la charge la jeune journaliste. Est-ce qu'il a été vu par un psychiatre ? Est-ce ainsi que l'on procède à l'UCO ?

— Qu'insinuez-vous ? se récria la colonelle en foudroyant l'impudente du regard.

Lucia se leva. Elle en avait assez entendu. En sortant, elle entra dans les toilettes, se passa de l'eau sur la figure. Les deux mains agrippées au bord du lavabo, elle pensa à Sergio. Il lui avait dit quelques semaines plus tôt qu'il voulait quitter l'unité avant que ce boulot n'ait définitivement abîmé sa vision du monde. Tout flic a ses limites. Il avait été confronté à des maris qui avaient battu à mort leurs femmes et aussi à une épouse qui avait prémédité durant des mois, en compagnie de son amant, la mort faussement accidentelle de son mari, à des violeurs, à des trafiquants de tout ce qui avait une valeur marchande, à des apprentis terroristes dont la seule ambition était de massacrer le plus de gens possible parce que, croyaient-ils, c'était ce que leur dieu voulait, à des proxénètes qui livraient des adolescentes en pâture à des ordures contre du cash ou de la came, à tout ce que l'humanité offrait de plus désespérant, de plus dégradant. Le moment était venu de raccrocher les gants.

Il ne voulait pas voir ses enfants grandir en ayant ces images-là à l'esprit. Il allait se trouver un petit boulot pépère dans la sécurité ou une affectation en province, où il attendrait bien pénard la retraite en jouant les papas gâteaux.

Il n'avait pas eu le temps…

15
Mardi matin

— Nous sommes ici pour apprendre les différentes théories criminologiques, déclara Salomón à deux cents kilomètres de là. Laissez-moi vous dire une bonne chose : *toutes les théories que vous apprendrez dans cette enceinte sont fausses*.

Il leva les yeux vers la salle – qui n'était pas un amphithéâtre, mais qui descendait néanmoins en pente douce vers l'estrade où il se tenait. Tout comme celle qui accueillait au même moment une conférence de presse à Madrid, la salle de classe 001 de la faculté de droit de Salamanque était bondée. C'était une leçon que les élèves ne manquaient jamais. Tous les regards étaient braqués sur Salomón et tous disaient la même chose : « Allez-y, professeur, épatez-nous, montrez-nous que vous êtes aussi brillant qu'on le dit. »

— Il existe une multitude de théories criminologiques, continua-t-il. En particulier pas mal de théories sociologiques. Bon nombre de mes confrères semblent fascinés par les théories sociologiques… C'est peut-être parce qu'ils sont trop paresseux pour en chercher d'autres.

Rires dans la salle.

— Il existe des théories qui affirment que ce n'est pas la déviance qui provoque le contrôle social, mais le contrôle social qui provoque la déviance. Des théories qui prônent une réponse essentiellement sécuritaire. Des théories dominantes ou *mainstream* et une foule de théories secondaires. *Beaucoup trop de théories, en vérité...* Je le répète : toutes ces théories se trompent. Pourquoi ? Parce que : 1) elles sont trop générales pour rendre compte de toutes les criminalités spécifiques ; 2) la plupart sinon toutes sont biaisées par les préjugés et les postulats idéologiques qui les sous-tendent et surtout insuffisamment fondées sur des observations scientifiques.

Il balaya du regard la salle de classe.

— Ici, nous allons nous intéresser au *réel*, insista-t-il. À des crimes *réels*, à des situations *réelles* et à des gens *réels*. S'il y a quelqu'un dans cette salle qui croit que la Terre est plate ou que l'homme n'a jamais marché sur la Lune, je le prierai de sortir.

— Mateo croit aux petits hommes verts ! lança une voix.

Nouveaux rires. Salomón considéra le plaisantin en souriant avec indulgence.

— Et alors ? dit-il. Moi aussi, j'y crois : passé une certaine heure, j'ai croisé plus d'un étudiant vert dans les rues de cette ville.

Cette fois, la salle explosa. Il laissa le calme revenir.

— Je vous demanderai de faire preuve de rigueur et surtout d'humilité. Une approche rigoureuse produit toujours un résultat complexe, nuancé, souvent insatisfaisant sur le plan intellectuel. Si vous êtes bardés de certitudes, avides de réponses simples, votre place n'est pas ici. Ici, on laisse les certitudes au vestiaire. Merci !

Il y eut quelques applaudissements, puis ils se levèrent. Il fourra ses affaires dans sa serviette, enfila son écharpe et son manteau, répondit à quelques questions d'étudiants et sortit dans la grisaille glacée de cette mi-novembre.

Il prit son café au *Picaro*, en face de l'université, plutôt qu'à la cafétéria de la faculté, qui servait un breuvage qu'on aurait très bien pu qualifier de crime lui aussi.

Un journal traînait sur la table voisine. Il l'attrapa et le feuilleta rapidement jusqu'aux pages des faits divers. Le gros titre attira aussitôt son regard :

L'ASSASSIN QUI CRUCIFIE SA VICTIME

Par Candace Boix

Il s'appelait Sergio Castillo Moreira. Il était sergent à l'UCO, l'Unité centrale opérationnelle, celle dont on dit : « Si l'UCO est dessus, c'est résolu. » Et pourtant, cette fois, le sergent ne joue pas le rôle d'enquêteur mais de victime : ce lundi 11 novembre, on a trouvé le corps du sergent Moreira crucifié sur un calvaire à quelques kilomètres au nord-ouest de Madrid, non loin de l'Escorial.

L'agent de l'UCO était nu et, chose encore plus surprenante, il avait été collé à la croix avec de la superglu. Cette information nous a été confirmée par une source au sein du corps de la Guardia Civil qui a tenu à conserver l'anonymat.

Qui a pu commettre un crime aussi violent, aussi monstrueux, aussi macabre ? Selon nos informations, un suspect a été appréhendé sur les lieux mêmes du meurtre. Il s'agirait d'un homme en grande détresse psychologique, mais la Guardia Civil n'a pas encore communiqué à son sujet. Une conférence de presse se tiendra aujourd'hui, où seront présents le capitaine Peña, chef du groupe Homicides, séquestrations et extorsions de l'UCO, et la colonelle Pilar Molina Marcos, qui dirige l'Unité. Nous tiendrons bien entendu nos lecteurs au courant des prochains développements de cette affaire...

Il referma le journal. Goûta à un léger vertige. Aperçut son visage dans la vitre : reflet pâle et spectral sur les gouttes de pluie qui la frappaient. Il ne croyait pas à la chance, ni au hasard.

Il les vit, les deux époux *collés* l'un à l'autre au bord de cette route, entre deux tunnels, trente ans plus tôt... Et ceux de Ségovie, tués et *collés* ensemble sur une colline en face de l'alcazar, et le couple d'Anglais sur la Costa del Sol, massacré et *collé* dans son lit, lui aussi...

Il inspira profondément, sortit son téléphone. Trois sonneries. Puis une voix rocailleuse, voilée, grasseyante après des années de tabagie forcenée :

— Salomón ? Qu'est-ce qui se passe ?

— C'est à propos de cette histoire : votre agent qui a été... hum... collé à une croix.

— Oui ?

— Je sais qui a tué le sergent Moreira.

16
Mardi midi

— En somme, tu es en train de me dire que, grâce à un programme que tu pilotes avec tes étudiants et que la Guardia Civil et la police alimentent en données, tu sais que celui qui a collé notre homme sur cette foutue croix est le même que celui qui a tué un couple il y a trente ans dans le nord du pays et plus récemment deux autres couples, l'un à Ségovie, l'autre sur la Costa del Sol, c'est ça, Salomón ?

Le lieutenant-colonel Hierro occupait un poste éminent à la direction générale de la Guardia Civil. Salomón avait fait sa connaissance une décennie plus tôt, lorsqu'il était venu donner un séminaire de criminologie à l'académie des officiers, que Hierro dirigeait en ce temps-là, et les deux hommes avaient sympathisé. Ils étaient restés sporadiquement en contact, comme deux personnes qui savent qu'elles peuvent un jour avoir besoin l'une de l'autre.

— Je sais que, dit de cette façon, ça peut paraître délirant, mais j'en suis intimement persuadé.

— Dans ce cas, ça change tout, répondit le lieutenant-colonel Hierro avec un soupçon d'ironie.

— Je comprends que tu sois sceptique.

— À peine moins que si tu m'avais raconté avoir fait tourner les tables, rétorqua Hierro. De toute façon, tout ceci n'est pas de mon ressort : je ne suis qu'un fonctionnaire à la direction générale, Salomón.

— Un fonctionnaire qui a le grade de lieutenant-colonel… Tu peux peut-être me dire qui est chargé de l'enquête ?

— Alors là, je te souhaite bon courage.

Il attendit la suite.

— Si on m'avait demandé mon avis, poursuivit son interlocuteur, j'aurais dit que personne n'était moins qualifié que celle qu'ils ont choisie pour cette mission. À la fois parce qu'elle est trop impliquée et à cause de sa personnalité… euh… quelque peu incontrôlable. C'est la lieutenante Lucia Guerrero de l'UCO : la coéquipière de la victime. Je suppose que tu en as entendu parler. Étonnant qu'on n'ait pas refilé le bébé à quelqu'un d'autre.

— Celle qui a attrapé « le tueur au marteau » ?

L'affaire avait fait la une de la presse durant des semaines l'année précédente.

— Celle-là même.

— Il a bien failli l'avoir, si ma mémoire est bonne…

— Elle est passée à un cheveu, tu veux dire. Elle s'est trop approchée des flammes et elle aurait pu se brûler les ailes.

— Mais elle l'a quand même arrêté, fit observer Salomón.

— Oui… Il n'empêche : Guerrero a beau avoir de sacrés états de service, sa place n'est pas à l'UCO. Disons qu'elle a toujours eu un problème avec l'esprit d'équipe, et une tendance à s'affranchir des règles. « Rebelle » serait sans doute un mot un peu trop fort, « emmerdeuse » pas assez. Un jour ou l'autre, ça nous retombera dessus.

— Tu pourrais me rendre un service, Victor ?

— Je t'écoute.

— Dis à la lieutenante Guerrero que je souhaiterais lui parler. Que j'ai des informations qui pourraient l'intéresser… Tu ferais ça pour moi ?

Salomón avait collaboré plus d'une fois avec la police, un peu moins souvent avec la Guardia Civil. En général, ce genre de collaborations se pratiquait d'individu à individu.

— Très bien, je lui passerai le message.

— Merci, Victor.

Il raccrocha. Il sentit une fascination dangereuse s'emparer de lui. Francisco Manuel Mélendez : alias « le tueur au marteau », alias « le boucher de l'autoroute », alias « F2M », alias « Frida la Louve », le pseudo ridicule que Mélendez utilisait pour signer les courriels qu'il envoyait aux médias et qu'il semblait avoir dégoté dans des films de *nazisploitation* des années 1970 comme *Ilsa, la Louve des SS* ou encore dans les œuvres de Jesús Franco. Mélendez agressait les femmes dans les toilettes des restaurants et des stations-service d'autoroute, en pleine nuit. Il leur passait un sac-poubelle sur la tête pour les étouffer puis, une fois qu'elles étaient inconscientes et à terre, leur défonçait le crâne à coups de marteau. Il ne les violait pas, ne les touchait pas. Le profil établi par les spécialistes décrivait un homme entre trente et quarante-cinq ans, célibataire ou divorcé, ayant peu d'amis, peu ou pas diplômé, travaillant sans doute de ses mains (comme le laissait penser l'arme choisie). On le soupçonnait de repérer des femmes seules dans leur voiture, la nuit, et de les suivre jusqu'au moment où elles s'arrêtaient. On avait alerté les directeurs des sociétés d'autoroutes et les gérants des boutiques sur les aires, lesquels avaient à leur tour alerté leur personnel, et la psychose avait commencé à se répandre. Chaque employé s'était converti en un auxiliaire de police espionnant les clients mâles tandis que les membres féminins du personnel n'osaient plus aller aux toilettes seuls dès que le soir tombait. Et pourtant, cela avait continué : « le tueur au marteau » avait encore frappé deux fois. Ajoutez à cela la presse qui s'était emparée de l'affaire, les chaînes d'info qui montaient la moindre rumeur en épingle…

Toutes les forces de police du pays et le ministère de l'Intérieur étaient sur les dents, et on mettait la pression sur le service investigateur : le groupe du capitaine Peña, à qui on menaçait de retirer l'affaire si ça n'avançait pas.

C'est alors que la lieutenante Guerrero était entrée en scène. Salomón se souvenait de ce qu'il avait lu dans la presse au moment où Francisco Manuel Mélendez avait été capturé. À l'insu de ses collègues – et sans en référer à sa hiérarchie –, Lucia Guerrero avait commencé à sillonner les autoroutes aux environs de Madrid et jusqu'à deux cents kilomètres de là : le territoire du tueur. Le jour elle menait l'enquête avec son groupe, le soir elle montait dans sa voiture et s'élançait sur les rubans d'asphalte, roulant des nuits entières. Elle ne dormait que quelques heures avant l'aube, car « le tueur au marteau » frappait toujours entre 10 heures du soir et 2 heures du matin (ce qui avait fait dire aux enquêteurs qu'il devait travailler dans la journée). Sur quelle sorte d'individus elle était tombée pendant ces périples nocturnes, personne ne le savait : malgré les sollicitations, Lucia Guerrero avait refusé de parler à la presse. Tout ce qu'on avait, c'étaient des conjectures et une certitude : la lieutenante de l'UCO avait fini par croiser la route du tueur. Et cette rencontre avait bien failli lui être fatale.

Cela s'était passé dans le nord du pays, non loin de Soria. Une aire d'autoroute équipée d'une douzaine de pompes et d'une grande boutique. Il était minuit et cinquante-sept minutes quand Lucia s'était arrêtée pour se rendre aux toilettes après trois heures à rouler non-stop en dessous de la vitesse autorisée et à laisser des dizaines de voitures la doubler tandis que le plafonnier de son SUV restait allumé. Elle devait être éreintée, au bout du rouleau, songea Salomón. Avoir les idées de moins en moins claires. Elle devait penser au chemin du retour jusqu'à Madrid qui lui prendrait deux heures de plus, elle ne serait pas couchée avant 3 heures du matin… Et le lendemain une autre épuisante journée d'enquête l'attendait… Ça faisait combien de temps qu'elle se livrait à ce manège, qu'elle tirait sur la corde ? se demanda-t-il. Il pouvait la voir d'ici : traversant les rayons d'un pas lourd en direction des toilettes dans le fond, la caisse et le vendeur à droite ; à gauche quelques tables ; le couloir passant devant les machines à sous, les distributeurs et un local technique, et menant aux W-C dames – une photo des lieux était parue.

Ses déclarations à sa hiérarchie avaient en partie fuité dans la presse. En ressortant d'une des cabines, elle avait vu qu'une femme se lavait les mains.

Une femme blonde, vêtue d'une robe rouge, qui lui tournait le dos, penchée sur un des lavabos. Elle ne voyait pas son visage, dissimulé par sa mèche blonde dans le miroir. Lucia l'avait saluée mais la femme n'avait pas répondu. Au moment où Lucia se penchait à son tour pour s'arroser le visage – elle avait sans doute besoin de se réveiller un peu –, Francisco Manuel Mélendez s'était jeté sur elle, lui avait passé un sac-poubelle sur la tête et avait tenté de l'étouffer. Lucia s'était débattue, mais Mélendez était fort : c'était un couvreur qui s'entraînait en salle de musculation trois fois par semaine. Il avait cependant un désavantage, se dit Salomón : il ne savait pas que la femme qu'il venait d'agresser était une agente de l'UCO surentraînée.

Ce qui s'était passé ensuite n'était pas très clair. Toujours est-il que Lucia était ressortie des toilettes les mains couvertes de sang, les vêtements en désordre, un marteau à la main, et avait demandé au vendeur terrifié d'appeler les secours tandis qu'elle-même joignait son propre service. Quand la Guardia Civil était arrivée sur place, elle avait trouvé Mélendez assis sur le sol de l'un des cabinets, menotté à une canalisation, sa perruque blonde flottant à la surface de la cuvette telle une méduse morte, son visage défiguré évoquant une bouillie sanguinolente. Il avait aussi perdu deux incisives et reçu un dernier coup de marteau à la tempe qui avait dû l'étendre pour le compte. Lucia Guerrero avait déclaré qu'elle ne se rappelait plus très bien ce qui s'était passé mais qu'elle avait fait semblant de s'évanouir et de tomber au sol avant d'effectuer un « ciseau extérieur-intérieur sur le poplité droit », en gros à l'arrière du genou, envoyant Mélendez valdinguer dans l'un des cabinets. Ensuite… *ensuite elle ne se souvenait plus*…

Francisco Manuel Mélendez avait passé deux semaines à l'hôpital, où des agents de l'UCO l'avaient interrogé avant de le déférer devant un juge.

Guerrero avait reçu à la fois un blâme de sa hiérarchie et les félicitations d'un ministre en quête de popularité, et elle était devenue du jour au lendemain une légende au sein de la Guardia Civil.

Quelques agents, qui ne faisaient pas partie de son groupe mais qui avaient fait semblant de bien la connaître, avaient distillé aux journalistes, sous couvert d'anonymat, des anecdotes savoureuses et éclairantes sur sa personnalité, ses talents et surtout ses défauts, d'où il ressortait qu'elle était une personne soupe au lait, foutrement têtue, rétive au travail de groupe comme au cirage de pompes et peu portée à arrondir les angles – en gros une emmerdeuse doublée d'une tête de lard. En creux, ce que les faux-culs de service avaient involontairement dessiné, c'était le profil d'une personne indépendante, coriace et ultra-compétente…

Puis la presse était passée à autre chose et on avait oublié la lieutenante Guerrero. Salomón était convaincu qu'elle s'en était réjouie. Car les rares photos qui circulaient à l'époque dans les journaux lui avaient donné le sentiment d'une personne sur la défensive qui fuyait les objectifs.

Salomón se demanda quel était le poids d'un tel fardeau. Comment Lucia Guerrero dormait. Est-ce qu'elle faisait des cauchemars ? Il aurait parié que oui. Est-ce qu'elle revoyait encore et encore sa lutte pour survivre dans les toilettes de l'autoroute ? Est-ce qu'elle souffrait de maux de tête, d'ulcère, de douleurs thoraciques, d'angoisse ou de dépression ? Et s'était-elle mise dans la peau du tueur pour le traquer ou bien s'était-elle contentée de devenir l'appât, la chèvre ? Sauf que, contrairement au conte français, cette fois la chèvre avait mangé le loup.

À moins que le loup n'attendît son heure au fond du centre pénitentiaire de La Moraleja où, classé FIES1 – détenu spécialement dangereux –, il préparait avec son avocat, un ténor du barreau, sa stratégie pour le procès en première instance à l'audience provinciale de Madrid.

Car, à l'approche de celui-ci, le conseil de Mélendez le clamait à qui voulait l'entendre : *c'était la lieutenante Guerrero qui avait agressé son client et non l'inverse*.

Salomón saisit son téléphone, ouvrit WhatsApp, se connecta au groupe que ses étudiants avaient créé et qui s'appelait DIMAS lui aussi. Il écrivit :

Réunion ce soir au labo après vos cours.

Il vit ses étudiants se connecter l'un après l'autre bien qu'ils fussent en cours, en train d'en donner eux-mêmes aux étudiants de premier cycle ou de se livrer à une des activités imposées par la commission académique de leur programme doctoral.

Assa, Haruki, Cordélia, Alejandro, Ulysses, Verónica. Il quitta l'application.

17
Mardi après-midi

Il était 6 heures du soir quand ils se réunirent dans le laboratoire de criminologie, au sous-sol de la faculté de droit – non pas dans la grande tente mais à côté : là où il y avait une longue table lumineuse qui était pour l'heure la seule source de clarté dans la pièce.

Salomón ne savait pas où ils avaient déniché cette table semblable à celles qu'utilisent certaines méthodes pédagogiques privilégiant le développement sensoriel et kinesthésique de l'enfant, mais on se serait cru dans un de ces films où des éclairages savants distillent une atmosphère oppressante à souhait, le genre de films où des jeunes gens se font assassiner de diverses manières aussi imaginatives que grotesques. Il avait entendu ses étudiants employer le mot de *slashers* à leur propos. Nul doute qu'ils avaient choisi la table exprès.

Salomón se planta debout à une extrémité et ils prirent place autour de lui. Il constata que l'ambiance était moins décontractée que lors des réunions précédentes.

— Comme nous l'avons vu la dernière fois, dit-il, DIMAS vient de faire un pas de géant.

Il laissa le temps à la phrase de s'imprimer dans leurs jeunes cerveaux si émotifs. Dans l'ombre, les tueurs en série placardés sur les murs les observaient.

— Est-ce que tout le monde a bien en tête les trois affaires entre lesquelles DIMAS vient d'établir un lien ? demanda-t-il. Ou faut-il qu'on les revoie ensemble ?

Ce fut Assa qui répondit la première, comme toujours :

— Pas la peine, professeur. On a tous passé la nuit dessus. On a même été sur Internet. On n'a pas beaucoup dormi en fait.

Petits rires discrets autour de la table lumineuse.

— Je n'en attendais pas moins de vous, commenta-t-il avec un sourire.

Il les regarda. Son groupe. Ses chouchous. Il les avait sélectionnés avec soin. Un groupe de taille réduite. On savait depuis longtemps que les sportifs réalisent leurs meilleures performances en situation de compétition avec d'autres sportifs mais que, si on demande à plusieurs personnes de tracter une charge avec une corde, l'effort fourni par chacune sera d'autant moins important qu'elles seront plus nombreuses. On parlait de « facilitation sociale » dans le premier cas, de « paresse sociale » dans le second. Deux expériences fondatrices de la psychologie sociale expérimentale. En gros, plusieurs individus valent mieux qu'un, mais trop d'individus nuisent à la qualité du travail produit par chaque élément. Du reste, la plupart des professeurs de l'université travaillaient avec des groupes réduits d'une demi-douzaine d'étudiants.

Les six jeunes gens présents constituaient le meilleur échantillon qu'il ait eu à sa disposition au cours des ans. Deux étaient espagnols, les quatre autres venaient de l'étranger grâce à des programmes d'échange européens ou au programme de relations internationales entre l'USAL – l'université de Salamanque – et vingt-cinq universités japonaises.

Haruki Tanizaki, vingt-six ans, petit, rondouillard, visage en forme de lune, mèche de cheveux noirs balayant son front et grandes lunettes de *nerd* aux verres fumés, venait d'Osaka.

Cordélia Blixen, vingt-sept ans, grande, épaules développées par la pratique de la natation, cheveux blonds et yeux aussi gris qu'un fjord en hiver, venait de Copenhague. Elle étudiait la philologie et se destinait à une discipline obscure connue sous le nom de « linguistique légiste ».

Assa Diop, vingt-quatre ans, française, petite, visage ovale, une peau très sombre et de grands yeux bruns très expressifs, le cheveu coupé ras, venait de l'université Paris-Sorbonne. Sans doute sa meilleure élève. Assa aimait apporter la contradiction, aussi bien en cours qu'à l'intérieur du groupe. Salomón adorait que les étudiants le contredisent et aussi qu'ils se contredisent entre eux : il en sortait toujours quelque chose.

Il avait recruté Ulysses Joyce et Alejandro Lorca à la faculté des sciences voisine, où ils s'étaient distingués en ayant mis au point un robot à quatre pattes qui trottinait dans les couloirs et portait sur son dos les boissons des étudiants – et aussi pour avoir « hacké » l'ordinateur d'un de leurs professeurs aux fins d'améliorer leurs notes dans une matière où ils n'excellaient guère. On avait envisagé un temps de les exclure, mais ils étaient trop brillants pour cela et ils avaient en outre découvert que le professeur en question était un grand consommateur d'un genre de pornographie particulier.

Aussi n'était-ce peut-être pas uniquement par mansuétude s'il avait demandé à sa hiérarchie de faire preuve d'indulgence à leur égard. L'histoire était devenue virale – à l'exception de l'aspect pornographique – et arrivée aux oreilles de Salomón.

Ulysses venait d'une ville d'Angleterre aussi pluvieuse que chargée d'histoire qui portait un nom approprié : Bath. En dehors du fait qu'il donnait l'impression d'avoir seize ans et non vingt-six, il était aussi d'une timidité maladive – sauf au sein du groupe – et agoraphobe : c'était lui qui avait eu l'idée de la tente. Le beau brun Alejandro, quant à lui, était originaire de Linares et très manifestement amoureux d'Assa Diop.

Enfin, Verónica Gaite, vingt-huit ans, de Salamanque. Peut-être sa deuxième meilleure élève après Assa. Cheveux châtains, yeux bleu pâle. Discrète, remarquablement mature et équilibrée. Une seule note d'excentricité : un tatouage représentant les danseurs de *Pulp Fiction*, son film préféré, sur l'avant-bras droit.

— Bon, reprit Salomón, donc DIMAS a établi un lien entre plusieurs scènes de crime étalées sur près de trente ans. Je récapitule : un double meurtre en 1989 dans le haut Aragon, province de Huesca, un autre à Ségovie en 2015 et un troisième à Benalmádena l'année dernière. Les points communs repérés par DIMAS : des jeunes couples retrouvés déshabillés, les couleurs rouge et verte, les poses et surtout la colle…

— Qu'est-ce qui nous dit que ce n'est pas encore un bug ? lança Assa, dubitative, en examinant Ulysses et Alejandro. Une disparition d'enfant et un double assassinat avec une arme à feu d'un côté, deux couples tués vingt-six et vingt-neuf ans plus tard par arme blanche à plus de six cents kilomètres l'un de l'autre. Et si DIMAS se gourait ?

— C'est une hypothèse intéressante, glissa Salomón en souriant. Assa a raison : nous avons deux crimes très ressemblants, plutôt rapprochés dans le temps à défaut de l'être géographiquement, et un autre plus ancien avec lequel le lien semble plus ténu. Alors, qu'est-ce qui nous permet de penser qu'il s'agit d'un même auteur dans les trois cas ? demanda-t-il en se tournant vers les deux jeunes hommes.

— La signature, répondit Alejandro Lorca comme il l'avait fait la veille.

— Exact, la *signature*. (Salomón marqua une pause.) Le mode opératoire a varié, comme c'est souvent le cas, en fonction des nécessités du moment : des tirs dans la première scène de crime, des coups de couteau dans les deux autres. Mais la signature, elle, ne varie pas : des couples mis en scène, voilés de rouge et de vert. La signature, comme vous le savez, se caractérise par son inutilité du point de vue matériel ; en revanche, elle est souvent revêtue d'une connotation symbolique ou psychosexuelle forte, elle est la traduction du fantasme du tueur. La signature est ici ce qui nous permet de penser que nous avons affaire à un seul et même individu. De plus, il ne s'agit pas seulement d'une signature, mais de ce que les profileurs appellent une *pose* : des cadavres mis en scène dans des positions précises, très élaborées. Parmi le millier de scènes de crime que j'ai eu à étudier au cours de ma carrière, je n'ai pas rencontré plus de dix poses, et aucune qui ait atteint un tel degré de sophistication. DIMAS ne s'est pas trompé : *la probabilité que nous ayons affaire à un seul individu est extrêmement élevée.*

— Comment vous expliquez, dans ce cas, qu'il n'ait plus frappé pendant près de trente ans et que, tout à coup, il se remette à tuer ? s'enquit Assa, décidément pas convaincue.

— Arrête de troller, Assa, s'énerva Ulysses.

— Alejandro et Ulysses ont émis deux hypothèses plausibles, répondit Salamón, soit il était en prison, soit il était à l'étranger, où il a continué à tuer. Il y en a une troisième : DIMAS n'est pas infaillible et il n'a pas détecté ses autres crimes. Quoi qu'il en soit, nous ne pouvons pas savoir avec certitude combien de personnes il a tuées.

Salomón leva les yeux et vit l'effet produit par ses paroles sur ses auditeurs : leur intérêt s'était prodigieusement accru. Dans le halo montant de la table lumineuse, ils avaient tous les pupilles dilatées. Il devina la fascination qui s'emparait d'eux. Car, cette fois, on n'était plus dans la théorie. Cette fois, c'était *réel*.

— Donc, si on admet qu'on a affaire à un seul et même individu, continua-t-il, par où on doit commencer ?

— La première scène de crime, avança Assa.

— Pourquoi ?

— Le premier crime est généralement le plus significatif. Il est aussi celui où le tueur a pu commettre des erreurs. Ensuite, il perfectionne sa technique.

— D'accord. Mais n'oublions pas que c'est son premier crime *connu*, il y en a peut-être eu d'autres avant… Admettons que ce soit le cas, qu'il ait frappé pour la première fois entre ces tunnels, qu'est-ce qu'elle nous dit, cette première scène de crime ? Soyez concrets. Les principales qualités d'un bon profileur, c'est de savoir analyser les données concrètes à sa disposition, les faits, et de brider son imagination.

— Il s'agit d'un homme blanc, entre vingt-cinq et trente-cinq ans à l'époque des premiers meurtres, proposa encore une fois Assa. Il habite la région des meurtres. Il est intelligent, il est sophistiqué, il est audacieux.

— Là encore, pourquoi ?

Tous observaient Assa.

— Parce que, statistiquement, les tueurs en série commettent leur premier meurtre à vingt-huit ans en moyenne et qu'ils s'en prennent la plupart du temps à des victimes de leur propre groupe ethnique. Il connaît bien les lieux parce que tuer ce couple sur cette route en plein jour demandait d'en connaître la configuration et la fréquentation. Il est audacieux parce que ce n'étaient pas des victimes appartenant à un groupe à risque, comme des prostituées ou des junkies. Et puis, il y a dans ses mises en scène, vous l'avez dit, un haut degré de sophistication et de planification. Je dirais qu'il a un QI élevé, qu'il a sans doute beaucoup fantasmé son crime avant de passer à l'acte. Il a choisi l'endroit, l'heure, les cibles – et il a fait preuve de beaucoup de sang-froid.

— L'âge d'un criminel sériel est un paramètre difficile à établir, objecta Verónica. On sait que l'âge psychologique ne correspond pas forcément à l'âge réel.

— Mais c'est plutôt dans le cas où l'individu est immature par rapport à son âge réel que l'inverse, souligna Salomón. Et Assa a raison : il lui a fallu sans doute des années pour que son fantasme de départ atteigne ce niveau de sophistication. Cependant, les fantasmes de ce genre commencent à se développer très tôt.

— Trente-cinq ans, c'est trop vieux, intervint Ulysses. Ça lui ferait plus de soixante-cinq ans aujourd'hui. Vous voyez quelqu'un de cet âge massacrer un couple à coups de couteau, vous ?

— Et pourquoi pas ? rétorqua Verónica.

— L'un d'entre vous a prononcé les mots « tueur en série », fit remarquer Salomón. Pourquoi ?

— Le FBI estime qu'on a affaire à un tueur en série à partir de trois crimes, répondit Alejandro.

— Pourquoi trois, pourquoi pas deux ou quatre ? Si vous aimez les chiffres, devenez comptable, s'impatienta le criminologue. Je dirais que le tueur des tunnels n'était peut-être pas encore conscient d'être un tueur en série quand il a assassiné ce couple, mais que la puissance de ses fantasmes indiquait qu'il recommencerait.

— Et le gosse ? demanda Assa. Il n'est jamais reparu ?

— Jamais, répondit Salomón.

— Il serait intéressant de voir quelles ont été les hypothèses des enquêteurs à ce sujet, dit Cordélia qui ne s'était pas encore manifestée.

— Trafic d'organes, ou bien l'assassin l'a enlevé pour abuser de lui… puis s'est débarrassé du corps, suggéra Salomón, hésitant, en baissant la voix d'une octave.

Un silence suivit. Quelque chose venait de faire son entrée dans la pièce. Quelque chose d'encore plus sinistre, d'encore plus sombre que l'évocation du couple. Une onde de malaise les parcourut.

— Donc, ça y est, intervint Ulysses avec un léger tremblement dans la voix, comme pour chasser le malaise. DIMAS a commencé à fonctionner…

— Ça m'en a tout l'air, fit Salomón Borges.

Ils souriaient. Mais on devinait la tension en eux.

— Il y a autre chose, poursuivit-il. Une quatrième affaire vient peut-être de s'ajouter à notre liste. Ça reste à voir… Hier un meurtre a eu lieu non loin de Madrid : on a retrouvé un agent de la Guardia Civil nu et… hum… *collé* à une croix.

Il leur fit un résumé rapide de ce qu'il y avait dans le journal. Il y eut des exclamations étouffées.

— Ça n'a peut-être aucun rapport, tempéra-t-il. Il ne s'agit pas d'un couple… Ou peut-être que c'est le même homme… Ce qui voudrait dire, si c'est lui, que notre « tueur à la colle » frappe de plus en plus souvent… Il est trop tôt pour l'inclure dans notre liste cependant. Il n'y a pas assez d'éléments concordants. Mais gardez cela dans un coin de votre tête.

Il les vit se raidir. *Hier. Non loin de Madrid.* C'était de plus en plus près. Non seulement dans le temps mais aussi dans l'espace.

Il s'éclaircit la voix.

— Bien, commença-t-il d'un ton dont la solennité ne leur échappa pas, nous allons nous livrer à un exercice absolument nouveau, tel qu'il n'en a jamais été pratiqué dans cette université ni, je crois, dans aucune autre. Nous allons mener une véritable enquête. *Notre* enquête. À partir des données collectées par DIMAS. Je sais que vos emplois du temps sont déjà très chargés, mais c'est une situation inédite et je vous demanderai de consacrer au moins quelques heures par semaine à ce travail. Vous mettrez en pratique, à cette occasion, ce que vous avez appris.

Il vit leurs pupilles s'étrécir : il les avait ferrés. Ils allaient avoir une opportunité unique d'exercer leurs talents.

— Bon, dit-il. Quelle est la prochaine étape ? La suite des opérations ?

— Demander les dossiers complets à la Guardia Civil, suggéra Assa avec enthousiasme.

— Et si on les obtient ?

— Dresser le profil à partir de l'analyse détaillée des scènes de crime, dit à son tour Haruki, d'une voix tout aussi excitée.

— Et à partir de l'étude de la personnalité des victimes, renchérit Verónica.

— Obtenir les rapports de l'Identité judiciaire, dit Alejandro.

— Et les comptes rendus des enquêteurs, ajouta Ulysses.

— Et les déclarations des témoins ? interrogea Salomón.

— En dernier recours, fit Assa en secouant la tête. On sait que les témoins ne disent jamais la même chose. Ils pourraient nous entraîner dans la mauvaise direction.

Salomón sourit. Ils étaient ses élèves préférés. Ses petits soldats. Ses samouraïs. Ils étaient doués – et il aimait sentir cette tension en eux, ce *désir*, ce *besoin*.

— Il ne sera pas facile à débusquer, dit-il, il a échappé à la police pendant tout ce temps. Je parierais que c'est un expert en mimétisme, en camouflage. Il paraît normal et même sympathique à son entourage.

Il est à l'aise en société. Il se fond dans la foule. Peut-être même a-t-il des enfants.

Il parut préoccupé tout à coup.

— Autre chose : n'oubliez pas que, jusqu'à présent, nous avons travaillé sur des affaires classées, sur des cas résolus. Théoriques, en somme. Cette fois, c'est différent : nous allons travailler sur quelqu'un qui n'a pas encore été appréhendé. *Qui est là, dehors. Et qui est libre de ses mouvements*.

Il les regarda. Il eut l'impression que l'air s'alourdissait. Ils ressemblaient à une bande de comploteurs.

— Il ne sait pas que nous existons, que nous sommes sur sa piste. Et il n'y a vraiment aucune raison pour qu'il le sache. Par ailleurs, ces informations sont strictement confidentielles. Par conséquent, rien ne doit sortir d'ici. N'en parlez à personne en dehors du cercle, c'est bien compris ?

18
Mardi soir

Nuit de novembre glaciale. Étoiles froides. Mais dans la pénombre bruyante et cisaillée de lasers du *Camelot*, la bière et l'alcool, autant que la sono à tue-tête, réchauffaient les membres du groupe de criminologie. Qui prolongeaient en quelque sorte la réunion.

— Et si on n'avait pas affaire à un tueur mais à deux ? suggéra Assa en criant pour couvrir la musique.

— Comment ça ? dit Haruki en descendant un shot de tequila, les yeux brillants derrière ses grandes lunettes.

Il se dandinait avec la grâce d'un ours ivre de miel.

— Celui d'aujourd'hui serait plus jeune ! gueula Assa. Il aurait découvert le double meurtre de 1989 d'une manière ou d'une autre et il aurait décidé de l'imiter…

— Un *copycat*, c'est ça ? hurla Alejandro. Ça existe, ça, dans la vie réelle ? Et ces mises en scène qu'il compose, vous ne vous êtes pas dit qu'il s'agit peut-être de *vrais* tableaux ?

— Comme des peintures, tu veux dire ? lança Cordélia.

Alejandro acquiesça en élevant de nouveau la voix par-dessus la sono surpuissante du *Camelot* :

— Il s'inspirerait de peintures qu'il aime, qui le hantent, qui le fascinent ! C'est peut-être un amateur d'art !

— Ça ne nous avance pas beaucoup ! observa la Danoise. Il y a des millions d'œuvres d'art…

— Moi, j'opterais bien pour Jérôme Bosch ! plaisanta Haruki.

— Ne gueulez pas comme ça, on pourrait vous entendre ! leur lança Verónica. Souvenez-vous de ce que Salomón a dit…

Seul Ulysses était absent : les endroits tels que le *Camelot*, avec sa vaste salle haute de plafond à la décoration médiévale, sa foule d'étudiants se frôlant et sa musique à fond, l'angoissaient au plus haut point.

— Verónica a la trouille, constata Assa, souriante.

— Ben, le prof n'a pas tort, fit remarquer le jeune étudiant japonais. Ce type est là, dehors…

— Et après ? fit l'Espagnol. Il n'a aucun moyen de savoir qu'on existe. Pas de parano !

Il y eut quelques secondes de flottement – pendant lesquelles chacun médita ces paroles.

— Admettons qu'on trouve qui c'est, risqua finalement le Japonais, on fera quoi ?

— On passera l'info à la police et on trinquera ! trancha Alejandro.

— On n'en est pas là, mon petit Sherlock, dit Assa en l'attrapant par le cou et en déposant un baiser rapide sur ses lèvres. Si on allait se pieuter ?

Il était 23 h 45, le ciel était dégagé et plein d'étoiles, la température proche de zéro, quand ils émergèrent du *Camelot*, relevèrent les cols de leurs manteaux et s'enfoncèrent dans les ruelles sombres au-dessus desquelles flottait une braise de lumière. Assa se serra contre Alejandro, leurs ombres s'étirant démesurément sur les façades. Ils saluèrent les autres et s'éloignèrent. Haruki partit avec la grande Cordélia, à côté de laquelle il semblait un Hobbit.

Verónica resserra son écharpe. Elle hâta le pas. Elle n'aimait pas, bien qu'elle n'eût que quelques centaines de mètres à parcourir, ce chemin du retour seule entre la rue Bordadores – où se trouvaient le *Camelot* et le *Gatsby*, deux des hauts lieux de la nuit salmantine – et son appartement dans le bas de la rue de la Compañía.

À cette heure, les ruelles obscures et privées de vie de la vieille ville – qui n'avaient pas changé depuis des siècles avec leurs pavés, leurs antiques façades et leurs balcons en fer forgé – lui faisaient davantage penser à un film d'horreur du genre *Hostel* qu'à une des plus belles cités d'Espagne.

Pas envie d'être la proie de l'« Elite Hunting Club », se dit-elle. Un *private joke* à son propre usage pour faire baisser la tension.

Les films d'horreur étaient le péché mignon de Verónica. Plus c'était sanglant, plus c'était gore, plus elle s'éclatait. Plus il y avait de scènes de sexe aussi – quoiqu'il eût fallu la torturer pour qu'elle l'admette.

À un niveau d'analyse plus profond, elle devait bien reconnaître que, si ces films la fascinaient tant, c'était parce qu'ils faisaient écho à ses propres peurs : peur de l'inconnu, peur de l'autre, peur de la nuit, peur du sang, peur de la violence, peur des hommes, *peur*… Mais d'une façon qui, en même temps, la rassurait ; c'était ça, le truc : ça restait une fiction, ce n'était pas… réel.

C'était une illusion ou elle entendait des pas derrière elle ? Elle n'osa pas se retourner pour vérifier. Pourquoi ? Eh bien, parce que si quelqu'un la suivait et qu'elle se retournait, ça risquait d'inciter son poursuivant à accélérer : *on voyait ça tout le temps dans les films*.

Elle dépassa la petite place Agustinos déserte pour s'enfoncer dans la très étroite et très sinistre rue de la Compañía bordée de murs aveugles. Sentit sa nuque se raidir en entendant de nouveau les pas.

Feutrés, discrets.

Comme si la personne derrière elle voulait éviter de l'effrayer…

Eh ben, c'est raté.

Car elle commençait à avoir sérieusement la trouille. C'était sûrement un étudiant, songea-t-elle, qui sortait du *Camelot* ou du *Gatsby* et qui rentrait chez lui, comme elle. Elle aurait dû choisir un autre itinéraire. Faire un détour par les grands axes plus fréquentés. Maintenant, c'était trop tard. Elle envisagea un instant de se mettre à courir – mais c'était idiot : si celui qui était derrière la suivait vraiment, il aurait tôt fait de la rattraper.

Tu te fais des idées, ma vieille.

Elle tourna brusquement à gauche dans la rue Doctrinos, bien que ce ne fût pas sa direction : elle avait sa piaule au dernier étage d'un vieil immeuble vétuste, là où la rue de la Compañía s'élargissait, face aux bâtiments de l'université pontificale, et elle aurait dû continuer tout droit. Elle voulait s'assurer qu'elle n'était pas suivie sans avoir à regarder derrière elle.

La rue Doctrinos était à peine moins étroite que la précédente et ses vitrines éteintes, protégées par des grilles en fer forgé. Elle tendit l'oreille. Pas un bruit, à part sa respiration sifflante et ses tempes qui battaient. Bon, il avait continué tout droit.

Elle allait rebrousser chemin quand elle entendit de nouveau les pas. Il avait tourné lui aussi. *Zut.*

Et soudain, elle eut vraiment peur. Pas une simple appréhension. Une putain de trouille bleue. Elle accéléra. Eut l'impression qu'il en faisait autant. Prise d'une impulsion subite, elle se retourna. Ce qu'elle vit ne la rassura guère. Une haute silhouette noire, mince et menaçante, capuchon du sweatshirt rabattu sur la tête.

Menaçante, vraiment ? Ou juste un type qui va dans le centre comme toi ? Arrête ton cinoche !

Elle déboucha sur la rue Prado, plus large, plus rassurante. Tourna à droite, accéléra encore mais pas au point de courir. Il y avait un groupe d'étudiants là-bas, qui marchaient dans sa direction. Elle fonça vers eux.

Elle faillit leur dire que le type derrière elle l'importunait. Mais c'était un mensonge. Et elle détestait les mensonges. Les trois étudiants ivres lui lancèrent quelque chose en passant sans qu'elle y prêtât attention.

Plus que cent mètres et elle serait arrivée.

Elle était revenue quasiment sur ses pas, dans la rue de la Compañía qu'elle avait quittée quelques minutes plus tôt. Elle se retourna une nouvelle fois. *Pas possible, il était toujours là !* Ce coup-ci, elle n'eut plus le moindre doute. Personne n'aurait suivi un itinéraire aussi compliqué et fait autant de détours… *sauf pour la suivre.* Elle inhala l'air piquant, l'estomac sens dessus dessous. Quelques flocons caressèrent ses joues en sueur. Elle eut l'impression que son cœur se prenait pour Phil Collins à la batterie. Elle avait envie de faire pipi.

Elle s'empressa de taper le digicode de son immeuble. Tant qu'il était encore assez loin. Referma la porte d'entrée vermoulue derrière elle. Un déclic. Elle respira. Se rua dans l'étroit couloir du rez-de-chaussée, dont le sol était en contrebas de la rue, vers l'escalier dans le fond, escalada quatre à quatre les marches carrelées et incurvées. L'immeuble sentait le plâtre humide, la poussière, le salpêtre. Il était ancien, insalubre, comptait de nombreux étudiants à tous les étages, souvent deux par appartement, et les étudiants – contrairement aux vieilles personnes seules – ne prêtent guère attention aux bruits qui se produisent au beau milieu de la nuit.

Il avait dû renoncer, se dit-elle. Il lui aurait fallu le digicode pour entrer. Elle avait bien vérifié que la porte claquait en se refermant. *Tu as pris ton pied à me flanquer la frousse, hein, connard ? Pauvre débile !* Elle parvint, transpirante et soufflant comme un phoque, sur le dernier palier, où il n'y avait qu'une seule porte : la sienne. *Bon Dieu, ce qu'elle avait eu peur !* Elle n'entendait plus aucun autre son que ceux de son sang courant dans ses veines et de sa poitrine qui ahanait comme un soufflet de forge : ils couvraient tous les autres bruits qu'il aurait pu y avoir. Même s'il n'y en avait pas : l'immeuble était parfaitement silencieux – les filles du dessous, celles qui passaient de la musique à fond du matin au soir, devaient être sorties.

Elle prêta l'oreille, mais il n'y avait pas de bruit non plus de l'autre côté de la porte. Elle en conclut qu'Amalia, sa colocataire, était soit endormie, soit pas encore rentrée.

Elle dénoua son écharpe qui portait encore l'odeur de son parfum : vanille, jasmin, lavande – Lancôme, *La vie est belle*, un cadeau de sa mère. Elle avait besoin de respirer. Elle manquait d'air. Des gouttes de sueur lui roulaient sur les joues en longues rigoles tièdes.

Le front moite, Verónica glissa la clé dans la serrure. Encore quelques secondes et elle serait au chaud et en sécurité dans son lit. Elle attendrait le retour d'Amalia. Elle lui raconterait comme elle s'était fait peur. Elles riraient, s'inventeraient des histoires, imagineraient l'ombre errant dans les rues, dehors – et elles éteindraient la lumière, couette remontée sous le menton, en se souhaitant bonne nuit, chacune rassurée par la présence de l'autre, frissonnant délicieusement parce que c'était encore une fois une fiction.

Ce n'était pas réel…

Elle devina un mouvement derrière elle. Ouvrit la bouche pour crier. Trop tard. Il avait plaqué quelque chose sur ses lèvres, l'avait bâillonnée. Une main gantée de cuir. Le cuir sentait la vache, l'animal mort. Elle se débattit. Suffoqua. Elle en eut le vertige. Il se pressa contre elle, sa joue collée à la sienne.

— Chut, murmura-t-il, arrête de bouger, n'essaie pas de crier. *Ou je te tue*, tu as compris ?

Elle ne comprit pas. Elle ne voulait pas comprendre. Ni entendre. Ce que cela signifiait, impliquait. Elle avait bien trop les chocottes. Son cerveau comme gelé. Un bug mental. Elle réalisa cependant une chose : *qu'elle ne devait pas bouger, ne devait pas crier, ne devait rien tenter*. Elle se figea. Il avait passé un bras autour de sa taille.

— Tu vas voir : ça va bien se passer…

Cette voix. Elle était bizarre, nasillarde, suraiguë. En d'autres occasions elle l'aurait trouvée comique. Car, à l'évidence, il venait d'avaler de l'hélium. L'espace d'un instant, elle se demanda si ce n'était pas une mauvaise blague. Mais qui aurait été capable de lui faire une blague pareille ? Puis il commença à déboutonner son manteau et elle comprit que ce n'en était pas une.

Elle sentit la chaleur qui émanait de son visage, comme si elle avait la joue contre un radiateur. Sa main gantée, elle, était froide, bien trop froide quand il l'inséra sous sa jupe, dans sa culotte, entre ses cuisses. Le cuir glacé du gant contre son sexe. Ses jambes se mirent à trembler. Si violemment qu'elle craignit qu'elles ne se dérobent sous elle. Qu'elle ne puisse plus tenir debout. Mais elle tint. Elle n'avait plus du tout envie de faire pipi maintenant.

Il lui fit mal. Elle pensa bizarrement à la fois où ce crétin de dentiste avait sous-évalué l'anesthésique avant de toucher le nerf de sa prémolaire. Mais, cette fois, c'était une douleur à laquelle s'ajoutaient la peur, l'horreur, la répulsion – et elle eut l'impression de tomber, une chute interminable dans les ténèbres. En apesanteur.

Il ne parlait plus maintenant. *Parce que tu aurais reconnu sa voix sans l'hélium ?* se demanda-t-elle, avec un reste de lucidité. Soudain, une autre voix se fit entendre à travers la porte :

— Verónica, c'est toi ?

Amalia ! Amalia, au secours ! hurla son cerveau. Elle allait se débattre quand il lui cogna violemment le front contre le battant. Elle vit trente-six chandelles, tandis qu'une clé tournait dans la serrure de l'autre côté, que la figure abasourdie et ensommeillée d'Amalia apparaissait.

— Oh, mon Dieu ! Comment tu t'es fait ça ? C'était quoi ce bruit ? Tu t'es cognée ? Tu es bourrée ?

Elle sentit qu'elle saignait, tâta son front, se retourna. Elle se précipita vers la rambarde de cuivre, se pencha au-dessus de la cage d'escalier. Elle entendit la porte de la rue qui se refermait en bas.

19
Mercredi matin

— Prenez votre temps, dit le lendemain la jeune femme assise en face d'elle. Vous voulez un autre verre d'eau ?

Verónica fit signe que non. Amalia l'accompagnait. Les deux étudiantes n'avaient pratiquement pas fermé l'œil de la nuit. Verónica posa les yeux sur le portrait du roi accroché au mur blanc, derrière la femme en uniforme qui pianotait à deux doigts sur son clavier.

— Donc il… il a introduit ses… hum… ses doigts gantés en vous, c'est ça ?

Verónica tremblait. Ils faisaient des économies de chauffage ou quoi, à la Guardia Civil ?

— Oui.

— Et il n'a pas eu le temps de se livrer à d'autres actes… euh… délictueux ?

— « Délictueux » ? releva Amalia en sursautant à côté d'elle.

— Je veux dire… il n'y a pas eu… enfin… euh… viol.

— C'est un viol ! s'insurgea Amalia, indignée, en se redressant sur sa chaise. Qu'est-ce qu'il vous faut de plus ?

Une rougeur violente envahit le visage de la femme.

— Oui, oui, bien sûr… bien sûr. Excusez-moi.

Elle réfléchit. Le système informatique exigeait un langage formalisé, rigide, des énoncés courts et précis. Elle entra : « viol manuel au niveau du vagin ».

— Et vous dites qu'il avait inhalé de l'hélium ? demanda-t-elle.

Elle tapa : « possible usage d'hélium de la part de l'agresseur ». Verónica acquiesça.

— Pour qu'on ne reconnaisse pas sa voix…, dit-elle.

La jeune femme en uniforme leva les yeux de son écran.

— Vous pensez donc que vous le connaissez ?

— J'en sais rien. C'est une possibilité…

— Il y a un autre détail qui vous revient ?

— Il sentait bon.

Et, brusquement, elle se dit qu'elle avait déjà senti ce parfum. Mais ça ne voulait rien dire. Ou peut-être que si…

— Il était plus grand, de la même taille, plus petit que vous ?

— Il était grand.

— Et donc il vous a cogné la tête contre la porte avant de s'enfuir ? releva la jeune femme en considérant le pansement que Verónica avait au front.

— Oui. Très fort.

« Agression sexuelle violente, individu extrêmement dangereux », entra la femme dans le système.

— Promets-moi de n'en parler à personne, dit Verónica à Amalia en ressortant de la caserne.

— Est-ce qu'on ne devrait pas alerter les autres filles de l'immeuble ? suggéra sa coloc.

— Non ! Je ne veux pas être celle que tout le monde regarde comme la fille qui s'est fait agresser !

— D'accord, d'accord.

— Jure-le-moi.

— Je te le jure.

Le soir venu, Verónica rejoignit le groupe après les cours. Elle avait passé toute la journée dans un état second. Comme si elle n'était plus elle-même. Comme si elle se regardait bouger, répondre, agir. Comme s'il y avait *deux* Verónica : celle qui continuait à vivre comme si de rien n'était – et celle qui observait la première.

Elle s'était aussi dit qu'il n'aurait pas osé s'en prendre à Assa. Il avait choisi la plus faible du groupe. *Il les avait épiés*. Tel le lion dans la savane, qui repère le spécimen le plus vulnérable dans un troupeau d'antilopes, ne fixe que lui parmi les centaines d'animaux présents, à l'affût de la fragilité, de la faiblesse : l'animal qui boite, qui court moins vite, qui s'isole ou qui est rejeté par les autres…

À quel moment les avait-il observés ? Au *Camelot* ? À la faculté ? Pendant les cours ? Elle avait passé ceux du jour à scruter les expressions de ses voisins – de ses voisins *mâles*…

Elle arriva en retard à la réunion. Tout le monde était déjà là.

— Si on fait abstraction du meurtre de ce garde civil, on n'a donc que des couples, était en train de dire Salomón.

— Des couples *heureux*, précisa Assa.

Le capitaine de la Guardia Civil qui dirigeait la caserne de Salamanque battit des paupières et croisa les doigts sous son menton, le visage dépourvu d'expression :

— Donc, « le Tripoteur » est repassé à l'action, commença-t-il.

— Oui, confirma la sergente qui avait pris la plainte de Verónica le matin même. Troisième plainte en un mois : *ça s'accélère*. Il ne va pas se contenter longtemps de les tripoter, ajouta-t-elle d'un ton lugubre. Et, cette fois, il a été interrompu. Dieu sait ce qu'il aurait fait sans ça.

— C'est peut-être un timide, suggéra le capitaine. Ou alors il a du mal à bander.

Il y eut un ricanement émanant d'un de ses collègues.

— C'est une agression sexuelle, gronda la sergente en foudroyant ce dernier du regard.

— Oui, oui, bien sûr… excuse-moi.

— La prochaine fois, il va tenter d'aller plus loin, insista-t-elle. Le défi et le risque sont excitants pour lui. Je crois que nous n'avons pas idée de ce dont il est capable…

— Parce que toi, évidemment, tu le sais ? l'interrompit, acerbe, le même collègue. Depuis quand tu es diplômée en psychologie, Rosa ?

Les pupilles de Rosa noircirent quand elle les tourna vers le gros lourdingue.

— Parce que moi je suis une femme, rétorqua-t-elle. Capitaine, je crois qu'on devrait faire une communication – ou au moins placarder des avertissements dans les facultés. Il faut prévenir les étudiantes de cette ville qu'un maniaque rôde dans les rues.

L'officier resta un moment en arrêt, comme s'il avait reniflé une mauvaise odeur :

— Tu n'y penses pas. Si on fait ça, la psychose va s'installer et ça va remonter jusqu'à la presse ! Sans parler de la réaction du maire et du conseiller d'éducation !

— Des couples heureux… Qu'est-ce qui te fait dire ça, Assa ? demanda Salomón.

— Eh bien, répondit la jeune femme, c'est évident que les deux derniers couples étaient heureux si on tient compte de leurs posts et de leurs photos sur les réseaux sociaux…

Elle avait consacré une bonne partie de sa nuit à les passer en revue. Elle avait les yeux rouges d'avoir trop fixé l'écran autant qu'à cause du manque de sommeil.

— Ils se prenaient tout le temps en photo dans tous les endroits où ils voyageaient, continua-t-elle. Sur tous les clichés, on les voit sourire, s'embrasser.

Salomón éteignit le néon, alluma le petit projecteur, et des visages extraits d'Instagram et de Facebook apparurent sur le mur blanc, dans le léger bourdonnement du ventilo. Des visages détendus, *heureux*. Qui, en apparence, souriaient à la vie, dans le faisceau lumineux capturant la poussière.

— C'est une hypothèse intéressante, dit-il. Continue…

— Il a des difficultés à maintenir une relation avec une femme, poursuivit Assa. Ses relations à lui ont toutes échoué. Il vit seul. Il est sans doute divorcé ou vieux garçon. Il a été quitté plusieurs fois. Pour cette raison, il a développé un ressentiment violent vis-à-vis des couples heureux, il est jaloux d'eux. C'est le bonheur des autres qui déclenche ses pulsions meurtrières…

— Oui, fit Salomón, les coups de couteau dans les parties génitales vont dans ce sens, comme s'il voulait les rendre incapables d'avoir une vie sexuelle par-delà la mort. Il est possible, il est même probable, en effet, qu'il a lui-même des problèmes de ce côté-là.

— Si ça se trouve, ils souriaient juste pour les photos, protesta Ulysses. C'est idiot. Tout le monde sourit sur les réseaux sociaux. Ça ne prouve rien…

Salomón acquiesça, un demi-sourire aux lèvres. Il aimait la controverse, au sens premier du terme. Sa méthode consistait précisément à susciter le débat. Il en sortait toujours quelque chose.

— Ces mises en scène, que vous évoquent-elles ? poursuivit-il.

— Des tableaux ! répondit aussitôt Alejandro.

Salomón se tourna vers le jeune Espagnol.

— Exactement, *des tableaux*… Les modèles dénudés, les couleurs rouge et verte étaient fréquents dans la peinture de la Renaissance en particulier comme dans celle des siècles suivants…

— Vous croyez qu'il s'est inspiré de peintures ? demanda Assa.

— Je ne l'exclus pas…

Son téléphone sonna. Il le puisa dans sa poche, le regarda. Numéro inconnu.

— Salomón Borges, dit-il.

— Professeur ? Je suis la lieutenante Lucia Guerrero.

20
Mercredi soir

Lucia contemplait l'araignée.

Elle avait tissé sa toile entre le tuyau du chauffage et le plafond. Un moucheron était *collé* aux fils gluants, qui vibraient. La prédatrice noire et velue s'approchait sans hâte de sa proie prise au piège. Elle allait injecter son venin, immobiliser sa victime, la prédigérer avec ses sucs gastriques. Le moucheron n'avait aucune chance.

— Demain, c'est noté, professeur, dit Lucia dans le téléphone sans cesser de fixer l'araignée.

— Appelez-moi Salomón. À demain, lieutenante.

Elle allait composer un autre numéro quand son téléphone sonna. Arias.

— Oui ? dit-elle.

— Conférence à trois avec la toxicologie.

— D'accord.

— Salut, Lucia, dit une deuxième voix dans l'appareil. Toutes mes condoléances pour Sergio. On est tous dévastés ici. On espère que l'autre salopard va s'en sortir pour assister à son procès… (Lucia ne commenta pas, mais sentit le froid l'envahir.) À part ça, j'ai le résultat de l'analyse du liquide brun trouvé chez lui. Vous n'allez pas le croire…

Ils avaient fait vite. *Le meurtre d'un collègue.* Ça passait avant tout le reste, quel que soit ce reste, fût-il l'assassinat du roi d'Espagne ou un attentat terroriste.

— J'en avais entendu parler, dit-il, mais c'est la première fois que j'en vois.

— Que tu vois quoi ? s'impatienta-t-elle.

— Il s'agit effectivement d'une décoction, d'une infusion, appelle ça comme tu voudras. C'est de *l'ayahuasca*.

— De la quoi ?

— De l'ayahuasca. On l'appelle aussi la « corde des morts », la « liane amère » ou encore la « liane de l'âme ». Les tribus d'Amazonie l'appellent *yagé*, *natem*, *caapi*, *pindé*, *daime*… C'est une décoction issue d'un mélange de plantes, dont la liane en question, préparée depuis des siècles par les chamans d'Amazonie. Une fois infusées, ces plantes libèrent deux puissantes molécules psychoactives : la diméthyltryptamine et un alcaloïde bêta-carboline. En résumé, ça provoque des hallucinations et une modification des perceptions. Mais contrairement à l'héroïne ou à la cocaïne, ça n'agit pas sur les circuits de récompense. Il n'y a donc ni risque d'overdose ni véritable dépendance.

Le cerveau de Lucia s'appliquait à assimiler les informations et à trier celles qui l'intéressaient.

— C'est une drogue très puissante, qui a été longtemps confinée aux tribus de la forêt amazonienne, qui l'utilisent depuis des temps immémoriaux dans des cérémonies initiatiques – une façon de se connecter à son moi profond et à la nature, ce genre de choses. Mais, avec la vogue des nouvelles religions et des médecines alternatives, sa consommation s'est élargie à d'autres cercles. C'est même devenu une drogue en vogue dans la Silicon Valley comme chez les artistes new-yorkais. L'un des premiers Occidentaux à l'avoir essayée est l'écrivain américain William Burroughs. Elle est interdite dans de nombreux pays européens. En Espagne, l'usage personnel est autorisé, mais la vente interdite, comme pour d'autres substances. Il y a eu plusieurs symposiums sur le sujet ces dernières années, le plus important ayant été une conférence mondiale organisée par l'ICEERS, l'International Center for Ethnobotanical Education Research and Service, basé à Barcelone. C'était à Gérone, cette année. J'y ai assisté. Mille deux cents participants, soixante spécialistes venus du monde entier, cent vingt exposés uniquement consacrés à l'ayahuasca, rendez-vous compte.

Lucia commençait à s'impatienter.

— Est-ce que ses effets pourraient faciliter la... euh... manipulation d'une personne particulièrement vulnérable, la pousser à faire des choses qu'elle ne ferait pas en temps normal ? demanda-t-elle.

Un silence.

— Je ne suis pas psy, mais je dirais que oui... L'ayahuasca est utilisée depuis des siècles pour induire des états modifiés de conscience. Certaines sectes et des prétendues Églises brésiliennes s'en servent aujourd'hui dans le même but. Elle provoque une perception altérée de la réalité, une baisse sensible de l'anxiété, fréquemment une régression et une plus grande... *flexibilité psychologique*. Il y a donc un danger manifeste pour les personnes vulnérables aux relations d'emprise. Qui plus est, selon certains chercheurs, les états modifiés de conscience provoqués par cette drogue contribuent à construire un « moi multiple ».

Lucia ne put s'empêcher de penser à quelqu'un d'autre, quelqu'un qui avait lui aussi une *perception altérée de la réalité* – ou plutôt son monde à lui, lequel obéissait à ses propres lois.

Elle chassa cette pensée.

— Tu ne donnes ces informations à personne tant qu'on ne te les demande pas, dit-elle dans le téléphone, c'est compris ?

— Comme à un psychiatre missionné par la défense, par exemple ? J'ai pigé. Et, Lucia, il faut savoir que l'ayahuasca peut aussi provoquer des visions absolument terrifiantes, des hallucinations vraiment angoissantes. Ça n'a pas dû arranger l'esprit de votre Gabriel Schwartz…

Elle le remercia. *Il y avait une seule tasse dans l'appartement de Schwartz : près de l'assiette de « Ricardo ».*

L'ombre qui était derrière tout ça avait préparé la décoction avec grand soin et avait regardé Gabriel la boire… puis elle avait attendu que la drogue fasse son effet… Comment s'étaient-ils rencontrés ? Comment et à quel moment le véritable assassin de Sergio Moreira avait-il choisi le bras qui allait tuer son coéquipier ?

— Appelle Ferrater, dit-elle ensuite à Arias. Il nous faut la liste de toutes les personnes – employés et visiteurs – qui ont été en contact avec Gabriel Schwartz à l'occasion de ses hospitalisations psychiatriques.

21
Mercredi soir

Elle fit un autre numéro.

— Qu'est-ce que tu veux, Lucia ? dit la voix au bout du fil.

— Il s'est passé quoi l'autre jour avec Álvaro ?

— Rien de grave.

— Samuel, s'il te plaît…

Un silence.

— Il s'est fait chahuter par d'autres élèves dans la cour de récré. Un instit y a mis le holà.

— *Chahuté* ?

— Bousculé, si tu préfères.

— Bousculé comment ?

— Oh, Seigneur, Lucia ! Est-ce qu'il t'arrive de cesser d'être gendarme ?

— Il est tombé par terre ?

— Oui, si tu tiens à le savoir.

— Bon sang !

— Bon sang quoi ? Les élèves sont passés dans le bureau du directeur. Ça ne se reproduira pas. Affaire classée. Il a juste une bosse au genou. Il va bien.

— Est-ce que je peux lui parler ?

Elle entendit le son d'un téléviseur en arrière-plan. Puis deux adultes – homme et femme – échangeant à voix basse. Une braise de colère au creux de son ventre. Alicia… La nouvelle compagne de son ex-mari. Celle qui habillait Álvaro d'une cravate et d'un blazer comme s'il était un foutu écolier anglais. Pas étonnant qu'il se fasse chahuter. Elle aurait bien chahuté Alicia à son tour, histoire de lui rappeler qu'elle n'était qu'une « invitée » dans leurs vies, qu'Alicia n'avait aucun droit de décider de ce qui était bien pour son fils, et que Lucia lui péterait toutes les dents de sa jolie bouche si elle s'avisait de se mettre entre Álvaro et elle.

— Maman ?

Elle respira un grand coup, inspecta le plafond. Constata que sa vision s'était brouillée.

— Mon chéri, ça va ?

— Oui. On est en train de regarder un épisode de *Jurassic World.*

Elle ferma les yeux l'espace d'une seconde. Soulagement. La voix d'Álvaro était gaie. Frustration. Elle devina qu'il était pressé de retourner à sa série. Jalousie. Elle aurait aimé être avec lui en cet instant, qu'ils soient assis tous les deux devant la télé, un plaid sur les genoux.

Comment en étaient-ils arrivés là ? Elle se souvint qu'avant que son métier ne commence à les séparer et qu'Álvaro ne naisse, Samuel et elle avaient pour habitude de partager devant la télé des plateaux-repas portant tout ce que l'obsession contemporaine pour la diététique bannit des menus : Big Mac, Maxi Coca, nuggets, frites, ketchup et *sundaes*. En attendant que le sommeil les gagne. Elle se souvint qu'ils s'endormaient généralement l'un contre l'autre pour se réveiller deux heures après et se traîner jusqu'au lit. Quand Álvaro était petit, ils faisaient de même devant un dessin animé. Puis Lucia s'était mise à rentrer de plus en plus tard, elle s'était durcie – ou plutôt c'était son métier qui l'avait endurcie – et ses rapports avec Samuel s'étaient progressivement tendus.

Elle se souvint aussi que, quand ils étaient étudiants, Samuel et ses camarades parlaient de la police avec mépris. À leurs yeux, les flics étaient tous des idiots, des suppôts de l'État et des fachos en puissance sinon en acte. Aussi, quand elle avait annoncé à Samuel qu'elle allait passer le concours de la Guardia Civil, il n'avait pas compris. Elle-même n'était pas complètement sûre de ses motivations. La presse qu'ils lisaient, les chansons qu'ils écoutaient, les films qu'ils regardaient, tous allaient dans le même sens : la Guardia Civil était un nid de fascistes, l'idée même d'ordre était fasciste, la loi était là pour maintenir le *statu quo* et protéger les bourgeois. C'était un raisonnement simpliste – et pour cette raison même séduisant, en tout cas pour la plupart de ses camarades. Or, Lucia n'avait jamais aimé tirer sur les ambulances. Toute petite déjà, elle prenait le parti de celui que les autres détestaient et harcelaient dans la cour de récré, quitte à ramasser quelques coups au passage. En famille, elle était le poil à gratter – celle qui prenait un malin plaisir à démonter les certitudes des autres et à gâcher la fête par esprit de contradiction. À la fac de droit, elle avait continué dans cette voie, se demandant, chaque fois qu'une grève ou une manifestation avait lieu, ce que ça cachait vraiment, débusquant les non-dits et les arrière-pensées sous les beaux sermons des politiciens de gauche qui avaient les faveurs de ses coreligionnaires comme derrière les discours sur la responsabilité individuelle et l'esprit d'entreprise de ceux de droite, qui avaient les faveurs de sa famille. En somme, elle était entrée dans la Guardia Civil par esprit de contradiction. Vraiment ? C'était donc là tout ? Elle avait choisi cette voie simplement pour prouver aux autres qu'ils avaient tort ? Il y avait autre chose. Naturellement. Mais elle n'avait pas envie d'y penser ce soir. Nul, pas même Samuel, ne connaissait la véritable histoire. Celle du gamin le plus intelligent, le plus curieux, le plus maladivement sensible qu'elle eût croisé. Son frère. Rafael. Et de la façon dont la drogue l'avait détruit. *Rafael...* Son Syd Barrett à elle. *Wish you were here...*

— On se voit bientôt, chéri, dit-elle. Et on ira au zoo, d'accord ?

— Je pourrai aussi regarder des séries, maman ?

— Bien sûr, trésor. Allez, file, va retrouver ton père.

— Tu es sûre que tu vas bien, maman ?

— Pourquoi je n'irais pas bien, chéri ?

— Parce que tu as une drôle de voix…

— Mais non ! File.

— À bientôt, maman !

Arias la rappela une demi-heure plus tard.

— Gabriel Schwartz vient de mourir, annonça-t-il.

Une nervosité soudaine la gagna.

— Et l'analyse sanguine confirme la présence dans son sang de brodifacoum, un produit pour tuer les rats, poursuivit son collègue. Ça vient juste d'arriver.

Elle se sentit mal à l'aise brusquement. Tout cela avait été planifié par quelqu'un d'autre : ce marionnettiste qui se tenait dans l'ombre et qui tirait les ficelles.

— Merci, Arias, dit-elle. Tu devrais rentrer chez toi…

— J'allais le faire. Bonne soirée, Lucia.

L'assassin de Sergio mort à son tour… Pourquoi était-elle à ce point bouleversée ? Était-ce parce qu'elle associait dans la même mort celle de Sergio et celle de son assassin ? Ou bien parce que, comme chaque fois qu'elle pensait à la mort, elle pensait à Rafael ?

Elle pleura cette nuit-là. Vers 3 heures du matin. Elle entendit la rumeur de la pluie qui frappait la porte-fenêtre. Un bruit apaisant – mais qui dans son esprit était également synonyme de solitude, de rues désertes, de tristesse.

Elle se leva, sortit sur le balcon en robe de chambre. Jeta un coup d'œil au balcon voisin. Celui de sa mère. Les lumières y étaient éteintes.

Ces derniers mois, Lucia pensait souvent à sa mère. Presque autant qu'à Álvaro. Et à Rafael… Sa mère vieillissait. Bientôt, elle ne serait plus là. Pourquoi n'arrivaient-elles pas à rétablir une communication normale, à avoir des conversations qui ne finissent pas dans l'acrimonie et les reproches ? L'heure tournait. Il leur restait peu de temps.

C'est à ce moment-là qu'elle y songea.

À Francisco Manuel Meléndez.

Pour lui aussi l'heure tournait. Est-ce qu'il pensait à elle du fond de sa cellule ? Bien sûr qu'il pensait à elle… Dans quelques jours se tiendrait le procès. Et son avocat avait promis des révélations.

Elle revint dans l'appartement, retira son haut de pyjama, passa dans la salle de bains et, se tordant le cou, contempla son reflet dans le miroir, la grande figure « christique » tatouée dans son dos, qui étendait sa bénédiction sur elle…

Elle seule lui apportait la paix.

QUATRIÈME PARTIE
UNE DANSE AVEC LE DIABLE

22
Jeudi matin

Il était 10 heures moins le quart lorsqu'elle gara son Hyundai Tucson devant la faculté de droit de l'USAL, le lendemain. Un petit homme dans la soixantaine à la barbiche poivre et sel l'attendait en haut des marches et elle devina que c'était lui.

Salomón Borges.

Catedrático[1].

Mais sans la vanité et l'autosatisfaction qui allaient généralement de pair avec le titre. Du moins au téléphone. Il lui avait fait l'effet d'une personne sensée. Qui lui avait pourtant raconté une histoire insensée.

Alors que faisait-elle là ?

Elle ne pouvait ignorer un détail : *la colle*. C'était l'un des éléments que le programme informatique développé par le professeur et son groupe d'étudiants avait soi-disant décelés. D'accord…

Voyons ce qu'ils ont à me dire…

Une heure plus tôt, elle avait reçu un coup de fil du labo de toxicologie : on avait également trouvé dans le

1. Professeur d'université titulaire d'une chaire.

sang de Gabriel Schwartz des traces de Zolpidem, un des somnifères les plus couramment prescrits, mais qui pouvait aussi servir à autre chose : *soumission chimique*. Zolpidem et ayahuasca. Il n'y avait plus le moindre doute : Gabriel Schwartz avait été drogué et manipulé.

Elle verrouilla le SUV, frissonna dans les rafales qui balayaient les parages de la faculté, gravit les marches en remontant la capuche de son sweat sur sa nuque. Il baissa les yeux vers elle, lui sourit. Jeta un bref regard à l'arme qu'elle portait dans son étui, sur la hanche.

Lucia l'observa.

Ce qu'elle vit lui plaisait. Une carrure de lutteur mais une bedaine proéminente, une barbiche mal taillée et un air débraillé : il y avait une tache de café sur le tissu blanc de sa chemise, dont un bout sortait de son pantalon. Un visage ouvert, curieux, expressif. Il était à peine plus grand qu'elle, qui ne mesurait qu'un mètre soixante-deux.

Fort bien, pensa-t-elle.

Car si, demain, elle devait choisir entre deux chirurgiens pour l'opérer, elle ne choisirait pas celui qui avait l'air d'un chirurgien avec ses lunettes et sa montre de prix, ses longues mains élégantes et son allure respectable, mais l'autre : celui qui ne se souciait pas de sa dégaine, qui parlait avec un fort accent, qui était un peu négligé et qui ne ressemblait en rien à un chirurgien. Parce que, se dirait-elle, ce dernier n'avait pu compter que sur ses compétences professionnelles pour arriver là où il était. Parce que celui qui avait la tête de l'emploi et qui sortait d'une bonne famille et d'une bonne école avait eu la vie plus facile que l'autre, qui avait dû faire davantage ses preuves et surmonter plus d'obstacles pour se hisser à la même hauteur. Salomón Borges n'avait visiblement pas atterri à son poste grâce au soin qu'il prenait de sa personne ni à son sens des relations humaines. Parfait, ça lui convenait.

— Suivez-moi, dit-il. J'imagine qu'avec cette affaire vous n'avez pas de temps à perdre. Vous voulez un café ?

— Non, merci.

— Tant mieux, celui de la cafétéria est épouvantable.

Elle lui emboîta le pas à travers le hall vitré, puis le long de la passerelle qui surplombait le grand patio. Parvenus à l'autre bout du bâtiment, ils descendirent d'un étage. Il la précéda vers une porte sur laquelle était inscrit « LABORATOIRE DE CRIMINOLOGIE ». À l'intérieur, une demi-douzaine de jeunes gens la regardèrent entrer. Étonnamment, une grande tente de camping occupait l'espace à gauche.

— Je vous présente la lieutenante Lucia Guerrero, de l'UCO, lança-t-il aux étudiants, puis, se tournant vers elle : Lucia, voici le groupe qui a mis au point DIMAS.

— C'est DIMAS qui a trouvé ces similitudes ? s'étonna-t-elle une heure plus tard.

Ce n'était pas vraiment une question. Mais elle avait encore du mal à croire qu'un programme conçu par une poignée d'étudiants et un prof était peut-être le logiciel et la base de données que tous les enquêteurs criminels d'Espagne attendaient. *Et pourquoi pas, après tout ?*

Pourquoi était-elle tellement étonnée ? Elle savait, comme tout un chacun, que le monde était entré dans une ère nouvelle. Que des jeunes gens qui avaient commencé par bricoler dans leur garage lançaient désormais des fusées habitées dans l'espace, créaient des applications utilisées par des milliards de personnes, des cryptomonnaies qui remplaceraient bientôt les monnaies officielles. Elle avait vu ce film sur la création de Facebook par quatre étudiants de Harvard. Elle savait que Steve Jobs et Steve Wozniak, deux jeunes gens sans le sou, avaient conçu l'Apple I de retour des rencontres du Homegroup Computer Club et que, pour réunir les fonds nécessaires, Jobs avait vendu son combi Volkswagen. Et aussi que Jeff Bezos avait mis au point le logiciel d'Amazon au fond du garage de ses parents, à qui il avait demandé d'investir dans son projet. Avant de devenir l'homme le plus riche du monde. Alors pourquoi pas des étudiants de l'université de Salamanque ?

— Bravo, leur dit-elle simplement.

Elle vit des sourires s'afficher sur leurs visages juvéniles.

— Et vous dites que le projet est suivi par la Guardia Civil et la police nationale ? demanda-t-elle.

— Ainsi que par le ministère de l'Éducation de Castille-León et bien entendu par l'USAL, ajouta Salomón Borges. Mais quand il s'agit de leur soutirer des fonds, c'est une autre histoire…

Elle sourit. Bezos et l'argent de ses parents, Steve Jobs et son combi Volkswagen, Zuckerberg dans sa piaule de Harvard, pensa-t-elle de nouveau. Un petit frisson courut le long de sa nuque.

— Et c'est donc ce programme qui, le premier, a mis en évidence le lien possible entre ces trois doubles meurtres ? résuma-t-elle. Celui d'il y a trente ans dans le haut Aragon, celui de 2015 à Ségovie et celui de l'année dernière sur la Costa del Sol ?

— C'est ça.

— Et vous avez fait le rapprochement avec ce qui est arrivé à mon collègue uniquement à cause de cette histoire de colle ?

— Lien ténu, j'en conviens, admit Salomón.

— Mais pas anodin pour autant, rectifia-t-elle. Je n'avais encore jamais entendu parler de scènes de crime où les corps étaient collés ensemble avant ça…

Elle se souvenait que le massacre du couple d'Anglais pendant leurs vacances avait fait les gros titres de la presse. Mais à aucun moment le détail de la colle n'avait été mentionné, pas plus que ceux de la mise en scène, et l'enquête n'avait pas été confiée à l'UCO.

Tous les membres du groupe la couvaient du regard à présent, l'air de dire : « Et on fait quoi maintenant ? »

— Comment vous voyez la suite ? demanda-t-elle, en essayant de dissimuler son excitation.

— On a déjà demandé les procédures complètes de ces trois affaires, répondit une jolie étudiante noire aux cheveux très courts que Borges avait appelée Assa, se souvint-elle. On va dresser un profil à partir de l'analyse des scènes de crime…

— Et de l'étude de la personnalité des victimes, ajouta le beau brun qui se prénommait Alejandro.

— Et aussi des comptes rendus des enquêteurs, renchérit le petit Japonais rondouillard aux énormes lunettes baptisé Haruki. Si, bien entendu, on réussit à les obtenir.

— Les services font des difficultés, expliqua Salomón.

Tu m'étonnes, se dit-elle. Après tout, aucun d'eux n'était assermenté.

— Vous avez déjà tué quelqu'un ? demanda en la guignant de ses grands yeux fureteurs l'Anglais à la figure pleine d'acné qui s'appelait Ulysses.

Seule celle qui se prénommait Verónica ne disait rien.

— Je vais demander moi aussi les dossiers, dit Lucia. En urgence. Et les étudier. Je vous tiens au courant. De votre côté, si quoi que ce soit vous vient à l'esprit, n'hésitez pas à m'en faire part. C'est remarquable ce que vous avez accompli !

23
Jeudi soir

Le trajet du retour Salamanque-Madrid lui prit deux heures mais cela se compliqua sérieusement à l'approche de la capitale à cause des embouteillages. Elle en profita pour appeler Arias.

— L'autopsie de Schwartz ? lui demanda-t-elle.

Après celle de Sergio, Arias avait été encore une fois désigné pour se coltiner le passage obligé à l'Institut médico-légal.

— Elle a confirmé que Schwartz s'est étouffé dans son sang et qu'il est mort d'hémorragies massives, dit-il. J'allais t'appeler. On a aussi du nouveau concernant ce qu'a fait Sergio durant les dernières heures ayant précédé sa mort.

Elle se tendit.

— Selon Carmen, poursuivit Arias (Carmen était une collègue de l'UCO), il a reçu un appel au bureau et il est parti. On a pu regarder les derniers coups de fil qu'il a reçus. Le tout dernier provient d'un numéro inconnu. Carmen l'a seulement entendu dire : « qui êtes-vous ? » puis « donnez-moi l'adresse ». Sergio lui a ensuite dit que quelqu'un avait des renseignements sur un double meurtre commis l'année dernière. Apparemment, cette personne lui a fourni assez de détails probants pour le convaincre de se déplacer.

— Quel double meurtre ? demanda-t-elle, toutes ses alarmes allumées, alors que, bien que le feu fût au vert, ça n'avançait pas et ça klaxonnait furieusement autour d'elle.

— Un couple d'Anglais massacré pendant leurs vacances sur la Costa del Sol, répondit Arias. Tu dois t'en souvenir : ça a fait la une des journaux…

Bon Dieu !

— Qu'est-ce que Carmen a dit d'autre ?

— Que le type lui avait donné rendez-vous au nord-ouest de Madrid, non loin de l'Escorial, dans les collines de Santa María de la Alameda. Là où on l'a trouvé donc.

Un grand froid étreignit Lucia. Ainsi, Sergio était bel et bien tombé dans un piège – et sa mort, liée aux doubles meurtres. Elle jura tout bas. Il fallait qu'elle en parle à Borges, mais d'abord elle devait éplucher les dossiers.

Elle repensa au blondinet articulant les lettres L-U-C-I-A tandis qu'il regardait la caméra de sa cellule. Comment la connaissait-il ? Qui lui avait parlé d'elle ?

Et surtout, pourquoi, avant de mourir, avait-il jugé si important de s'adresser à elle ?

— On se voit demain aux funérailles, dit-elle.

Il était 19 h 58, et les terrasses de la Plaza Mayor de Salamanque étaient noires de monde malgré le froid, peuplées de grappes d'étudiants et de touristes.

Assis au milieu d'eux, emmitouflé dans son manteau d'hiver, Salomón Borges se réchauffait à l'aide d'un *carajillo* – du café brûlant additionné de brandy, de sucre et de cannelle – tout en admirant la place illuminée. Un vrai décor de théâtre. L'une des plus belles places d'Espagne, avec ses arcades, ses colonnes, ses rangées de balcons et ses médaillons reprenant les bustes de Rodrigo Díaz de Vivar, plus connu sous le nom de Cid, d'Isabelle et Ferdinand, les Rois très catholiques, de Charles Quint ou encore d'Hernán Cortés et de Francisco Pizarro. Autrement dit, conquêtes, meurtres, colonialisme... Une civilisation dont les briques étaient des cadavres et le ciment du sang. Comme *toutes* les civilisations depuis la nuit des temps, se dit-il. Est-ce que les civilisations arabe et ottomane n'avaient pas alimenté les marchés aux esclaves pendant des siècles ? Est-ce que leur première préoccupation n'avait pas été de massacrer gaiement leurs voisins ? Est-ce que les Japonais à Nankin ou les groupes armés de la deuxième guerre du Congo avaient été moins cruels que les envahisseurs occidentaux en recourant massivement à la torture et aux viols collectifs ? Est-ce que les Occidentaux ne s'étaient pas également massacrés entre eux plus d'une fois ? La stratégie qui consistait à faire porter tous les torts à l'ennemi pour justifier ses propres crimes était vieille comme le monde.

Salomón termina son *cajarillo*, se leva.

Il quitta la place par l'une des deux portes qui donnent sur la rue Zamora, remonta lentement celle-ci en savourant le bruit de ses pas dans la nuit. Une fois dans ses appartements, au dernier étage du Dania Palace, il retira son manteau et son écharpe, envoya valser ses chaussures, enfila ses mules et passa dans le salon pour mettre *Rinaldo* de Georg Friedrich Haendel sur la platine. L'aria « Cara sposa », le grand air pour castrat. Il s'approcha de la photo encadrée sur le buffet, tandis que la musique s'élevait. Les cordes d'abord. Puis la voix. De *pianissimo* à *fortissimo*. Existait-il musique plus *civilisée* que celle-là ? Plus complexe, plus subtile ?

— J'ai rencontré quelqu'un aujourd'hui, Begoña, dit-il. Une femme. Elle s'appelle Lucia. Elle te plairait. Compétente. Sérieuse. Nulle frivolité. Une femme comme tu les aimes. Oh ! ne t'en fais pas : elle est bien trop jeune pour moi, et je ne pense pas que je sois son genre…

Il émit un petit rire de gorge.

— C'est plutôt un sentiment paternel que j'éprouve, tu me connais. Elle pourrait être notre fille… Et puis, il y a un mystère en elle : elle est moins forte qu'il n'y paraît. Nous allons travailler ensemble. Ce sera intéressant…

Les mains nouées dans le dos, il quitta le salon pour s'enfoncer dans le long couloir obscur, où d'autres portraits de Begoña le regardèrent passer, comme si c'était un mausolée et non un lieu de vie qu'il habitait. Il se laissa engloutir par les ténèbres : cela faisait belle lurette qu'il n'avait plus peur d'elles.

Il fut réveillé en sursaut par la sonnerie du téléphone le lendemain. Il regarda l'écran. 6 h 30. Décrocha.

— Bonjour, Salomón, dit la lieutenante Guerrero. Vous faites quoi demain ?

— Demain ? répéta-t-il, surpris. Demain, on est samedi… je vais marcher du côté de la sierra de Francia…

— Ça vous embêterait d'annuler votre promenade ?

— L'annuler ? répéta-t-il, l'esprit encore embrumé, et il sut qu'il avait l'air d'un vieux monsieur lent à la détente et mal réveillé au téléphone.

— J'ai reçu les dossiers. J'ai passé la nuit à les examiner. Je suggère que nous commencions par visiter les lieux où les doubles meurtres ont été commis, dit Lucia dans l'appareil.

Il se redressa, soudain tout à fait éveillé, s'assit à la tête du lit. Il devina à sa voix que son interlocutrice était tendue.

— *Nous* ?

— Oui, vous et moi.

— C'est plutôt inhabituel comme méthode pour la Guardia Civil, non ? observa-t-il.

— On n'est pas obligés de tout leur dire…

Il réfléchit, amusé par le ton de conspiratrice qu'elle avait pris.

— Mais en ce qui concerne le meurtre de… mon collègue, poursuivit-elle, vous ne faites rien. Ni vous ni votre groupe ne vous occupez de ça.

— Quand est-ce qu'on part ? demanda-t-il.

— Je vais vous envoyer mon adresse perso. Soyez en bas de chez moi à 10 h 30 demain sans faute. Bonne journée, professeur.

24
Samedi matin

Ils quittèrent Madrid aux alentours de 11 heures. Direction le nord-est, l'Aragon, les confins pyrénéens.

La veille, Lucia avait assisté aux funérailles de Sergio dans l'église-cathédrale des Forces Armées, aussi connue comme église du Sacrement, au 11 de la rue Sacramento, à Madrid. Il caillait dans l'église. Une morne journée de novembre. Un ciel couvert et un moral tout aussi gris. Étaient présents le ministre de l'Intérieur, le directeur général de la Guardia Civil, la colonelle Pilar Molina Marcos, des généraux, des lieutenants généraux, des officiers, des hommes du rang, des amis, des proches, des collègues. Elle s'était préparée, elle s'était blindée. Elle avait écouté, indifférente, l'homélie de l'évêque, puis les officiels et enfin la veuve, qui tous avaient évoqué Sergio en des termes que seul le deuil suscitait. On lui avait remis, à titre posthume, une foutue breloque : la croix de l'Ordre du mérite de la Guardia Civil. Tout allait bien, elle tenait le coup. Elle s'en branlait de tout ce cirque hypocrite, elle s'était promis de ne pas pleurer.

Jusqu'à Peña…

Peña avait dit : « Bon père, bon époux, bon collègue, serviteur de l'État et ami exemplaires : tel était Sergio Castillo Moreira. Tu vas nous manquer, mec ! »

C'est tout. Rien de plus. Mais c'était suffisant. Car là-bas Peña, le dur à cuire, pleurait. Et, par effet de contagion, Lucia avait senti les larmes monter. Incapable de les arrêter, elle avait filé respirer l'air du dehors.

En essuyant ses larmes, elle avait su que le fantôme de Sergio la hanterait jusqu'à la fin. Qu'elle se souviendrait de son sourire, de ses rires, des baisers échangés, de son corps, de toutes les nuits passées dans une voiture banalisée à planquer ensemble et à ouvrir son cœur à l'autre et aussi, bien sûr, de cette chose sur la croix qui était et n'était pas Sergio Moreira. Que ces souvenirs-là resurgiraient aux pires moments pour lui rappeler qu'il n'y a pas de temps à perdre, qu'on fait des projets d'avenir, mais que l'avenir n'existe pas : il n'y a que le présent.

Peña l'avait rejointe, il avait allumé une cigarette.

— Tu savais que dans les montagnes de l'île de Sulawesi ils injectent régulièrement du formol dans le corps du défunt, lui font la causette tous les jours et, tous les trois ans, ils le ressortent de son tombeau, lui filent une clope, dansent et font la bringue avec lui ? Putain, le dernier truc que je souhaiterais, c'est que les mêmes qui m'ont fait chier toute ma vie continuent de le faire après ma mort…

— Peña, bordel, avait-elle protesté, mais elle n'avait pu s'empêcher de sourire.

Elle avait aussi aperçu les enfants de Sergio et croisé le regard de sa veuve qui ressortait de l'église.

Un regard qui disait : je sais ce qu'il y avait entre mon mari et toi. *Et merde...*

— Peña, avait-elle dit ensuite, je vais prendre quelques jours de congé. J'ai besoin de changer d'air.

Il avait hoché la tête.

— Vas-y. On a deux équipes entières sur le meurtre de Sergio. Arias et moi, on te tiendra informée. C'est aussi bien : tu es trop impliquée émotionnellement de toute façon.

Sur l'autoroute qui les menait vers le nord, ce samedi matin, elle fixait le ciel couleur de cendre, le ruban monotone. Elle avait le sentiment que quelque chose d'énorme les attendait là-bas. Dans le Nord. Au bout de la route.

— Comment tu vis la mort de ton coéquipier ? demanda Salomón à côté d'elle.

Elle quitta un instant la route des yeux, notant qu'il était passé au tutoiement, pour le fusiller du regard :

— À ton avis ? Comment tu la vivrais, toi ?

— Mal, répondit-il. Tu t'impliques beaucoup, n'est-ce pas ? Travailler à l'UCO, c'est un boulot H24.

Elle ne répondit rien cette fois. Ils atteignirent la ville de Saragosse aux alentours de 14 heures, Huesca moins d'une heure plus tard, remontant toujours plus vers le nord.

Et la neige apparut. Sous forme de plaques blanches dans les champs au début.

Au bout de quarante-deux autres minutes, ils furent à Barbastro, 17 000 habitants, que Lucia voulut contourner par le sud, là où la N240 et la N123 se rejoignaient et permettaient d'éviter le bourg. Mais Borges lui montra le panneau qui indiquait « BARBASTRO/ALQUÉZAR/SIERRA DE GUARA » juste après un hôtel en bord de route, une cafétéria et une station-service Repsol qui la firent immanquablement penser à Francisco Manuel Meléndez.

— Prends par là, dit-il.

Elle obéit, le laissant la guider à travers le lacis des ruelles du centre-ville. En ressortant par l'avenue des Pyrénées, ils passèrent devant un édifice en brique au toit hérissé d'antennes : la caserne de la Guardia Civil locale.

— C'est sans doute là qu'à l'époque ils ont dû enquêter sur l'affaire, dit-il.

Elle pensa au dossier qui se trouvait dans le coffre du SUV, enfermé dans son sac à dos.

La route était large, en excellent état, longues lignes droites, courbes amples. Lucia conduisait un peu au-dessus de la vitesse autorisée ; tout autour d'eux se déployait, sous le ciel toujours aussi gris et monotone, un paysage qui ne l'était pas moins : collines basses, cultures et vignes. Mais déjà des montagnes blanches se profilaient à l'horizon. Et à leur vue Lucia éprouva un sentiment mitigé, impatience et appréhension mêlées.

Ces montagnes au loin paraissaient les défier : elles avaient gardé leur secret si longtemps. *Pensez-vous que vous allez réussir à nous l'arracher quand tant d'autres ont échoué ?* semblaient-elles leur dire.

Sous l'épaisse couche nuageuse, la première neige blanchissait les collines. Sa réverbération blessait les yeux, allumait le regard. Le paysage, montueux, pelé, à l'os, évoquait un décor de western hivernal.

À la radio – que Lucia avait mise quand ils eurent épuisé tous les sujets de conversation –, une voix annonça que novembre 2019 était bien parti pour être le mois de novembre le plus humide et le plus froid depuis trente-cinq ans dans la région de Jaca : « La neige tombée en abondance le 8 novembre – on a compté jusqu'à dix-huit centimètres à certains endroits – a tenu, car la température continue de chuter de jour en jour, avec une minimale de quatre degrés en dessous de zéro la nuit dernière. On dirait bien que, cette année, l'hiver est en avance. »

Au bout de quelques kilomètres, la N123 commença à s'élever très légèrement au-dessus du large lit d'une rivière presque à sec, semé de gros cailloux clairs, qu'elle longea.

— On approche, dit Salomón en consultant Google Maps sur son téléphone.

La route décrivit un S puis le premier tunnel apparut, en même temps que la N123 s'enfonçait dans une gorge creusée par la rivière et emprisonnée entre de hauts flancs de pierre, des arbres dénudés par l'hiver et des conifères blanchis par les flocons. Les tunnels se succédèrent. Lucia roula plus prudemment. Le défilé se fit plus resserré, plus profond, refermant ses parois calcaires sur eux, le ciel fut réduit à une étroite bande grise.

— Là, dit Salomón, alors qu'ils venaient de rouler sous deux voûtes sombres creusées à même la roche et frangées de stalactites.

Elle freina. Il y avait une petite aire de stationnement sur la gauche, dans le virage, juste après le tunnel, sur laquelle elle stoppa en faisant crisser ses pneus. Elle coupa le moteur et le silence s'abattit. Chaudement vêtus – lui de son manteau en laine, écharpe grise nouée sous le menton, elle d'une parka blanche à capuche fourrée qui évoquait une tenue de camouflage hivernale –, ils descendirent de voiture.

Lucia sentit aussitôt l'air glacial traverser son jean telles des aiguilles. Elle retint son souffle en regardant le défilé. C'était sans doute dû à tous les détails qu'elle avait lus dans le dossier, mais il lui sembla qu'elle voyait le couple presque nu au bord de la chaussée, entre le camion et le ravin. Qu'il surgissait du passé. Comme dans cette série télé, *Hannibal*, où un personnage pouvait reconstituer mentalement, en fermant les yeux, tout ce qui s'était passé sur une scène de crime, la visualiser. Elle aurait bien aimé posséder pareil don.

— Il faut imaginer cet endroit en été, dit-il doucement à côté d'elle, un panache de vapeur devant la bouche. Tôt le matin. Une bonne partie de la route doit être encore dans l'ombre, mais le soleil brille déjà sur les hauteurs et la température est bien plus clémente. Il fait déjà chaud, on est samedi. Il passe peu de monde. Mais c'était quand même très risqué.

Il parlait à voix basse. Comme s'ils se trouvaient dans une église – ou à des funérailles. Comme s'il avait peur de réveiller les morts.

— À l'époque, si l'on en croit les photos, la route était en mauvais état, pleine de nids-de-poule, dit-elle. Elle n'était pas entretenue comme aujourd'hui. Il n'y avait pas non plus ces barrières métalliques, mais uniquement des plots en béton pour séparer la chaussée du vide.

Elle essaya de se projeter, concentrée.

— Le camion était là où est la voiture, expliqua-t-elle en montrant du doigt l'emplacement.

Le vent continuait de souffler dans le défilé. Il changea brutalement de direction pour venir les frapper en pleine face et leur mordre les joues. Elle était bien plus frigorifiée ici qu'à Madrid. Elle grelottait. Elle fit quelques pas :

— Et le tireur était sans doute là, à environ quatre mètres de l'avant du camion. Il a dû leur faire signe de s'arrêter. Puis il a sorti son arme et a tiré à travers le pare-brise. Deux coups. En pleine tête. Un bon tireur, même si la distance était réduite.

— *Le* tireur ?

— Les statistiques concernant les femmes capables de tirer avec une telle précision dans le but de tuer sont extrêmement basses.

— Il sortait d'où, d'après toi ? interrogea-t-il. Il a dû venir en voiture. Il connaissait bien la route.

— Oui… Quelqu'un du coin.

— Possible. Ou qui l'empruntait souvent. Des traces ?

— Aucune, répondit-elle. Il a même récupéré les douilles. Évaporé. Envolé. C'est comme s'il n'avait jamais existé. Idem pour le gosse.

Elle avait eu le temps d'examiner les clichés pris à l'époque par l'Identité judiciaire de Barbastro. Et elle les vit : le camion vide, le couple déshabillé et déposé au bord de la route, entre le camion et le ravin, la femme assise par terre, dos appuyé contre une borne en béton, face au camion, les seins nus, les jambes écartées ; l'homme à genoux entre ses cuisses, dos tourné à la route, penché sur elle, un bras passé autour du torse de la femme.

— Un tableau, confirma-t-elle en se souvenant de ce que lui avait dit Salomón sur le trajet. Mais lequel ?

Tout à coup, de gros flocons duveteux descendirent du ciel noir, tourbillonnant autour d'eux. À cause du froid, ils ne fondaient pas sur leurs vêtements. Elle s'aperçut qu'elle claquait des dents, boutonna sa parka. Ils se turent une nouvelle fois, comme s'ils se recueillaient.

On n'entendait rien d'autre que les mugissements du vent entre les parois de la gorge.

— Allons jusqu'au village, dit-elle finalement, on reviendra plus tard.

— Oui, fit-il en marchant vers la voiture dans le silence de sépulcre, son haleine dessinant de petits nuages devant ses lèvres blêmes. Il fait diablement froid ici.

Elle n'osa pas lui dire que le mot *diablement* était approprié.

25
Samedi après-midi

Au sortir du dernier tunnel, la route surplomba un lac artificiel aux trois quarts vide. D'immenses étendues de boue séparaient ses rives hérissées de mélèzes et d'arbres nus de ses eaux grises et stagnantes reflétant les nuages au milieu.

— Ce lac est sûrement plein en été, dit-elle. Et ses rives doivent être verdoyantes, agréables. D'après le rapport de l'époque, beaucoup de gens venaient s'y baigner le week-end, faire du ski nautique, du kayak quand il faisait chaud. C'était le cas de ce couple : ils comptaient passer la journée au bord du lac après les livraisons du père. C'est peut-être ici que l'assassin les a vus pour la première fois, qu'il s'est focalisé sur eux.

— Une famille heureuse…, commenta-t-il.

— Oui, comme le couple de Ségovie, comme celui de Benalmádena…

— Qui est-ce qu'on va voir ?

— L'un des deux premiers gardes civils à être arrivés sur place et à avoir isolé la scène de crime. Il est aujourd'hui à la retraite.

— Et l'autre ? demanda Salomón.

— Il s’est suicidé.
— Suicidé ?
— On l’a trouvé pendu chez lui. Quelques mois après le crime.
— Et tu crois que ça a un rapport ?
— C’est pour le savoir qu’on est ici, dit-elle sans quitter la route des yeux.

Huit kilomètres plus loin, alors qu’ils remontaient le cours d’une rivière serpentant parmi les arbres, puis passaient entre deux épaulements rocheux formant comme une porte naturelle, la petite ville apparut.

Graus. Trois mille trois cents habitants.

Une avenue longue et large déroulant sa perspective devant eux, où le sel répandu sur la chaussée et les roues de voitures avaient transformé la neige en un mélange grisâtre. Sur leur droite, une promenade longeait la rivière et à gauche, au-dessus des toits blancs, une haute falaise sombre à laquelle s’adossait une cathédrale monumentale surplombait les rues du village.

Une grande statue couronnait la falaise, là-haut, dans le ciel gris : un Christ en croix – et, comme sur la colline, cette image *lui en rappela une autre*.

Il régnait ici une atmosphère qui lui parut tout de suite un tantinet délétère – mais c’était sans doute parce qu’elle ne se sentait bien qu’en ville.

Puis ils entrèrent dans les rues, qu’on avait déblayées jusqu’à l’asphalte et dont les trottoirs disparaissaient sous les congères noires laissées par le chasse-neige. Suivant les indications du GPS, ils roulèrent entre des rangées de balcons et des devantures de magasins jusqu’à une place en rotonde, tournèrent à droite devant la façade étonnamment contemporaine d’un hôtel – vitres et béton peint en rouge –, franchirent la rivière aux flots gonflés et continuèrent sur huit cents mètres jusqu'à la caserne de la Guardia Civil.

Le bâtiment de quatre étages, moderne, en brique, se dressait à l'extérieur de la ville. En l'observant, Lucia comprit que les bureaux devaient se trouver au rez-de-chaussée et les appartements des fonctionnaires et de leurs familles au-dessus.

Elle se demanda quelle sorte de gendarmes était mutée ici – probablement des jeunes gens frais émoulus de l'école qui se prenaient pour des cow-boys et des anciens revenus attendre la retraite au pays. Dès qu'ils eurent franchi le petit portail, un garde civil en uniforme vert et noir apparut sur le perron. Lucia présenta son insigne.

— Je viens voir le capitaine Bustamante, dit-elle. Le professeur Borges est criminologue à l'université de Salamanque. Il m'accompagne.

— C'est moi, dit l'officier en lui serrant la main, souriant. L'UCO ici, c'est inhabituel.

Elle avait parlé avec l'homme au téléphone. Il avait semblé surpris qu'après tant d'années on ait décidé à Madrid de rouvrir « l'affaire des tunnels ». Elle s'était abstenue de lui dire que, pour l'instant, il s'agissait d'une initiative personnelle.

Bustamante appartenait à la seconde catégorie : celle des préretraités revenus au pays. Lucia estima qu'il avait dans les quarante-cinq ans, mais il en paraissait dix de plus avec ses pattes-d'oie et les sillons profonds barrant son front. Sa barbe lui mangeait les joues d'une manière assez peu réglementaire.

Et il y avait dans son regard un éclat terni qui indiquait qu'il avait connu des affectations plus difficiles, de celles qui laissent des traces.

— Venez, dit-il.

Il les précéda dans un petit hall où ils croisèrent un homme grand et maigre, mal rasé, menottes aux poignets, qui examina Lucia avec des yeux de rat affamé avant d'être entraîné dehors par deux autres gardes civils.

En passant, il marmonna quelque chose d'indistinct. Quelque chose qui ressemblait à « poire » ou à « chienne ». C'était sans doute « chienne »[1].

— On l'emmène à Boltaña, expliqua Bustamante. Il n'y a plus de cellules de garde à vue ici depuis qu'en haut lieu on a décidé qu'elles n'étaient pas aux normes. Même chose pour la plupart des casernes de la région. Résultat, tous les gardés à vue sont envoyés à Boltaña. Il y passera la nuit. Et demain, il descendra au tribunal de Barbastro.

— Boltaña, c'est à combien d'ici ? demanda Lucia.

— Quarante minutes en voiture. Je sais, ça en fait, du temps perdu.

Elle avisa sur sa droite un écriteau « INTERVENCIÓN DE ARMAS » : le bureau où on vérifiait les permis de chasse et de port d'arme. Bustamante les entraîna à l'opposé, le long d'un couloir. Il les fit entrer dans une pièce décorée des habituelles photos du roi, diplômes, médailles et trophées qu'on trouve dans toutes les casernes de province. Le capitaine s'assit sur un coin de son bureau en leur montrant les deux chaises devant lui.

— J'ai des jeunes ici qui rêvent d'intégrer l'UCO, dit-il en regardant Lucia.

— Ils devraient y réfléchir à deux fois, répondit-elle. À l'UCO, il n'y a pas d'horaires, pas de vie privée, la sélection est très dure et beaucoup ne tiennent pas le

1. En espagnol, « poire » se dit *pera* et « chienne » *perra*.

coup : on a pas mal de turn-over. Quelle sorte de délits vous avez dans le coin ?

— Quelques vols, aucun avec violence, la petite délinquance ordinaire : vandalisme, roues crevées, et un peu de cocaïne. Le *chocolate* a disparu. C'est plutôt la marijuana aujourd'hui. Mais surtout, sur les vingt interventions qu'on a effectuées cette année, dix-sept étaient liées à la violence de genre.

Lucia repensa brièvement à l'homme qui venait de l'insulter.

— J'imagine que vous n'êtes pas ici pour remplir un questionnaire sur notre activité, ajouta-t-il. L'affaire des tunnels, c'est ça ? Je n'étais pas encore en poste à l'époque. Mais tout le monde ici en a entendu parler.

Il descendit de son perchoir, contourna son bureau pour s'asseoir dans son fauteuil – comme s'il voulait introduire une distance entre eux, et donc entre l'affaire et lui.

Lucia laissa son regard dériver un instant sur les gros flocons qui descendaient derrière les stores. Quand elle posa de nouveau les yeux sur lui, elle comprit à son air déconcerté qu'elle avait été *absente* un peu trop longtemps.

— César Bolcán, dit-elle, l'un des deux gardes civils faisant partie de la patrouille qui a découvert les corps. C'est lui que nous venons voir. Il est toujours dans le coin ?

Il acquiesça d'un signe de tête.

— Oui, je vais vous donner son adresse. Son collègue…

— … s'est pendu, je suis au courant. Où ça ?

Il les dévisagea l'un après l'autre.

— À son domicile. Sa femme était partie avec les enfants peu de temps auparavant…

— Ça s'est passé quelques mois après le double meurtre des tunnels, n'est-ce pas ?

Il lui lança un regard aigu.

— Oui. Mais je ne suis pas le mieux placé pour vous en parler. C'était longtemps avant que je sois affecté ici.

Lucia crut noter un rien de réticence dans sa voix. Le message était clair : ça ne le concernait pas. Un silence, pendant lequel il griffonna sur un Post-it. Elle écouta le grignotis d'insecte du stylo courant sur le papier.

— Vous avez quand même entendu des rumeurs…, insista-t-elle.

Il leva les yeux vers elle, lui tendit le Post-it.

— Ici, vous êtes au sein d'un bassin de population très réduit, fit-il remarquer. Tout le monde se connaît à Graus et dans les villages environnants. Imaginez les soupçons, les rumeurs, la paranoïa, les fractures qu'un tel événement a pu réveiller à l'époque… Il a laissé des traces indélébiles dans la mémoire collective. Personne n'a oublié cette histoire. *Et encore moins le gosse*… Un petit garçon de neuf ans, vous vous rendez compte…

Brusquement, elle manqua d'air. Elle eut le sentiment que les murs du bureau se resserraient. Un accès de claustrophobie. Elle se leva. Le remercia hâtivement. Fila le long du couloir.

Une fois dehors, sur les marches du perron, elle inhala à pleins poumons l'air froid et humide, se rassasiant d'oxygène, la bouche ouverte.

— Ça va ? demanda Borges en la rejoignant.

— Oui, oui… ça va…

Elle respira.

— *Et puis, une fois encore, tout fut néant*, déclama le criminologue en levant les yeux vers le ciel nuageux, sa couronne de cheveux agitée par le vent.

— Quoi ?

— Rien. C'est une citation d'Edgar Allan Poe, c'est tiré des *Nouvelles histoires extraordinaires*.

— Allons-y, répondit-elle sèchement en descendant les marches.

26
Samedi après-midi

Ils se garèrent dans ce qui devait être la rue principale du bourg, la *calle* Barranco, une artère large et courbe, bordée de terrasses, de places de stationnement et de boutiques, qui montait en pente douce vers la falaise.

Ils franchirent un porche, suivirent une ruelle sombre, étroite et profonde comme un défilé, débouchèrent inopinément sur un décor d'un autre temps – une enclave médiévale dans le XXIe siècle : une place cernée d'arcades, dont les façades portaient des fresques religieuses et dont les avant-toits étaient décorés de pignons en bois sculpté.

— Magnifique ! s'exclama Salomón. On se croirait en Italie. Sur une *piazza* de Toscane ou d'Émilie !

— C'est un peu plus haut, rue Prior, dit Lucia en consultant son téléphone.

Ils traversèrent la place au sol pavé légèrement incliné. Les rares ombres qu'ils croisaient allaient aussi rapidement que possible par les rues obscures rejoindre leurs intérieurs surchauffés. Il était près de

17 heures, et la soirée précoce de novembre tombait déjà comme un linceul.

L'adresse du garde civil à la retraite était une maison d'aspect lugubre toute en hauteur coincée entre des façades et formant un angle droit entre deux ruelles, à quelques mètres de la Plaza Mayor.

Un interphone près de la porte. Lucia sonna, vit l'œil d'une caméra au-dessus de l'interphone. Un déclic et la porte s'ouvrit immédiatement sur un petit vestibule, un escalier étroit et une minuscule cabine d'ascenseur. *On l'avait prévenu de leur arrivée.* Ils choisirent les marches.

— Par ici ! lança une voix quand ils eurent atteint le palier du premier étage.

Un couloir glacial, encore plus étroit que l'escalier. Dans une maison comme celle-là, il n'y avait pas un centimètre carré de trop et pourtant on avait quand même trouvé le moyen d'y loger un ascenseur, se dit Lucia. Ils pénétrèrent dans un salon dont Salomón estima que, bien que trois fois plus petit que le sien, il n'en contenait pas moins presque autant de livres. Il y avait des livres partout, par centaines, par milliers : sur les rayons des bibliothèques, empilés au sol, sur les fauteuils et sur les guéridons. Le parquet ciré craqua sous leurs pas. Tout était assombri, comme voilé dans une étoffe grise.

— César Bolcán, dit leur hôte. C'est moi que vous cherchez.

La voix, grave et profonde, semblait broyer les syllabes comme des noix. La main au contraire, longue et pâle, doigts déformés par l'arthrose, était si douce et si légère quand Lucia la serra qu'elle eut la sensation d'une caresse plutôt que d'une poignée de main. Elle baissa les yeux, comprit la raison d'être de l'ascenseur.

— Un délit de fuite, dit l'homme, les avant-bras reposant sur les accoudoirs de son fauteuil roulant. J'ai été renversé par le véhicule des fuyards. Retraite anticipée. Mais ça fait si longtemps que j'ai l'impression d'avoir toujours vécu dans ce fauteuil.

Elle frissonna.

Pas à cause du fauteuil, non : à cause du visage. Le crâne était déplumé, couvert de taches de sénescence, mais des cheveux blancs pendaient en mèches désordonnées sur la nuque, la peau était couturée de rides profondes, les traits osseux ; un cou fripé émergeait d'un épais tricot de laine et d'un peignoir en soie à rayures. Mais c'était autre chose qui avait arraché à Lucia un frisson involontaire : la moitié gauche du visage était entièrement recouverte d'une grande tache de naissance noire qui allait du front au menton – et dans laquelle brillait, adamantin, un œil bleu aussi acéré que celui d'un aigle ; la moitié droite était d'une pâleur normale en cette saison. La ligne de démarcation entre la demi-face noire et l'autre suivait approximativement l'aile gauche du nez et le pli de la bouche juste en dessous.

Dans la pénombre, le regard de l'étrange masque bicolore était attentif, scrutateur.

César Bolcán fit pivoter son fauteuil dans un couinement de roues sur le parquet.

— Venez. Enlevez les livres, dit-il. Mettez-les par terre et asseyez-vous.

Les yeux de Lucia glissèrent sur une couverture. *Les Métamorphoses* d'Ovide. Le livre, pourvu d'un marque-page, était au sommet de la pile qu'elle souleva pour s'asseoir.

Un pas pesant derrière la porte. Lucia tourna la tête, la vit s'ouvrir sur un homme beaucoup plus jeune, dans les trente-cinq ans, à l'évidence fana de gonflette. Malgré la température – qui ne devait pas excéder les dix-neuf degrés –, il portait un tee-shirt sans manches d'où émergeaient des bras aux muscles aussi développés que ceux d'Arnold Schwarzenegger. En dépit de son âge, il avait quelques boutons sur la figure et la peau de ses bras était aussi hérissée que celle d'un poulet. *Un dingue de culturisme dopé aux stéroïdes*... Qui devait mettre un point d'honneur à lever des poids gigantesques et à sculpter un corps qu'il croyait être le canon de la beauté masculine. Lucia connaissait les effets secondaires associés à l'injection de stéroïdes anabolisants : infertilité, réduction du volume des testicules, hypertension – et aussi irritabilité, agressivité, accoutumance…

— Vous avez besoin de quelque chose, César ? demanda Monsieur Univers en leur jetant un regard mauvais.

— Non, merci, Ángel.

— Alors je vais faire un tour, dit Ángel.

Il les toisa avec insistance avant de disparaître. Un drôle de regard, estima-t-elle. Il n'avait pas pris la peine de les saluer. Et Lucia se demanda de quel genre de tour il s'agissait. Des années d'expérience lui avaient inculqué une science des êtres humains plus exacte que celle de nombreux psychiatres. Et elle lui souffla une certitude immédiate : Ángel entrait dans la catégorie « sales types ».

— Ángel porte bien son nom, leur dit Bolcán. C'est un ange. Il m'aide dans les tâches quotidiennes.

Lucia acquiesça sans conviction. Elle se faisait une autre idée des anges.

— Je ne bouge pas beaucoup d'ici, continua le vieil homme, mais je voyage par les livres. (Il eut un geste vers les rayons de la bibliothèque.) Tout éveille ma curiosité : les sciences, l'histoire, la philosophie, la poésie, la sociologie, la mythologie, les religions, l'Antiquité…

— Un homme selon mon cœur, commenta Salomón.

— Vous aussi vous êtes de la Guardia Civil ? demanda Bolcán, sceptique.

— Non, je suis criminologue. À l'université de Salamanque.

— Et vous aussi vous vous intéressez à cette vieille affaire ?

— C'est une longue histoire, répondit Salomón. Disons qu'à l'université nous l'avons déterrée récemment…

— « Nous » ?

— Je dirige un petit groupe qui se penche sur des *cold cases*, expliqua le criminologue. Et cette affaire est venue à notre connaissance à une date récente…

César Bolcán hocha la tête en caressant Borges de son iris bleu et liquide puis reporta toute son attention sur Lucia.

— Ne vous étonnez pas si je suis au courant, le capitaine Bustamante m'a appelé pour me dire que vous vous intéressiez à cette affaire d'il y a trente ans.

— Ça vous ennuie ?

— Pas du tout. Ce n'est pas le temps qui me manque ici. C'est plutôt les façons de l'occuper. Et tu peux me tutoyer : on est collègues, après tout.

Ses lèvres minces se fendirent d'un sourire qui ne contamina en rien le reste de son visage.

— C'est toi qui étais en service quand la Guardia Civil a été appelée ? commença Lucia.

— Moi et mon collègue…

— Celui qui s'est suicidé ?

— Lui-même. Je suppose que vous voulez que je vous raconte. (Il marqua une pause, afin de rassembler ses souvenirs.) Comme toujours, il y a des choses qui ne sont pas dans le rapport.

— De mon temps on n'avait pas d'horaires, commença-t-il. Quand une chose pareille te surprenait à la fin de ton service, eh ben, tu faisais vingt-quatre heures de plus et puis c'est tout. Et si tu n'avais pas dormi, pas grave, tu faisais avec. Aujourd'hui, quand une telle chose arrive, ils appellent la patrouille suivante et ils rentrent chez eux comme si de rien n'était, leur journée de travail bouclée, peu importe les circonstances. Comme tu le sais, nous n'avons pas de syndicat, mais l'association professionnelle de la Guardia Civil est très puissante. Plus question de faire des heures sup. Résultat, comme il n'y a pas plus de personnel qu'avant, moins de missions sont effectuées et de manière moins efficace. Sans parler des véhicules qui ont 300 000 kilomètres au compteur. Il ne se passe pas un jour sans que l'un d'eux tombe en panne. Je suis bien content d'avoir pris ma retraite : ce genre de truc m'aurait rendu dingue.

— Mais tu te tiens au courant, constata-t-elle.

— C'était différent à mon époque, poursuivit-il sans relever. On avait plus de liberté de mouvement. Et il n'y avait pas tous ces types qui te filment avec leurs téléphones portables dès que tu interviens quelque part. Bientôt, toi et les tiens vous aurez tous votre caméra collée sur la poitrine, tu auras tellement peur de faire une connerie qui foute en l'air ta carrière que tu ne prendras plus la moindre initiative. Tu te contenteras du minimum syndical, d'éviter les emmerdes et de rentrer peinard à la caserne sans faire de vagues. Et tu laisseras le monde partir en couille et les gens se démerder tout seuls.

Lucia avait déjà entendu ce type de discours des dizaines de fois dans la bouche d'autres membres des forces de l'ordre. Elle avait hâte qu'il en vienne aux faits, mais laissa le retraité débiter son baratin.

Soudain, l'œil qui était dans la moitié noire du visage brilla d'un éclat farouche :

— Mais bon, on n'était pas en fin de service, heureusement, Miguel et moi, ce matin-là : on venait juste de prendre le nôtre. Bref, quand on est arrivés sur zone, on a vite compris que jamais on n'oublierait ce qu'on voyait…

Une pause. Elle échangea un regard avec Salomón. Comme elle, il retenait son souffle.

— Je suppose que vous savez déjà comment étaient les corps, n'est-ce pas ? Mais c'est une chose de voir les photos, c'en est une autre de découvrir au petit matin ces statues de chair presque nues au bord de la route. Elle, les seins à l'air, lui nous tournant le dos, chacun avec un trou dans le front, dans cette pose bizarre, absurde. J'avais presque cinquante ans à l'époque, je n'étais pas un perdreau de l'année, mais le pire qu'on puisse voir dans le secteur ce sont des accidents de la route… Ça m'a foutu un choc, je vous jure. Et je vous parle pas de Miguel : lui avait à peine trente ans, il était plus impressionnable.

Sa petite langue rose vint humidifier brièvement ses lèvres.

— Et puis, il y avait cette lumière oblique qui leur tombait dessus, ces jolis rayons de soleil matinaux… C'était l'été, ne l'oublions pas. Les oiseaux chantaient dans les arbres au fond du ravin. J'ai vraiment eu le sentiment que l'assassin avait cherché à reproduire un tableau qu'il avait vu quelque part : une peinture, vous voyez ce que je veux dire.

Lucia échangea un nouveau regard avec Salomón.

— Ils s'appelaient Isabel Almunia Rueda et Josep Pastor Cister, un jeune couple travailleur, apprécié de tous, et leur gamin, Óscar, qui, selon son grand-père, était un amour de gosse…

Il les dévisagea et Lucia frémit malgré elle.

— Ils cultivaient des légumes et des primeurs dans la *huerta* de Barbastro, qu'ils vendaient ensuite aux maraîchers de la région : de la tomate rose, c'est la spécialité ici, de la bourrache, des asperges violettes du Somontano ; elles sont délicieuses grillées avec du gros sel. On les croisait souvent dans le village. Tous ceux qui les connaissaient ont dit la même chose : ils s'aimaient, ils étaient heureux, ils mettaient de l'argent de côté et attendaient les vacances pour partir camper sur la Costa Brava.

Il renifla, secoua la tête d'un air navré :

— On a interrogé tous ceux qui empruntaient cette route régulièrement au cas où ils auraient repéré un manège suspect les jours d'avant. Sans résultat. On a fouillé dans leur vie, dans celle de leurs familles, on a interrogé leurs clients, leurs voisins, leurs créanciers. On a réussi à identifier presque toutes les personnes qui fréquentaient la plage du lac cet été-là – plus d'une centaine en tout – et on les a interrogées une par une. On a lancé des appels à témoins. On a fait venir un hélicoptère et des chiens pour fouiller la zone. Et même des spéléos… On a carrément fait appel à des voyants, qui prétendaient savoir où était le gosse. Tu parles. Rien. Pas la moindre trace de l'enfant, pas de mobile, pas d'explication, *nada*…

Elle hocha la tête.

— Tu as parlé de détails qui ne sont pas dans le rapport ? Tu sais quelque chose ?

— Non, mais j'ai des raisons de penser qu'il n'y avait pas qu'un seul assassin ce matin-là. *Qu'ils étaient au moins deux*. À mon humble avis, il y avait quelqu'un d'autre pour surveiller la route un peu plus loin.

Lucia se redressa dans son fauteuil.

— Tu as des preuves de ce que tu avances ?

— Aucune. Sinon l'intime conviction du premier arrivé sur place. Et tu sais que ça compte…

Oui, songea-t-elle, *la première impression était souvent celle qui s'approchait le plus de la vérité*.

— Et puis, il y a ce premier arrêt d'une minute, selon la boîte noire du camion, à quelques centaines de mètres de là. Pourquoi s'arrêtent-ils la première fois ? Ensuite ils repartent. Avant de s'arrêter définitivement trois cents mètres plus loin. Là où on les a tués.

Bolcán était vraiment exalté à présent. En parlant, il les regardait à tour de rôle comme s'il guettait chacune de leurs réactions.

— Ton collègue, c'est à cause de cette affaire qu'il s'est suicidé ? demanda doucement Lucia.

La face bicolore pivota vers elle.

— Il ne s'est pas suicidé. *Ils l'ont retrouvé pendu*, ce n'est pas la même chose.

— Que veux-tu dire ?

— Il m'avait appelé la veille au soir. Pour m'annoncer qu'il savait qui c'était.

Lucia avait l'impression que la pénombre s'était encore densifiée dans le petit salon-bibliothèque. Dehors, une cloche sonna 19 heures dans les ténèbres qui allaient s'épaississant. Un son fragile, enroué, mais rassurant. Un son qui pendant des siècles avait conforté les habitants du lieu dans cette lutte constante contre les démons dont ils se croyaient entourés. Alors que les démons étaient en eux.

— Il t'a donné un nom ?

— Non, il est mort avec sa découverte. Il voulait m'en parler de vive voix. Mais avant il avait besoin de preuves.

Elle réfléchit.

— Tu es en train de parler d'un autre assassinat ?

— Oui, répondit-il. Absolument. Inutile de vous dire que j'ai aussi beaucoup pensé à cette histoire durant toutes ces années. Ça a failli me rendre fou. Et puis, j'ai fini par me fatiguer d'y penser. Et, bien sûr, il y avait le gosse…

Ce dernier mot serra le cœur de Lucia.

— Oui… Qu'est-ce qui est arrivé à l'enfant d'après toi ? Tu as une hypothèse ?

Il hésita, la considéra avec une tristesse infinie.

— Je ne sais pas ce qui est le plus dur : chercher un enfant mort ou bien un enfant qui est peut-être vivant ou l'a été pendant un certain temps, avant qu'on finisse par arrêter de le chercher…

Cette idée bouleversa Lucia.

— Tu as des enfants ? lui demanda-t-il tout à trac.

— J'ai un fils, répondit-elle après une hésitation.

— Quel âge ?

Elle eut brusquement la bouche sèche.

— Neuf ans.

— Exactement l'âge qu'avait Óscar, commenta-t-il, son regard perçant posé sur elle. Ils sont merveilleux à cet âge-là.

Elle tressaillit. Elle eut envie de mettre un terme à cette conversation tout à coup. Peut-être perçut-il son malaise, car il fit pivoter son fauteuil sur le parquet, le roula jusqu'à la bibliothèque, saisit un cahier relié en cuir noir sur une étagère, revint vers eux et se pencha pour tendre le volume à Lucia :

— Si la clé de ce mystère est quelque part, c'est là-dedans, dit-il. Mais j'ai été incapable de la trouver. Pourtant, je l'ai lu et relu : *c'est le journal qu'a tenu Miguel, mon collègue, avant sa mort*. Il était parmi ses affaires quand on a perquisitionné. Je l'ai conservé. Comme je vous l'ai dit, cette histoire m'a longtemps obsédé…

27
Samedi soir

Il était 23 heures quand Lucia leva le nez de sa lecture. Cela faisait bien deux heures qu'elle parcourait le journal de Miguel Ferran. Elle en avait presque oublié où elle se trouvait.

Ce journal était un authentique exercice de lecture sous emprise. L'emprise qu'avaient sur elle les mots d'un homme hanté par la mort d'un jeune couple et surtout par le sort d'un garçonnet littéralement effacé de la surface de la Terre. Un homme qui avait jeté toutes ses forces dans la recherche de la vérité et que ce combat avait fini par broyer aussi bien physiquement que mentalement. Tous les enquêteurs criminels connaissent un jour ou l'autre cette affaire hors normes qui ne vous laisse pas de repos. La plupart parviennent à la tenir à distance, à relativiser. Mais quelques-uns finissent par être obsédés par elle au point d'en perdre le sommeil et l'appétit, de négliger leur propre famille, de s'isoler et d'aborder aux rivages de la folie. Lucia savait que ce serait le cas si elle ne parvenait pas à identifier le meurtrier de son coéquipier.

Malheureusement, ce cahier décrivait davantage les pensées de plus en plus noires de son auteur que les progrès de son enquête. De page en page, on devinait que son état psychologique empirait. Que son humeur virait progressivement à la dépression puis à la démence. Peut-être, plus que tout, c'était le fait que l'ingénuité d'un enfant fût mêlée à ce terrible événement qui avait rendu fou Miguel Ferran. Il avait commencé par suspecter un réseau pédophile d'être derrière l'enlèvement. Mais, dans ce cas, pourquoi cette mise en scène ? Ça ne collait pas. Et si la mise en scène était au contraire le centre, le but du tueur, qu'avait-on fait de l'enfant ? Toujours les mêmes questions. Et aucune réponse. De toute évidence, il manquait au garde civil une pièce essentielle du puzzle. Et pourtant il avait appelé César Bolcán pour lui dire *qu'il connaissait le coupable*. Avant de se pendre.

Ou *d'être pendu*…

« J'ai encore fait des cauchemars », écrivait-il. Plus loin : « Les jours passent et mon esprit se vide de plus en plus de sa substance pour laisser place à la terreur. » « Je ne dors plus, je ne mange presque plus, ma consommation d'alcool est inquiétante, mes collègues me regardent bizarrement. » Ou encore : « Bien que ce ne soit que pure spéculation de ma part, je me demande si l'hypothèse B n'est pas la bonne. » Lucia sursauta. L'hypothèse B ? *Quelle hypothèse B ?* Elle revint en arrière, chercha partout mais ne trouva pas trace d'une hypothèse A ou B. Il avait aussi souligné certains mots : « Peinture ? tableau ? », « enfance : profession du père », « les dates coïncident ».

Quelles dates ? Quel père ? De *qui* parlait-il ? À l'évidence, il avait quelqu'un dans le collimateur.

Seule dans cette chambre d'hôtel et dans ce village qui lui étaient étrangers, entendant de temps à autre une porte se refermer quelque part au fond d'un couloir, Lucia sentait les obsessions et les peurs de Miguel Ferran la contaminer, devenir les siennes. Pourtant, la chambre était douillette, rassurante avec son mur de pierre brute à la tête de lit, ses lampes à abat-jour fantaisie et ses lourds rideaux à carreaux qui la protégeaient du froid extérieur.

Soudain, son téléphone vibra sur la courtepointe. Elle jeta un coup d'œil à l'écran. Mónica. Elle hésita. C'était peut-être une urgence – et s'il était arrivé quelque chose à leur mère ? Elle répondit :

— Mónica ?

— Je rentre de chez maman, dit sa sœur aînée sans même la saluer ni prendre de ses nouvelles. Elle ne savait pas quel jour on était et ça puait… Une horreur ! Je pense qu'elle ne s'était pas lavée depuis plusieurs jours. Et elle a à peine touché aux provisions dans le réfrigérateur et les placards : je me demande ce qu'elle mange…

Lucia ferma les yeux. Estomac douloureux. Elle savait ce qui allait venir.

— Lucia, on doit la placer, elle ne peut plus vivre seule. Il faut lui trouver une résidence… Il est temps.

— Pas question.

Un silence au bout du fil.

— Lucia, merde ! Maman perd la boule ! Elle oublie de se laver pendant des jours et puis, subitement, elle se lave plusieurs fois dans la même journée parce qu'elle ne se souvient plus qu'elle l'a déjà fait !

— Comment tu le sais ? rétorqua-t-elle. Tu ne viens jamais la voir !

— Bien sûr que si ! Moins que toi, il est vrai. J'habite à l'autre bout de Madrid, je te signale, pas sur le même palier. Et j'ai deux fils à élever…

Tu parles ! Deux garçons de quinze et dix-sept ans parfaitement autonomes. Deux garçons intelligents, que Lucia aimait beaucoup et qui le lui rendaient bien, mais que leur mère continuait à traiter comme des enfants.

— Tu t'étais engagée à t'occuper d'elle, s'emporta Mónica, mais tu n'es jamais là. Elle est livrée à elle-même ! On ne peut pas te faire confiance !

Lucia soupira. Elle ne voulait pas se lancer dans une énième querelle avec sa sœur. Pas maintenant. Elle avait d'autres chats à fouetter.

— Je vais y réfléchir, mentit-elle avant de raccrocher.

Elle s'approcha de la fenêtre, regarda le ciel nocturne où une grosse lune ronde glissait entre les nuages, au-dessus des toits. Pourquoi Mónica et elle étaient-elles si différentes, si incapables de se comprendre ? Pendant des années, elle avait cherché à plaire à sa sœur aînée. Elle s'était accrochée maladivement à l'idée qu'un jour sa sœur et sa mère lui pardonneraient et lui témoigneraient leur amour. Mais ce n'était jamais arrivé. Et elle avait fini par comprendre qu'aux yeux de Mónica comme de sa mère elle serait toujours le vilain petit canard, l'adolescente qui préférait la compagnie des garçons et qui rentrait ivre à la maison, la fille tatouée, le chaton disgracieux de la portée – celle qui, lors des repas de famille, avait toujours une opinion divergente. Et surtout *celle à cause de qui…*

Oui, bien sûr : elle connaissait l'origine de cette hostilité. *Bon sang, ça fait dix-neuf ans… Est-ce qu'on ne pourrait pas laisser ça derrière nous ?*

Rafael… Lucia avait deux ans de plus que son frère. Adolescents, Rafael et elle ne se quittaient jamais. Là où on voyait la haute silhouette voûtée de l'un, on voyait la « petite grande sœur » qui le défendait bec et ongles contre le monde entier. Ils partageaient les mêmes goûts musicaux et vestimentaires, s'habillaient tout en noir, écoutaient les mêmes chansons dépressives, regardaient des films où il était question d'adolescents incompris. Rafael était sans conteste un génie. Il excellait dans tout ce qu'il entreprenait – qu'il s'agît de jouer Chopin au piano ou de maîtriser les rudiments de la botanique, de la photographie ou du dessin. Il se passionnait pour des choses telles que les étoiles, la philosophie, les sciences, la composition musicale, la poésie, le cinéma… Il pouvait lui expliquer si clairement des concepts complexes qu'elle les comprenait pour la première fois, ou au contraire était capable de s'enfermer des heures durant dans le silence et le mutisme. Il avait longtemps été l'espoir de ses parents, jusqu'à ce qu'on s'aperçoive que Rafael était… différent. C'était un garçon doux, d'une intelligence merveilleuse, d'une curiosité inépuisable, maladivement sensible… et *schizoïde*. Avec une nette tendance à fuir la société des humains pour battre en retraite dans son propre monde – là où les lois, les règles et les enjeux étaient de son invention. Rafael se moquait de ce que pensaient les autres – à l'exception notable de Lucia –, mais il avait toujours peur qu'ils anéantissent son identité. Résultat, il passait la plupart de son temps libre à boire de la bière et à écouter de la musique dans sa chambre. Quand Lucia avait découvert que Rafael avait commencé à se droguer, elle avait essayé de le dissuader tout en le cachant soigneusement à leur sœur aînée comme à leurs parents. Quand il avait commencé à écrire des poésies mélancoliques riches en images sinistres et chatoyantes où il appelait la mort de ses vœux, elle s'était inquiétée, mais elle avait aussi reconnu son talent.

Et puis, il y avait eu cet été dans les Pyrénées avec leurs parents. Mónica, elle, avait décidé de passer les vacances avec des amies sur la Costa Brava. Lucia avait dix-huit ans, Rafael seize. Elle s'était dit que c'étaient les dernières vacances d'été qu'elle passait en compagnie de ses parents et que, l'année suivante, elle emmènerait Rafael avec elle.

Ils avaient loué une petite maison au bord d'un torrent et au pied d'une falaise, avec une belle terrasse et un verger à côté, où sa mère étendait le linge. Le matin, Lucia réveillait son frère et ils marchaient jusqu'au village, où ils achetaient des cigarettes et s'asseyaient en terrasse, au soleil, pour boire un Coca, regarder les passants, rigoler et glander. Il n'y avait aucune compagnie qui mît Lucia davantage en joie que celle de Rafael, aucun garçon en dehors de lui, même parmi ceux de sa bande, dont elle supportât la conversation très longtemps.

Mais, ce matin-là, la chambre et le lit de Rafael étaient vides. Et la fenêtre ouverte. Sa chambre donnait sur la falaise. Elle s'était penchée par la fenêtre et avait instinctivement levé les yeux. Elle avait tout de suite vu *l'ombre là-haut*, dans le soleil matinal, les bras en croix.

Et elle avait compris : compris qu'il avait attendu ce moment pour se jeter dans le vide. Qu'il avait attendu qu'elle le voie... *Qu'il avait voulu partager ce moment-là aussi avec elle : le dernier...*

On avait bourré Lucia de tranquillisants après ça. Pendant des mois. Puis les premiers reproches étaient arrivés. Ils n'étaient jamais ouvertement formulés mais, du jour au lendemain, sa mère et sa sœur étaient devenues deux blocs d'hostilité contre lesquels elle se heurtait.

Elle avait été rejetée par le cercle familial. *On ne peut pas te faire confiance*, avait dit sa sœur au téléphone. Et il y avait des jours où Lucia était d'accord avec elle…

Une autre personne qui ne s'était jamais remise de la mort de Rafael, et qui avait subi la colère des femmes de la maison, c'était son père. Presque aussi petit et menu que Lucia, son père, un homme charmant, délicieux et drôle, illuminait le quotidien par ses facéties et ses gestes tendres. À la mort de Rafael cependant, il avait changé. Il était devenu taciturne, triste et indifférent. Il avait aussi subi de plus en plus souvent le courroux de son épouse. Auquel il répondait par le silence. Jusqu'au jour où une crise cardiaque l'avait emporté.

L'engourdissement vint. Celui qui la gagnait toujours quand elle ne voulait pas penser à ça une fois de plus. Comme elle y avait pourtant pensé chaque jour de sa vie depuis. Il y avait belle lurette qu'elle ne pleurait plus au souvenir de Rafael ; il lui arrachait même des sourires. Mais la culpabilité, c'était autre chose. La culpabilité ne la quittait jamais. Car elle aurait pu le sauver, elle aurait pu l'empêcher…

Elle entendit des éclats de voix à l'extérieur. Se rendit compte que cela faisait un moment qu'ils rôdaient à la lisière de sa conscience mais, absorbée par ses pensées, elle n'y avait pas prêté attention jusqu'à cette seconde.

Elle ouvrit la fenêtre.

Un petit attroupement s'était formé en bas de la place. Des jeunes. Sans doute sortis du bar voisin. Un *botellón*[1]. Ils étaient une douzaine rassemblés autour d'un individu assis sur un banc, que Lucia apercevait de dos. Ce qu'il leur racontait semblait les passionner. La représentante de la Guardia Civil se focalisa sur l'homme vêtu d'un manteau marron au centre du cercle.

Et sourit. Salomón…

Elle en oublia instantanément les mots sinistres de Miguel Ferran dans son journal, les reproches de sa sœur. Que diable le criminologue leur racontait-il ? Des histoires de scènes de crime et de tueurs en série ?

Il fallait qu'elle en ait le cœur net. Elle referma la croisée, enfila son sweat-shirt à capuche, sa parka blanche et ses bottines, verrouilla sa chambre et descendit. En sortant sur la place, elle perçut la voix claire de Salomón :

— L'être humain est un animal social et un animal violent par excellence, vous n'y pouvez rien : c'est comme ça. Et, comme chez les animaux les plus évolués, la plus grande violence ne se produit pas entre individus mais entre groupes. Prenez les gorilles des montagnes d'Afrique centrale par exemple. Rien à voir avec King Kong. Dian Fossey, qui les a étudiés pendant deux décennies, les a décrits comme les animaux les plus pacifiques de la terre. Mais lorsque deux groupes de gorilles se retrouvent face à face, ils deviennent de

1. Coutume de la jeunesse espagnole qui se rassemble chaque fin de semaine sur la voie publique pour boire et écouter de la musique.

véritables tueurs. Soixante-quatorze pour cent des mâles observés portent de profondes blessures dues aux guerres entre groupes sociaux…

— C'est toujours les mâles, lança une jeune fille.

— Racontez-nous une autre histoire ! s'écria un jeune homme.

Lucia sourit. Elle ignorait à quel moment Borges était descendu et avait engagé la conversation. Mais il était évident qu'il ne leur avait rien caché de sa profession.

— Katherine Knight, lança-t-il, une petite dame australienne avec des lunettes et des cheveux bouclés, l'air tout à fait innocent. Dans la nuit du 29 février 2000, après avoir eu une relation sexuelle avec son mari, elle l'a poignardé à trente-sept reprises. Il a bien essayé de se traîner jusqu'à l'entrée, il a même réussi à ouvrir la porte de la rue, mais elle l'a tiré à l'intérieur par les pieds et l'a achevé. La police, avertie par l'employeur du monsieur qui s'étonnait de son absence, a découvert des éclaboussures de sang artériel un peu partout, la peau du mari suspendue à un crochet dans le salon, la tête en train de cuire dans le four avec des petits légumes, et les restes servis aux enfants sous forme de steaks avec des pommes de terre. Kathy Knight avait déjà essayé d'étrangler son premier mari au cours de la nuit de noces, de tuer sa fille de deux mois en l'abandonnant sur une voie ferrée et elle faisait des séjours réguliers en hôpital psychiatrique. Ah… et elle adorait son travail : elle tuait des animaux dans un abattoir.

Bon Dieu, Salomón, se dit Lucia en souriant de plus belle.

— Quelle horreur ! gémit une fille.

— C'est pas possible ! s'écria un garçon. Vous l'avez inventée, celle-là !

— Pas du tout.

Exclamations et rires dans la petite troupe. Comme si elle avait senti quelque chose, Lucia tourna la tête à gauche, vers le haut de la petite place, d'où partait une ruelle obscure.

Il y avait quelqu'un là-bas qui observait le groupe. Une haute silhouette, l'épaule appuyée contre le mur à l'entrée de la ruelle, qui ne perdait pas une miette des paroles de Salomón. À cette distance, Lucia était incapable de distinguer ses traits. D'autant que la silhouette se tenait loin des éclairages. Quelqu'un de grand et de costaud.

Salomón ne l'avait pas remarqué : assis sur son banc, il tournait le dos à la partie haute de la place. Et les jeunes gens étaient bien trop occupés à boire ses paroles pour se soucier d'être observés.

Elle leva les yeux et aperçut des rectangles de lumière jaune derrière les balcons, la lueur palpitante d'un téléviseur ici ou là. Il y avait une bonne dizaine de façades qui donnaient sur la place mais, avec ce froid, tout le monde restait au chaud. À part les jeunes sortis fumer et boire.

Et cette ombre solitaire…

Sans savoir pourquoi, elle n'aima pas la façon dont il demeurait là immobile, à observer le groupe. « Il » parce qu'il était évident à sa stature qu'il s'agissait d'un homme.

Un courant électrique la traversa. Elle se mit tranquillement en marche dans sa direction. Un pas après l'autre. Comme si de rien n'était.

L'homme tourna la tête vers elle. L'instant d'après, il s'était éclipsé dans la ruelle.

Elle accéléra le pas. Quand elle parvint à l'entrée de la venelle et tourna à l'angle, elle le vit qui grimpait des marches dans le fond, entre deux façades.

On dirait que tu es pressé tout à coup, alors qu'il y a une seconde tu avais tout ton temps...

Elle marchait vite à présent. Elle escalada les marches quatre à quatre, dans la pénombre épaisse des maisons, émergea sur une large rampe en ciment qui, d'un côté, descendait en pente douce vers le village, de l'autre montait la colline vers la basilique et la falaise. Elle était éclairée à intervalles réguliers par des lampadaires aux halos jaune beurre. Des pins noirs se profilaient au-delà, au pied de la falaise, et elle distingua de grandes plaques de neige bleutées entre les troncs.

Lucia pivota sur sa gauche. Au lieu de redescendre vers le village, la silhouette grimpait maintenant vers l'édifice monumental. L'ensemble était formé de trois parties. Deux longues rangées d'arcades placées l'une au-dessus de l'autre constituaient la façade de la partie la plus à gauche, laquelle, plus avancée, surplombait un petit bois et les toits serrés du village en contrebas. Un deuxième bâtiment, très massif et très haut, qui devait abriter l'église, constituait la partie centrale, à laquelle était accolée, à droite, une énorme tour hexagonale lancée vers le ciel comme si elle voulait crever la couche de nuages et soutenir en même temps la falaise toute proche.

C'était dans la direction de ces bâtiments que l'homme sans visage était parti. Elle lui emboîta le pas, montant la côte derrière lui. Quand, en se retournant, il vit qu'elle le suivait, il se mit à courir. Merde !

— Hé ! Attendez ! gueula-t-elle.

Il accéléra. Du côté où elle se hissait vers la basilique, la rampe cimentée décrivait un zigzag parmi les pins, la deuxième partie du zigzag étant recouverte de pavés ronds. L'homme la parcourut à toute allure, s'engagea sur la troisième et dernière partie – celle qui aboutissait au porche donnant accès à la galerie d'arcades inférieure.

— Arrêtez !

Lucia avait gagné du terrain mais pas beaucoup. Elle parvint à son tour à l'entrée de la galerie, leva un instant les yeux ; l'immense architecture l'écrasait de toute sa masse. Reprenant son souffle, elle se demanda si le type ne l'entraînait pas dans un traquenard. Elle avait laissé son arme dans le coffre-fort de sa chambre d'hôtel…

Puis elle franchit le porche et s'élança le long des arcades, remontant en courant la galerie légèrement inclinée, entrevoyant sur sa gauche, entre les colonnes, un paysage bleu, blanc et noir – car la lune venait de percer le plafond nuageux. Des monts râblés et des dépressions, des reflets d'argent sur la rivière, des ruelles étroites et sombres comme des failles entre les toits blancs, en bas de la colline.

Elle entendait la course de l'homme sur les pavés, mais il avait disparu au bout de la galerie, en haut à droite. Lucia ne sentait plus le froid malgré les courants d'air. Elle tourna à droite à son tour, gravit quelques marches et déboula dans une cour à ciel ouvert coincée entre la falaise et les arcades de la galerie supérieure. Un grand arbre se dressait au centre de la cour enneigée. Le corps principal de la basilique s'élevait derrière l’arbre, rejoignant la galerie d’arcades presque à angle droit.

Lucia vit la silhouette escalader en courant une dernière volée de marches et disparaître à l’intérieur de l’église.

Elle inhala l’air glacé, les mains sur les cuisses. Quand son cœur battit moins vite, elle reprit sa course, escaladant à son tour le perron glissant, poussant la lourde porte et se précipitant à l’intérieur. Une odeur d’encens, de pierre froide et de cire se dégageait des profondeurs obscures, des rangées de bancs à sa droite et du chœur à gauche. Seule une très faible clarté filtrait à travers les rares vitraux. Où était-il passé ? Un énorme silence écrasait la nef. Il y avait plein de coins où se planquer. Un léger bruit sur sa droite. Il avait dû se cogner quelque part. Elle longea les rangées de sièges vers le fond de la nef, qui était couronné d’un grand balcon traversant, à l’opposé du chœur. Lucia vit une porte ouverte sous le balcon, dans l’ombre.

Elle sortit son téléphone, bascula l’appareil en mode torche. Se glissa dans l’ouverture. Un escalier en colimaçon. Elle passa la tête.

Un bruit de pas. Il était en train de grimper.

S’efforçant de faire taire l’inquiétude en elle, elle l’imita, se mit en devoir de gravir une par une les hautes marches de pierre. Une ascension dans un tube étroit qui la rendit claustrophobe. Elle frôlait le mur cylindrique à chaque degré. Ses tempes battaient si fort qu’elle faillit ne pas entendre le bruit de pas tintant sur du métal au-dessus d’elle. *Où allait-il ?* En s’extrayant de l’escalier, elle comprit : ils se trouvaient au-dessus du plafond incurvé de la nef mais sous la charpente et le toit, dans un espace réduit qui l'obligea à se plier en deux.

Peut-être le plafond en dessous d'elle était-il fragile ou en travaux, toujours est-il que, pour parcourir cet espace, il fallait emprunter un chemin fait d'une suite de caillebotis métalliques jetés comme des passerelles sous l'assemblage des poutres obliques, des chevrons et des arbalétriers de la charpente. Lucia s'y engagea en courant, courbée en avant, à la lueur de son téléphone. Le chemin de métal vibra et tressauta sous ses pieds, les vibrations remontant le long de ses mollets. Seule une avare lumière grise pénétrait par les petites ouvertures sur les côtés.

Elle n'aimait pas ça. Soit il allait finir par la semer et il lui faudrait alors regagner la sortie dans les ténèbres, soit ils allaient se retrouver face à face au fond de ce labyrinthe.

Son crâne heurta violemment un élément de la charpente et elle jura, vit des points blancs dans l'obscurité. Elle vérifia qu'elle ne saignait pas. Repartit. Elle atteignit l'autre extrémité, hésita une seconde avant de franchir la porte suivante.

Encore un escalier. Elle devait se trouver au-dessus du chœur, dans la tour hexagonale. Deux minutes plus tard, elle débouchait sur une plate-forme, au niveau des cloches. De violentes rafales de vent soufflaient par les grandes ouvertures, soulevant ses cheveux, et elle aperçut les toits blancs de la ville en bas, pressés les uns contre les autres comme un troupeau de brebis. Elle compta trois grandes cloches et deux petites, une par ouverture.

Il n'y avait qu'une seule issue. Une seconde porte – et encore des marches… les dernières cette fois…

Elle essaya de réfléchir. Et une idée germa. *Il ne cherchait plus à fuir*. Il l'attendait là-haut, sur le toit, en plein ciel. L'idée lui coupa les jambes, elle avala sa salive. Elle avait toujours eu le vertige. Elle était essoufflée. Et elle était sans arme.

Était-ce lui ? Celui qu'ils cherchaient ?

Avait-il l'intention de la pousser dans le vide ?

Elle pouvait toujours renoncer et redescendre. Mais elle savait, au plus profond d'elle-même, qu'elle n'en ferait rien : Lucia Guerrero n'était pas du genre à renoncer. Elle tourna le dos aux grandes cloches silencieuses, se dirigea vers le dernier escalier.

Son cœur cognait comme une cymbale quand elle gravit les dernières marches et émergea sur le toit. Qui n'était pas plat mais pyramidal et cerné par une étroite plate-forme hexagonale qui en faisait le tour. Sa bouche s'assécha lorsqu'elle constata que le seul obstacle qui la séparait d'une chute de plusieurs dizaines de mètres était une bordure de pierre qui lui arrivait tout juste au mollet. Et qu'il n'y avait pas beaucoup d'espace entre la pyramide et le bord.

Le vertige lui coupa les jambes ; à la vue du vide, l'adrénaline gicla dans son sang.

Elle fit un pas de plus. Des tremblements dans ses cuisses. Le vent qui souffle dans sa figure. Ses forces drainées hors de son corps. Elle ferma les yeux.

Les rouvrit, posa sa main gauche contre le flanc de pierre de la pyramide.

— On a le vertige ?

Ça ne devait pas être son cas, car, lui tournant le dos, il se tenait tout près du bord, immobile au milieu des rafales, sa haute silhouette se découpant sur le ciel nocturne.

— Tourne-toi, cria-t-elle, presque hors d'haleine, et lève les mains !

— Et si je refuse ?

La voix était calme. Elle l'avait reconnue.

— Joue pas au con ! Tu sais qui je suis ?

— Et alors ? Ça vous donne pas tous les droits, que je sache, répondit Ángel, l'aide à domicile gonflé aux stéroïdes, en s'exécutant lentement, au moment où la lune surgissait une fois de plus entre les nuages.

Ses traits déformés par le sarcasme, il la fixa longuement, méchamment. Il y avait au fond de ses yeux une lueur qui déplut à Lucia, et elle se tendit encore plus.

— Mets les mains sur la pyramide, dit-elle.

Il dodelina de la tête, une moitié de visage éclairée par la lune, l'autre dans l'ombre, et, brièvement, il parut être une image plus jeune du vieux garde civil en fauteuil roulant.

— Vous êtes montée jusqu'ici sans arme ?

— Mets les mains sur cette putain de pyramide !

— Sur la quoi ?

Il obéit cependant, posa avec nonchalance ses mains sur la pierre en pente, penché en avant. Méfiante, elle ne le quitta pas des yeux pendant tout le temps qu'elle avança, le souffle court.

— Vous n'allez pas en profiter pour me peloter, hein ? glissa-t-il avec un petit rire.

Il tournait la tête vers elle et la regardait approcher avec un sourire mauvais.

— Cela dit, je ne me suis encore jamais fait de Guardia Civil, souffla-t-il d'une voix trop lente, trop vibrante.

De nouveau, le ricanement.

Lucia sentit la colère la gagner, combattre le vertige et la peur. Il y avait quelque chose contre ses fesses… Ses menottes… Elle les avait laissées dans la poche arrière de son jean. Elle sourit pour elle-même, les sortit.

— Mets tes mains dans le dos, lança-t-elle en élevant la voix, le vent sifflant à ses oreilles.

— Quoi ?

— Tes mains dans le dos !

Il obéit. Elle les lui passa. Puis elle le tira en arrière, le fit pivoter et le poussa sèchement vers le bord.

— Hé ! glapit-il.

Elle donna une petite impulsion supplémentaire et il se raidit de tout son corps, offrant une résistance à sa poussée.

— Pourquoi tu fuyais comme ça ? demanda-t-elle en tenant fermement les menottes.

— Vous voulez pas qu'on se recule un peu ? J'aime bien les sensations fortes, mais pas à ce point-là.

Une ultime tentative pour fanfaronner – mais il avait perdu de sa superbe.

— Pourquoi tu t'es barré ? Qu'est-ce que tu trafiques ?

Elle le poussa un peu plus. Une toute petite poussée… Il avait le visage au-dessus du vide maintenant. Et Lucia s'efforça de ne pas regarder en bas. Elle savait ce qu'elle aurait vu : l'à-pic vertigineux de la tour, la rampe de ciment qui descendait vers le village, les pins noirs tout autour et les toits serrés – très loin… C'était ici le règne du vide, de la pierre et du vent.

— Déconnez pas, merde…

Elle le poussa un peu plus. Sa haute silhouette se profilait sur les nuages qui voguaient à grande vitesse, légèrement plus pâles que la nuit.

— Réponds.

— Hé, vous êtes malade ! Je deale ! Un peu d'herbe, un peu de blanche. Rien de bien méchant ! Vous avez pas le droit de faire ça ! Je vais vous dénoncer !

Sa voix tremblait de colère mais surtout de frousse.

— Quoi d'autre ?

— C'est tout !

L'espace d'une seconde, elle songea qu'il lui aurait suffi d'une dernière petite impulsion pour le voir s'envoler comme un oiseau.

— T'as pris quoi ce soir ?

— Un rail de coke…

— Un seul, t'es bien sûr ?

Il ne répondit pas. Elle se détendit. Il était trop jeune – et pas assez malin – pour être celui qu'ils cherchaient. Elle défit les menottes, les remit dans sa poche.

— Putain, vous m'avez foutu les jetons, dit-il en se frottant les poignets.

Mais quand il se retourna, elle avait disparu.

28
Samedi soir

Il fait nuit noire. Elle regarde les phares approcher – un double incendie –, debout au milieu de la route. À côté d'elle, Rafael lève la main, fait signe au camion de stopper. Un grincement de freins. Un soupir hydraulique ou pneumatique. Elle entend le camion s'ébrouer et renâcler. Puis le véhicule s'immobilise dans un dernier soupir.

Le chauffeur met les phares en veilleuse pour ne pas les aveugler et elle devine trois silhouettes derrière le pare-brise. Deux adultes et un garçon assis entre eux, sur les trois sièges avant.

Elle les fixe un instant. Surprend leurs regards étonnés, perplexes. Puis un début de colère dans les yeux du père au volant. Il doit se demander ce qu'ils font sur la route au beau milieu de la nuit et pourquoi ils l'ont forcé à s'arrêter.

Elle reporte son attention sur son frère. Le voit sortir une arme, la lever vers eux. Elle regarde en direction du camion, le petit garçon assis entre les adultes, qui a les yeux écarquillés comme ses parents.

Non ! hurle l'esprit de Lucia. *Il doit y avoir une erreur. Non, ce ne sont pas les bonnes personnes !*

Car c'est Álvaro, son garçon, qui est dans ce camion et, autour de lui, ce sont Samuel, son ex-mari, et Alicia, sa compagne.

— NON ! ARRÊTE ! hurle-t-elle à Rafael. NON ! CE NE SONT PAS LES BONNES PERSONNES !

La déflagration du coup de feu la réveille.

Il est 1 heure du matin et elle allume, inspecte autour d'elle la chambre inconnue.

Alejandro jeta un coup d'œil à sa montre.

— Je me tire, mec.

Ulysses ne leva pas les yeux de son écran.

— Assa m'attend, précisa l'Espagnol.

L'étudiant anglais hocha la tête.

— File, dit-il. Faudrait pas que tu sois en retard. Madame ne serait pas contente.

— Qu'est-ce que tu veux dire ?

— Rien, rien, ce sont les femmes qui décident de nos jours, pas vrai ?

— Ce que tu peux être con parfois.

C'était dit sans animosité. Alejandro savait qu'au fond Ulysses aurait bien aimé être à sa place. Il ébouriffa l'épaisse tignasse de l'Anglais.

— Toi aussi, je t'aime, connard de Brit, dit-il. Tu devrais sortir plus souvent. C'est samedi, *man*, prends un peu l'air. Quelques shots et tu oublieras ton agoraphobie. Sexe, alcool et Unamuno[1] ! lança-t-il joyeusement avant de quitter la tente.

1. Miguel de Unamuno, poète, romancier, dramaturge, philosophe, est la figure de référence de l'université de Salamanque, dont il fut le recteur. Son nom est partout dans la ville.

Ulysses sourit à son tour, sans cesser de fixer l'écran. Il entendit le jeune Espagnol sortir du laboratoire, refermer la porte derrière lui et s'éloigner rapidement en direction de l'escalier.

— Je t'aime, *English bastard* ! lança une dernière fois Alejandro en attaquant les marches.

Il éclata de rire. Le silence revenu, Ulysses se concentra sur sa tâche : une liste « doublement chaînée » – il fallait adapter les traitements en conséquence, deux pointeurs à mettre à jour au lieu d'un. Et, bien sûr, comme d'hab, c'était lui qui s'y collait. Mais DIMAS grandissait à vue d'œil, *évoluait* – comme une entité autonome, comme l'IA qu'il était.

Soudain, il redressa la tête. Se retourna. Qu'est-ce que c'était ?

Il avait cru entendre un bruit. Il était pourtant habitué à avoir cette partie du bâtiment pour lui tout seul à une heure aussi avancée. Ça venait de l'extérieur de la pièce. Il écouta. Rien. Le silence était retombé. Alejandro ? Non : Alejandro était parti depuis un moment. Cordélia, Haruki ou Verónica ? Non : ils l'avaient salué des heures plus tôt avant de déguerpir. Et ils étaient sûrement en train de faire la fête, de s'alcooliser quelque part. Samedi soir… Mais aussi jeudi, vendredi… Ce n'était pas l'offre d'alcool et de drogue qui manquait en ville.

Pour le sexe, c'était plus problématique. Cela demandait un investissement plus important. On appelait ça *les relations humaines* : un domaine qu'il maîtrisait mal. Trop de variables, trop de logique floue. Il était pourtant capable, en soulevant le capot d'un ordinateur, d'en reconnaître chaque composant. Et il trouvait rassurant qu'un ordinateur ne manipulât que deux valeurs : 0 et 1. Il en était de même pour la programmation : il fallait juste suivre une méthode, une certaine logique. Et quoique programmer fût un art, c'était un art *rationnel*. En revanche, chaque fois qu'il s'était essayé à comprendre le langage de la séduction, il avait dû se rendre à l'évidence : c'était pour lui une langue étrangère. Il n'en maîtrisait ni la syntaxe, ni le vocabulaire, ni même les rudiments. Contrairement à Alejandro, qui semblait parfaitement bilingue – et il le jalousait pour ça, autant dire les choses. Il n'était pas du genre à se voiler la face.

Il se morigéna pour cet instant de distraction et il allait se recentrer sur sa tâche quand il l'entendit de nouveau.

Le bruit.

Ce n'était sans doute rien. Mais un rien pouvait prendre des proportions passablement inquiétantes quand on se trouvait seul à 1 heure du matin dans le sous-sol d'un bâtiment probablement désert – et en même temps facile d'accès pour quiconque disposait d'un sésame magnétique, c'est-à-dire pour plusieurs centaines d'individus au bas mot. À plus forte raison quand les murs de la pièce où on se tenait étaient tapissés de portraits de tueurs en série et qu'on passait soi-même le plus clair de ses soirées à étudier les scènes de crime les plus abominables.

Bon, d'accord, il y avait une solution : *aller voir*.

Il envisagea de se munir d'une arme improvisée – un tube en inox dévissé du portemanteau, par exemple – mais songea qu'il aurait l'air fin s'il se retrouvait nez à nez avec Cordélia qui avait oublié quelque chose.

Bad buzz... Ça alimenterait leurs conversations jusqu'à la fin de l'année universitaire.

Il sortit de la tente, ouvrit la porte donnant sur le couloir.

Personne.

— HÉ-OH ! Y A QUELQU'UN ?

Est-ce que ça ne faisait pas un peu trouillard ? Par bonheur, aucun de ses camarades n'était là pour l'entendre. *Mais, de l'autre côté du couloir, le bureau d'Assa et de Cordélia était allumé.* Le rectangle de lumière franchissait la paroi de verre et s'étirait jusqu'à l'escalier.

Et la porte était ouverte…

Comme si quelqu'un s'était trouvé là et avait filé à temps… Le petit courant d'air sur sa nuque lui flanqua la chair de poule.

Il marcha jusqu'à la pièce éclairée.

Vide.

Entra.

Dans cet espace minuscule, tout était blanc : le sol, le plafond, les trois murs, le mobilier et les étagères. Seuls les livres et les ordinateurs mettaient quelques taches de couleur.

Il y avait une chemise cartonnée ouverte et des feuilles dispersées sur un des bureaux. Celui d'Assa… Ce n'était pas le genre de la maison. *Mais alors pas du tout.* Assa était une obsédée de l'ordre – une *control freak* à son humble avis, qu'il s'était cependant bien gardé de partager avec Alejandro. Son sentiment d'inquiétude s'accrut, mais il ne bougea pas.

— Il y a quelqu'un ? répéta-t-il, cette fois sans la moindre honte.

Il regarda le couloir éteint à travers le mur de verre. S'il y avait eu quelqu'un, il avait décampé. Mais qui pouvait avoir intérêt à venir fureter la nuit dans les papiers d'Assa ?

D'Assa ou du groupe en général, se dit-il. *Est-ce que ça a un rapport avec DIMAS ?*

Il remit les papiers dans la chemise, la referma, éteignit la lumière et s'empressa de retourner dans le laboratoire de criminologie – dont il verrouilla la porte.

Il faisait un froid de tous les diables. Il aurait dû se vêtir plus chaudement. Son blouson était trop léger pour la saison et Alejandro Lorca était transpercé par la morsure du vent aigre en remontant la longue avenue de los Maristas. Bien trop longue en vérité ce soir où il aurait voulu être déjà arrivé.

Il passait devant la façade surmontée d'une croix du collège des frères maristes quand il entendit les pas.

Légers mais distincts.

Il se retourna. Un homme marchait à une vingtaine de mètres derrière lui et allait dans la même direction. À part eux, il n'y avait personne sur l'avenue. Alejandro continua jusqu'au *paseo* de San Vicente où il prit à gauche.

Il risqua un regard en arrière. La silhouette était toujours là, à moins de trente mètres. Elle avait tourné au même endroit que lui, mettant ses pas dans les siens.

Et après ? C'était l'itinéraire obligé pour quiconque allait des facultés vers le centre. Une centaine de mètres plus loin, l'étudiant traversa le boulevard puis le trottoir opposé, dévala une brève volée de marches pour s'engager dans le petit parc dont il avait oublié le nom, mais qui était le plus court chemin jusqu'à la rue Úrsulas et, par conséquent, jusqu'au *Gatsby* et au *Camelot*.

Les arbres du parc, dépouillés de leurs feuilles, griffaient la nuit nuageuse où voguait une lune lointaine et irréelle ; le silence était complet, hormis le murmure sec des branches remuées par le vent.

Il s'arrêta, tendit l'oreille. Il n'entendait plus les pas. C'était aussi bien. Même s'il n'y avait vraiment pas de quoi s'affoler.

Oui, mais voilà : avec ce froid les rues étaient presque vides à l'exception de celles du centre, il n'était pas aussi courageux qu'il voulait bien le laisser croire et toutes ces histoires de crime finissaient par lui mettre les nerfs à vif.

Il allait repartir quand il les entendit de nouveau.

Toujours les mêmes.

Légers.

Peu pressés.

Tranquilles.

Dans son dos…

Il pivota. Vit la silhouette qui avançait entre les arbres, sans la moindre hâte, dans sa direction. Son sang circula plus vite.

Il refusait de se mettre à courir à cause d'une silhouette qui marchait derrière lui. On n'était pas dans un de ces films d'horreur où des étudiants se font zigouiller, dans *Black Christmas* ou *Urban Legend.*

Mais il accéléra quand même. Surtout lorsqu'il eut quitté le parc pour pénétrer dans la rue Úrsulas déserte, bordée de réverbères, et d'édifices aussi anciens qu'inhabités – dont la haute et lugubre façade du couvent de l'Annonciation où il aurait cherché en vain quelque réconfort.

Il fut accueilli par le brouhaha des groupes d'étudiants qui fumaient et buvaient dehors dès lors qu'il tourna à l'angle de la rue Bordadores. De la viande soûle, mais qui lui réchauffa le cœur. Il rejoignit la petite place bondée entre le *Gatsby* et le *Camelot* avec un soulagement dont il eut presque honte.

Tu parles d'un trouillard...

Il eut envie d'en rire. Jeta un dernier coup d'œil derrière lui. Si l'individu l'avait suivi jusqu'ici, il allait apparaître d'un instant à l'autre et, cette fois, il serait assez près pour qu'Alejandro voie son visage. Mais il ne vit personne. Il haussa les épaules et rejoignit la chaleur du bar.

29
Dimanche matin

Un pâle rayon de soleil ravivait les fresques de la Plaza Mayor de Graus quand Lucia rejoignit Salomón le lendemain matin. Il était assis en terrasse malgré le froid, emmitouflé. Il sirotait un café qui fumait en admirant les couleurs subtiles des façades et l'apaisante harmonie de la petite place à arcades.

— Bien dormi ? lui demanda-t-il.

— La nuit a été un peu agitée. Il y avait un plaisantin qui rameutait les jeunes du village sous ma fenêtre hier soir.

Salomón sourit.

— Ces jeunes sont très amusants. Ils m'ont raconté que leurs parents ont un local où ils se réunissent pour refaire le monde, boire et fumer quelques joints comme quand ils avaient vingt ans. Ils ont proposé de m'y conduire, mais j'ai décliné l'offre.

— Ce n'est pas la seule chose qui s'est passée hier soir, dit-elle.

Elle lui raconta l'épisode de la basilique, le vit froncer les sourcils, redevenir sérieux.

— C'était plutôt hasardeux de te lancer toute seule à sa poursuite, tu ne trouves pas ? Même pour un officier de l'UCO… Tu prends souvent ce genre de risque ?

Elle ne releva pas.

— Tu as trouvé quelque chose dans le journal intime de l'autre garde civil ? demanda-t-il ensuite.

— Pas vraiment. Sauf ceci : Miguel Ferran parle d'une « hypothèse B » et de dates qui coïncident. Il a aussi souligné les mots « enfance » et « profession du père ».

— J'aimerais le lire, si tu le permets.

Elle hocha la tête, contempla à son tour les fresques de la place. César Bolcán avait utilisé le même mot que Salomón à propos des mises en scène : *des tableaux*… Elle regretta de ne rien connaître à la peinture. Elle avait cependant voyagé, visité des musées, constaté avec son œil de flic la profusion de détails violents que renfermait la peinture de scènes bibliques ou mythologiques. Était-ce dans cette direction qu'il fallait chercher ? Elle n'était pas psychanalyste, mais elle se demanda si le tueur ne leur fournissait pas, consciemment ou inconsciemment, un message à travers ses compositions. Si elles n'étaient pas les premiers degrés descendant vers les profondeurs de sa psyché. Et, tout à coup, une idée lui vint : Adrián. Bien sûr. Comment n'y avait-elle pas pensé plus tôt ?

Elle regarda Salomón :

— Il y a à l'UCO un groupe spécialisé dans les œuvres d'art et les crimes contre le patrimoine, dit-elle. Vols, trafics… Ils gèrent des archives informatisées qui répertorient les œuvres d'art volées, les personnes condamnées. Ils sont en relation avec les différentes institutions artistiques comme les musées. J'ai un… ami qui y travaille.

Elle vit qu'elle avait réussi à éveiller son intérêt. Il reposa sa tasse de café fumant.

— Ça me paraît une excellente idée.

Lucia se leva et s'éloigna vers les arcades, elle composa le numéro.

— Lucia ? fit la voix étonnée d'Adrián. Qu'est-ce qui se passe ? Tu ne m'appelles jamais si tôt dans la journée…

— J'ai besoin que tu me rendes un service, attaqua-t-elle d'emblée.

Un soupir au bout du fil.

— Bien sûr… Suis-je bête… Tu ne m'appelles que quand tu as besoin de moi. Tu vois, je suis stupide : pendant un instant, j'ai vraiment cru que tu avais simplement envie d'entendre ma voix.

Il y avait de l'animosité dans celle d'Adrián, mais elle n'avait pas envie de se lancer dans une querelle maintenant.

— Adrián, je…, commença-t-elle en prenant un ton contrit.

— C'est bon, qu'est-ce que tu veux ?

Elle le lui dit. Quand il reprit la parole, elle sut qu'elle l'avait ferré.

— Des scènes de crime inspirées de tableaux de maîtres ? Ouah ! Ça m'a l'air terriblement cool. Si elles sont véritablement telles que tu me les décris, ça fait plutôt penser à la Renaissance et au baroque. Envoie-moi ce que tu as par WhatsApp, je vais voir ce que je peux en faire.

— Merci, Adrián.

— Tu bosses sur quoi exactement ? Un tueur amateur d'art qui reproduit des tableaux ? J'ai encore jamais rien entendu d'aussi divertissant…

Lucia percevait l'excitation dans sa voix.

— Je t'expliquerai autour d'un dîner.

— Ça mérite au moins ça.

— Et Adrián, ajouta-t-elle, c'est urgent.

— Ben voyons. D'accord. Dès que je les reçois, je me mets au travail.

Salomón l'observait de loin. Elle le rejoignit.

— Alors ?

— Il s'en occupe, répondit-elle. Combien de temps il faut pour se rendre à Ségovie ?

Il glissa un billet sous la soucoupe, se leva.

— On s'en va déjà ? dit-il. Avant de partir, je voudrais monter là-haut.

Il désignait la statue du Christ au sommet de la falaise. Elle frémit. *Elle ne pouvait lui dire à qui cette statue lui faisait penser*.

— Substituer la perspective de l'aigle à celle de la grenouille, ajouta-t-il. C'est de Spengler.

Le paysage qui s'étendait à leurs pieds était aussi lisible qu'une carte : des reliefs bas, ravinés, des routes, des croupes sèches et de la verdure dépouillée par l'hiver dans les creux, près du lit des rivières et des ruisseaux, le tout blanchi par la neige.

La ligne lointaine des Pyrénées fermant l'horizon et le village qui s'étalait sous eux, entre le cours d'eau et la falaise. Lucia voyait des immeubles de l'autre côté de la rivière et en amont de la route noire, toute droite, qui filait à travers la plaine vers les montagnes.

Des hameaux minuscules au loin, des cheminées qui fumaient. Combien d'habitants en tout ?

— Cet endroit me fait penser au *Désert des Tartares*, dit-il.

— Au quoi ?

— Tu ne lis pas beaucoup, n'est-ce pas ?

— C'est un problème ?

— Non, mais l'homme que nous cherchons est sans doute un lettré – quelqu'un de cultivé, d'érudit même…

— Tu veux dire que je ne suis pas assez intelligente pour le capturer ?

Elle le vit rougir.

— Pas du tout. Tu es plus intelligente et plus fine que bien des universitaires de ma connaissance, en vérité.

— T'es en train de me faire un compliment ? demanda-t-elle en souriant.

Il sourit à son tour.

— Ça m'en a tout l'air.

Mais le visage de Lucia se durcit brutalement. Elle venait de penser au garçon des tunnels. Au petit Óscar. Et s'il était vivant ? Et s'il vivait encore quelque part ? N'était-ce pas lui, la clé de tout ceci ?

Elle se tenait loin du bord. Elle éprouvait un léger vertige malgré tout. Se retournant, elle leva les yeux vers la statue de dix mètres de haut qui, derrière eux, étendait sa bénédiction, bras ouverts, sur la région. Elle en eut la conviction tout à coup :

— Je suis persuadée que c'est ici que tout a commencé, dit-elle.

— J'ai longuement réfléchi à ce qui relie le meurtre de ton coéquipier aux autres, déclara-t-il de son côté.

Elle le fixa :

— Et ?

— Gabriel Schwartz… tu m'as bien dit qu'il avait épelé ton prénom en regardant la caméra dans sa cellule ? D'après moi, il l'a fait parce que l'ombre qui est derrière tout ça lui a dit de le faire. Ça signifie que celui qui est à l'origine de tout ceci voulait que tu y sois mêlée d'une manière ou d'une autre, qu'il te connaît, au moins de réputation. *Tu n'es pas là par hasard*, Lucia. En tuant ton collègue, en faisant épeler ton prénom par Schwartz, il a voulu te faire entrer dans la danse. Et c'est lui qui la mène, pas nous.

— Une drôle de danse, commenta-t-elle.

— Une danse avec le diable, estima Salomón, et elle trouva la formule juste quoiqu'un peu grandiloquente.

30
Dimanche soir

Le crépuscule faisait flamber les remparts et les campaniles de Ségovie quand ils entrèrent dans la ville, après six heures de route à travers les plaines d'Aragon et les hauts plateaux de la *meseta*, plus une halte déjeuner.

Bâtie sur un promontoire rocheux, elle prenait des teintes d'or bruni dans le soir. Au volant de son SUV, Lucia remontait l'ancienne voie romaine, asphaltée dans un premier temps, pavée ensuite, vers la ville haute quand l'immense aqueduc surgit devant eux, tel un trait d'union entre deux collines. C'était une des choses les plus impressionnantes qu'il lui eût été donné de contempler, ce gigantesque monument qui se dressait au beau milieu des immeubles, se démarquant nettement des maisons et des édifices qui l'environnaient, sa vertigineuse silhouette profilée sur les lueurs du crépuscule.

— Vingt mille blocs de pierre et pas un gramme de mortier, commenta Salomón. Construit sous l'empereur Trajan, c'est-à-dire vers 100 après J.-C. Et aussi intact que si on l'avait bâti hier.

Lucia s'en voulut de n'avoir jamais montré pareille merveille à Álvaro alors qu'elle habitait à une heure de route. Elle se demanda si Samuel et sa pétasse l'avaient fait de leur côté. Tout en suivant les instructions du GPS qui l'envoya dans des rues si étroites et tortueuses que deux véhicules auraient eu du mal à se croiser, elle se promit de venir ici avec lui un jour.

— Un cinq-étoiles ? dit-elle en se garant devant l'hôtel *Cenobio Capuchinos*.

— C'est moi qui t'invite, répondit Salomón Borges. J'ai un faible pour les grands hôtels. Et ta chambre est réglée.

Dès qu'ils eurent franchi les portes vitrées, elle constata que l'endroit était magnifique. Un ancien monastère dont on avait conservé les antiques et épaisses murailles, les portes en plein cintre et les chapiteaux en pierre, tout en y ajoutant une touche de modernité à travers les éclairages, les sols et le mobilier.

Sa chambre était plus grande que son salon à Madrid, mêlant l'ascèse et le luxe. Elle posa son sac de voyage sur le lit, écarta les rideaux. L'hôtel, construit sur les remparts, dominait toute la campagne enneigée, teintée de rose et d'orange par les derniers rayons. On frappa à sa porte.

— Bonsoir, dit la lieutenante Beatriz Manrique de la Guardia Civil de Ségovie.

Cheveux châtains, nez aquilin, yeux verts aiguisés, regard direct, poignée de main ferme, la lieutenante Manrique confirma la bonne impression qu'elle avait faite à Lucia au téléphone. Quand Salomón les eut rejointes, elle les fit monter dans son RAV4 de service et traversa le labyrinthe des ruelles de la vieille ville avant de s'en extraire à hauteur de la porte de Santiago, puis de rouler dans les bois au pied des remparts, le long du *paseo* Santo Domingo de Guzmán. Dix minutes plus tard, elle se garait près d'une aire couverte de peupliers qui s'étirait entre une dépression rocheuse criblée de grottes et un méandre de la rivière, à la sortie nord de la ville.

— On marche jusqu'au vieux pont de pierre qu'on voit là-bas à gauche, leur dit-elle. On traverse le cours d'eau et on suit le chemin qui gravit la colline jusqu'à avoir l'alcazar en face de nous. C'est là que ça s'est passé. Il y aura sûrement un bouquet de fleurs. Même après tout ce temps.

Il n'y avait pas la moindre habitation aux alentours, hormis un monastère planqué derrière les arbres, et pourtant une arche de pierre historiée de statues baroques enjambait la route, entre la rivière et la falaise, vestige probable des anciennes limites de la ville. Le pont se trouvait juste avant l'arche, sur la gauche, et il avait l'air encore plus ancien qu'elle. L'eau murmurait en dessous, dans le noir. Ils le franchirent et escaladèrent la colline entre les mélèzes et les sapins.

La lumière déclinait rapidement, et le ciel comme la neige prenaient une teinte bleutée. On était à plus de mille mètres d'altitude, et le vent qui les cinglait était glacial, mais Lucia avait passé sous sa capuche un bonnet de laine qu'elle avait acheté sur la route.

Ils progressaient dans un silence qu'aucun d'eux n'avait visiblement envie de rompre, piétinant la neige et le sol gelé, leurs souffles formant de petits panaches devant eux.

Ils se faufilèrent entre les arbres poudrés de blanc et le grand château apparut, s'avançant sur son éperon rocheux telle une proue de navire, à une centaine de mètres. Le bâtiment semblait sortir tout droit d'un conte de fées avec son donjon, ses murailles crénelées et ses tours surmontées de toits pointus en poivrière. Lucia pensa immédiatement au château de la Belle au bois dormant, qu'elle avait vu, enfant, un nombre incalculable de fois à la télévision, ouvrant les programmes Disney.

Une grosse lune ronde et diaphane, à peine visible dans le ciel encore clair, flottait au-dessus des tours.

C'était un décor incroyable. L'atmosphère était féerique, et sinistre.

— Là, dit Beatriz Manrique derrière eux.

Ils se retournèrent.

Un bouquet de fleurs au pied d'un tronc, saupoudré de flocons qui avaient gelé sur place. Il faisait très froid, la bise brûlait les joues de Lucia. Mais ses frissons étaient dus à autre chose. Elle sortit de son petit sac à dos le rapport de la Guardia Civil, fouilla parmi les pages, l'éclaira à l'aide de son téléphone et lut à voix haute :

— Juan Ignacio Roldan, trente ans, et Teresa Isabel Ortíz, trente-deux. Mariés, sans enfants. Il était guide à l'alcazar, ajouta-t-elle en montrant le château de conte de fées, qui, sous la lune, paraissait tout à la fois sublime et inquiétant. Elle travaillait dans une librairie de la ville. Ils se connaissaient depuis l'adolescence. Appréciés de tous, d'après les personnes interrogées.

— Ce qui ne veut pas dire grand-chose, corrigea Salomón.

Lucia hocha la tête. Sortit les clichés et les regarda dans le halo blanc de son téléphone.

— Trouvés par un promeneur un matin de mars 2015, reprit-elle. Ils avaient reçu plus de quarante coups de couteau dans le torse, le visage et les parties génitales.

Sur les photos, les plaies profondes dessinaient de courts traits noirs aux lèvres ouvertes, partant dans toutes les directions, comme si l'assassin avait frappé à l'aveugle, avec une violence inouïe. Elle parcourut le rapport d'autopsie de la femme, alla directement au bilan de l'examen traumatologique :

« À l'inspection, le cadavre présente les lésions suivantes :

1. Lésion par objet pénétrant et coupant de 3 cm de long sur 0,7 cm de large avec bord inférieur émoussé, localisée dans la région postéro-latérale gauche du cou, située à 4 cm de la ligne médiane postérieure du cou et à 3 cm en dessous de la protubérance occipitale externe. Compatible avec les autres lésions produites par un objet pointu ayant au moins un de ses bords tranchant comme un couteau ou similaire (LÉSION N° 1).

2. Lésion par objet pénétrant et coupant de 2 cm de long sur 0,8 cm de large avec bord émoussé à droite, localisée dans la région périscapulaire gauche, située à 0,7 cm à gauche de la ligne médiane postérieure du corps et à 11 cm en dessous de la protubérance occipitale externe. Compatible avec les autres lésions produites par un objet pointu ayant au moins un de ses bords tranchant comme un couteau ou similaire (LÉSION N° 2).

3. Lésion par objet pénétrant et coupant en queue d'hirondelle de 4 cm de long sur 1 cm de large, localisée dans la région dorsale du bras droit, située sur la ligne

médiane postérieure du bras droit à 8 cm au-dessus du coude droit. Compatible avec les autres lésions produites par un objet pointu ayant au moins un de ses bords tranchant comme un couteau ou similaire (LÉSION N° 3) … »

Quinze en tout pour la femme. Elle tourna les pages :

« TÊTE : Aponévrose épicrânienne : sans lésions. Os du crâne : sans lésions. Méninges : sans lésions.

VISAGE : Muqueuses des lèvres : sans lésions.

COU : LÉSION N° 1, pénètre par la face postéro-latérale du cou, lacère l'ARTÈRE CAROTIDE INTERNE ET VERTÉBRALE GAUCHE, lacère l'œsophage et laisse une empreinte sur le corps de la 4e vertèbre cervicale. Thyroïde, pharynx, larynx, trachée : sans lésions.

THORAX : Cage thoracique : infiltrat hématique au niveau du tissu cellulaire sous-cutané correspondant à la LÉSION N° 5 qui entre dans la cavité thoracique par le troisième espace intercostal latéral gauche et LÉSION N° 9 qui entre dans la cavité thoracique par le deuxième espace intercostal latéral gauche et sur son trajet lacère l'ARTÈRE THORACIQUE SUPÉRIEURE ET AXILLAIRE GAUCHE. Médiastin : normal. Poumon droit : sans lésions. Collapsus pulmonaire à gauche, lacéré à hauteur du lobe inférieur compatible avec le passage d'une arme blanche (LÉSION N° 5), poids 180 g… »

Lucia glissa rapidement sur les lésions au visage et aux parties génitales, sauta aux conclusions :

« La mort de Teresa Isabel Ortíz a été produite par un mécanisme violent conséquence d'un arrêt cardio-respiratoire traumatique, dont la cause est un CHOC HYPOVOLÉMIQUE CONSÉCUTIF AUX LÉSIONS OCCASIONNÉES PAR LE PASSAGE D'UNE ARME BLANCHE. »

Elle ferma un instant les yeux, vit la femme frappée encore et encore avec une fureur démente par une ombre surgie de nulle part et armée d'un couteau.

— Ils étaient dans une position très bizarre, compléta la lieutenante Manrique, l'homme était accroupi le dos contre le tronc, la femme était assise entre ses genoux, elle avait un bras sur sa cuisse gauche. Ils étaient nus tous les deux, seuls leurs pieds étaient chaussés de sandales qui ne correspondaient pas à leurs pointures. L'homme avait juste un voile rouge sur les épaules, la femme un voile vert sur les cuisses.

— *Un tableau...*, commenta Salomón, songeur, en fixant le petit bouquet fané et gelé.

— Et toujours les couleurs rouge et verte, dit Lucia.

— Bien que cette fois le tueur ait ajouté quelques raffinements supplémentaires, corrigea-t-il en se penchant vers le rapport que Lucia éclairait. Ces sandales, mais aussi un bouquet de fleurs blanches semblable à celui-ci et une raquette de tennis…

— Un autre couple…

— *En apparence heureux*, fit le criminologue, pensif.

— Oui, répondit la lieutenante Beatriz Manrique, sourcils froncés. C'est ici que, chaque année, ils célébraient leur anniversaire de mariage. Vous êtes en train de dire que vous avez d'autres scènes de crime semblables ?

— Deux autres, confirma Lucia. Pas semblables, mais ressemblantes.

— Où ça ? voulut savoir la lieutenante Manrique.

— Dans le haut Aragon, il y a près de trente ans : un couple abattu et mis en scène d'une façon remarquablement proche, et sur la Costa del Sol l'année dernière : un autre couple poignardé dans une maison de location. Malheureusement, assez peu de détails sont sortis dans la presse, pas ceux en tout cas qui vous auraient permis de faire le rapprochement.

L'évocation de ces meurtres, de cette violence, mettait Lucia mal à l'aise. Pourtant elle en avait vu d'autres. C'était sans doute cette image du bonheur profané…

— Tu crois que c'est quelqu'un qui ne parvient pas à être heureux dans sa vie privée ? demanda-t-elle à Salomón.

Il la regarda fixement.

— Voilà une description qui correspond à une bonne partie de l'humanité, non ?

Elle s'efforça de ne pas virer au cramoisi.

— Dans son journal, Miguel Ferran parle d'enfance, du père, glissa-t-elle.

— Oui. Un enfant maltraité par son père, solitaire, malheureux, qui divinise sa mère… c'est peut-être ça… Un vrai classique…

— Mais pourquoi ce bouquet de fleurs et cette raquette de tennis ?

Lucia considéra la lieutenante Beatriz Manrique, qui haussa les épaules.

— On a exploré toutes les pistes, répondit celle-ci, aucun des deux ne jouait au tennis. On s'est demandé s'ils avaient des gens jouant au tennis dans leur entourage, un amant ou une maîtresse par exemple, mais là non plus ça n'a rien donné. Quant au bouquet et aux sandales, c'est tout aussi mystérieux…

— Cet endroit me flanque la chair de poule, leur dit Salomón.

— C'est bon, dit Lucia. Allons-y.

Ils se garèrent devant la cathédrale, dans la ville haute.

— Vous connaissez un endroit où on pourrait dîner ? demanda Salomón à la lieutenante Manrique.

— Suivez-moi, dit-elle en traversant la place bordée de terrasses en direction d'une rue pavée et descendante.

Deux cents mètres plus loin, elle leur montra la porte d'un établissement baptisé *Casa Duque*.

— Vous avez déjà goûté la spécialité locale ? demanda-t-elle.

— Le cochon de lait rôti ? dit Salomón. Bien sûr. Ségovie n'est pas très loin de Salamanque et je confesse le péché de gourmandise…

— Je ne suis pas sûre d'avoir assez faim pour…, commença Lucia.

— Chut, la coupa le criminologue. Pas un mot de plus. « La cuisine est le plus ancien des arts parce que Adam naquit à jeun. » C'est de Brillat-Savarin, un gentilhomme français qui a écrit un des ouvrages fondateurs de l'art culinaire.

— Je vous laisse, déclara Beatriz Manrique, j'ai à faire. Bonne soirée.

L'intérieur était aussi bas de plafond et sombre qu'une caverne. Un invraisemblable bric-à-brac d'assiettes en porcelaine, d'ustensiles et de livres de cuisine, de guirlandes d'oignons et d'épis de maïs, de cheminées noircies et de lampes à pétrole. Dès qu'ils pénétrèrent dans la salle à l'arrière, la rumeur des conversations et la douce chaleur du lieu enveloppèrent Lucia telle une couverture douillette. Quand on apporta le cochon de lait entier cependant – avec tête, museau, oreilles et pattes – et que la maîtresse de maison fendit en deux la peau craquante et dorée puis la chair tendre et rosée à l'aide du tranchant d'une assiette, conformément à la tradition, Lucia blêmit et repensa aux photos du rapport d'autopsie.

— Ah non, non, ça va pas être possible.

— Vraiment ? fit Salomón, tout étonné, qui dévorait déjà des yeux son futur repas.

Quelques minutes plus tard, alors qu'elle avait à peine touché à son assiette, elle reprit la parole :

— J'ai réfléchi à ce que tu as dit ce matin. Tu sais, le fait que je n'étais pas là par hasard.

Il leva la tête, cessa de décortiquer sa part de cochon de lait à belles dents. Il avait perçu le changement de ton.

— Toi non plus, tu n'es pas là par hasard, continua-t-elle. Si celui qui a tué mon coéquipier et qui a fait dire « Lucia » à Gabriel Schwartz est aussi celui qui a commis les doubles meurtres, l'assassinat de Sergio au moment précis où DIMAS fait le lien entre eux n'est peut-être pas le fruit du hasard…

Il fronça les sourcils.

— Tu veux dire qu'il serait au courant de mes recherches et pour… DIMAS ?

— Je veux dire qu'il a voulu nous mouiller *tous les deux*, Salomón. En tuant mon coéquipier et en utilisant de la colle, *il nous a réunis*. Tu as raison : c'est lui qui mène la danse depuis le début – et il choisit les danseurs.

— Pourquoi *nous* impliquer ? dit-il en la fixant, et elle vit qu'il était préoccupé. Pourquoi nous aurait-il choisis, *nous* ? Tu crois qu'il est… caché quelque part dans nos passés respectifs ?

Elle lui rendit son regard. Mais ne répondit pas.

31
Dimanche soir

L'obscurité avait gagné les rues quand ils sortirent du restaurant. La température chutait rapidement. Les boutiques avaient baissé leurs rideaux. Dans le ciel dégagé, quelques étoiles brillaient et ils retournèrent à l'hôtel sans se presser.

— Et l'enfant, tu as une hypothèse ? demanda Lucia sur le chemin.

— Tu parles du double meurtre des tunnels ? D'après moi, le gosse ne faisait pas partie du plan initial. Peut-être qu'il dormait derrière les sièges de ses parents et qu'on ne le voyait pas de la route. Qu'il a été réveillé par les tirs et qu'il a surpris le meurtrier. Soit il a été tué tout de suite, soit il a été kidnappé et le ou les tueurs s'en sont débarrassés plus tard. Dans tous les cas, ils l'ont fait disparaître et il est mort depuis longtemps. Ils ne pouvaient pas laisser un témoin derrière eux.

Lucia frissonna. Le mystère du garçon évaporé était le noyau de ténèbres le plus dense au milieu de toute cette noirceur.

En arrivant à l'hôtel, ils passèrent devant la réception pour regagner leurs chambres et la jeune femme derrière le comptoir leur fit un signe.

— Il y a une enveloppe pour vous, lança-t-elle à Lucia.

— Pour moi ?

Considérant que cette question n'appelait pas de réponse, la réceptionniste posa sur le comptoir l'enveloppe kraft, que Lucia examina. Son prénom et son nom étaient écrits dessus, en capitales, au stylo-bille bleu. Il n'y avait pas de timbre.

— Qui d'autre l'a touchée ? demanda-t-elle.

La jeune femme leva les yeux et toisa Lucia en plissant les paupières.

— Comment ça ?

— Qui, à part vous, a touché cette enveloppe ?

— Personne.

Lucia sortit des gants de sa poche, les enfila pour prendre l'enveloppe, l'ouvrit. À l'intérieur, une feuille pliée en deux. Qu'elle déplia. Des phrases écrites à l'aide d'un traitement de texte. Elle lut :

Lucia,

Il faut vous concentrer. Ce n'est pas si difficile. Je vous ai laissé des indices pourtant : la tasse avec l'ayahuasca, la colle, les tableaux...

Ce qui compte, ce n'est pas ce que vous voyez, Lucia, c'est votre regard. Que regardez-vous ? Êtes-vous sûre de regarder dans la bonne direction ? Mes condoléances, à propos, pour votre coéquipier. Mais il fallait en passer par là. Il n'a pas souffert, si ça peut vous consoler.

Quant à ce pauvre Gabriel, son esprit était dans un tel état lorsque je l'ai rencontré. C'en était navrant. Mais Ricardo a mis bon ordre à ce foutoir. Notre Gabriel avait fait l'objet d'un tas d'examens psychiatriques et cependant j'ai trouvé plusieurs autres personnalités non détectées chez lui, grâce à l'ayahuasca. Et, bien sûr, j'ai fait naître celle de Ricardo...

Ricardo n'existait pas avant que j'apparaisse, vous comprenez ? N'était-ce pas astucieux ?

Vous êtes une femme remarquable, Lucia. Nous avons beaucoup plus en commun que vous ne l'imaginez. Quand vous aurez trouvé ce que nous avons en commun, vous ne serez pas loin de m'avoir trouvé.

Je sais aussi ce que vous ressentez en ce moment : de la haine, de la colère. Je n'attends pas que vous me compreniez. Je suis à vos yeux un être abject. J'ai pris plaisir à les tuer, à verser le sang des agneaux, c'est vrai. Un plaisir immense. Je n'éprouve aucune culpabilité, aucun remords, sachez-le. Je suis un prédateur, un carnivore, je ne suis pas un herbivore ; les herbivores ne m'inspirent que du mépris. Je connais la question qui vous hante le plus : qu'est devenu l'enfant ? À ça, Lucia, il vous faudra trouver la réponse toute seule, j'en ai bien peur. Ne comptez pas sur moi pour vous donner toutes les réponses.

En attendant, voici un nouvel indice :

« Tu es ma peine et mon forfait ; il faut inscrire sur ton tombeau que ma main t'a tué ; c'est moi qui suis l'auteur de ta mort. Et pourtant quel est mon crime ? À moins qu'on ne puisse dire que c'est un crime de jouer, un autre crime d'aimer. »

— BORDEL DE MERDE ! s'exclama-t-elle.

La réceptionniste leva le nez de ses papiers et lui jeta un regard très noir.

— Qui vous l'a remise ? lui demanda Lucia.

La jeune femme haussa les épaules.

— Aucune idée, répondit-elle d'un ton guindé. C'était dans la boîte aux lettres.

— Vous auriez un sachet plastique, une poche quelconque ?

— Non, désolée, assena la jeune femme d'une façon qui laissait entendre qu'elle ne l'était pas. Nous n'avons pas ça.

Elle se replongea dans la paperasse dissimulée à la vue par le comptoir en secouant la tête pour bien signifier que ce genre de comportement dépassait les bornes. Lucia soupira, se pencha par-dessus le comptoir, exhiba sa carte sous le visage de la réceptionniste :

— Démerdez-vous pour me trouver un sachet : il doit bien y avoir ça quelque part, non ? ET MAGNEZ-VOUS, JE N'AI PAS QUE ÇA À FAIRE ! lança-t-elle à l'employée qui avait l'air de penser qu'être réceptionniste dans un hôtel cinq étoiles faisait d'elle l'équivalent de la princesse des Asturies.

Ou bien son attitude était-elle due au fait que les touristes espagnols étaient moins dépensiers que les Américains et les Chinois ? Derrière son comptoir, la jeune femme perdit de sa morgue et fila sans demander son reste.

— C'est très intéressant, dit Salomón, qui avait lu par-dessus son épaule. On dirait qu'il veut nous guider, nous aider dans nos recherches…

— Ou nous envoyer sur une fausse piste, nuança-t-elle, sentant la tension nerveuse la gagner.

Le criminologue relut la missive.

— La citation est écrite dans un style ancien, démodé, constata-t-il. Elle pourrait être extraite d'un ouvrage classique ou alors il l'a inventée. Dans un cas comme dans l'autre, il nous donne un os à ronger… Il sait que nous allons essayer de trouver l'origine de cette citation et d'en comprendre le sens…

— Tu crois vraiment que cette citation a un sens ?

— Et il y a cette phrase : « Quand vous aurez trouvé ce que nous avons en commun, vous ne serez pas loin de m'avoir trouvé. » Encore une fois, il fait peut-être référence au passé… Quoi qu'il en soit, *il est venu ici*. Et il savait que *tu* y serais… que *nous* y serions…

Il lança un regard inquiet vers le vestibule derrière eux puis vers le grand salon désert à droite du comptoir.

— Ça ne me plaît pas, dit Lucia en l'imitant. Vous avez un client qui a débarqué peu de temps après nous ? demanda-t-elle à la réceptionniste qui revenait.

Penaude, celle-ci consulta l'écran de son ordinateur.

— Non, personne… Vous êtes les derniers clients aujourd'hui…

Lucia se sentit vulnérable tout à coup ; de nouveau elle regarda autour d'eux.

— Personne n'est au courant de ma présence ici. Il nous a peut-être suivis depuis Graus ou même avant. Il faudra que je fasse vérifier mon téléphone et ma voiture, idem pour les tiens. Au cas où il nous aurait « tracés » à un moment donné.

— Il se sent fort, estima Salomón. Il nous met au défi. Il a un besoin quasi obsessionnel de pouvoir et de contrôle. Il se croit tout-puissant. Et plus malin que les autres. C'est une bonne chose. Il va commettre une erreur.

Mais son ton démentait son assurance. Et elle lisait de plus en plus l'inquiétude sur ses traits. Lucia ressortit dans la petite rue devant l'hôtel, suivie par Salomón ; ils jetèrent un coup d'œil aux alentours. Il était presque minuit ; tout était calme et désert.

— On y pensera demain, dit-elle en rentrant dans l'hôtel. Cette nuit on s'enferme dans nos chambres et on dort. Si tu entends quoi que ce soit de suspect à ta porte, tu m'appelles. Quelle que soit l'heure. N'hésite surtout pas. Tu l'as dit : il est venu jusqu'ici. Et il y est peut-être encore.

— Merci de me rassurer, ironisa-t-il. Bonne nuit, Lucia.

Quand vous aurez trouvé ce que nous avons en commun, vous ne serez pas loin de m'avoir trouvé.

Dans le halo de la lampe de chevet, la phrase lui sautait à la figure chaque fois qu'elle la lisait. Elle était assise à la tête du lit, calée contre les gros oreillers blancs qui sentaient le propre, le sachet transparent contenant la feuille devant les yeux.

Où voulait-il en venir ? De quels points communs parlait-il ? Était-ce simplement pour l'enfumer, l'égarer ? Ou était-il sérieux ?

Ce qui compte, ce n'est pas ce que vous voyez, Lucia. C'est votre regard. Que regardez-vous ? Êtes-vous sûre de regarder dans la bonne direction ?

Et ça ? Ça voulait dire quoi ? Qu'est-ce qu'elle voyait ? Des couples heureux massacrés par un type malade et jaloux. *Qu'est-ce qu'elle ne voyait pas ?* Dans quelle direction aurait-elle dû regarder ?

Et puis, il y avait la citation :

« Tu es ma peine et mon forfait ; il faut inscrire sur ton tombeau que ma main t'a tué ; c'est moi qui suis l'auteur de ta mort. Et pourtant quel est mon crime ? À moins qu'on ne puisse dire que c'est un crime de jouer, un autre crime d'aimer. »

Elle avait cherché en vain la citation sur Internet, qui lui avait craché le Code pénal et les œuvres complètes d'un certain Francisco Martínez de la Rosa, mais les citations proposées n'avaient qu'un lointain rapport avec la sienne.

Elle bâilla. Lorgna son téléphone.

Une heure du matin. La tension et les mots de la lettre l'avaient maintenue éveillée, mais à présent la fatigue prenait le dessus et la descente d'adrénaline entraînait un surcroît d'épuisement. Ses yeux se fermaient. Soudain, elle dirigea son regard vers la porte, dans le salon voisin, à huit bons mètres de son lit. Des pas dans le couloir… Feutrés, discrets… Était-ce une impression ou ils s'étaient arrêtés devant sa porte ? Au milieu du silence qui régnait, elle fixa le battant verrouillé. Son cœur explosa quand retentit le bruit d'une clé qu'on essayait d'introduire dans la serrure.

Elle avait déjà ouvert le tiroir de la table de chevet et la main gauche sur son arme lorsqu'une voix de femme, rendue pâteuse par l'alcool, s'éleva :

— C'est pas la bonne chambre, idiot…

Gloussements, rires étouffés, silence – puis la femme dit encore plus doucement, mais trop fort malgré tout :

— Tu veux me baiser ici ?

Putain, ils n'allaient quand même pas faire ça devant sa porte…

Finalement, le couple s'éloigna, et elle entendit la même clé fourrager dans la serrure de la chambre d'à côté. Elle se leva, fila dans la salle de bains. Trouva un médicament contre la migraine et un autre contre l'acidité dans la trousse de toilette. Plus un somnifère et deux bouchons pour les oreilles. Elle espérait qu'avec ça elle allait dormir un peu. Malheureusement, elle n'avait rien pour lutter contre les cauchemars.

32
Dimanche nuit

My Chemical Romance dans ses écouteurs. Gerard Way chantant *I Don't Love You* avec des accents dépressifs. Dans la tente, Ulysses Joyce arrêta la musique. Il était tard. Il avait sommeil. C'est alors qu'il entendit le bruit.

Il retira les gros écouteurs blancs. Prêta l'oreille. Rien. Pas le moindre son.

Il allait poser le casque sur son ventre, rejeter sa nuque contre le petit oreiller à l'intérieur du sac de couchage et fermer les yeux quand il entendit distinctement des pas monter les marches vers le rez-de-chaussée, à l'extérieur du labo de criminologie.

À 2 heures du mat… ?

Il n'y avait jamais personne en bas à cette heure-là. Si ce n'est Alejandro qui lui avait tenu compagnie durant les longues nuits où ils avaient développé DIMAS ensemble.

Il se redressa dans le lit de camp qu'il utilisait quand il bossait très tard et n'avait pas envie de traverser la ville déserte à pied : il enlevait juste ses chaussures et pionçait tout habillé. Son sang circula légèrement plus vite. Une demi-seconde plus tard, il était assis au bord du lit de camp.

À la suivante, il était sorti de la tente à la lueur de son téléphone. Deux secondes de plus et il avait allumé les néons, ouvert la porte du labo donnant sur le couloir et l'escalier.

Le sous-sol était plongé dans l'obscurité, mais il y avait de la lumière au rez-de-chaussée. Là où il n'aurait pas dû y en avoir… *On se calme, c'est peut-être… peut-être quoi ? Un fantôme qui sait allumer la lumière ? Y a jamais de lumière à cette heure-là, et tu le sais…*

Ulysses escalada les marches quatre à quatre.

Il déboula dans l'espace entre le grand patio bleuté par la lune au-delà du mur de verre et le couloir des salles de classe. À travers la vitre, l'herbe rase scintillait dans le clair de lune ; le grand séquoia lançait sa silhouette effilée vers les étoiles.

La panique commençait à le gagner. Il se moqua de lui-même. De quoi avait-il peur, après tout ? Il pivota vers l'escalier. Il était sur le point de redescendre lorsqu'il entendit un nouveau bruit.

Merde, c'était quoi, ça ?

« Ça » venait du bout du couloir derrière lui : d'une des salles de classe. Ulysses fit volte-face, suivit le corridor éclairé, d'un pas trop sonore au milieu de l'absence totale de sons. Il aurait préféré qu'il y ait du bruit, *beaucoup de bruit*. Mais il n'y avait plus personne dans le bâtiment. À part lui et… *celui ou celle qui avait produit ces sons, naturellement*. La gorge sèche, il continua d'avancer dans le couloir. La porte d'une des salles de classe était entrouverte de quelques centimètres…

Génial, pensa-t-il. *Et maintenant, on fait quoi ?*

L'appréhension était une chose vivante au creux de son ventre. Il poussa lentement la porte. S'arrêta net. Un petit air glacé le long de ses cervicales : *il y avait quelqu'un en bas...*

Sur l'estrade. Assis au bureau des professeurs, face aux rangées de sièges vides, auréolé par le faible halo d'une lampe qui était la seule source de lumière dans la salle de classe.

Penché sur des papiers, celui qui était là redressa brusquement la tête et regarda dans sa direction, un mince sourire s'étirant sur ses lèvres. Des yeux gris derrière des lunettes, des yeux comme… vibrants.

— Bonsoir, Ulysses, tu ne dors pas ?

Le professeur Alfredo Güel.

— Euh… bonsoir, professeur… Non, je… je travaillais au laboratoire…

— On est deux oiseaux de nuit, toi et moi, hein ? dit Güel avec douceur, le visage déformé par un léger rictus, ses prunelles grises fixées sur Ulysses.

Le professeur se leva, consulta sa belle montre Omega Speedmaster, rassembla ses papiers. Alfredo Güel enseignait l'évaluation psychologique légale au cinquième semestre, la psychiatrie légale au sixième et les délits sexuels au huitième. Entre autres. Ses cours étaient passionnants, mais Ulysses trouvait que Güel aimait un peu trop faire le show et que ses bons mots n'étaient pas aussi drôles que ceux de Salomón. Il était proche de la cinquantaine. Grand, mince, large d'épaules. Certaines étudiantes le trouvaient craquant, les autres carrément flippant. Cette nuit-là, il portait un jean et un pull à col roulé noir.

— Il est tard, je crois que je vais y aller, dit l'enseignant en enfilant son manteau de laine bien coupé. Tu traînes toujours dans les couloirs à une heure pareille ?

Ulysses rassembla son courage.

— C'est vous qui êtes… descendu au sous-sol ?

— Quoi ?

— Il y a quelqu'un qui vient de… descendre.

De nouveau, le regard gris vibra derrière les lunettes. Des yeux vides de toute lumière pourtant, comme vacants. Ni colère, ni humour, ni sympathie. Plutôt… indifférents.

— Pourquoi je serais descendu en pleine nuit, dis-moi ?

— C'était juste une question, désolé.

— Pour vous… *espionner*, toi et ton groupe ? C'est ça ?

La voix aussi vibrait – telle la corde *mi* grave d'une guitare.

— C'est à ça que tu penses, jeune Ulysses ?

— Non, bien sûr que non.

Güel commença à grimper les marches entre les rangées de sièges dans sa direction, sans cesser de le scruter, sa serviette de cuir fauve sous le bras.

— Tu en es certain ?

— Bonne nuit, professeur.

Ulysses s'empressa de ressortir. Il fila le long du couloir sans se retourner.

Rebeca Gracián Sixto étudiait la physique théorique à la faculté des sciences de l'université de Salamanque. Elle avait deux passions : la physique fondamentale et la fête. C'est à cette deuxième discipline qu'elle venait de consacrer ces dernières heures quand elle regagna sa petite chambre en ville vers 1 heure du matin. Elle n'était pas soûle au point de ne pas pouvoir mettre un pied devant l'autre, mais assez pompette tout de même pour devoir s'y reprendre à trois fois avant d'introduire la clé dans la serrure.

Elle pensa au célèbre principe d'incertitude de Heisenberg qui veut que chaque propriété – vitesse ou position – puisse être mesurée avec la plus grande précision *à condition* qu'on lui sacrifie la connaissance de l'autre propriété. Elle gloussa en songeant que c'était aussi son problème : associer vitesse de déplacement de la clé et position de celle-ci par rapport à la serrure.

Elle ne gloussa pas longtemps.

Quelqu'un venait de la pousser dans le dos au moment précis où elle parvenait enfin à ouvrir le battant et elle fut précipitée à l'intérieur par une puissante impulsion. Pendant une seconde, elle se remémora la deuxième loi de Newton : *les changements qui arrivent dans le mouvement sont proportionnels à la force motrice et se font dans la ligne droite dans laquelle cette force a été exercée.*

À cet instant, si son esprit continuait à s'amuser de la situation, c'est qu'elle croyait encore à une blague d'un des étudiants de l'immeuble.

Mais lorsqu'une voix étrange et suraiguë susurra dans son oreille : « Ne crie pas, ne tente rien, sinon je te tue », elle eut un vertige. Elle se figea. Toute énergie enfuie. Remplacée par la peur. Qui n'est ni une énergie ni une force. Plutôt, dans son cas, une privation de l'une et de l'autre.

Elle déglutit. Écouta les battements de son cœur. Déjà des mains la palpaient à travers son pull et son jean, il y avait un souffle chaud qui caressait le pavillon de son oreille et un grand corps collé au sien.

Pétrifiée, terrifiée, elle pensa à cette autre théorie qu'on appelle *intrication quantique* et qui suppose que, lorsque deux objets quantiques entrent en contact l'un avec l'autre, leurs états quantiques respectifs deviennent intriqués et, dès lors, leurs destins aussi demeureront imbriqués, quelle que soit la distance qui les séparera à l'avenir. Elle soupçonna qu'il en serait ainsi d'une manière ou d'une autre après ce qui allait lui arriver.

Car ça portait un nom. Viol.

Le type derrière elle, qui n'avait rien d'un objet quantique, la jeta à plat ventre sur le lit. Elle cria malgré tout. Au diable les menaces. Elle ne voulait pas mourir, mais elle ne voulait pas non plus être *violée*. Au même moment, on cogna violemment à la porte et une voix s'éleva sur le palier :

— Rebeca ! Rebeca ! Qu'est-ce qui se passe ?

L'ombre l'avait lâchée. Elle hurla :

— Luis !

La porte s'ouvrit à la volée. Luis, son voisin de palier, qui étudiait la chimie et qui avait le même âge qu'elle, fit irruption dans la chambre.

— Il a essayé de me violer ! cria-t-elle en montrant la fenêtre ouverte.

L'étudiant en chimie se rua vers la croisée. Elle donnait sur une terrasse en contrebas. Il vit une silhouette sauter de la terrasse dans la cour en dessous. La seconde suivante, il se recevait à son tour et fonçait vers la balustrade. Le type filait en direction de la grille ouverte, qui donnait sur la rue Caldereros.

Luis hésita. C'était sacrément haut. Au moins quatre mètres. Puis il se décida, enjamba la balustrade et se jeta dans le vide. Il se reçut souplement sur l'asphalte de la cour, jambes pliées, s'élança à la poursuite du violeur.

Il savait qu'à cet instant circulaient en grand nombre dans son sang les molécules de $C_9H_{13}NO_3$, plus connues par les Anglo-Saxons sous le nom d'épinéphrine et en Espagne d'adrénaline. Entraînant une augmentation de la pression artérielle, du volume de sang éjecté par son cœur à chaque pulsation, une dilatation des bronches et par conséquent un surcroît d'énergie.

Espèce de salopard, je vais t'avoir, pensa Luis qui, en dehors de ses études de chimie, pratiquait la course à pied.

Le fuyard avait tourné à droite au bout de la ruelle, dans la rue Consuelo, qu'il remonta à fond de train. Belle foulée, nota Luis, qui ne lâchait pas un pouce de terrain. N'en gagnait pas non plus. Ensuite à gauche, dans l'étroite rue Varillas et ses graffitis colorés représentant David Bowie, Prince ou encore un cosmonaute guitariste. Ils rejoignirent sans faiblir, l'un derrière l'autre, la place du Marché, au nord-ouest de laquelle la silhouette encapuchonnée escalada quatre à quatre les marches menant à la Plaza Mayor avant de filer sous les arcades de celle-ci en direction du porche donnant sur la rue Zamora.

Merde, ce type est un marathonien ou quoi ?

Luis savait qu'il avait, stockée en réserve dans le foie et les muscles, une source d'énergie constituée d'une grosse molécule, elle-même composée de plusieurs molécules de glucose liées entre elles : le glycogène. Ce glycogène était à la fois le carburant des muscles en cas d'effort intense et la principale source d'énergie du système nerveux. Or les réserves de glycogène dépendent du niveau d'entraînement. La question était donc de savoir si celui qui fuyait était plus ou moins entraîné que lui.

Ils coururent encore sur environ deux cent cinquante mètres, traversant la *plaza* de los Bandos et passant devant l'édifice monumental du Banco de España, avant que l'individu quitte brusquement l'artère pour bifurquer vers la droite. Luis parvint à la hauteur de l'étroit passage, s'y engagea à son tour et déboula sur une petite place en losange face à l'étonnante façade faite de carreaux blancs et gris de l'école des Beaux-Arts San Eloy. En dehors de cinq réverbères et d'un banc, la place était déserte. Où était-il passé ? La librairie Letras Corsarias – dont Luis, qui étudiait la chimie et non la littérature, ignorait qu'elle devait son nom à un ouvrage de Pier Paolo Pasolini – était fermée à cette heure. Il y avait une autre issue. Là-bas, dans le fond. Luis se dirigea vers elle, déboucha sur le carrefour de la rue Vázquez-Coronado.

Personne en vue. Et trois possibilités : à droite, à gauche, en face.

Les mains sur les genoux, il reprit son souffle. L'ordure tenait la forme. *Et l'avait semé...* L'espace d'une seconde, il se demanda ce qu'il aurait fait s'il avait réussi à le rattraper. Sur le moment, il ne s'était pas posé la question. Que se serait-il passé si le fuyard s'était retourné contre lui, si, par exemple, il avait sorti un couteau ? Est-ce qu'il l'aurait affronté ou bien laissé filer ? *Oublie ça...* La question ne se posait plus : le type s'était envolé.

Planqué sous un porche au 22 de la rue, le dos collé à la porte en fer forgé, le fuyard ahanait, ses poumons le brûlaient, la sueur lui coulait comme de l'eau sur le visage.

Nom de Dieu, il l'avait échappé belle.

Heureusement qu'il courait deux fois par semaine… Il allait devoir redoubler de prudence à l'avenir. Et laisser tomber pendant quelque temps.

Il tâta son poignet droit. Il se l'était tordu en se réceptionnant dans la cour, quand son genou et sa main avaient heurté l'asphalte. Mais il avait oublié la douleur et serré les dents à cause du type lancé à ses trousses. Maintenant, la douleur se rappelait à son bon souvenir sous la forme d'une pulsation incandescente le long de son avant-bras.

Il attendit que les pas s'éloignent pour sortir de sa cachette. L'enseigne lumineuse de la pharmacie voisine indiquait trois petits degrés mais il était en nage. Et il avait un point de côté.

Il se mit très lentement en marche dans la nuit salmantine.

Ombre parmi les ombres. Transpirant et solitaire.

33
Lundi matin

Elle sortait de la douche, une serviette blanche nouée autour du corps, lorsque son téléphone sonna. Lucia s'approcha de la table de chevet, se pencha sur l'écran.

Merde, Samuel.

— Álvaro s'est encore battu, dit-il quand elle eut appuyé sur le bouton vert.

Elle reçut un coup de griffe dans la poitrine.

— Il s'est battu dans la cour de récré. Cette fois, il paraît que c'est lui qui a commencé. Il dit que ce sont les autres qui l'ont provoqué. Il refuse d'en parler. Je dois rencontrer le directeur de l'école aujourd'hui, mais je l'ai déjà eu au téléphone : il veut qu'Álvaro voie un psychologue.

— Qu'est-ce que tu vas faire ?

— Qu'est-ce que *nous* allons faire : c'est ton fils aussi, je te rappelle.

— Le psy, ça me semble une bonne idée. J'en connais un…

Un soupir à l'autre bout.

— Je vois le genre. Álvaro n'est pas un criminel, Lucia. Il n'a pas besoin qu'on lui décortique le cerveau, il a juste besoin d'une écoute…

— Je le sais, ça, Samuel.

— Le directeur m'a demandé autre chose : si Álvaro voyait souvent sa mère. Je lui ai dit que non.

Une brûlure acide dans son estomac. Une vague de tristesse énorme qui la fit presque suffoquer.

— Passe-le-moi, dit-elle tout doucement.

— Pas le temps. Je l'emmène à l'école. Ce soir, si tu veux… Il faut que tu saches qu'Álvaro te réclame de plus en plus souvent…

Elle ne put s'empêcher de sourire en entendant ça.

— Chaque fois que je lui dis que tu vas venir le week-end et qu'ensuite tu m'obliges à lui annoncer que tu ne viendras pas, tu me forces à lui faire du mal, tu comprends ça ou pas ? Je ne sais pas, en fin de compte, si la solution c'est que tu le voies plus ou que tu le voies moins…

Une vague de culpabilité la submergea.

— Qu'est-ce que tu veux dire ?

— Je veux dire que parfois il m'arrive de penser – et je crois que lui aussi le pense malgré lui par moments – que ça serait presque mieux pour tout le monde si tu disparaissais de nos vies.

Elle sentit les larmes lui monter aux yeux.

— Tu te rends compte que tu viens de me dire une vraie saloperie ?

— J'en ai plus rien à battre de ce que tu ressens, Lucia. La seule chose qui m'intéresse, c'est ce que notre fils ressent. *Mon* fils. Parce que si je ne t'avais pas vue accoucher, je pourrais penser qu'il est de quelqu'un d'autre…

— Espèce de fils de pute !

— Non, juste un père…

Il avait raccroché. Elle faillit envoyer valdinguer le téléphone contre le mur mais se dit que c'était précisément à cause de ce genre de réactions impulsives qu'elle avait foutu sa vie en l'air.

Est-ce que, sans le vouloir, elle faisait du mal à tous ceux qu'elle côtoyait ? Adrián ? Álvaro ? Sergio ? Rafael… ?

Tout à coup, les paupières pleines de larmes, elle revit la naissance de son enfant. Ses petits pieds, ses petites mains, sa petite bouche. Minuscules. Délicats. Infiniment fragiles. Et ses grands yeux… Qui la regardaient. *Elle*... Personne d'autre.

Álvaro, mon enfant, je me souviens quand tu es né. Tu ne t'en souviens pas, mais moi si : je m'en souviens pour deux. Je suis ta *mémoire autant que la mienne, je me souviens de tout, Álvaro : de chaque détail, de chaque instant.*

Je suis désolée de ne pas être une meilleure mère. Et même de ne pas être une mère du tout. Ton père a raison : j'aurais dû te faire passer avant mon métier. Je te promets que, dès que cette enquête sera terminée, je serai plus présente. Je vais changer. Oui : je vais changer pour toi.

Y croyait-elle vraiment ? Combien de fois déjà s'était-elle fait ce genre de promesses ?

Elle entra dans la salle du petit déjeuner, constata que Salomón n'était pas encore là. Marcha vers une table sans même prêter attention à la jeune fille qui l'accueillait et posa le volumineux dossier à côté d'elle.

— Thé, café ? demanda un serveur.

— Café, sans lait et sans sucre, merci.

Sous la table, sa jambe gauche s'agita. Son esprit était au bord de l'implosion. Pendant une minute, elle fut tentée de se rendre à la salle de sport s'il y en avait une et de s'épuiser aux machines. Mais un signal retentit dans son téléphone. Elle le consulta. Un message d'Adrián :

Appelle-moi dès que tu peux.

Elle reposa sa tasse si violemment qu'un peu de café se répandit sur la nappe blanche et que des regards se tournèrent vers elle. Il n'avait pas écrit : « J'ai rien trouvé. » Ni même : « J'ai peut-être quelque chose. » Non : « *Appelle-moi dès que tu peux.* »

Ce qu'elle fit.

— Adrián ?

— Salut ! J'ai fait les recherches que tu m'as demandées. Tu vois, j'ai pas traîné.

Il y avait une excitation dans sa voix qui lui mit aussitôt la puce à l'oreille.

— Et ?

— J'ai trouvé l'origine de tes scènes de crime, Lucia, dit-il. Et franchement, c'est incroyable.

En entrant dans la salle, Salomón Borges aperçut la lieutenante Guerrero assise à une table. Elle agita la main en le voyant et le cœur de Salomón battit un tout petit peu plus vite. Elle parlait au téléphone – ou plutôt elle *écoutait* – et l'enthousiasme qui se lisait sur son joli visage tout comme la lueur dans ses yeux ne trompaient pas : *il y avait du nouveau.*

Il salua la jeune femme à l'entrée, alla s'asseoir face à Lucia.

— Doucement, Adrián, était-elle en train de dire. Explique-moi comment tu as fait. Parle-moi comme à un enfant de six ans. Ou comme à quelqu'un qui n'y connaît rien en peinture.

Salomón déglutit. *« Adrián » avait trouvé l'origine des tableaux...*

— Ce que tu m'as dit hier au téléphone m'a tout de suite fait penser à des tableaux de la Renaissance ou du baroque. En voyant la position des corps, les attitudes languides, le rouge et le vert des tissus sur les clichés que tu m'as envoyés, ma conviction s'est renforcée, dit Adrián Sanz dans l'appareil. Bien sûr, ça aurait pu être une autre période, mais je ne sais pas... il y a dans la peinture de cette époque un lyrisme des corps, une passion pour l'anatomie et les poses...

Il n'allait quand même pas leur donner un cours d'histoire de l'art à 8 heures du matin ? Lucia s'était penchée en avant, tout comme Salomón, et elle avait placé le téléphone entre eux. Elle n'osait pas mettre le haut-parleur à cause des autres clients qui prenaient leur petit déjeuner aux tables voisines.

— Adrián..., l'interrompit-elle.

— Oui, bref, j'ai introduit les images des scènes de crime dans Google et j'ai lancé une recherche.

Nom d'un chien, se dit-elle, pourquoi n'y avait-elle pas pensé ? C'était évident !

— Et le moteur de recherche m'a répondu qu'une des images représentait la mort de Hyacinthe, un thème emprunté aux *Métamorphoses* d'Ovide, et il m'a proposé des images semblables. La première était un tableau qui se trouve à Madrid, au musée Thyssen, mais la position des corps ne colle pas. Je n'ai pas encore le tableau exactement correspondant, mais je suis convaincu qu'il existe et que toutes nos scènes de crime sont en réalité des illustrations des *Métamorphoses* d'Ovide. Elles ont été la principale source d'inspiration des peintres de la Renaissance et du baroque en dehors de la Bible. J'ai aussi cherché s'il existait des ouvrages qui présentent une très grande quantité d'œuvres peintes à partir des *Métamorphoses*. Et j'ai trouvé un livre qui rassemble environ deux cents tableaux peints en Italie, en Espagne, en France et dans les pays du Nord entre la fin du XVIe siècle et le début du XVIIIe, deux cents tableaux ayant puisé à cette source : *« Las Metamorfosis » y el arte barroco* d'Arístides de Artiñano. Je devrais le recevoir sous peu.

— C'est de l'excellent travail, Adrián, dit-elle. Encore faut-il qu'on comprenne pourquoi il a choisi ces tableaux…

— Ça, c'est votre boulot. Mais je vais réfléchir de mon côté.

Elle le remercia, regarda Salomón. Les sourcils de ce dernier étaient si froncés qu'ils recouvraient presque ses yeux.

— Cet Adrián, ce n'est pas seulement un collègue, n'est-ce pas ?

Elle fut surprise – et agacée – par le caractère intrusif et hors de propos de la question.

— Qu'est-ce qui te fait dire ça ?

— Quelque chose dans ta façon de t'adresser à lui… Désolé, ajouta-t-il en croisant son œil noir, je me mêle de ce qui ne me regarde pas. Concentrons-nous sur ce qu'on vient d'apprendre. *C'est une découverte très importante*, Lucia. Peut-être même que la citation dans la lettre vient aussi des *Métamorphoses* d'Ovide. Tu les as lues ?

Elle secoua la tête.

— En dehors des manuels de criminologie, je ne lis pas beaucoup.

Il esquissa un demi-sourire, puis redevint sérieux.

— Ce qui n'est pas mon cas. Comme l'a dit… euh… Adrián… ces *Métamorphoses* étaient une des premières sources d'inspiration pour les artistes de la Renaissance. Ovide a trouvé la matière de ses histoires dans la mythologie gréco-romaine. Il faut savoir que les dieux grecs et latins étaient aussi violents, luxurieux, jaloux et pervers que nous le sommes, nous les humains. Ils étaient à notre image. Pour cette raison, *Les Métamorphoses* sont pleines de récits d'adultères, de crimes, d'incestes, de jalousies, de vengeances et de châtiments cruels.

Il fit tourner sa cuillère dans sa tasse.

— Quant à Ovide lui-même, le fait le plus connu de sa vie, c'est son exil loin de Rome. C'est l'une des affaires les plus mystérieuses de l'Antiquité. Ovide était un poète adulé, renommé. Or, en ce temps-là, à Rome, les poètes étaient des gens aussi célèbres que les acteurs aujourd'hui. En l'an 8 de notre ère pourtant, il est brusquement contraint à l'exil sur ordre de l'empereur Auguste. Et pas n'importe où : aux confins du monde connu – à Tomes, une bourgade sinistre, noire et glaciale, où les gens ne parlent pas le latin et sont beaucoup moins raffinés que les Romains. Tomes se situe aujourd'hui dans l'est de la Roumanie, sur les bords de la mer Noire. Du jour au lendemain, Ovide doit donc abandonner son épouse, sa famille, ses amis, ses biens, sa propriété, sa douce vie romaine et sa carrière pour s'embarquer sur un bateau à destination de ces territoires à l'extrême limite de l'empire. Il ne reviendra jamais à Rome. Il mourra en exil, seul, loin des siens et de sa maison. Comme un chien. Il a écrit des lettres qui sont parmi les plus bouleversantes, les plus poignantes de toute la littérature. Elles sont réunies dans deux recueils : *Les Tristes* et *Les Pontiques* – car la contrée lointaine où il se trouvait banni était baptisée en ce temps-là Pont-Euxin.

Il baissa les yeux, regarda le fond de sa tasse, et Lucia vit qu'il était ému. Comme si, après tant de siècles, la punition terrible infligée par l'empereur Auguste au malheureux poète continuait de le bouleverser.

— Ces lettres sont des cris de douleur, de désespoir, des suppliques aussi. Car il supplie ses anciens amis de l'aider à revenir en grâce auprès d'Auguste, à rentrer à Rome ou, au moins, à faire en sorte que l'empereur l'exile dans un endroit moins terrible. Car, à Tomes, les hivers sont longs et rigoureux, les fleuves pris dans les glaces, la neige – qu'un Romain connaît à peine – couvre les toits et les murailles, les mœurs sont violentes et la guerre avec les hordes barbares voisines fait continuellement rage ; elle arrive même jusqu'aux portes de la cité. Enfin, bref, Tomes, pour Ovide, c'était l'enfer.

Il la fixa.

— L'exil d'Ovide est un des événements les plus obscurs de l'Antiquité. Pourquoi un tel châtiment ? Officiellement, c'était pour le punir de l'immoralité de son œuvre *L'Art d'aimer*. Mais l'ouvrage avait été publié sept ans auparavant sans la moindre anicroche. En réalité, on pense que ce n'était peut-être pas là sa seule faute, qu'il avait dû en commettre une autre plus grande aux yeux de l'empereur pour encourir un tel châtiment. Mais cette faute-là est restée secrète. Nous n'en avons gardé aucune trace, sinon qu'Ovide lui-même, dans ses lettres, fait allusion à cette deuxième faute, plus grave que la première mais involontaire, et qui serait selon lui le véritable motif de son exil. Il a écrit plus ou moins : « *Je suis puni parce que mes yeux ont vu sans le vouloir quelque chose et mon seul tort est d'avoir eu des yeux*. » Quelque chose qui, forcément, concernait l'empereur Auguste… Le mystère qui entoure cette affaire a donné lieu depuis deux mille ans à une multitude d'hypothèses et de conjectures chez les spécialistes de l'Antiquité, y compris ceux de l'université de Salamanque…

Il termina sa tasse, la reposa.

— Peut-être que l'assassin a lui-même connu une certaine forme d'exil, avança-t-il, que la lecture d'Ovide faisait écho à son propre éloignement. Autrement dit, notre homme se serait senti lui-même exilé à Graus, dans cette région isolée, si loin des grandes villes, tout au nord de l'Espagne et de l'Aragon.

Lucia fixait Salomón, songeuse. L'Antiquité était loin de la passionner mais le criminologue était un bon conteur. Elle se dit qu'Adrián et lui se seraient bien entendus à parler art, vieux bouquins et civilisations anciennes.

— Il faudrait se renseigner sur ceux qui sont arrivés dans le village ou dans la région quelque temps avant le double meurtre, poursuivit-il.

Elle continua de le fixer. Elle venait de penser à quelque chose – une image, un souvenir –, mais ce souvenir n'avait fait que chatouiller sa conscience avant de s'enfuir.

— Ou alors ces mises en scène ne renvoient pas à Ovide mais aux *Métamorphoses* elles-mêmes, proposa-t-il. L'assassin nous parle en réalité de sa propre transformation. De ce qu'il est devenu : un monstre.

Il allait dire autre chose quand soudain il s'interrompit. Elle vit dans son regard qu'une idée venait de l'effleurer.

— Tu as le dossier concernant le dernier double meurtre, celui de Benalmádena, là-dedans ?

Il montrait l'épaisse chemise posée sur la table du petit déjeuner.

— J'ai lu la procédure entrée dans DIMAS par les bénévoles de la Guardia Civil qui l'alimentent depuis deux ans, dit-il. Si ma mémoire est bonne, il était fait état d'un occupant de la maison voisine qui était considéré comme suspect. Quelqu'un qui avait loué la maison d'à côté et qui l'habitait quand les Anglais ont été tués. Quelqu'un qu'on n'a jamais pu identifier et qui ne s'est jamais manifesté. Il a longtemps été le principal suspect, mais ils ne sont jamais parvenus à le retrouver. Il avait visiblement fourni une identité bidon. Tu ne veux pas regarder s'il y a une copie du contrat de location de la maison dans ton dossier ?

Elle fouilla parmi les papiers un moment, jusqu'à trouver la copie du contrat de location saisonnière.

— Naso, dit-elle, le voisin inconnu a écrit Naso dans le contrat. Un nom d'emprunt, évidemment. On n'a retrouvé aucun Naso correspondant.

Salomón acquiesça d'un mouvement de tête.

— Publius Ovidius Naso : c'était le véritable nom d'Ovide. *L'assassin est bien l'homme qui a loué la maison voisine avant de disparaître*. Cette fois, il n'y a plus de doute, Lucia. Ton ami a raison : c'est bien d'Ovide et des *Métamorphoses* que notre homme s'inspire. Et il voulait qu'on découvre ce fait. Il a semé des indices partout. Il nous mène par le bout du nez depuis le début. Il joue avec nous comme un prestidigitateur joue avec son public. Il sait qui nous sommes – et ce que nous faisons.

Un silence s'installa. Puis Lucia se leva. Le criminologue l'imita. Ils se dirigeaient vers la sortie quand elle posa une main sur le bras de Salomón. Le souvenir lui était revenu – plus net, plus précis.

— J'ai vu ce livre, dit-elle, *Les Métamorphoses*.

Salomón pivota.

— Où ça ?

Elle se concentra.

— À Graus… Chez César Bolcán !

— Tu en es sûre ?

— Certaine ! J'ai bien peur qu'on ne doive refaire la route en sens inverse. On sait que c'est là que tout a commencé… C'est peut-être aussi là que tout finira…

34
Lundi après-midi

Ils sonnèrent à l'interphone de la *calle* Prior six heures plus tard. Ils n'avaient pas fait de halte déjeuner cette fois, traversant les hauts plateaux de la *meseta* et les plaines d'Aragon sans s'arrêter. Lucia avait tenté de joindre César Bolcán par téléphone à trois reprises. Sans succès. Chaque fois, elle était tombée sur le répondeur.

Le ciel était gris, nuageux, les rues de Graus aussi sombres que la dernière fois quand elle écrasa le bouton de la sonnette. Et elle pensa à cette bourgade sinistre de Tomes, aux confins de la mer Noire, en l'an 8, où l'on avait exilé Ovide. Se dit qu'elle aurait éprouvé la même chose si on l'avait envoyée ici. Elle avait besoin de la ville, du tumulte, de la foule, des voitures, pour se sentir vivante. Même une zone industrielle lui paraissait plus riante que la nature dans son état originel. Pas vraiment écolo, elle le savait.

Elle sonna de nouveau. Pas de réponse. Une petite femme dont le visage n'était qu'un lacis de rides apparut à la porte voisine.

— Vous cherchez César ?

— Oui, dit Lucia, vous savez où il est ?

— Il est parti hier à la *finca*, avec Ángel.

La *finca* – la ferme, le domaine.

— Quelle *finca* ? demanda Lucia en montrant son insigne.

— Celle qu'ils ont là-haut, dans les collines, fit la vieille femme avec un geste vague vers le nord et les montagnes qui devaient se situer au-delà des maisons. Il faut prendre la route de Benasque. Ensuite, vous la quittez en direction de Panillo. Au bout de quelques kilomètres, vous allez voir une piste apparaître sur votre droite, qui descend vers Ejep. La ferme est un peu plus loin. Vous ne pouvez pas la rater : c'est la seule à des kilomètres à la ronde.

— Merci, dit Lucia.

Elle regarda la vieille femme s'éloigner, un panier à provisions sous le bras.

— Qu'est-ce qu'on fait ? demanda Salomón.

Elle le dévisagea d'un air contrarié.

— Je sais pas…

— Tu es vraiment sûre d'avoir vu *Les Métamorphoses* là-dedans ?

Lucia ne répondit pas. Elle hésitait, son pouls un rien trop rapide.

— Il faut qu'on en ait le cœur net, dit-elle finalement.

— On n'aura qu'à lui poser la question, proposa-t-il.

Une image : Sergio collé à sa croix, le visage levé vers le ciel. Elle expira.

— Je reviens, dit-elle. Ne bouge pas.

Elle retourna à la voiture, ouvrit le coffre, attrapa un chiffon dans lequel se trouvaient des outils qu'elle n'avait pas touchés depuis des années – et qu'elle pensait ne plus jamais avoir à utiliser. Dans ce cas, pourquoi elle les avait laissés là, au fond du coffre de sa voiture, alors que leur utilisation était non seulement contraire à tous les règlements, mais pouvait lui valoir une révocation ? Elle n'en avait aucune idée. Le « cadeau » empoisonné lui avait été fait il y a longtemps par un cambrioleur qu'elle avait épinglé, et qui lui avait dit avec un clin d'œil : « Je n'aurai plus l'occasion de m'en servir là où je vais. » Un kit de crochetage. Elle ne s'en était servie qu'une seule fois dans toute sa carrière. Lorsqu'elle avait soupçonné un violeur multirécidiviste de séquestrer une ado disparue à deux rues de chez lui. Le juge lui avait refusé la perquise. Pas assez d'éléments, avait-il justifié. Fouettée par l'urgence, par la conviction que la pauvre gamine était dans cette maison et par la pensée de ce qu'elle y subissait, elle avait attendu que son occupant soit parti au boulot pour s'introduire dans la bâtisse. Elle avait reçu le coup de fil alors qu'elle fouillait la maison du suspect de la cave au grenier : on avait trouvé le corps de l'adolescente dans une décharge… à vingt kilomètres de l'endroit où Lucia se tenait. Elle s'en était voulu d'être entrée, jusqu'au moment où elle avait découvert une culotte taille 34 rouge de sang dans le lit de l'homme. Lucia s'était souvenue de ce qu'avait dit la mère de l'adolescente : elle avait ses règles le jour où elle avait disparu. Elle avait aussitôt appelé l'équipe qui était à la décharge. « Elle a sa culotte sur elle ? » avait-elle demandé. La réponse était tombée : non, c'était le seul vêtement qui manquait.

— C'est légal ça ? demanda Salomón en ouvrant grand les yeux quand il la vit enfiler des gants puis introduire ses crochets dans la serrure après un dernier regard alentour.

Une minute plus tard, ils étaient à l'intérieur. Il régnait dans le vestibule un silence complet, nappé d'ombre et de poussière. Elle tendit une paire de gants à Salomón, qui hésita longuement avant de les passer. Puis ils gravirent les marches, enfilèrent le couloir de l'étage. Pas un bruit dans la maison. Les mêmes étagères chargées de livres aux reliures anciennes, les mêmes lourdes draperies, le même parquet couinant sous leurs pas, la même odeur de cire, de papier, d'encre et de vieillesse.

— Là, dit tout à coup Salomón.

Il extirpa un livre des rayons, montra la couverture à Lucia dans le faible jour traversant les fenêtres :

EX P. OVIDII NASONIS
METAMORPHO
SEΩN LIBRIS XV
ELECTORVM
LIBRI TOTIDE
VLTIMO INTEGRO

Une édition ancienne. En latin.

— Ce n'est pas celle-là que j'ai vue, dit-elle. Je ne connais rien au latin. Je n'aurais certainement pas fait le rapprochement. Apparemment, il possède plusieurs éditions, ajouta-t-elle en désignant celle qu'elle avait déjà vue sur un fauteuil.

— Qu'est-ce qu'on fait maintenant ? voulut savoir Salomón avec une nuance d'indécision dans la voix.

— On fouille.

Elle désignait les tiroirs en dessous des étagères de la bibliothèque.

— Et s'il revient de la *finca* ?

— On sera dans la merde.

Les premiers tiroirs ne révélèrent rien. Des factures, des relevés bancaires, des listes de courses, des Kleenex, des stylos, des piles, des ampoules LED, des ordonnances, des boîtes de médicaments.

Puis, dans un autre, elle dénicha une série de photos en noir et blanc, les approcha d'une lampe.

Elle reconnut de vieux clichés de processions religieuses. Des hommes aux cagoules pointues comme celles du Ku Klux Klan, mais noires sur les photos, portaient une statue de la Vierge ; de vieilles femmes criaient, pleuraient et s'arrachaient les cheveux comme si elles revivaient elles-mêmes la Passion du Christ ; une jeune femme en robe de mariée marchait pieds nus et tête baissée dans une ruelle sale, encombrée de détritus, les bras attachés à une lourde croix ; un homme presque nu pissait dans la rue, slip baissé, rigolard, une bouteille de vin à la main ; des nains en habits de torero, des enfants allongés dans des cercueils…

Une atmosphère d'hystérie, de folie religieuse – mais aussi de bacchanales et de fêtes païennes – qui la fit frémir.

Lucia avait déjà vu des photos semblables. Ce qu'elle avait sous les yeux, c'était l'Espagne des années 1960 et 1970, l'Espagne ancestrale, profonde : celle qui se dissimulait loin des circuits touristiques, celle de Franco et de la foi catholique. L'œuvre de vie et la pulsion de mort. Le mysticisme, le surnaturel et le masochisme. Le sens du sacré, du religieux se confondant avec des forces vitales plus troubles, plus obscènes. César Bolcán avait-il participé en son temps à ces processions ? Et ces photos pouvaient-elles servir leur enquête ? se demanda-t-elle. Se pouvait-il que la présence des *Métamorphoses* chez lui fût une simple coïncidence ? Son instinct lui soufflait que non. Il était de la région, il connaissait les victimes… Il y avait un lien, quel qu'il fût…

Soudain, elle remarqua un détail.

Sur tous les clichés apparaissait au moins un enfant… En habit de communiant, portant une croix et marchant auprès du prêtre, jouant avec d'autres ou bien dansant en tenue folklorique. Lucia devina que c'étaient eux le véritable sujet de ces clichés, même s'ils n'étaient jamais au centre de l'image.

Elle les montra à Salomón.

— Les années 60-70, commenta-t-il. La vieille Espagne catholique, dévote, mystique et superstitieuse.

— Tu as remarqué qu'il y a toujours au moins un enfant sur les clichés ?

— Oui… Et alors ?

— Tu te souviens de ce qui est écrit dans le journal de Miguel Ferran au sujet de la disparition du gosse ?

— Tu veux dire cette hypothèse sur un réseau pédocriminel ? Lucia, ce ne sont que des photos. Ça ne prouve rien…

Elle réfléchit.

— Tu collectionnerais ce genre de photos, toi ? Il y a quelque chose là-dedans… Regarde : il n'y en a pas une seule où n'apparaisse pas un enfant.

— Oui, dit-il, subitement pensif. À l'époque, il n'y avait pas Internet ; c'était tout ce qu'ils avaient à se mettre sous la dent : des clichés d'enfants pris à la sauvette… Il doit les conserver en souvenir.

— Dans ce cas, il y en a sûrement d'autres, dit-elle.

Ils ressortirent de la maison au bout d'une vingtaine de minutes. Sans avoir rien trouvé. Pourtant la tension montait en Lucia. Elle s'immobilisa au milieu de la rue. Son instinct lui criait que la solution était là, tout près, et que le vieux garde civil en faisait partie.

— On va à la *finca*, décida-t-elle. On va interroger Bolcán.

Elle vit que Salomon était inquiet.

— Tu es sûre que c'est une bonne idée de se retrouver avec lui et Ángel dans un endroit aussi isolé ? Quelqu'un sait que nous sommes ici ?

35
Lundi après-midi

Le ciel était d'un gris métallique et froid, traversé de nuées sombres qui évoquaient de la poussière de graphite. Le paysage était vaste et monochrome. Des collines pelées, une végétation rase, des sols ravinés, de la rocaille. Le tout blanchi et arrondi par la neige.

Ils trouvèrent l'entrée de la piste comme indiqué. Ils avaient quitté Graus par le nord en roulant sur l'A139, une belle route lisse qui traçait un ruban noir et droit dans toute cette blancheur, l'avaient abandonnée à hauteur d'un hameau pour une autre pleine de nids-de-poule et de crevasses montant dans les collines. Puis la piste. Un sol pierreux creusé d'ornières qui descendait en pente légère vers l'ample cuvette dessinée par les collines blanches.

— Il y a un monastère bouddhiste à trois kilomètres d'ici, lui dit Salomón pour détendre l'atmosphère, le nez sur son téléphone, au milieu des cahots. Il est écrit qu'il a été fondé en 1984 par le lama Kalou Rinpoché, un authentique maître en méditation tibétain, parce que ce petit bout des pré-Pyrénées lui faisait penser au Népal.

Il se rendit compte qu'elle l'écoutait à peine. Pas une maison visible dans les alentours, en dehors des bâtiments d'une ferme un peu plus bas. *C'était là*. La *finca* de César et d'Ángel… Un chemin y conduisait à partir de la piste. Lucia l'emprunta et ils furent encore plus secoués par les cahots. Elle se gara devant le corps d'habitation.

La vaste bâtisse semblait inhabitée. Les volets clos. La façade décatie. Elle klaxonna. Rien. Personne.

Elle redémarra, effectua un demi-tour sec en soulevant un nuage de pierraille et ramena la voiture à l'entrée du chemin, à une centaine de mètres de là. Stoppa et ouvrit sa portière.

— Tu restes ici, dit-elle à Salomón en descendant.

Elle plongea la main dans sa poche, en sortit son téléphone. Vérifia la réception du signal. Une barre. Faible mais suffisant.

— Tu montes la garde. Si quelqu'un vient, tu m'appelles, d'accord ?

Il acquiesça en silence, l'air préoccupé.

— Tu es sûre que c'est une bonne idée ? dit-il finalement. On devrait peut-être avertir la Guardia Civil.

— Et leur dire quoi ? Qu'on est entrés par effraction chez un garde civil à la retraite ? Qu'il avait un exemplaire des *Métamorphoses* d'Ovide et des photos de processions religieuses avec des enfants chez lui ?

Lucia le gratifia d'un clin d'œil et se mit en marche vers la ferme. Il regarda ce petit bout de femme s'éloigner vers les bâtiments et éprouva une violente bouffée d'admiration pour elle.

Elle scrutait la maison en descendant le chemin d'accès bordé de fourrés épineux coiffés de neige qui lui arrivaient à la taille. Pas le moindre signe de vie. L'endroit semblait vidé de ses occupants. Pourtant, la voisine avait dit qu'ils étaient partis pour la *finca*. Alors, où étaient-ils ? Son pas était rapide et son regard braqué sur les bâtiments.

Tout ce calme la mettait mal à l'aise. Mais c'était peut-être dû à l'endroit, à ce silence de la campagne à peine troublé par la voix flûtée du vent et au ciel couvert.

Subitement, elle s'arrêta, se baissa. Les traces de pneus : il y avait celles de son SUV, qui dessinaient – entre l'aller et le retour – quatre sillons identiques dans la fine couche de neige.

Et celles d'un autre véhicule. Qui avait creusé quatre sillons plus larges et presque parallèles.

Ils étaient venus et repartis…

Elle dépassa une grange au bois noirci par les intempéries, ses semelles crissant sur les cailloux dissimulés sous la neige. Atteignit la bâtisse.

Pas de sonnette.

Elle enfila une nouvelle paire de gants, cogna à la porte. Pas de réponse. Elle cogna encore, tambourina même. Appela. Pas le moindre mouvement. Elle pensa de nouveau à Sergio, sortit ses « outils » pour la seconde fois en à peine une heure.

Trente secondes plus tard, elle était à l'intérieur. Elle jeta un dernier coup d'œil à son Hyundai garé en haut du chemin, à une centaine de mètres, et referma le battant.

Écouta le silence. C'était toujours le même mélange de stress, d'excitation et de nervosité qui lui aiguisait les sens quand elle s'introduisait dans un lieu inconnu.

Dont elle ne savait pas s'il pouvait présenter un danger. Elle regarda autour d'elle. Dans la pénombre, elle distinguait un petit vestibule de quatre mètres sur quatre avec deux larges marches sur la droite qui accédaient à un niveau intermédiaire, comportant une porte de chaque côté. Puis deux nouvelles marches menant à une vaste salle de vie. À côté des marches se trouvait une rampe en métal inclinée pour le fauteuil roulant.

Elle prit une profonde inspiration. Il n'y avait absolument rien à voir dans le vestibule aux murs blancs. Aussi grimpa-t-elle les premières marches jusqu'au niveau intermédiaire.

Elle ouvrit la porte de droite : un débarras minuscule, rempli de seaux, de balais, de serpillières et de produits ménagers. Elle ouvrit de même celle de gauche. Un petit cabinet de toilette.

Lucia continua et pénétra dans un vaste et haut séjour sous charpente. La pièce avait la taille d'une salle de bal : au moins une centaine de mètres carrés, peut-être davantage. Un coin salon avec des canapés en cuir, une table basse et des fauteuils à droite, près des fenêtres aux volets clos. Une bibliothèque – décidément César Bolcán aimait les livres – et une cheminée monumentale en pierre brute dans le fond. Des guéridons et des meubles anciens supportant des lampes à abat-jour le long des murs. Un piano noir. Une faible clarté filtrait à travers les persiennes closes. Elle s'approcha du radiateur. Chaud… *Quelqu'un avait séjourné ici récemment…*

Il y avait une porte sur la gauche, dans son dos. Elle marcha jusqu'à elle, manœuvra la poignée. Derrière le battant, une petite rampe pour le fauteuil, puis un couloir étroit lambrissé de pin blond qui s'enfonçait dans les profondeurs de la maison – et qui devait passer, si elle en croyait la disposition des lieux qu'elle avait en tête, derrière les W-C et le vestibule.

Lucia actionna l'interrupteur, emprunta le couloir. Pas d'odeur particulière, excepté celle de renfermé. En passant, son regard s'arrêta sur une rangée de photos accrochées au mur de gauche, le long du couloir.

Elle s'approcha. Les photos étaient encadrées et sous verre, les cadres en bois bon marché. Sur la première, César Bolcán apparaissait *debout*, posant en compagnie de trois personnes. Bras dessus bras dessous, ils souriaient à l'objectif avec une énergie et un enthousiasme communicatifs. Il y avait une inscription écrite à la main sur un bristol en bas du cadre : *Noël 1983*. Selon les calculs de Lucia, Bolcán devait avoir dans les quarante ans sur cette photo. Il était grand, mince, beaucoup plus jeune, mais son étrange visage bicolore, avec la tache noire de naissance d'un côté, était aisément reconnaissable. Elle passa à la photo suivante. *Août 1991*. Bolcán en compagnie d'autres amis. La même pose que précédemment : bras dessus bras dessous. Mais, cette fois, ils étaient cinq. Puis la troisième. *Toussaint 1994*. D'un cliché à l'autre, les personnes qui prenaient la pose changeaient ; seule une poignée apparaissait sur plusieurs d'entre eux. Et toujours des dates en bas des cadres.

Noël 1993.

Juin 1997.

Elle éprouva une sorte de gêne à la vue de ces images. Sentit un trouble la gagner. Il y avait quelque chose dans ces photos... Quelque chose qui la mettait mal à l'aise. Il n'y avait pas de femmes, rien que des hommes... *Non, c'est autre chose.* Elle s'approcha davantage, le nez presque collé au verre. Puis elle comprit. *Leurs regards*... C'était dans leurs regards... Tous ces hommes avaient un regard identique, leurs prunelles brillaient avec une intensité et une malveillance qui lui firent froid dans le dos. Ils étaient soit drogués, soit... *excités*. Qui étaient ces hommes ? Des chasseurs ? Des fêtards ? Ils n'avaient pas d'épouses, de petites amies, de familles ? D'où sortaient-ils ? Que faisaient-ils là ? Lucia avait suffisamment eu à subir dans sa vie le regard de certains hommes se comportant comme des prédateurs pour savoir que ceux qu'elle contemplait étaient du nombre. Elle se dit qu'elle n'aurait pas aimé se trouver seule dans la même pièce qu'eux.

S'agissant de pièce, tous les clichés avaient manifestement été pris dans la grande salle, devant la cheminée. Que venaient faire ces hommes dans ce trou perdu ? Elle en compta en tout près d'une trentaine. Et une dizaine de clichés, étalés sur près de deux décennies.

Lucia retint sa respiration. Que se passait-il ici ? Elle ne savait pas si c'étaient ces photos ou le silence – mais il régnait dans la maison une atmosphère légèrement morbide. Ou alors elle se faisait des idées.

Elle continua. Deux autres portes sur sa gauche, le long du couloir. Elle les ouvrit. Alluma. Deux petites chambres à coucher. Les lits étaient défaits, des vêtements jetés sur le dossier d'une chaise dans la première. Visiblement, les deux hommes faisaient chambre à part mais ne se quittaient pas. Quelle était la nature exacte de leur relation ?

Pas difficile de savoir où chacun dormait : dans la première chambre il y avait sur la table de chevet une pile de livres, de vieilles lunettes de lecture, un verre et un tube de Forxiga 10 mg, un médicament contre le diabète. Dans la seconde, une télé Samsung à écran de 58 pouces, une console de jeux PS4, de gros haltères et, sur la table de chevet, de quoi se confectionner un joint. Qui plus est, le cabinet de toilette de la première était aménagé pour une personne en fauteuil roulant.

Elle revint vers la grande salle, repassant devant les photos sous verre. Elle eut envie de déguerpir mais elle était convaincue que cette maison n'avait pas encore livré ses secrets. S'il y avait quelque chose à trouver, c'était ici.

Elle devait résister à l'envie de se hâter. Elle se concentra, immobile, au milieu du living. Marcha vers un des guéridons. Une pile de magazines posée dessus. En s'approchant, elle vit qu'il s'agissait de bandes dessinées. *Mortadelo*, *Tío Vivo*, *Spirou Ardilla*, *El Capitán Trueno*... Rien que des BD anciennes, des années 1970 et 1980, imprimées sur du mauvais papier, le genre qui laissait de l'encre sur les doigts. Elle n'était même pas née quand certains de ces magazines paraissaient dans les kiosques, étaient lus par des centaines de milliers de gamins.

Car il s'agissait uniquement de BD pour la jeunesse.

Elle se rappela les photos d'enfants dans les tiroirs de César Bolcán, à Graus. Ce fut comme si du liquide de refroidissement pour voitures lui coulait directement dans les veines. À sa connaissance, Bolcán n'avait pas d'enfants, encore moins de petits-enfants. Alors, que foutaient ces bandes dessinées jeunesse dans son salon ? Un zeste de nostalgie ? Une simple lubie de collectionneur ? Ou autre chose ? Elle consulta sa montre. Vingt-cinq minutes s'étaient déjà écoulées depuis qu'elle était entrée.

Un bruit inopiné la fit sursauter et son cœur battit à tout rompre pendant une seconde. Son téléphone ! Salomón :

— Lucia, tout va bien ? Il n'y a personne ?

— Non, la maison est vide.

— Tu as trouvé quelque ch… ? demanda-t-il.

— Des photos d'hommes sur les murs, des bandes dessinées pour enfants… C'est tout.

— L'heure tourne.

— Je sais. Préviens-moi si quelqu'un approche.

— Luci… tu devrais… ils vont re…

La réception était mauvaise, la communication hachée. Elle lui coupa le sifflet, réfléchit. Refit le tour de la salle, passant devant la cheminée, la bibliothèque, le coin salon.

Une pensée l'effleura. Où était l'accès au sous-sol ? Dans ces vieilles bâtisses, il y avait toujours une cave.

Elle s'orienta mentalement. Retourna dans le couloir. Il se terminait sur une grande armoire en chêne ; elle était appuyée contre le mur du fond, au-delà des portes des deux chambres. Lucia marcha jusqu'à elle. Ouvrit les battants. D'un côté des étagères avec des draps, des couvertures, du linge qui sentait la lavande et l'antimite, de l'autre une tringle supportant des cintres. Mais aucun vêtement ne pendait.

Lucia passa la main sur le panneau de chêne dans le fond, sous les cintres, cherchant un passage secret, comme dans les films. Peine perdue. C'était juste une armoire à moitié vide. Qu'allait-elle imaginer ?

Elle referma les portes et allait s'éloigner quand elle remarqua quelque chose. L'armoire n'avait pas de pieds, son plancher était posé à même le sol. Elle aurait parié que, comme toutes les armoires d'époque, celle-ci avait comporté un jour quatre pieds, qu'on avait sciés.

Elle rouvrit le meuble, se pencha à l'intérieur de la partie verticale, là où étaient les cintres, posa la main sur le plancher. Elle appuya. Gagné. Le panneau s'enfonça de quelques millimètres. *Il n'était pas fixé...* En déplaçant sa main vers la gauche puis vers la droite sans cesser d'appuyer, elle vit le panneau de contreplaqué coulisser horizontalement, dévoilant progressivement un puits sombre et carré.

Elle s'efforça de ralentir les battements de son cœur qui tapait contre sa cage thoracique.

Il y avait des barreaux métalliques scellés dans la paroi de droite, ils luisaient sourdement dans la pénombre. Elle plongea la main gauche dans le trou à l'obscurité peu engageante, tâta le plafond autour, trouva un commutateur et tout s'illumina.

Le puits était peu profond : moins de trois mètres. Il donnait sur ce qui ressemblait à un sous-sol en terre battue entouré de murs en pierre très anciens. Son téléphone vibra à ce moment-là. Salomón. Sa voix était teintée d'inquiétude :

— Lucia… qu'est-ce que tu… ? Ça fait plus de quarante… tu es là-de… Ils vont… devrais…

— J'ai trouvé quelque chose.

— Lu… pour l'amour de…

— Donne-moi encore un peu de temps.

— Je t'entends ma… Tu es… ?

Elle coupa de nouveau la communication, se retourna pour se glisser à reculons dans le trou, s'agrippant à l'huisserie du meuble, cherchant à l'aveugle sous ses pieds un des barreaux. Elle essaya de chasser la tension nerveuse, de ne pas penser à ce qu'elle allait trouver en bas, se fermant à toute image anticipée. Même si elle se doutait que ce qui était caché au fond de cette fosse ne serait pas agréable à voir.

Un barreau après l'autre.

Elle toucha le sol de terre battue. Vérifia son téléphone. Zéro barre. *Plus de signal.* Si quoi que ce soit se passait là-haut, elle n'en serait pas informée. Salomón pouvait sans doute maîtriser César Bolcán à lui tout seul si nécessaire, mais il y avait Ángel, le dealer bodybuildé et dopé au Winstrol…

Le lieu où elle se trouvait n'était qu'une sorte d'antichambre de deux mètres sur quatre avec une porte métallique dans le fond. *Un gros verrou sur la porte.* Elle se raidit. Fit deux pas et le tira. Elle trouva à tâtons un interrupteur près de l'huisserie, de l'autre côté. L'actionna. Elle ne savait pas à quoi elle s'était attendue mais certainement pas à ça…

Salomón leva les yeux vers le ciel couvert à travers le pare-brise. Il regarda sa montre. L'impatience le gagnait.

Soudain, il prêta l'oreille. Un vague bourdonnement au loin. Il tourna la tête vers l'endroit où la piste cahoteuse rejoignait la route, à sept cents mètres de là. Baissa la vitre, laissant entrer l'air vif. Écouta plus attentivement.

Un bruit de moteur…

Il vit apparaître un 4 × 4 noir au loin, dans un virage. Le véhicule remonta rapidement la route, son pot d'échappement fumant dans l'air froid, son moteur ronflant.

Le tout-terrain quitta la route principale pour emprunter la même piste qu'eux. Une massive Jeep Wrangler noire. Qui se rapprochait. *Il y avait deux hommes à bord.*

Lucia chassa les images qui assaillaient son esprit. Elle devait rester calme, concentrée. Ne pas se laisser distraire…

Elle n'en sentit pas moins son sang se figer quand l'horrible réalité de ce qu'elle voyait la rattrapa.

Car ce qu'elle voyait, c'était une vaste pièce basse de plafond, d'environ huit mètres sur cinq, au sol de terre battue. Une… cave-dortoir. Aux couleurs gaies, car des voiles translucides bariolés – jaune, rose, prune, bleu roi, vert, fuchsia – étaient tendus sur les murs de pierre. Une douzaine de lits. *Des lits d'enfants*. Mais aussi des tapis doux et épais aux teintes délicates, des tables de chevet Ikea peintes en rose, en doré, en bleu, surmontées de lampes en forme de globes blancs qui dispensaient une douce clarté nacrée, laiteuse, éclairant des couettes aux motifs variés et, sur les couettes, des poupées, des jouets en plastique, des peluches de toutes les tailles – ours, chats, chiens, pandas, tigres – ainsi que des bandes dessinées. Elle ferma les yeux, les rouvrit. Regarda la pièce sans vraiment la voir, son esprit comme bloqué. Combien d'enfants avaient séjourné ici en même temps ? Combien étaient passés dans cette cave au fil des ans ? Elle revit les dates sur les photos : *1983*, *1991*, *1993*, *1994*, *1997*. Deux *décennies*… Elle avait la confirmation de ce qu'elle redoutait depuis qu'elle avait vu les photos chez Bolcán : elle savait à présent pourquoi il n'y avait que des hommes sur les photos, et ce qu'ils étaient venus faire dans ce coin perdu.

Ses jambes flageolèrent. Un vide dans sa tête, comme si on avait coupé l'alimentation en oxygène de son cerveau. Les prémices d'une syncope embrumèrent son crâne, et elle inspira et expira à fond plusieurs fois.

Espèces de fumiers de malades de merde...

Elle s'avança dans la pièce. Les lits étaient faits. Une épaisse couche de poussière grisâtre recouvrait les tables de chevet comme les lampes-sphères. Et cette couche de poussière était uniforme, ne comportait aucune trace de doigts ou de frottements. En y regardant de plus près, elle découvrit aussi un grand nombre de toiles d'araignées. Au moins, se dit-elle, aucun enfant n'avait séjourné ici de fraîche date – pour ce que ça valait. Depuis que César Bolcán avait eu cet accident et était devenu incapable de descendre ici ? Enfermait-il les enfants dans une autre pièce ?

Elle quitta la cave, remonta les échelons métalliques vers l'armoire et le couloir en direction de la salle, stoppa devant les photos.

Brusquement, une fureur incontrôlable s'empara d'elle, obscurcissant son esprit comme un nuage d'encre de seiche, et elle donna un violent coup de poing dans un des cadres, dont le verre explosa.

Des éclats pointus et coupants déchirèrent le gant de latex et se fichèrent au dos de ses doigts, les entaillant jusqu'à l'os. Le cadre tomba par terre. Le poing sanglant, elle se précipita dans la grande salle, la traversa vers la bibliothèque et renversa les livres au sol en rugissant.

Salomón regardait le 4 × 4 approcher. Les deux hommes à son bord – qu'il ne connaissait pas – passèrent devant lui et poursuivirent leur route sur la piste défoncée. Peut-être allaient-ils jusqu'à Ejep, le hameau dont avait parlé la voisine de Bolcán.

Lucia, qu'est-ce que tu fiches, bon Dieu ?

Il attrapa son téléphone.

Un journal... Elle venait de le découvrir au fond de la bibliothèque, planqué derrière les livres qu'elle avait renversés sur le sol dans son accès de fureur. Le grand carnet comportait une fermeture en laiton doré, sorte de petit crochet ouvragé qui lui donnait un air *vintage*.

Mais c'était la seule chose gracieuse dans cet objet qui lui brûla les doigts dès qu'elle en entama la lecture. Car, dès les premières phrases, la nausée revint :

25 décembre 1983. Il est minuit. Cette nuit, je commence ce journal. Ce Noël restera dans les annales comme un des plus extraordinaires que j'ai vécus. Je crois que je n'ai jamais reçu de ma vie d'aussi beau cadeau que ces deux enfants. C'est Leandro, que j'ai connu à l'armée, qui me les a amenés. Ils dormaient comme des anges, drogués et inertes, sur la banquette à l'arrière du 4 × 4, appuyés l'un sur l'autre, garçon et fille, frère et sœur, quand Leandro s'est garé devant la finca. *QUELLE VISION DÉLICIEUSE... Ensuite, quand ils se sont réveillés, terrorisés, ça a été un peu plus compliqué : il va falloir trouver une manière de les rassurer, ou au moins de les calmer, de les tranquilliser, de leur faire comprendre qu'ils peuvent y prendre du plaisir... Le toubib nous y aidera. Il saura quoi leur donner...*

Les lignes qui suivaient étaient tellement insoutenables que Lucia faillit jeter cette saleté plus loin. Mais elle se fit violence, le cerveau en feu ; elle respira un grand coup avant de replonger dans sa lecture :

12 août 1991. Je suis fier de ce que nous avons accompli. Du chemin parcouru. Combien de créatures ont été soumises à nos désirs, vouées aux ténèbres, au sacrifice, depuis nos débuts ? Combien de sombres rituels entre ces murs, combien de triomphes et de victimes ? J'en ai compté vingt-trois en à peine huit ans. Vingt-trois... Il faut cependant trouver le moyen d'accélérer la cadence. Mon appétit, mes besoins et ceux de mes compagnons augmentent à mesure que nos vices, notre imagination et nos plaisirs se font plus raffinés, plus débridés, plus déchaînés. Ce que ces pauvres créatures endurent me remplit d'une force et d'une puissance inouïes. Cet endroit est notre Paradis et leur Enfer, l'Alpha et l'Oméga, le Yin et le Yang, la dualité absolue... Il n'y a rien au monde qui surpasse ce que nous faisons dans cette maison, une telle victoire des ténèbres sur la lumière... Oui, nous sommes LUCIFÉRIENS.

Saloperie de verbiage de merde, pensa-t-elle, pseudophilosophie débile et incohérente destinée à habiller leur infamie de mots savants. *BANDE DE TARÉS !* Elle tourna les pages, la main tremblante, l'estomac aussi brouillé que si elle avait avalé des spaghettis bolognaise cuisinés avec de la viande avariée. Consciente que si elle avait eu Bolcán devant elle en cet instant elle aurait probablement sorti son arme.

Toussaint 2003. Internet est une merveilleuse invention. Les gens comme nous peuvent enfin s'y retrouver, s'y reconnaître, découvrir qu'ils ne sont pas seuls, que nous sommes des milliers, en vérité. Nous sommes légion. Il est évident que, dans les années à venir, Internet sera le triomphe, l'avènement de tout ce que la planète compte de fous, de dégénérés, de criminels et de fanatiques. Ceux qui ont inventé la Toile ont ouvert la plus grande boîte de Pandore de toute l'histoire de l'humanité. Un ouragan inarrêtable de folie, de crimes, d'avilissement, de fureur et de sang, qui emportera tout sur son passage. Et nous nous tiendrons sur les décombres du monde ancien, de la civilisation, de la morale, pour célébrer le triomphe du Mal, L'APOCALYPSE JOYEUSE...

Ce Bolcán était fou. Fou à lier. *Mais il n'était pas seul*... Surtout, ce qu'il écrivait supposait que les disparitions d'enfants dans la région n'avaient sans doute pas suffi à alimenter leur abomination. Ils avaient dû en faire venir d'autres coins d'Espagne, peut-être même de l'étranger. Cet endroit loin de tout était le lieu idéal pour les séquestrer. Et pour les…

Cette fois, elle n'y tint plus.

Elle se précipita dans les toilettes et vomit des jets de bile amers dans la cuvette, pliée en deux, le feu à l'œsophage, l'estomac se contractant douloureusement. Elle respira longuement, le front mouillé de sueur, essuya ses narines et sa bouche avec du papier hygiénique, tira la chasse et ressortit. Elle réalisa que ses doigts entaillés par le verre du cadre pissaient le sang, lequel gouttait sur le sol.

Dans la cuisine, qui s'ouvrait de l'autre côté de la grande salle, à gauche de la cheminée, elle retira le gant, rinça sa main sous le robinet et enfila un autre gant, mit celui qui était déchiré dans sa poche. Il ne l'était pas cependant au bout de ses doigts – elle n'avait donc pas laissé d'empreintes.

Elle retourna dans la salle, reprit le journal, l'ouvrit encore une fois au hasard :

Nos rituels dépassent en sadisme et en cruauté tout ce qu'on peut imaginer. L'œuvre de vie et l'œuvre de mort nous portent vers des extrêmes que le commun des mortels ne pourra jamais concevoir ni connaître. Nous sommes cruels, nous sommes féroces, nous sommes fatals, nous sommes beaux, nous sommes tout-puissants. Je dirais que nous sommes comme Dieu, si nous ne nous tenions pas si loin de lui ; si nos actes répugnants n'étaient pas un crachat dans sa face humiliée. Nos débordements engendrent ici une réalité démesurée, inconcevable : ce lieu sacré qui abrite nos fêtes païennes où se mêlent le sperme, la sueur, les larmes et le sang.

D'un claquement, elle referma le journal. Écœurée. Nauséeuse. Ivre de fureur et de haine.

Elle revint dans le couloir, leva son téléphone et prit chaque cadre en photo. Elle allait retrouver chacun de ces sous-hommes et leur faire payer leurs crimes. Son téléphone vibra, Salomón :

— Qu'est-ce que tu fous ?

La liaison passait mieux tout à coup. C'était peut-être dû à l'endroit où elle se tenait.

— Oh, mon Dieu, Salomón, c'est horrible…

— Qu'est-ce que tu as trouvé ?

— Je te le dirai quand j'aurai fini.

— Lucia, tu dois sortir de cette maison tout de suite ! Ça fait presque une heure que tu es là-dedans !

— J'en ai plus pour longtemps.

— Pour l'amour du Ciel, Lucia, sors de là ! Ils peuvent revenir d'une minute à l'autre !

— Cinq et j'ai fini…

Elle coupa la communication pour la troisième fois. Il avait raison. Elle tirait sur la corde. Elle se mettait en danger ; et elle le mettait en danger par la même occasion. Et puis, tout ce qu'elle avait trouvé serait de toute façon invalidé au tribunal à cause des conditions dans lesquelles elle l'avait obtenu.

Mais elle avait mis en plein dans le mille. Et elle n'avait pas l'intention de s'arrêter en si bon chemin.

Elle redescendit dans le trou, malgré la terrible répulsion que lui inspirait l'endroit, les avant-bras hérissés de chair de poule, et elle mitrailla le dortoir avec l'appareil photo de son téléphone en s'efforçant de ne pas trembler.

Puis elle remit le verrou, s'empressa de remonter, s'arrêta à mi-hauteur des barreaux. Est-ce qu'elle avait entendu un bruit ? Elle tendit l'oreille. Rien. Ces vieilles maisons étaient pleines de craquements.

Elle émergea de la trappe dans l'armoire. Referma le meuble. Se dirigea vers la grande salle et la bibliothèque, où elle remit les livres en place n'importe comment. *Elle allait emporter le journal*… Elle devait trouver un moyen d'obtenir une perquisition, et alors elle le replacerait discrètement derrière les livres pendant celle-ci, quand personne ne la verrait. *Le laisser ici, c'était courir le risque qu'il soit détruit.*

Elle allait envoyer anonymement au capitaine Bustamante les photos prises en bas, avec l'adresse où elles avaient été prises, et le mot « pédophiles ».

Elle regarda une fois de plus sa montre. *Faut y aller, ma belle...*

Mais elle avait encore quelque chose à faire. Elle retourna dans la cuisine, humidifia un linge puis, à genoux, essuya méthodiquement toutes les gouttes de sang qu'elle avait laissées. Ça ne suffirait certainement pas si la Guardia Civil passait le sol au Blue Star ou à tout autre révélateur, mais il y avait peu de chances qu'elle le fasse ; après tout, ceci n'était pas une scène de crime.

Vraiment ? Comment tu appelles ça, alors ?

Après quoi, elle alla dans le couloir ramasser les éclats de verre en dessous du cadre fracassé, les jeta dans les W-C et tira la chasse. Elle fit un dernier tour – *magne-toi !* –, se dirigea enfin vers l'entrée, descendit les marches jusqu'au vestibule, émergea dans le jour gris et neigeux.

Elle respira à fond, inhalant l'air très froid, où descendaient de nouveau des flocons.

S'immobilisa...

Une ombre dans la grange en face d'elle...

Elle plissa les yeux. Qu'est-ce que c'était ? Elle sursauta : *un homme assis dans un fauteuil roulant...*

Sa silhouette obscure se détachait à peine de la pénombre, à moins de dix mètres de Lucia. Pendant une seconde, elle fut sur le point de céder à la panique.

Où était Ángel ?

36
Lundi après-midi

Le regard braqué sur la grange, Lucia sortit le Beretta de son étui et le tint à deux mains, bras tendus, en position réglementaire.

Elle n'en demeurait pas moins attentive à ce qui se passait autour d'elle, se demandant une nouvelle fois où se trouvait Ángel.

À moins qu'ils ne fussent là depuis le début…

Il était 16 heures passées de trois minutes et la grisaille descendait, uniformisant les couleurs, diminuant le contraste.

Ses semelles écrasant la fine couche de neige de la cour et les cailloux en dessous, elle avança vers la grange et la forme immobile à l'intérieur.

Assis dans son fauteuil, César Bolcán semblait l'attendre. Il ne bougeait pas le moins du monde.

Elle se dit qu'il devait la regarder approcher du fond de l'ombre, tel un animal dans son terrier. Elle ne distinguait ni son visage ni ses mains. Rien qu'une vague forme noire. Une créature mi-homme, mi-machine. Un centaure mécanique.

Est-ce qu'il était armé de son côté ? Est-ce qu'il attendait qu'Ángel entre en action ? Le froid se plaquait comme un masque sur les joues de Lucia tandis qu'elle sentait un foyer de chaleur concentré au creux de sa nuque, et une légère palpitation dans sa poitrine.

Elle s'efforça de respirer lentement. Tous ses muscles néanmoins plus tendus qu'à l'ordinaire.

— Bolcán, levez les mains ! cria-t-elle. Levez les mains !

Pas de réaction. Bon sang. À quoi il jouait ? Et où était l'autre ?

— Lève tes mains, fils de pute !

Pas de réaction. Elle fit un pas de plus. Un deuxième. Quelque chose clochait. *La tête était trop loin du fauteuil*. Comme si César Bolcán se fût soudainement transformé en géant ou eût été étiré comme un chewing-gum par une force mystérieuse.

Quelques flocons descendaient entre la maison et la grange quand elle atteignit le seuil de celle-ci. Elle pénétra dans l'ombre épaisse des planches, l'arme toujours braquée sur le garde civil, qui ne bougeait pas d'un millimètre.

Dans un premier temps, elle ne comprit pas vraiment ce qu'elle voyait. Bolcán flottait à plusieurs centimètres du fauteuil, sans rien sous ses fesses ni sous ses jambes, dont les mollets touchaient le bord avant du siège ! On aurait dit un fakir de music-hall dans un numéro de lévitation. Après Sergio suspendu dans les airs, quel était ce nouveau prodige ?

Puis elle finit par distinguer la corde qui montait verticalement de sa nuque jusqu'à la charpente et le dispositif sous cette dernière : un palan, semblable à ceux qu'on trouvait naguère dans de nombreuses granges, c'est-à-dire deux grosses poulies en bois reliées entre elles par une corde s'enroulant plusieurs fois autour de chacune, le tout placé au-dessus d'un grand crochet en acier auquel était attachée la deuxième corde – celle qui avait servi à pendre César Bolcán. Ce genre de palan décuplait la force de celui qui tirait, lequel n'avait aucun effort à faire.

Lucia comprit comment Bolcán avait procédé : il avait d'abord passé le nœud coulant autour de son cou avant de nouer la corde de celui-ci au crochet du palan descendu à sa hauteur. Après quoi, il avait tiré sur la deuxième corde, celle qui actionnait le palan. Jusqu'à ce que, sous l'effet de la traction, son corps décolle du fauteuil. Il l'avait alors immédiatement attachée à un gros clou et avait attendu les quelques dizaines de secondes nécessaires pour perdre définitivement connaissance.

César Bolcán s'était pendu... Comme Miguel Ferran... Sans quitter son fauteuil roulant... Un sacré exploit... Ce fils de pute avait décidé de dire adieu à ce monde plutôt que d'avoir à rendre des comptes pour ses crimes.

Lucia sentit la rage revenir. Elle eut envie de donner un coup de pied dans le fauteuil, mais c'était une pièce à conviction.

Elle ressortit de la grange, tomba nez à nez avec Salomón qui, le visage rubicond, tout essoufflé, sursauta, puis baissa les yeux sur l'arme qu'elle brandissait toujours devant elle.

— Bon Dieu, qu'est-ce qui se passe ici ? Tout va bien ?

Sans prononcer un mot, elle lui fit signe de la suivre à l'intérieur.

— Seigneur ! s'exclama-t-il en découvrant le fauteuil et le pendu.

Elle lui dit ce qu'elle avait trouvé dans la maison. Salomón resta un long moment silencieux.

— Tu crois que c'est lui qui a fait disparaître l'enfant du couple des tunnels ? demanda-t-il.

— Qui d'autre ?

— Mais il a dit qu'il avait l'impression d'avoir toujours vécu dans ce fauteuil. Ça fait donc longtemps qu'il est dedans. Il faudra vérifier. À supposer qu'il ait tué le couple des tunnels, comment pourrait-il être le meurtrier des deux autres couples dans cet… état ?

— Il y a Ángel… Il aurait pu l'aider…

Des nuages volatiles s'élevaient devant leurs lèvres tandis qu'ils parlaient dans l'ombre glaciale. Salomón promena autour de lui un œil inquiet.

— Où est-il passé, celui-là ? Tu en as une idée ?

— Aucune.

Le criminologue secoua la tête.

— Il y a quelque chose qui cloche. L'homme que nous cherchons *nous connaît*, il a voulu nous mêler à cette histoire, il nous manipule depuis le début comme des marionnettes. Tu es sûre de n'avoir jamais vu César Bolcán avant ? demanda-t-il en désignant le cadavre.

— Avec un visage pareil, je m'en souviendrais. Sûre à 100 %. Idem pour Ángel. Et toi ?

— Même chose…

Elle distingua le regard perçant de l'universitaire dans la pénombre : deux éclats de mica.

— Il est évident que l'homme que nous cherchons est intelligent, manipulateur, extrêmement doué pour le jeu d'échecs, dit-il. Et que Bolcán était sans doute tout cela. Malgré ça, je ne vois pas pourquoi il aurait voulu nous entraîner là-dedans alors qu'il ne nous connaissait pas. Il y a un truc qui ne colle pas.

Elle le fixa, songeuse, transpercée par le froid humide qui régnait dans la grange.

— César Bolcán et un autre ?

Elle pensa aux hommes sur les photos. Il acquiesça d'un mouvement de tête.

— Possible…

Elle sortit son téléphone.

— Il faut prévenir Bustamante. Qu'il joigne la *dependencia* de Barbastro. On va leur dire qu'on a trouvé Bolcán comme ça et, bien sûr, je ne suis jamais entrée. J'ai aussi pris ça, dit-elle en brandissant le carnet qu'elle gardait dans sa poche.

— Qu'est-ce que c'est ?

— Le journal d'un pédophile nommé César Bolcán s'adonnant à sa perversion en compagnie d'autres ordures comme lui.

Elle se dirigea vers la maison.

— Je vais le remettre en place avant que la cavalerie n'arrive pour que la police scientifique tombe dessus. Il faut aussi que je remette un peu d'ordre là-dedans et que je vérifie une dernière fois que je n'ai laissé mon sang nulle part. Et puis, il y a la porte de l'armoire et la trappe : elles doivent rester ouvertes. Ça les aidera à trouver ce qu'il y a à trouver… Pas de temps à perdre…

Il écarquilla les yeux.

— Quelle porte d'armoire ? Quel sang ?

— Je t'expliquerai.

37
Lundi soir

Il faisait nuit. Les projecteurs illuminaient l'intérieur de la grange comme une scène de théâtre. César Bolcán était toujours pendu à sa corde, au-dessus du fauteuil, dans son étrange position.

Quand ils avaient allumé les lumières, Lucia avait constaté que sa langue violacée, presque noire, émergeait, tel un bout de viande avariée, au milieu de sa face bicolore et qu'il avait vidé ses intestins dans son pantalon. De ses yeux bleu pâle exorbités, le garde civil semblait fixer les membres de la police scientifique venus de Barbastro ou de Huesca qui s'agitaient autour de lui.

Lucia retourna dans la cour. La même activité régnait dans la maison, dont on avait ouvert portes et fenêtres, lesquelles plaquaient sur la neige bleutée des flaques de lumière tandis que des silhouettes en combinaison blanche entraient et sortaient.

Quelques minutes plus tôt, Lucia avait appelé Peña à l'UCO. Son patron était tombé des nues.

— Je te croyais en congé, avait-il dit.

— Disons que les circonstances m'ont conduite à enquêter dans le haut Aragon. Ces gamins de l'université de Salamanque et leur professeur ont fait un travail remarquable. (Elle venait de lui faire un résumé de ce qu'avait trouvé DIMAS et des derniers jours.) Grâce à eux, on sait maintenant que le meurtre de Sergio est lié à d'autres. Je ne pouvais quand même pas négliger une telle piste.

— Tu aurais pu la laisser à Arias. Tu comptais nous en parler quand ?

— Je suis en train de le faire.

Elle l'avait entendu soupirer.

— Merde, Lucia, on est une équipe, je te rappelle ! T'en as pas marre de faire cavalier seul ?

— Je ne suis pas seule, il y a le professeur Borges.

— Qui ne fait pas partie de l'unité, avait précisé Peña au téléphone. Qui n'a pas la formation requise. Qui est juste un universitaire hors sol, coupé du réel. Et qui n'est pas habilité à mener une enquête, je te rappelle.

— Peña, sans le professeur Borges et ses étudiants, on en serait au même point, c'est-à-dire nulle part ! On devrait plutôt récapituler ce qu'on a et voir où ça nous conduit au lieu de se demander qui fait quoi !

— Guerrero, avait répondu son chef avec une colère froide, tu ne dois pas mener cette enquête toute seule. De fait, tu ne devrais même pas la mener compte tenu de tes liens avec la victime.

— Je ne fais que parler à des gens, poser des questions, c'est tout.

— Tu viens de trouver un cadavre, nom de Dieu ! On va dire quoi au juge ? Que tu passais dans le coin ?

— Heureusement qu'on l'a trouvé. Sans quoi il se serait fait boulotter par les animaux du secteur avant que quelqu'un tombe dessus.

Elle s'était demandé une fois de plus où était passé Ángel.

— Bolcán avait un aide à domicile, avait-elle ajouté. Un type prénommé Ángel. Un petit dealer de beuh, de coke et d'anabolisants. Un sale type. Il a disparu. Il faut qu'on le retrouve le plus vite possible… La Guardia Civil de Graus connaît sûrement son identité.

— Très bien, avait dit Peña. Je vois ça avec eux.

Elle avait songé qu'il faudrait aussi que quelqu'un avertisse la section des crimes contre les mineurs de l'UCO. Elle le signalerait à Bustamante une fois qu'ils auraient passé la maudite baraque au peigne fin, et elle l'inviterait à entrer lui-même en contact avec la section.

— Lucia ? avait aussi dit Peña au bout du fil. D'accord : on continue comme ça. Toi avec ton prof, moi avec Arias et l'unité. Mais je veux être mis au parfum de l'avancée de vos recherches, tu fais un rapport quotidien à Arias, et ton universitaire est là en tant qu'observateur, c'est bien compris ?

— Oui, patron.

— Tu es prête pour après-demain ?

Elle s'était raidie.

— À ton avis ?

Brusquement, le sang bourdonna à ses tempes. Comment aurait-elle pu l'être ? Elle revit Francisco Manuel Mélendez déguisé en femme dans les toilettes de l'autoroute, la blonde au rouge à lèvres trop voyant, vêtue d'une robe également rouge, se jetant sur elle tel un serpent qui frappe. Elle savait qu'il attendait le procès en première instance avec impatience au fond de sa cellule.

Son avocat avait promis des révélations. Il allait tout faire pour la salir, pour la présenter comme une personne instable, incontrôlable, avide de publicité. Qui avait agressé son client et non l'inverse. C'est ce qu'elle aurait fait à sa place. Il n'y avait pas d'autre stratégie.

Non, elle n'était pas prête…

Elle se fit la réflexion – étrange, inattendue – *qu'elle aurait aimé que son frère soit là…*

C'était bizarre de penser ça. Mais elle vit tout à coup Rafael assis derrière elle dans la salle du tribunal, sa haute silhouette maigre sur l'un des bancs, incliné en avant, attentif, sourcils froncés, se penchant pour murmurer à son oreille : « T'en fais pas, sœurette, ça va aller. »

Et elle sut que c'était à lui qu'elle devrait songer pour trouver la force.

CINQUIÈME PARTIE
MÉTAMORPHOSES

38
Mardi matin

Salomón Borges prenait son petit déjeuner en lisant le journal dans la cuisine de son appartement, au dernier étage du Dania Palace, le lendemain. La cuisine donnait sur une grande terrasse, avec un beau panorama embrassant les toits et les campaniles de Salamanque, où il avait coutume de prendre son café au printemps, en été et en automne. Mais il faisait trop froid désormais.

Il fit tourner la cuillère dans sa tasse. Il trempait d'ordinaire dans son café matinal des *amaretti morbidi*, des petits gâteaux italiens aux amandes qu'il faisait venir des Abruzzes.

Uniquement parce qu'il aimait ce terme : *morbidi* – qui, en italien, veut dire mou, tendre, mais en espagnol suggère quelque chose de pathologique, de malsain.

Il tournait les pages du journal quand il tomba sur l'article :

DEMAIN COMMENCE LE PROCÈS
DE FRANCISCO MANUEL MÉLENDEZ,
LE TUEUR AU MARTEAU

Demain, mercredi 20 novembre, s'ouvrira devant la section pénale n° 7 de l'audience provinciale de Madrid, rue Santiago-de-Compostela, le procès en première instance de Francisco Manuel Mélendez, plus connu sous les surnoms du « boucher de l'autoroute », de « F2M » et du « tueur au marteau ».

On attend la présence et le témoignage de la lieutenante de l'UCO Lucia Guerrero, rendue célèbre par cette affaire. C'est en effet elle qui a procédé, dans des circonstances particulièrement violentes et non encore totalement élucidées, à l'arrestation de F2M. Francisco Mélendez risque la peine maximale, c'est-à-dire la prison permanente révisable, telle qu'introduite par la réforme du Code pénal de 2015 pour les crimes les plus graves, avec un minimum de vingt-cinq ans d'emprisonnement. Le verdict, quel qu'il soit, ne sera pas définitif, puisque la défense pourra se porter devant le Tribunal supérieur de justice de Madrid, et, le cas échéant, devant la Cour suprême. L'avocat de la défense, Mᵉ Rubio, a promis des révélations…

« *Dans des circonstances particulièrement violentes et non encore totalement élucidées* » : Salomón reconnaissait bien là un exemple typique de perfidie journalistique, une manière assez sournoise de mettre l'eau à la bouche des lecteurs avant le procès.

Quelles révélations ? se demanda-t-il. Est-ce que ça inquiétait Lucia ? Sans l'ombre d'un doute. Seul quelqu'un qui n'avait jamais eu affaire à la justice aurait pu se présenter l'âme en paix devant un tribunal. Il referma le canard quand il entendit des pas dans le couloir.

— Bonjour, dit Lucia en entrant dans la cuisine.

— Bien dormi ?

Ils avaient roulé une partie de la nuit, s'étaient relayés au volant. Quand ils étaient arrivés à Salamanque aux alentours de 3 heures du matin, il lui avait offert le gîte et le couvert.

Elle ne répondit pas. En réalité, elle avait à peine fermé l'œil, écartelée qu'elle était entre la tension née du procès imminent et la tristesse mêlée de rage et de dégoût que lui inspirait le souvenir du dortoir pour enfants dans la *finca*. Sans parler de son envie d'appeler Álvaro. Elle fonça droit sur la cafetière.

— Les tasses sont au-dessus, dit-il. Il y a un paquet de biscuits à côté et le sucre est sur la table.

Il la regarda ouvrir le placard, attraper une tasse, s'asseoir et mettre deux sucres dans son café. Elle était dure, mais elle aimait la douceur, constata-t-il.

— Belle vue, commenta Lucia en se tournant vers la terrasse. C'est moi ou il ne fait pas chaud ?

— Dix-neuf degrés. Je n'aime pas mettre le chauffage trop fort. Ça ramollit le cerveau et ça abîme la planète.

— Si tu le dis… Je vais confier aux experts la lettre qu'on m'a remise à l'hôtel, enchaîna-t-elle. Même si je doute que notre homme ait laissé des traces, on va tout passer en revue : origine du papier, type d'imprimante…

Mais avant tu crois qu'on peut éclaircir cette affaire de citation ?

Il hocha la tête.

— On va voir une libraire de ma connaissance. Elle saura peut-être d'où sort la phrase.

— Tu n'as pas cours ?

Il sourit.

— Je suis *catedrático* à l'université, pas instituteur.

La Librairie La Galatea ouvrait à 10 h 30. Il était 10 h 21. Ils attendirent dans la rue Libreros glaciale et brumeuse en battant le pavé. À 10 h 29 précises, une femme mince, dans la cinquantaine, s'approcha d'eux d'un pas rapide.

— Salomón ? dit-elle en le regardant par-dessus ses demi-lunes. Tu es si pressé de m'acheter des livres ce matin ?

— J'ai besoin d'un livre en particulier, répondit-il.

Elle ouvrit la boutique. Ils remontèrent l'étroit vestibule, tournèrent à gauche pour entrer dans la librairie proprement dite.

— Quel livre ?

— *Les Métamorphoses* d'Ovide… ça te parle ?

La libraire le foudroya du regard à travers ses lunettes embuées. Elle avait un visage sec et allongé.

— Tu me prends pour qui ? Je crois que j'en ai deux éditions.

Il prit des mains de Lucia le sachet transparent contenant le mot qu'elle avait reçu, le tendit à la femme.

— Qu'est-ce que c'est ? demanda-t-elle.

— Est-ce que tu crois que ça sort des *Métamorphoses* ? Ce passage-là…, ajouta-t-il en montrant la fin du texte.

Elle se pencha, lut, hocha la tête.

— C'est possible. Laissez-moi chercher un peu…

Sur une étagère tout en bas, elle piocha trois volumes in-quarto en maroquin bleu avec triple filet doré encadrant les plats, et les feuilleta tellement longtemps que Lucia commença à avoir des fourmis dans les jambes.

— Voyez. C'est là. *Tu es ma douleur et mon forfait ; il faut inscrire sur ta tombe que c'est ma main qui t'a tué ; c'est moi l'auteur de ta mort. Et pourtant quel est mon crime ? À moins qu'on puisse dire que c'est un crime de jouer, un autre d'aimer.* C'est dans *La Mort de Hyacinthe.*

— Adrián a parlé de *La Mort de Hyacinthe* quand il a fait sa recherche d'images dans Google, se souvint Lucia.

— Ce n'est pas exactement la même traduction, fit-il remarquer, penché sur le texte, comparant celui-ci à la lettre anonyme. Certains mots diffèrent.

— C'est celle que j'ai.

— Tu as parlé de deux éditions…

Elle passa dans la pièce d'à côté, revint avec un autre exemplaire, un énorme in-folio relié pleine basane, qui devait bien peser ses trois kilos. Elle le manipula maladroitement.

— Désolée, dit-elle après avoir cherché le conte correspondant et comparé ce dernier à la phrase écrite sur la feuille, cette traduction n'est pas la bonne non plus.

Il se tourna vers Lucia.

— Ou ça a été traduit du latin par la personne qui a rédigé le mot ou il existe d'autres traductions…

La libraire les observait par-dessus ses verres demi-lune avec l'acuité d'un faucon hobereau convoitant une hirondelle.

— Ce mot, dit-elle, de quoi il s'agit au juste ?

— Désolé, Paloma, fit Salomón. C'est une affaire hautement sensible. Lucia est de l'UCO : ça a un rapport avec une enquête criminelle…

— Je vois, commenta la libraire avec un sourire ironique tout en jetant un coup d'œil à l'arme que Lucia portait sur la hanche, on joue les Maigret ou les Mike Hammer en compagnie de la Guardia Civil… Tu ne cesseras jamais de me surprendre, Salomón.

— Tu ne crois pas si bien dire ! lança-t-il en se dirigeant vers la sortie.

Une fois dans la rue, il se tourna vers Lucia.

— La bibliothèque de la faculté de droit. Il y aura peut-être une autre édition là-bas. On sait maintenant que la citation vient bien des *Métamorphoses*, et César Bolcán en avait deux exemplaires chez lui.

— Si on avait su où chercher à ce moment-là, on aurait pu vérifier si les traductions correspondaient, dit-elle. Je vais prévenir Bustamante, m'assurer qu'ils mettent les exemplaires de Bolcán sous scellés.

Ils quittèrent la rue Libreros par la rue Traviesa, se faufilèrent à travers le dédale aux pavés luisants, remontèrent l'avenue de los Maristas en direction du bâtiment de la faculté de droit.

À trois reprises – place San Blas, rue Espejo et au carrefour du *paseo* de San Vicente et de l'avenue de los Maristas –, ils aperçurent des affichettes collées sur des réverbères ou sur les murs. Le titre en était assez gros pour attirer le regard :

UN VIOLEUR S'EN PREND AUX ÉTUDIANTES

SVP, ne sortez pas seules la nuit, toujours en groupe.

— Qu'est-ce que c'est que ça ? demanda Salomón.

Lucia s'approcha.

— Ce sont des feuilles A4 tirées d'une imprimante, estima-t-elle. C'est peut-être un canular. Ou alors ça a été placardé par des étudiants. Il faudra se renseigner auprès de la Guardia Civil. Tu crois que ça pourrait avoir un rapport avec notre affaire ? demanda-t-elle en reprenant sa marche.

— Pourquoi ça en aurait ? Il y a eu deux mille « agressions sexuelles avec pénétration » – c'est comme ça qu'on les appelle officiellement – cette année en Espagne. Elles ont augmenté de 10 % par rapport à l'année précédente. Dix pour cent d'augmentation, c'est énorme. À moins qu'il y ait davantage de dépôts de plainte. C'est possible. Bref, qu'il y ait des prédateurs fréquentant les boîtes de Salamanque à la recherche d'étudiantes ayant un peu trop bu et vulnérables, ça n'aurait rien d'étonnant. On cherche un tueur en série, pas un violeur.

Ils marchaient vite le long de l'avenue, à cause du froid comme de leur impatience.

La bibliothèque Francisco-de-Vitoria était un bâtiment moderne tout en longueur accolé perpendiculairement au flanc arrière de la faculté de droit. On pouvait y accéder en passant par celle-ci, c'est ce qu'ils firent.

— Il y a là-dedans plus de 200 000 livres, dit Salomón en grimpant l'escalier intérieur qui menait à l'accueil au premier étage.

Salomón s'approcha des trois femmes assises derrière le comptoir et demanda à parler à la directrice.

— De la part de qui ? finit par dire une des trois.

— Dites-lui juste que c'est Salomón.

Elle se leva sans hâte excessive, disparut dans le couloir à droite du comptoir avec la même lenteur. Deux minutes plus tard, une femme brune apparut. Grande, vêtue d'une combinaison en cuir noir très près du corps et de bottes qu'on aurait dit tout droit sorties de la série *Los Vengadores*[1], maquillée avec un art consommé, elle avait l'air de tout sauf d'une bibliothécaire.

— Mon cher Salomón, dit-elle.

Elle dépassait Lucia de quinze bons centimètres, Salomón de dix.

— Vanessa, dit Salomón avec, dans la voix, une émotion que Lucia ne lui connaissait pas, ça fait un bail.

Elle était mince, avec un corps remarquablement proportionné, mais Lucia distingua des pattes-d'oie au coin des yeux et quelques rides autour de la bouche. Elle posa son regard brun sur Lucia comme si elle contemplait un beau vase chinois dans la vitrine d'un antiquaire.

— Je te présente Lucia Guerrero, dit Salomón, elle est de l'UCO…

— De l'UCO ?

La directrice de la bibliothèque tendit une main étonnamment grande et forte et garda celle de Lucia dans la sienne un peu trop longtemps.

---

1. *Chapeau melon et bottes de cuir*, en français.

— Qu'est-ce qui amène une enquêtrice de l'UCO dans nos locaux ?

— On cherche un ouvrage, répondit Lucia.

— Quel ouvrage ?

— *Les Métamorphoses*, dit Salomón.

— Ovide ? Quel rapport avec une enquête de l'UCO ?

— C'est un peu compliqué…

— Si vous voulez que je vous aide, va falloir m'en dire un peu plus.

Salomón échangea un coup d'œil avec Lucia, qui hocha la tête.

— Nous avons reçu un message anonyme qui reprend une citation des *Métamorphoses*. Mais nous n'avons pas encore trouvé le livre où l'auteur du mot a puisé sa traduction. Identifier l'ouvrage pourrait nous aider à remonter jusqu'à lui…

— Je vois. Je suppose que, pour attirer l'attention de l'UCO, l'auteur de ce message a fait autre chose que vous écrire. Je vais voir ce qu'on a dans notre base de données…

— Est-ce que tu pourrais également regarder dans TESEO ? demanda Salomón.

TESEO était la base de données des thèses de doctorat.

— Pas de problème, venez avec moi.

Ils remontèrent le couloir à côté de l'accueil jusqu'à une porte sur la gauche. Le bureau de la directrice était décoré d'affiches de films : *Genius*, le biopic sur Max Perkins, l'éditeur qui avait découvert Hemingway, Fitzgerald et Thomas Wolfe, *Truman Capote*, *Rimbaud Verlaine*, *Shakespeare in Love*, *Tolkien*. Quand l'amazone s'assit à son bureau encombré de paperasse, le cuir de sa combinaison craqua. Elle se mit aussitôt à pianoter.

— On a deux exemplaires, deux éditions différentes, dit-elle en notant les références sur un Post-it avant de se lever. Suivez-moi.

Ils repassèrent devant l'accueil, les talons de Vanessa claquaient impérieusement sur le sol. Ils débouchèrent sur un vaste espace qui évoquait le pont d'un bateau : deux longues galeries parallèles surplombant l'immense bibliothèque. Une belle lumière d'automne traversait la verrière du toit et Lucia se serait crue à bord d'un paquebot transatlantique contemplant le pont inférieur pendant une traversée. Le long des galeries supérieures se trouvaient aussi des box, où des étudiants assis devant des tables se penchaient sur leurs travaux.

Marchant jusqu'à un box vide, Vanessa fureta un moment, tira un livre des rayonnages et le tendit à Salomón, qui s'assura d'abord qu'il ne s'agissait pas d'une des éditions de La Galatea avant de se mettre à le feuilleter.

— Pas la bonne non plus, conclut-il en le refermant, déçu.

— L'autre est dans la réserve, au sous-sol. Venez avec moi.

Cette femme adore donner des ordres, songea Lucia. Est-ce qu'il lui arrivait de recourir dans l'intimité au fouet et au bâillon-boule ? Repassant devant l'accueil, ils redescendirent au rez-de-chaussée, où ils empruntèrent un escalier débouchant sur une salle au plafond bas éclairée par des rangées de néons. Une sorte de dépôt souterrain niché dans les entrailles de la bibliothèque. Des étagères bleues, des milliers de livres, du silence. Pas le genre d'endroit où on aimait descendre passé une certaine heure.

— Les ouvrages de la réserve sont uniquement accessibles sur demande aux chercheurs et aux étudiants de troisième cycle, précisa Vanessa.

Sur leur gauche se trouvaient de grandes armoires en métal gris montées sur des rails qu'on manœuvrait à l'aide de volants noirs. Vanessa jeta un coup d'œil à la référence qu'elle avait inscrite sur le Post-it, tourna le volant placé en dessous de la mention « 2b ». Aussitôt, deux des armoires s'écartèrent, glissant sur leurs rails, ménageant un espace étroit entre elles, dans laquelle la bibliothécaire s'introduisit. Elle prit un ouvrage parmi les rangées de livres.

— Tiens, dit-elle en le tendant à Salomón, qui s'était pareillement introduit dans l'espace étroit.

Il s'en empara, fit défiler les pages, s'arrêta et se mit à lire consciencieusement en effectuant des allers-retours entre le texte et la lettre anonyme. Lucia vit ses sourcils buissonneux se froncer à mesure qu'il avançait dans sa lecture. Elle sentit la tension la gagner.

— C'est bien cette traduction, dit-il. Il s'agit d'une édition bilingue latin-espagnol de 1969, commenta-t-il ensuite d'une voix étonnamment émue en regardant la page de garde et la couverture cartonnée. Éditions Alma Mater… Il doit y avoir longtemps qu'on ne trouve plus cette édition en librairie ni dans les médiathèques.

Lucia comprit où il voulait en venir.

— Serait-il possible que l'homme que nous cherchons ait trouvé sa citation précisément dans cet exemplaire-ci ? Qu'il soit venu dans *cette* bibliothèque ?

Un silence suivit. Chacun soupesait les implications d'une réponse affirmative à cette question.

— Ce n'est pas une édition si rare que ça, nuança Vanessa. Un particulier un peu âgé, un bouquiniste ou une autre bibliothèque pourrait très bien être en possession du même ouvrage…

— Tu as les noms de ceux qui l'ont consulté récemment ? demanda le criminologue à Vanessa.

La directrice hocha la tête.

— Bien sûr. Ils ne doivent pas être si nombreux.

Ils remontèrent dans son bureau. Lucia et Salomón patientèrent en silence tandis que l'amazone revêtue de cuir pianotait sur son clavier. Ils attendaient qu'elle leur sorte un nom comme un prestidigitateur tire un lapin de son chapeau. Qu'elle leur fasse un tour de magie qui consisterait à leur donner enfin *le* nom…

Celui sur lequel ils pourraient mettre un visage. Un nom pour leur traque et un nom pour DIMAS. Lucia se dit qu'avec sa combinaison en cuir et sa prestance cette femme était bien du genre à accomplir un tel prodige.

39
Mardi matin

Lucia raccrocha, regarda Salomón.

— Il n'est pas dans INTPOL.

INTPOL était le fichier des antécédents judiciaires de la Guardia Civil, établi conformément à l'ordonnance du ministère de l'Intérieur INT/1202/2011 du 4 mai 2011, réglementant les fichiers du ministère qui contenaient des données personnelles. Le criminologue grimaça.

— Très bien, allons-y, lança-t-il tout en se remettant en marche dans les couloirs de la faculté de droit.

Lucia devina à la façon dont il rentrait la tête dans les épaules qu'il était tendu. La base de données de la bibliothèque Francisco-de-Vitoria avait rendu son verdict : au cours des trois dernières années, une seule personne avait consulté la traduction des *Métamorphoses* stockée dans la réserve. Un collègue de Salomón, le professeur Alfredo Güel.

Salomón connaissait bien Güel.

Il savait par exemple que son collègue rêvait de prendre sa place. Qu'il lui enviait aussi le lien que Salomón parvenait à créer avec ses étudiants pendant ses cours. En même temps qu'il critiquait dans son dos le côté peu académique de ces derniers. Mais cela ne faisait pas de lui un tueur en série pour autant.

— C'est ici, dit le criminologue d'une voix lugubre.

Il poussa la porte. Güel était assis derrière un petit bureau sur l'estrade, en bas de la salle de classe en pente. Il corrigeait des copies. Il leva la tête en entendant le grincement de la porte et parut surpris de voir son collègue.

— Salomón ?

— Salut, Alfredo. Je te présente la lieutenante Lucia Guerrero de l'UCO. Elle aurait quelques questions à te poser.

— De l'UCO ? dit Güel, tout étonné, en délaissant ses copies et en les regardant descendre l'allée centrale.

Lucia vint s'asseoir dans la première rangée, à droite de l'allée, très exactement face au professeur, comme si elle était une étudiante assistant à son cours. De cette manière, elle le dominait et l'obligeait à lever les yeux. Elle avait en outre un point de vue parfait pour observer ses moindres faits et gestes.

Salomón prit place dans la même rangée, mais à une bonne dizaine de sièges de distance sur sa gauche, de l'autre côté de l'allée. Et Lucia comprit ce qu'il faisait : de cette manière, Alfredo Güel ne pouvait les avoir tous les deux en point de mire en même temps.

— Nous enquêtons sur une affaire de meurtre, dit-elle.

Elle ne donna pas plus d'explications et le prof s'abstint de toute question. Il semblait attendre de voir ce qu'on lui voulait. Il jeta un bref coup d'œil à sa belle montre Omega Speedmaster – comme pour leur signifier qu'il n'avait pas que ça à faire. Il avait une grosse attelle bleu foncé autour du poignet et du pouce.

— Vous aimez les sports de montagne ? lui demanda-t-elle soudain d'un ton détaché.

Güel ouvrit de grands yeux derrière ses lunettes.

— Oui, pourquoi ?

— Vous connaissez le secteur de la Ribagorza ?

— Non, c'est où ?

— Province de Huesca, sur la route de Benasque, dans les pré-Pyrénées.

— Ah oui, je suis allé par là une fois… Bonne station de ski, Cerler.

— Quand ça ?

— J'aurais du mal à le dire… Ça fait très longtemps…

— Plus de vingt ans ?

Cette fois, Güel parut interloqué.

— Hein ? Je ne sais pas, je vous dis… C'est possible…

— C'était en été ou en hiver ?

— En été, il me semble. Oui. En été.

— Alors pourquoi mentionner une station de ski ?

— Quoi ? Je ne sais pas… Comme ça.

— Vous avez fait quoi là-bas si vous n'avez pas skié ?

L'universitaire avait l'air de plus en plus décontenancé par la tournure que prenaient les choses.

— Du rafting, du canyoning, de l'escalade… Mais je…

— Le lac de Barasona, près de Graus, vous connaissez ?

— Le… ? Je ne sais pas… peut-être… Il y avait beaucoup de lacs dans la région, je me souviens… J'ai oublié leurs noms.

— Vous vous êtes baigné ?

— Je vous ai dit que j'avais fait du canyoning.

— Il y avait des tunnels ? Vous vous souvenez si vous avez emprunté des tunnels ?

Le regard de Güel allait de Lucia à Salomón et retour, comme s'il suivait un match de tennis.

— Hein ? Mais à quoi vous jouez à la fin ? Il s'est passé quelque chose dans la région ? Quel rapport ça a avec moi ?

— Vous connaissez Benalmádena ? poursuivit Lucia sans tenir compte de la remarque.

Il poussa un profond soupir.

— De nom. Je n'y ai jamais mis les pieds. Trop de béton et de touristes à mon goût…

— Et Ségovie ?

— Quoi, Ségovie ? Évidemment que je connais Ségovie ! C'est à moins de deux heures de route d'ici !

— Gabriel Schwartz, ce nom vous dit quelque chose ?

— Non ! Ça devrait ?

Il se tourna vers Salomón, lui jeta un regard affolé.

— C'est un interrogatoire ou quoi ? Salomón, tu peux m'expliquer ce qui se passe ici ?

— Tu as consulté *Les Métamorphoses* à la bibliothèque ? demanda le criminologue, ignorant la question.

Si la perplexité d'Alfredo Güel était feinte, c'était parfaitement imité, se dit Lucia.

— *Les Métamorphoses* ? D'Ovide ? Je ne les ai même pas lues ! J'ai d'autres centres d'intérêt… C'est quoi, toutes ces questions ?

— Et pourtant votre nom apparaît dans le registre de la bibliothèque Francisco-de-Vitoria, dit Lucia. Au début de l'année, vous avez demandé à sortir le livre de la réserve…

Güel parut stupéfait.

— Quoi ? Jamais de la vie !

Il prit une profonde inspiration.

— Je ne comprends rien à ce que vous me racontez ! (Il allait ajouter quelque chose quand il s'interrompit, parut réfléchir.) Attendez : de temps en temps, certains de mes étudiants de deuxième cycle ont besoin de sortir des livres accessibles seulement aux étudiants de troisième cycle. Alors il m'arrive de leur donner ma carte et ils consultent l'ouvrage en question en mon nom. C'est peut-être ce qui s'est passé. Mais je ne vois pas bien pourquoi un de mes étudiants aurait eu besoin de travailler sur… sur Ovide. Et quel rapport avec un… *meurtre* ?

— Et vous ne vous souciez pas de savoir quels livres vos étudiants consultent en votre nom ? dit Lucia.

Güel lui lança un coup d'œil de plusieurs mégatonnes.

— Depuis quand un livre est-il une arme ? La seule chose qu'ils puissent faire en mon nom dans une bibliothèque, c'est… *lire*. Et depuis quand l'UCO s'intéresse-t-elle aux emprunts de livres dans une bibliothèque universitaire ?

— Depuis que ceux-ci pourraient nous mener à un assassin, dit Lucia. Vous vous êtes fait quoi au poignet ?

Elle le vit clairement hésiter avant de répondre.

— Rien, je suis tombé sur la main, je me suis tordu le poignet, c'est tout. Un accident tout bête.

Il mentait. Toutes ces histoires sur le langage corporel étaient, pour la plupart, des foutaises. Comme cette légende qui voulait que 93 % de la communication soit non verbale. Une affirmation qui n'avait aucun fondement scientifique. Ou celle suivant laquelle on se touche le visage ou on regarde ailleurs quand on ment.

Cela pouvait simplement traduire un inconfort émotionnel de la part d'une personne plus impressionnable. Ou encore cette autre selon laquelle les psychopathes vous regardent toujours droit dans les yeux quand ils mentent parce qu'eux n'éprouvent pas d'émotions. Fadaises, foutaises. Tous ces soi-disant trucs de coachs et de gourous de la com ne fonctionnaient que dans les films ou les romans. Ce qui était beaucoup plus certain en revanche, c'est qu'un menteur donnait moins de détails et avait tendance à se répéter. En fait, ce n'était pas le langage corporel qui fournissait le plus d'informations, c'était au contraire ce que les gens disaient et la façon dont ils le disaient.

Blessé au poignet... dans quelles circonstances ?

Elle nota mentalement l'info. Son cerveau, habitué à classer, enregistrer, trier, fonctionnait à plein.

— Merci, docteur Güel, dit-elle en se levant.

— Merci, Alfredo, dit Borges.

— Salomón, tu m'expliques ce que ça veut dire ? lança dans leur dos l'universitaire avec une fureur contenue, tandis qu'ils remontaient l'allée en direction de la porte.

Le ton était agressif, presque accusateur.

— Plus tard, Alfredo… plus tard… Ton impression ? demanda-t-il une fois qu'ils eurent franchi la porte.

— Il cache quelque chose, c'est évident. La question, c'est : quoi ?

40
Mardi soir

— Qu'est-ce que c'est que cette histoire de viols ? Vous avez vu les affichettes ?

Salomón Borges regarda les membres de son groupe l'un après l'autre. Comme souvent, ce fut Assa Diop qui répondit la première :

— La rumeur circule que plusieurs étudiantes de l'USAL ont été agressées sexuellement en rentrant de soirée. Du coup, les filles évitent de sortir seules la nuit. Il y a même des étudiants qui proposent de former une sorte de milice qui patrouillerait dans les rues de la ville.

— Il y a eu une réunion dans un amphi de la faculté des sciences hier soir, ajouta Alejandro Lorca.

— Vous étiez présents ?

— On y était avec Assa et Cordélia, oui, répondit l'Espagnol. On n'avait jamais vu ça : il y avait plus de mille étudiants et certains ont dû rester dehors.

— Les esprits se sont vite échauffés, compléta la Danoise. Certains ont même parlé de mener une enquête parallèle et de régler son compte au violeur avant de le dénoncer anonymement à la police ou à la Guardia Civil.

— *Régler son compte*, ça veut dire quoi ? demanda Lucia, la mine sévère.

— L'envoyer à l'hosto, je suppose, répondit Alejandro, évasif. Personne ici n'a envie de se transformer en meurtrier…

Le silence plana pendant plusieurs secondes avant que Salomón ne reprenne la parole.

— Si j'apprends que l'un de vous a participé à cette milice, il sera immédiatement exclu du groupe, c'est compris ? Faire régner l'ordre, c'est le rôle de la police.

— Et si la police ne fait rien ? lança Verónica avec une véhémence et une audace qui les surprirent tous.

Salomón se tourna vers elle.

— Il faudrait déjà être certain que cette rumeur est autre chose qu'une rumeur, objecta le criminologue.

Il scruta l'étudiante sans cacher son étonnement, car Verónica n'était pas coutumière de ce genre de sortie.

— Ce n'est pas une rumeur, affirma-t-elle.

— Comment tu le sais ? demanda Assa, agacée.

Ils virent Verónica pâlir.

— Une amie très proche a été agressée par cet homme, répondit-elle, la voix tremblante, en détaillant la pointe de ses chaussures. Il l'aurait… violée si quelqu'un n'était pas intervenu…

Assa considéra le pansement qu'elle avait au front.

— Tu es sûre que ton amie ne te raconte pas des craques pour se faire mousser ? Il y a un paquet de mythos qui…

— J'EN SUIS SÛRE ! CE N'EST PAS UNE MYTHO !

Verónica avait presque crié. Tous se turent. Tous la fixaient.

— On est désolés, Verónica, commença Alejandro. On ne voulait pas…

Mais avant qu'il ait fini sa phrase, elle avait quitté la salle.

— Eh ben…, commenta Assa à mi-voix.

— Il s'est passé quoi, là ? dit Alejandro.

— Je ne sais pas mais je vais me renseigner, prononça Salomón d'un air préoccupé.

— On dit que le violeur a failli se faire choper il y a deux nuits, intervint Assa, qu'il l'a échappé de justesse.

— Qui dit ça ?

— Le bruit circule parmi les étudiants, répondit Haruki. Il vient de la faculté des sciences. Une étudiante en physique aurait été agressée dans sa piaule, mais un autre étudiant serait intervenu et aurait poursuivi le mec dans la rue.

— OK, conclut Lucia, qui s'était appuyée contre l'évier dans le fond, un peu à l'écart, le conseil donné sur ces affiches reste valable : ne sortez pas seules la nuit, les filles. Si vous ne vous sentez pas en sécurité, si vous avez l'impression que quelqu'un vous suit ou vous espionne, si vous avez la trouille, vous m'appelez. Quelle que soit l'heure.

Salomón leur fit ensuite un résumé de ce qu'ils avaient découvert à Graus et à Ségovie. Quand Lucia aborda les événements de la *finca*, elle vit leurs regards s'assombrir, se charger de colère. La voix de Salomón se fit plus forte :

— Je veux que chacun réfléchisse à ces nouvelles données et prenne des notes sur tout ce qui lui vient à l'esprit. Je sais que votre barque est déjà bien chargée, mais tant pis : vous dormirez encore moins que vous ne dormez déjà et surtout vous sortirez moins, je suis désolé.

Ils hochèrent la tête. À ce stade, il n'était guère besoin de les motiver. L'adrénaline courait dans leurs veines. Dans le halo de la table luminescente, les yeux de la petite bande brillaient sans que Lucia pût distinguer ce qui l'emportait de la curiosité, de l'excitation, de la rage ou de l'inquiétude.

— Ça vous inspire quoi ? voulut savoir Salomón.

— Il est cultivé, il lit beaucoup, avança Alejandro.

— Tu parles d'une évidence, persifla Ulysses.

— Quelquefois, les évidences ont besoin d'être exprimées à voix haute, le corrigea Assa.

— S'il s'est inspiré de tableaux, il travaille peut-être dans un milieu en rapport avec l'art, la peinture, suggéra Cordélia. Un conservateur de musée, un propriétaire de galerie…

— Un artiste…, renchérit Assa.

— On pourrait commencer par passer en revue sur Internet les œuvres d'art représentant une scène des *Métamorphoses*, proposa Haruki.

— Oui, bonne idée, approuva Lucia.

— Pour gagner du temps, on va attribuer à chacun une tâche, conclut Salomón. Assa et Alejandro, vous cherchez dans le texte à quels mythes peuvent correspondre les mises en scène, Haruki et Cordélia, vous faites de même avec les peintures que vous trouverez sur Internet… On sait déjà que l'une des mises en scène correspond à *La Mort de Hyacinthe*, mais on n'a pas encore les autres. Ulysses, tu vas introduire les nouvelles infos que nous avons dans DIMAS. Programme-le pour qu'il cherche s'il existe dans sa base de données d'autres crimes inspirés par une peinture ou par un texte…

Le criminologue savait que, chaque semaine, des fonctionnaires bénévoles de la Guardia Civil et de la police continuaient d'alimenter DIMAS en données nouvelles. Mais il faudrait encore des mois – et plus de moyens – pour que la base de données soit complète. Il frappa dans ses mains.

— On s'approche, les enfants. Alors, mettons les bouchées doubles.

— C'est parti ! lança Alejandro. À compter de maintenant, moins d'alcool, moins de fêtes et plus d'Ovide !

Il y eut quelques rires timides. Salomón tendit une clé et une carte à puce rouge sang à Lucia.

— C'est la clé du laboratoire et la carte qui te permettra d'accéder au bâtiment, dit-il. Te voilà membre officieux du groupe.

Elle fut étrangement émue. Il y eut une brève salve d'applaudissements.

— Marchons un peu, dit Salomón en sortant du bâtiment, j'aimerais te montrer quelque chose.

Il était 5 heures de l'après-midi et la lumière baissait rapidement. Il faisait frisquet quand ils atteignirent les rues étroites du centre. Passant non loin de la célèbre Casa de las Conchas – la « maison des coquilles » à la façade habillée de trois cents coquilles Saint-Jacques –, Lucia vit qu'il la ramenait vers l'endroit où ils étaient allés le matin : la rue Libreros. Mais ils passèrent sans s'arrêter devant la vitrine de La Galatea pour franchir, dix mètres plus loin, le porche du bâtiment historique de l'université et déboucher sur le cloître où, un peu plus de huit jours plus tôt, Salomón Borges avait appris que DIMAS avait trouvé quelque chose.

Lucia leva la tête pour contempler le grand séquoia qui s'élançait entre les façades. Si elle avait eu quelques notions d'architecture, elle aurait pu noter que le style prédominant était Renaissance avec des échos de gothique et de mudéjar. Et admirer la magnifique voûte sur croisée d'ogives sous laquelle elle venait de passer avant de pénétrer dans le patio.

— Par là, dit Salomón en tournant à droite dans la galerie à colonnes qui ceignait le cloître.

Il s'arrêta au pied d'un grand escalier, lui montra le bas-relief richement sculpté sur la balustrade de pierre.

— Cet escalier date du XVIe siècle et compte trois volées de marches, lui expliqua-t-il. Et trois bas-reliefs qui représentent les trois étapes de la vie : la jeunesse, la maturité et la vieillesse. Sur le premier bas-relief, nous avons la jeunesse, évoquée à travers une danse mauresque et une ambiance festive, des bouffons, une courtisane et des jongleurs. C'est une allégorie des périls et des tentations auxquels est confronté le jeune étudiant, et du déchaînement des passions qu'on connaît à cet âge.

Il gravit la première volée de marches, lui désigna la deuxième balustrade – qui formait un angle droit avec la première.

— Sur le deuxième bas-relief apparaît la maturité à travers l'opposition entre le Bien et le Mal. Ici, on a le Bien, incarné par un cavalier chevauchant une femme, métaphore du contrôle sur les passions, face à une femme chevauchant un homme, qui symbolise le péché.

Il vit Lucia tiquer et froncer les sourcils.

— Oui, je sais : c'est pour le moins… hum… sexiste. Mais on ne va quand même pas détruire un chef-d'œuvre du XVIe siècle à cause d'un tout petit bas-relief, non ? Il n'y a que les barbares qui détruisent les œuvres des civilisations précédentes au nom de leurs propres valeurs. Car, au fond, qu'est-ce qui nous garantit que nos valeurs d'aujourd'hui ne seront pas remises en cause dans les siècles à venir ?

Il grimpa encore quelques marches, jusqu'au troisième et dernier tronçon.

— Le troisième bas-relief symbolise la victoire sur les passions et sur le Mal à travers ce cavalier qui plante une lance dans un taureau.

Il se tourna vers elle. Il se tenait une marche plus haut et il la dominait dans l'ombre grandissante. En cet instant, elle le vit tel qu'il était : un vieux sage qui avait livré trop de combats, qui aspirait au repos, mais qui savait qu'il lui restait une dernière guerre à mener, la plus périlleuse de toutes.

— Nos étudiants, les merveilleux et si attachants membres de mon groupe, relèvent du premier bas-relief, dit-il. Toi, Lucia, du deuxième : la maturité. Et moi… eh bien, moi, j'entre dans le troisième, évidemment : la vieillesse… quoique j'aie parfois l'impression de ne pas dominer tant que cela mes passions et que je me sente la plupart du temps l'âme d'un adolescent…

Il afficha un sourire crispé.

— Mais ce qui nous intéresse, c'est *lui*. Celui que nous cherchons a près de cinquante ans ou davantage, si nous prenons en compte le premier crime. (Il montra les bas-reliefs et leurs allégories.) Il nous a menés où il voulait. Chaque pas que nous avons fait, il l'a décidé. Il nous manipule. J'y ai réfléchi. Peut-être que César Bolcán a été son complice pour le premier meurtre, mais cet endroit sinistre que nous avons découvert là-bas n'a rien à voir avec notre homme : les enfants ne l'intéressent pas. Ce sont les adultes, ses cibles, comme nous l'avons vu : de jeunes couples heureux, ou du moins qui affichent leur bonheur. C'est ce bonheur qu'il cherche à détruire. Son carburant, c'est la haine, l'envie, la jalousie.

Il redescendit une marche, se planta à sa hauteur, et elle put flairer son haleine mentholée. Elle vit qu'il tremblait violemment. Peut-être à cause du froid. Elle lut l'inquiétude et la tension dans son regard.

— Nous sommes son petit théâtre, ses marionnettes, dit-il d'une voix tendue à l'extrême. Je parierais qu'il n'est pas loin… pas loin du tout…

— Güel ? proposa-t-elle.

— Peut-être… Dans ce cas, il aurait été très jeune lors des premiers meurtres, mais pourquoi pas ? (Il montra de nouveau les bas-reliefs, avec leurs figures grotesques que l'obscurité buvait peu à peu, parla d'une voix plus basse, une voix solennelle qui émergeait du plus profond de l'ombre.) Quoi qu'il en soit, il doit s'agir de quelqu'un qui est fasciné par les images, les symboles et les textes classiques. Cette ville, tu l'auras constaté, est remplie d'images, de symboles et d'hommes semblables à celui que je viens de décrire. J'ai la conviction qu'il est *ici*, qu'il suit chacun de nos pas, que c'est *l'un d'entre nous*… Il nous faut réfléchir, Lucia, *à tous ceux que nous avons croisés*.

L'ombre s'était encore épaissie dans les coursives du bâtiment, se déposant sur les vieilles pierres comme une patine. Était-ce son humeur du moment ? Lucia eut l'impression que le crépuscule était plus bref, les ténèbres plus précoces ce soir-là.

— Rentrons, dit-il en la dévisageant. Je suis un vieux prof trop bavard et tu as besoin de te reposer.

41
Mardi soir

Des soldats avançant baïonnette au fusil, des canons, des chevaux, des tentes : plusieurs groupes se déployaient sur les collines. Prêts à l'affrontement.

— Ici, il y avait 375 chasseurs à cheval de la Garde, expliqua Salomón, là 48 mamelouks et 706 grenadiers. Ils chargèrent les Russes au cri de : « Faisons pleurer les dames de Saint-Pétersbourg ! » Il y avait en tout, ce matin-là, à Austerlitz, 65 000 hommes côté français et 85 000 pour la coalition austro-russe.

Lucia se penchait sur les petits soldats de plomb. Ils étaient une bonne centaine sur la maquette installée dans un coin du grand salon. C'était une vision de cimetière, se dit-elle. Ces petites figurines figées dans leur mouvement lui faisaient penser à toutes ces guerres des siècles passés qui n'en étaient qu'une seule : la guerre éternellement perdue de l'humanité contre la mort.

— Là, ce sont des fantassins de l'infanterie autrichienne, poursuivit-il, là un artilleur de la Garde impériale. Et là, bien sûr, c'est l'Empereur à cheval, avec son escorte de vingt chasseurs, repoussant une attaque des Cosaques.

Salomón parlait avec animation. Lucia sourit. Nul doute qu'il entendait les hennissements des chevaux, les cris des Cosaques chargeant dans la nuit, les cliquetis de la cavalerie et le claquement des oriflammes. Il dut deviner son amusement, car il lui adressa un clin d'œil.

— Assez parlé de ma marotte, si on buvait quelque chose ?

Il s'approcha des bouteilles et des carafes sur le buffet. Lucia choisit un scotch sans glace. Salomón prit une carafe ciselée contenant un cognac Grande Champagne premier cru. Il versa le cognac dans un verre ballon, s'assit dans l'un des fauteuils à oreilles ; Lucia s'était déjà laissée tomber dans l'autre.

— Avant, la plupart des assassinats et des crimes violents étaient faciles à comprendre, dit-il. Mari jaloux, meurtre crapuleux ou crise de folie, les mobiles étaient toujours les mêmes. Aujourd'hui, les choses ont changé. Violences gratuites, règlements de comptes, crimes sexuels, menaces de mort sur les réseaux sociaux : la violence est partout. Y compris dans nombre de nos actes, de nos paroles et des spectacles que nous regardons quotidiennement. La science et les techniques ont fait d'immenses progrès au service de l'enquête, mais les motivations sont devenues plus complexes, les passages à l'acte plus fréquents, les mobiles plus ténus, les freins juridiques à l'enquête plus nombreux. Résultat, alors que la technologie ne cesse de progresser, les taux d'élucidation ne cessent de baisser.

Il se leva. S'approcha de la bibliothèque. En tira les *Confessions* de saint Augustin dans une édition ancienne.

— Saint Augustin enseignait déjà qu'on peut faire le mal pour le mal, et que l'origine de ce mal gît dans la volonté et dans l'orgueil de l'homme.

Il rangea le livre, en prit un autre : *The Illustrated Stratford Shakespeare* aux éditions Chancellor Press.

— « Donc, voici l'hiver de notre déplaisir changé en glorieux été par ce soleil d'York » … *Richard III*. Tu l'as lu ? Non, c'est vrai, tu ne lis pas… (Il n'y avait aucun dédain dans sa voix : une simple constatation.) C'est l'histoire d'un roi difforme, bossu, machiavélique, qui assassine son propre frère, ses jeunes neveux et sa femme pour s'emparer du trône. L'homme que nous cherchons est difforme lui aussi. Mais *intérieurement*. Il est probable qu'il a été déformé par une enfance malheureuse. Combien de parents dysfonctionnels ont fabriqué des monstres ? Des milliers, sans doute…

— C'est commode de croire que les monstres enfantent des monstres, n'est-ce pas ? dit-elle. Et pourtant il y a aussi des monstres qui ont eu une enfance heureuse, qui ont été élevés par des parents aimants, Salomón.

Il sourit, rangea le gros volume, en prit un autre.

— *Les Cent Vingt Journées de Sodome* du marquis Donatien Alphonse François de Sade. Peut-être l'œuvre qui a été le plus loin dans l'insoutenable, la cruauté : viols, tortures, incestes, meurtres, pédophilie, coprophagie… Il y a tout chez Sade, qui était lui-même un esprit dérangé… Enfin, *Les Frères Karamazov*, ajouta-t-il en puisant un dernier volume, la rébellion contre Dieu devant la souffrance injustifiable des enfants… Tu crois au Mal, Lucia ?

— Profondément.

— Pourquoi ?

— Parce que je l'ai rencontré.

— Francisco Manuel Mélendez ?

Il la vit se tendre légèrement : le procès était imminent.

— Pas seulement…

— Combien de choses sur le Mal nous enseigne la littérature, commenta-t-il d'un ton rêveur. Mais je parie que ce n'est rien à côté de ce qu'on apprend en se confrontant réellement à lui, pas vrai ?

Il la couva du regard, en faisant tourner son cognac dans sa paume d'une manière quasi hypnotique. Puis il se leva, alla prendre un vinyle parmi les disques alignés contre la plinthe et le déposa sur la platine.

— *Elektra* de Richard Strauss, dit-il. (Il se tourna vers Lucia.) *Elektra* est un opéra qui conte l'assassinat d'Agamemnon par sa femme Clytemnestre et l'amant de celle-ci, Égisthe, puis, en représailles, le meurtre de Clytemnestre par son propre fils. Le chef d'orchestre Daniel Barenboim l'a qualifié de « cruauté en musique ».

Les premières notes s'élevèrent, sombres, dramatiques. L'esprit de Lucia s'évada. Elle pensa à ce livre dans les souterrains de la faculté de droit que le tueur avait peut-être consulté, au regard d'Alfredo Güel posé sur elle derrière ses lunettes, au violeur qui hantait les rues de Salamanque, au cadavre de César Bolcán pendu au-dessus de son fauteuil roulant, aux détails sordides du rapport d'autopsie qu'elle avait parcouru sur la colline de Ségovie, au dortoir pour enfants dans le sous-sol de la *finca*.

Elle pensa à Álvaro.

— Tu as une mine de déterrée, commenta Salomón d'un ton paternel après un silence. Si tu étais ma fille, je t'enverrais immédiatement au lit avec une infusion de tilleul et de fleur d'oranger et une bouillotte pour les pieds.

Elle sourit en sirotant son scotch.

— Mais je ne suis pas ta fille… Tu as des enfants ?

— Non. Begoña, ma défunte femme, n'en voulait pas.

— C'est elle sur la photo ?

Lucia montrait le cadre sur le buffet.

— Oui…

— Est-ce que c'est indiscret de te demander pourquoi elle n'en voulait pas ?

Il hésita.

— Un jour où nous pique-niquions dans une prairie, au début de notre relation, elle m'a demandé si je voulais des enfants. Je lui ai dit que je n'y avais pas encore réfléchi. Elle m'a alors déclaré que, si j'en voulais, je devrais me trouver quelqu'un d'autre. Parce qu'elle n'en voulait pas. Elle disait que ce serait un bien mauvais cadeau que de les faire naître dans un monde aussi laid.

Lucia jeta un nouveau coup d'œil furtif à la photo encadrée sur le buffet.

— Tu l'aimais beaucoup, n'est-ce pas ?

— Immensément… Je ne voudrais pas sombrer dans le sentimentalisme, mais il y a, dans la mythologie chinoise, un concept baptisé *tian shéng yi dui*, cela signifie « couple choisi par les cieux » : un dieu choisit à la naissance les relations prédestinées en reliant les futurs maris et femmes par un fil rouge. Cela rejoint le mythe platonicien de l'androgyne originel : l'humanité aurait été constituée à l'origine d'êtres ayant quatre bras, quatre jambes et deux visages, et Zeus les aurait coupés en deux parce qu'il craignait leur pouvoir, les condamnant à chercher leur part manquante. Ou encore le mythe juif du *Bachert* : la personne que Dieu t'a destinée, l'autre moitié de toi-même.

Il regarda le fond de son verre.

— J'ai toujours pensé que Begoña m'était destinée. Dès le premier instant où je l'ai vue. Que quelqu'un, quelque chose – Dieu, le destin, mais certainement pas le hasard – l'avait mise sur mon chemin de toute éternité. Que c'était écrit. Oh, je sais ce que les rationalistes, les spécialistes de la chimie du cerveau et les sceptiques m'objecteraient. Mais c'est parce qu'ils n'ont jamais rien vécu de tel.

À la grande surprise de Lucia, il se mit à fredonner :

— « *Why she had to go I don't know she wouldn't say, I said something wrong, now I long for yesterday* »... C'était une femme merveilleuse… Elle ressemblait à cette actrice d'Ingmar Bergman : Bibi Andersson. Tu as vu *Les Fraises sauvages* et *Le Septième Sceau* ? (Lucia fit signe que non.) C'était ce genre de beauté, nature, sans sophistication, futée, mais pas de celles qui jouent les intellos comme il y en avait tant à l'université. C'était une de mes étudiantes. Dès notre premier dîner, j'ai compris que ce serait elle la femme de ma vie…

Il reposa son verre ballon sur la table basse.

— Maintenant, je vais aller me coucher, si ça ne te fait rien. Et tu devrais dormir aussi. Bonne nuit, Lucia.

— Bonne nuit, Salomón.

— Ángel Benavente, dit Arias dans le téléphone. Condamné à des peines avec sursis pour trafic d'anabolisants et troubles à l'ordre public. Le dernier signal émis par son téléphone est à Lérida. Il a peut-être pris le train pour Barcelone, après s'être débarrassé de son téléphone et de sa caisse. On fait la tournée des boutiques de téléphonie mobile, à Lérida et aussi à Barcelone autour de la gare de Sants. Et celle des vendeurs d'appareils à carte prépayée. On cherche aussi sa voiture. Un vrai travail de fourmi.

Elle était assise à la tête du lit, dans l'une des chambres du criminologue, l'épais édredon en plumes remonté sur elle à cause du froid, les pieds posés sur une bouillotte chaude au fond des draps, une tisane odorante fumant sur la table de nuit – Salomón n'avait pas résisté au plaisir de la bichonner. Elle avait raconté à Arias leurs dernières découvertes et aussi sa conversation avec Alfredo Güel. « Tu veux qu'on le mette en garde à vue ? lui avait-il demandé. – Pas pour le moment. »

Elle avait un signal d'appel.

— C'est tout ? demanda-t-elle.

— Pour l'instant.

— J'ai un appel. À plus. Merci, Arias. On se tient au courant.

Elle prit la communication. C'était Adrián.

— Lucia, j'ai trouvé où votre meurtrier puise ses mises en scène, annonça-t-il triomphalement.

42
Mardi nuit

Elle sentit un courant électrique la parcourir.

— J'ai reçu ce livre que j'attendais et qui recense plus de deux cents tableaux peints en Italie, en Espagne, en France et dans les pays du Nord entre la fin du XVIe siècle et le début du XVIIIe. Vos mises en scène sont dedans.

— Comment ça ?

— Je t'envoie les images, dit-il. La première mise en scène, celle de 1989, correspond au tableau d'un artiste anonyme du XVIIe siècle : *Céphale et Procris*.

Elle ouvrit WhatsApp :

Nom d'un chien ! Adrián avait raison : la femme assise de face, jambes écartées, l'homme à genoux entre ses cuisses, dos tourné, penché sur elle, un bras passé autour de son torse tandis qu'elle avait une main posée sur son épaule. Tout correspondait. Sur la scène de crime, l'homme avait un voile rouge sur le bas du corps, la femme un linge vert sur les genoux et les cuisses…

— C'est incroyable, s'exclama-t-elle, c'est exactement ça !

— La deuxième image correspond à votre deuxième scène de crime, celle de Ségovie. Il s'agit d'un tableau d'une école italienne du XVIIe siècle : *La Mort de Hyacinthe*…

— Regarde, dit-il, c'est les mêmes attitudes. L'homme accroupi, jambes repliées, comme il l'était contre l'arbre, la femme assise entre ses genoux, le dos contre son torse, un bras sur sa cuisse gauche.

L'homme a un voile rouge sur les épaules, la femme un voile vert en travers des cuisses, sauf que, dans le tableau, ce n'est pas une femme. À ce détail près, tout colle. Même les sandales qu'ils ont aux pieds et qui ne correspondaient pas à leurs pointures, le petit bouquet de fleurs blanches et… la raquette de tennis !

— Bordel, souffla Lucia.

— Et ce n'est pas fini. Voici la troisième : le double meurtre de Benalmádena. Il s'inspire de l'œuvre de Jean-François de Troy, un Français mineur : *Pyrame et Thisbé*, peint vers 1708-1710. Là encore, tout correspond, poursuivit-il, l'homme allongé sur le dos, une chemise ouverte sur sa poitrine, le bras gauche le long du corps, la main droite sur le torse, des sandales aux pieds et une grosse corde passée autour des mollets, ainsi qu'une couverture rouge en travers du bassin, la femme allongée à côté de lui, sur le flanc, nue jusqu'à la taille, une dague plantée entre les seins.

— Bon Dieu ! laissa échapper Lucia. Il aurait eu ce livre entre les mains ?

— C'est probable, n'oublie pas qu'il n'y avait pas d'Internet en 1989.

— Merci, Adrián, murmura-t-elle. C'est fantastique, ce que tu as trouvé.

Un silence. Elle devina qu'il souriait.

— Pas de quoi... Lucia ? N'oublie pas ce que tu m'as dit : que ça mérite un dîner...

— Je n'oublie pas.

Dès qu'elle eut mis fin à la communication, elle appela Salomón à travers la porte à deux reprises ; elle entendit ses pas pesants approcher. Il frappa.

— Je peux entrer ?

— Oui ! répondit-elle.

— Qu'est-ce qu'il y a ? demanda-t-il, l'air inquiet.

Elle lui présenta l'écran de son téléphone, vit ses yeux s'écarquiller après qu'il eut remonté ses lunettes sur son nez et se fut penché vers l'appareil.

— Mince, dit-il, des trémolos dans la voix, on dirait que les choses se précisent...

43
Mardi nuit

— Tu es nouée, Assa, dit Alejandro.

— C'est le stress, c'est cette putain d'histoire…

Elle était étendue à plat ventre sur le lit. Seulement vêtue d'une culotte rose avec « RIHANNA » écrit en grandes lettres orange sur les fesses. Les doigts de l'Espagnol s'enfonçaient dans les muscles déliés de l'étudiante, assouplissaient et dénouaient deltoïdes, trapèzes, grand dorsal avec la dextérité d'un kiné.

Assa commença à ronronner. Alejandro s'attaqua ensuite aux muscles jumeaux des mollets, au creux des genoux, puis remonta lentement vers les cuisses, les fessiers, les adducteurs.

Une douce chaleur envahit Assa lorsque les mains d'Alejandro se rapprochèrent du triangle de tissu rose.

Elle eut un petit rire. Elle aimait qu'il s'occupe d'elle. Mais lorsqu'il glissa le bout de ses doigts sous le fin tissu, là où se concentrait le noyau de chaleur, elle feula, écarta légèrement ses jambes fuselées et décolla son ventre du lit d'une manière totalement impudique.

Il trouva les replis humides de ses grandes lèvres, constata combien elle était moite et il fut aussitôt dur.

Il attrapa le préservatif et perçut au travers la chaleur qui imprégnait Assa lorsqu'il la pénétra. Il sentit les muscles internes de la jeune femme le masser tout du long. Elle gémit. Alejandro prit ses mamelons tendus dans ses doigts, se dressa au-dessus de son échine tel un taureau.

— J'ai pas demandé un *happy ending*, tenta-t-elle en guise de plaisanterie.

Mais elle avait la voix rauque à présent. L'instant d'après, il la cloua au matelas et s'enfonça aussi profondément qu'il pouvait. Elle se mit à haleter, à gémir, tout en répondant furieusement à ses va-et-vient. Sueur, salive, fluides, souffles. Le dessin délicat des omoplates, la rondeur ferme, compacte, des fesses contre son ventre, la dépression de sa colonne sous la peau noire.

Vingt minutes plus tard, après qu'ils eurent changé par trois fois de position, elle alla jeter le préservatif dans la poubelle et rapporta deux bières Mahou du frigo.

— Tu le vois comment, toi, le type que nous cherchons ? demanda-t-elle en s'asseyant à califourchon sur lui et en buvant sa bière au goulot.

— Je sais pas… Et toi, tu le vois comment ?

Elle réfléchit.

— Je le vois plutôt grand, attirant, cultivé, intelligent, dans les cinquante ans…

Il gloussa.

— C'est pas un profil, ça, c'est un fantasme !

Elle éclata de rire. Posa le culot glacé de sa bouteille sur son torse. Il tressaillit, se couvrit de chair de poule.

— C'est froid, merde !

Il l'écarta, la faisant rouler sur le lit, renversant un peu de bière. Se leva. Alla vers la porte. Quand il se retourna, elle fut surprise par l'intensité du regard qu'il posa sur elle et, l'espace d'une seconde, elle eut l'impression d'avoir en face d'elle une tout autre personne.

— Et si on avait tout faux depuis le début ? dit-il d'une voix changée.

— Comment ça ?

Il y avait quelque chose d'inhabituel dans son ton, dans sa voix. Quelque chose qu'elle ne connaissait pas. Et, malgré elle, un frisson l'agita.

— Supposons que ce ne soit pas la même personne qui ait commis les derniers doubles meurtres et le premier.

— C'est-à-dire ?

— Tu l'as dit toi-même au *Camelot*, tu te souviens ? Un *copycat*… D'une manière ou d'une autre, il a eu connaissance des détails du premier double meurtre. Il a compris que le meurtrier reproduisait *Les Métamorphoses* d'Ovide et il a décidé de l'imiter. Cela expliquerait toutes ces années où il ne s'est rien passé… Peut-être que le premier meurtrier est mort, qui sait ? Et que c'en est un nouveau…

Il vit que son hypothèse avait capté l'attention d'Assa. Elle se mit sur son séant.

— Continue…

— Dans ce cas, cela change la donne concernant son âge, dit-il, et on en revient aux hypothèses traditionnelles : un homme ayant entre vingt-cinq et trente-cinq ans, peut-être un peu plus ou un peu moins.

Le débit d'Alejandro était précipité, ses pupilles dilatées. Il se rapprocha du lit. Elle lut dans ses yeux une lueur qui ne lui ressemblait pas du tout. Et elle n'était pas absolument sûre d'aimer cet Alejandro-là.

— Si ça se trouve, murmura-t-il, d'une voix de plus en plus basse et gutturale, c'est l'un d'entre nous, quelqu'un du groupe : Ulysses ou… *moi*.

Cette fois, elle recula de quelques centimètres. Se raidit.

— Arrête ce petit jeu… Tu n'es pas drôle.

— Ça n'est peut-être pas un jeu, chuchota-t-il en posant un genou sur le lit et en rampant vers elle sans cesser de la fixer, les pupilles noires.

— Si tu t'approches encore, je te fous mon poing dans la gueule, connard ! Ou dans les couilles…

Il se redressa.

— Bon Dieu, Assa, on rigole ! s'écria-t-il en ouvrant les bras.

— *Y a quelqu'un derrière la porte…*

— Quoi ?

— J'ai entendu un bruit… Y a quelqu'un derrière…

— … la porte, oui, j'ai entendu.

Il se retourna.

— Ça doit être Jordi, dit-il.

— Non, Jordi est rentré plus tôt dans la soirée.

— Ne bouge pas, murmura-t-il.

Il gagna la porte sans faire de bruit. Colla son oreille au battant. Écouta. Rien. À part le sang qui battait dans ses tempes. Puis il l'ouvrit à la volée.

Le palier était vide. Mais la cage d'escalier était éclairée : *quelqu'un avait allumé la minuterie peu de temps auparavant*.

— Il n'y a personne, dit-il néanmoins pour la rassurer.

Mais, à cet instant précis, il entendit la porte de l'immeuble se refermer.

44
Mercredi matin

La pluie menaçait quand Alejandro et Assa pénétrèrent le lendemain dans le bâtiment de la faculté de droit. Ils remontèrent le couloir à droite, longèrent les salles de classe jusqu'à l'escalier descendant vers le sous-sol.

Ils atteignaient les derniers degrés de celui-ci lorsqu'ils découvrirent la longue phrase écrite en rouge – le même rouge qu'on utilisait pour les *vitores*[1] peints sur les murs de l'université.

Elle disait : « *Je trouve Procris à demi morte, souillant de son sang ses vêtements épars et retirant de sa blessure – ah ! plaignez mon infortune – le trait qu'elle m'avait donné.* »

— Merde ! s'exclama Assa.

— Il est venu ici cette nuit, commenta Alejandro.

---

1. Les *vitores* sont des inscriptions murales et des symboles dérivés du chrisme (monogramme du Christ) qu'on trouve partout sur les murs de l'université de Salamanque, y compris dans le hall de la faculté de droit, et qui sont l'emblème des titulaires d'un doctorat.

La porte du labo de criminologie s'ouvrit et Ulysses apparut, échevelé et ensommeillé, un gobelet fumant à la main.

— Salut. Vous en faites une tête, les amis…

Il suivit la direction de leurs regards et ses yeux s'agrandirent.

— C'est quoi, ça ?

— Il faut prévenir Salomón, dit Alejandro. Tout de suite !

— Putain, s'exclama Ulysses. Je crois qu'il est venu aussi dans le labo : quelqu'un m'a piqué mon verre et ma brosse à dents…

45
Mercredi matin

Le conseiller pour l'éducation de la junte de Castille-León Héctor Delgado aimait se regarder dans la glace. Mince, rasé de près, bel homme, il prenait tout son temps pour nouer sa cravate bleue Ermenegildo Zegna et enfiler son complet gris Hugo Boss sur une chemise blanche sans se quitter des yeux.

Héctor Delgado s'aimait.

Il avait réussi. Il était là où il voulait être. Tout le reste était secondaire. Il était toujours à son aise lorsqu'il s'agissait de donner le change et de renvoyer à ses interlocuteurs une image de vitalité, de pouvoir et de compétence. Les petits tracas de la vie glissaient sur lui comme l'eau sur les plumes d'un cygne.

Il sortit de la chambre et se dirigea vers l'escalier. Des cris et des voix montaient du rez-de-chaussée.

Il se dit qu'il avait une très belle femme et de très beaux enfants. Son seul souci était l'âge. *Cette putain de flèche du temps*. Elle volait toujours dans la même direction. Pas besoin d'être Einstein ou Ludwig Boltzmann pour comprendre ça : le simple bon sens suffisait. Il n'y avait qu'à voir les rides sur son front et au coin de ses yeux. Il avait envisagé un lifting, mais il ne tenait pas à avoir l'air d'un masque de cire ridiculement inexpressif.

Il entra dans la cuisine, lui le brillant conseiller, le *pater familias*, le mari aimant et aux petits soins, et embrassa ses quatre filles et son fils autour de la table pour finir par un baiser léger sur les lèvres délicieuses de Manuela.

— Papa ! Papa !

Déjà ses filles se déchaînaient, l'assaillaient de requêtes, de questions. Il régnait sur son petit monde avec souplesse et autorité, arrachant des gloussements à sa magnifique épouse.

Il dévora sa gaufre à l'œuf poché et au bacon, sa portion de *banana bread*, avala son café allongé – il avait acquis le goût des petits déjeuners américains lors d'un séjour aux États-Unis. Il s'essuya la bouche, saisit sa grosse serviette en cuir marron.

— À ce soir, mes chéris, dit-il.

Il se mit au volant de sa Mercedes classe E le sourire aux lèvres.

Comme chaque fois qu'il partait pour Ségovie, il se demanda comment sa femme aurait réagi si elle avait eu connaissance de son secret. Elle aurait sûrement demandé le divorce. Elle aurait éprouvé du dégoût. Il y avait de tels abîmes entre l'Héctor qu'elle connaissait et celui qu'il était en profondeur, entre l'existence qu'il menait au sein de sa famille nombreuse, unie, et sa vie secrète, intime, fantasmatique, que cette pauvre Manuela aurait probablement été épouvantée ou aurait douté de sa propre santé mentale si elle avait eu cette vie sous les yeux.

Avant de filer à Ségovie, il se gara sur le parking de la junte de Castille-León, à Valladolid, un bâtiment qui, avec ses tours d'angle et ses cours carrées, évoquait une prison de la Renaissance coincée entre la colline du parc Mirador de Parquesol et la rivière. Une fois dans son bureau, il prit quelques papiers et annonça à sa secrétaire qu'il avait une réunion dans la matinée avec le recteur de Salamanque.

— D'après votre agenda, c'est cet après-midi, lui dit-elle.

— Changement de dernière minute. À ce soir, Inés.

Il lui fallut une heure et demie pour parcourir la distance séparant Valladolid de Ségovie par l'A601 et il éprouva le même pincement au cœur que chaque fois en remontant l'ancienne voie romaine vers le grand aqueduc. Une vision qui le confrontait à sa propre finitude, à son propre vieillissement. Car le monument avait vu passer des générations d'hommes comme lui. Et en verrait défiler beaucoup d'autres.

Il était 10 h 18 quand, après avoir garé sa Mercedes grise place San Nicolas, au pied de l'église du même nom, il pénétra dans l'immeuble ancien, grimpa les marches quatre à quatre. Il n'y avait pas d'ascenseur. Pas de sonnette non plus. Il cogna. La porte s'ouvrit presque aussitôt sur un homme dans la quarantaine, taille moyenne, bedonnant et la calvitie prononcée, drapé dans un peignoir de soie indigo à rayures dorées.

— Salut, dit Héctor Delgado.

— Salut…

Ils s'embrassèrent avec la voracité de deux amants qui ne se sont pas vus depuis longtemps, et il sentit son sexe durcir instantanément quand l'homme le massa à travers l'étoffe de son costume.

Il ne fallut guère plus de trois minutes pour qu'ils se retrouvent au lit et, quand il pénétra son compagnon, il éprouva un plaisir que jamais le con de son épouse ne lui avait procuré.

— Un café ? dit Rodrigo en se levant, dix minutes plus tard.

Il suivit Rodrigo sur le balcon, dont le panorama embrassait la campagne environnante. C'était une belle matinée d'automne, et il porta son regard sur les collines lumineuses et les petites routes serpentant sur les coteaux.

Rodrigo revint avec un pot en verre rempli de café, deux tasses et le journal.

— Ça va faire bientôt cent jours qu'on est sans gouvernement, ce pays se ridiculise chaque heure un peu plus, commenta-t-il en jetant le canard sur la table ronde.

Rodrigo était adjoint à la mairie de Ségovie. En réalité, le marasme politique dont il parlait durait depuis plus de quatre ans. Quatre ans que l'Espagne était sans boussole, que les budgets étaient bloqués, que la crise perdurait. La cause ? Les luttes fratricides, les guerres d'ego, les vetos tactiques, l'éparpillement parlementaire… Bref, le triomphe des égoïsmes partisans au détriment de l'intérêt commun.

— Des politiciens incapables d'agir autrement qu'en pensant à leurs propres intérêts, continua Rodrigo. Je trouve leur cynisme effroyable. Ils n'en ont rien à foutre du peuple.

Le sourire de son amant exposa de nouveau l'émail impeccable de ses dents.

— Le peuple, le peuple… Qu'avez-vous donc toujours à gauche à prononcer ce mot comme si la masse était sacrée, comme si elle était dépositaire de toute vérité, comme si critiquer le peuple était blasphématoire ? Je trouve la percée de Vox intéressante, cela dit, ajouta-t-il.

Vox était le parti d'extrême droite. Rodrigo était parfaitement conscient que c'était de la pure provocation de la part d'Héctor, mais il ne put s'empêcher de réagir.

— Comment peux-tu être aussi réac ? dit-il d'un air faussement outragé et dégoûté.

— *Facho*, c'est le mot que tu as en tête, chéri, corrigea Héctor Delgado en souriant. Alors, crache-le. Je suis un sale facho de merde. Et toi, tu es un enculé de communiste, mon chou… Et j'en ai plein le cul de tes leçons de morale.

Rodrigo partit d'un grand rire.

— Je n'arrive toujours pas à comprendre comment on en est arrivés à coucher ensemble ! Toi qui crois en Dieu, qui as une jolie famille et moi qui… Ça tient du miracle, non ? Ça me rendrait presque religieux !

Il porta la tasse à ses lèvres. Delgado souriait.

— Je veux dire, continua Rodrigo, qu'est-ce que tu me trouves ? Tu es beau, je ne le suis pas. Tu es de droite, je suis de gauche. Tu es marié à une très belle femme, tu as de beaux enfants, une vie rangée, je suis aussi homo qu'on peut l'être.

— On a déjà parlé de ça cent fois, mon chéri. Les lois de l'attraction, tu connais ? Ça n'est jamais aussi simple…

— Tu veux savoir ce que je pense ? Je pense que ce qui te plaît là-dedans, c'est la *transgression*… Transgresser les lois d'airain de ton propre camp : travail, famille, patrie. C'est ça qui t'attire, Héctor. Enfreindre, violer les commandements de ta foutue morale et de ta propre famille politique. Te vautrer dans ce que tu crois être la fange. Tu es un homme plein de contradictions, Héctor. Et comme tous les moralistes, tu es un fichu hypocrite. Tu veux l'ordre et la morale pour les autres, et la transgression pour toi-même. Tout ça – cette fascination, cette attirance/répulsion pour ce que tu associes au Mal – vient probablement de ton enfance. Je crois même que tu serais capable de tuer pour éprouver l'ultime transgression, broda Rodrigo avec son goût coutumier pour l'hyperbole.

Delgado rit.

— Tu as fini ? Très bien ! Je dois filer. Faut que je sois à Salamanque cet après-midi, *cariño*.

Dans la voiture, avant de démarrer, il jeta un coup d'œil à son agenda : il avait rendez-vous à 14 heures avec le recteur. Ensuite… Son téléphone sonna sur le tableau de bord. Il se pencha d'un air distrait. Borges… Qu'est-ce qu'il lui voulait, celui-là ? Il prit la communication, écouta ce que l'universitaire avait à lui dire.

Quand il eut raccroché, il resta un long moment à fixer la rue à travers le pare-brise.

Il eut tout à coup une vision qui remontait du plus profond de l'enfance : *un chat mort, énucléé, sa dépouille maigre étendue sur un lit de feuilles sèches, la langue pendante*.

Il en eut le cœur battant. Un filet de sueur inonda son front. C'était il y a si longtemps… Il repensa à la phrase de son amant : « Je crois même que tu serais capable de tuer pour éprouver l'ultime transgression. »

Héctor Delgado jeta un dernier regard aux remparts ensoleillés et quitta Ségovie.

46
Mercredi matin

— Mesdames et Messieurs, dit la présidente de la cour provinciale de Madrid en tirant sur les pans de sa robe noire et en regardant la salle d'audience par-dessus ses lunettes, tout le monde est là : le procès en première instance de M. Francisco Manuel Mélendez peut donc commencer.

Lucia la détailla. La juge Carmen Laporta avait devant elle un ordinateur portable, une bouteille d'eau minérale et une très grosse pile de dossiers – et la garde civile soupçonna qu'elle ne les avait apportés que pour impressionner l'assistance. Elle affichait un air de sévérité, mais Lucia savait d'expérience que ça ne voulait rien dire. À part ça, le cheveu gras et trop maquillée.

Lucia venait tout juste d'arriver de Salamanque. Elle jeta un coup d'œil à la table de la défense. Elle fut satisfaite de constater que, même fraîchement rasé et vêtu d'un costume, Mélendez avait l'air coupable. Il avait des cicatrices discrètes sur les pommettes et le nez de traviole : les stigmates, même longtemps après, des coups de marteau qu'elle lui avait portés.

Nul doute que la défense allait utiliser ces marques pour souligner la violence de l'agression. Comme s'il avait senti son regard, Francisco Manuel Mélendez tourna le sien vers elle et lui sourit. Lucia eut brutalement l'impression que la température dans la salle d'audience avait chuté. Même à cette distance, la lumière dansait dans les petits yeux bruns du « tueur au marteau ».

Se retournant, elle vit qu'il y avait beaucoup de monde, dont pas mal de journalistes qui la fixèrent avec curiosité. Elle en reconnut quelques-uns : *El Mundo*, *El País*, *La Razón*, *La Vanguardia*, *ABC*, la 1, la 2, Antena 3, Telecinco. Ces derniers jours, l'avocat de Mélendez avait été interviewé quasi quotidiennement, et il en avait profité chaque fois – avec son éloquence et ses airs d'ours mal léché mais toujours élégant – pour mettre en cause Lucia.

Comme si c'était elle, l'accusée, et non son client...

Tandis que les voix des uns et des autres s'élevaient, elle perdit momentanément le contact. Elle était de nouveau dans les chiottes, suffoquant, la tête emprisonnée dans le sac en plastique que Mélendez lui avait passé, et, en même temps, elle pouvait sentir son parfum bon marché, lourd, entêtant, répugnant. Un autre flash : elle le frappait à grands coups de marteau, sentant avec une joie sauvage les os de son visage se briser sous les impacts. Il hurlait. Se débattait. Puis perdait connaissance.

Quand son esprit revint dans la salle d'audience n° 7, l'avocat de Mélendez se penchait sur le micro devant lui. Un ténor du barreau. Crinière poivre et sel, œil acéré, clinique. Connu pour le nombre d'acquittements qu'il avait obtenus au cours de sa carrière.

Il fixait Lucia droit dans les yeux. Elle soutint son regard sans ciller, s'efforçant de conserver son sang-froid.

Un regard de pure malveillance. Qui signifiait : *je vais te faire passer un sale quart d'heure, ma petite*. Puis il pivota vers les jurés et son expression changea.

— Mesdames et messieurs les jurés, commença-t-il d'un ton patelin, nous allons démontrer que la lieutenante Guerrero ici présente a attaqué mon client sans raison. Qu'elle était seule, sans témoins, avec lui. Que c'est elle qui l'a suivi dans les toilettes et non l'inverse. Qu'aucun témoin, cette nuit-là, n'a vu mon client en possession d'un marteau, mais que le jeune homme à la caisse a en revanche vu la lieutenante Guerrero surgir des toilettes un marteau à la main et… *couverte de sang*. Nous allons également démontrer qu'il s'agit d'une personne notoirement *instable*, *violente*, *ingérable*, ayant déjà eu par le passé des problèmes sérieux avec sa hiérarchie. Nous allons démontrer non seulement qu'elle n'a pas appelé de renforts cette nuit-là, mais même qu'aucun de ses collègues ni son supérieur hiérarchique direct n'étaient au courant de ses virées nocturnes. (Il tapotait avec l'ongle de l'index la table devant lui, comme pour appuyer chacun de ses dires.) Enfin, nous démontrerons que mon client n'a pas d'antécédents judiciaires, que ses voisins le considèrent comme une personne serviable et équilibrée, contrairement à la lieutenante Guerrero – à qui, soit dit en passant, on a retiré la garde de son fils –, et que le fait de se travestir n'est pas un délit. Pour conclure, nous démontrerons que cette affaire n'est rien d'autre qu'un coup monté par la Guardia Civil, de sorte que condamner mon client serait commettre une terrifiante erreur judiciaire, que les jurés ici présents auront à cœur, j'en suis sûr, d'éviter au nom du droit et de la justice.

Habile, les mots « justice », « droit », « erreur judiciaire » glissés dans la péroraison. Ils faisaient toujours leur petit effet. Tout le monde adorait les mots « justice » et « droit ». Ils allaient s'imprimer durablement dans l'esprit des jurés. Le tout prononcé d'une voix si raisonnable, si calme, d'un tel ton d'évidence que même Lucia aurait pu douter de ses propres souvenirs.

Elle enrageait. Ce salopard d'avocat n'avait pas hésité à se servir d'Álvaro. Mais elle savait qu'il la provoquait à dessein, et qu'elle ne pouvait se permettre de montrer sa rage, car ce serait donner des munitions à la défense.

— Lieutenante, dit-il quand fut venu son tour d'interroger Lucia, tout le monde dit que vous êtes l'un des plus remarquables éléments de l'UCO, l'un des plus expérimentés, l'un de ceux qui obtiennent le plus de résultats. Et nous savons tous combien l'UCO est remarquable en matière de résultats…

Il déplaça son regard des jurés vers Lucia. Elle sentit la chair de poule hérisser ses avant-bras quand des dizaines de paires d'yeux l'imitèrent et se braquèrent sur elle.

— Dans ce cas, poursuivit-il, comment une agente aussi entraînée, aussi aguerrie que vous a pu se laisser surprendre si facilement ? J'ai beau y réfléchir, je n'arrive pas à comprendre.

— Personne ne savait à ce moment-là que Francisco Mélendez se déguisait en femme, je cherchais donc un homme, répondit-elle calmement. En sortant des toilettes, j'ai vu qu'il y avait une femme devant les lavabos. Je n'y ai pas prêté attention.

— Vous n'y avez pas… *prêté attention* ?

Il s'était jeté sur cette phrase comme un chien sur un os.

— Vous êtes seule dans des toilettes d'autoroute la nuit, vous espérez servir d'appât à un tueur en série qui attaque ses victimes précisément dans de tels lieux et vous ne… *prêtez pas attention* à votre environnement ?

L'avocat s'exprimait d'un ton véritablement incrédule, qui avait le don de taper sur les nerfs de Lucia. Mais c'était sans nul doute ce qu'il cherchait : lui faire perdre ses nerfs – autant que saper sa crédibilité.

— Bien sûr que si, protesta-t-elle aussi calmement que possible. La première chose que j'aie faite en sortant, c'est de regarder autour de moi. Mais quand j'ai vu cette femme, je me suis détendue… (Elle hésita.) Peut-être aussi que j'étais fatiguée, il était tard, j'avais roulé pendant des heures…

Non, ne fais pas ça : ne cherche pas d'excuses ! Tu n'as rien à te reprocher !

— Humm… Pourtant, dit-il en tapotant l'extrémité de ses ongles manucurés avec un stylo doré dont elle se demanda si c'était de l'or véritable, mesdames et messieurs les jurés, vous conviendrez que l'allure de Francisco Manuel Mélendez n'a rien de féminin. Même avec une perruque blonde et une robe rouge, un bref examen vous aurait permis de constater qu'il ne s'agissait pas d'une femme, je me trompe ?

Elle hésita.

— Je ne sais pas… Il n'est pas très grand, commenta-t-elle.

Mélendez mesurait un mètre soixante-trois. Rires dans la salle. Elle marquait un point.

— *Vous ne savez pas*... Ensuite donc – toujours d'après votre déposition –, il vous passe un sac en plastique sur la tête, tente de vous étouffer, vous jette à terre à moitié inconsciente, et c'est là que, par un miraculeux retournement de situation, vous parvenez à prendre le dessus au point qu'on le retrouvera au sol, dans un des cabinets, menotté à un tuyau et le visage littéralement fracassé à coups de marteau. Bruce Lee lui-même n'aurait pas fait mieux, lieutenante…

Il marqua une pause, attendant quelques ricanements, qui ne vinrent pas.

— Sauf que Bruce Lee n'utilisait pas de marteau, ajouta-t-il. Vous n'arrêtez pas d'agiter votre jambe gauche sous la table… vous êtes nerveuse, lieutenante ?

Et merde...

Elle lui jeta un regard noir, vit aussitôt qu'il était satisfait de sa réaction.

Elle se tourna vers les jurés. Ils ne la quittaient pas des yeux. Et elle devina que le poison que l'avocat instillait goutte à goutte dans leurs certitudes commençait à faire effet, qu'ils commençaient à douter.

Et merde...

— J'ai été nulle, dit-elle en sortant de la salle d'audience.

Elle se sentait plus affectée et furieuse qu'elle ne l'aurait imaginé en arrivant. Elle avait vu avec quelle habileté Me Rubio – ce brillant ténor du barreau qui donnait des interviews dans *Semana* et *Vogue Espagne* et se montrait en ville au bras de top models – avait semé le doute dans l'esprit des jurés. Elle avait lu la jouissance dans ses yeux quand il l'avait regardée s'empêtrer dans ses contradictions. Certains avocats – pas tous – développaient une véritable animosité à l'égard des flics, qui confinait à la haine pure et simple.

— Mais non, tempéra Peña en franchissant les portes derrière elle, tu t'en es bien sortie. Mélendez, lui, n'a aucune chance de s'en tirer. N'oublie pas que les jurés lisent les journaux. De plus, le baveux n'aurait pas dû parler de la garde de ton fils. C'était une erreur. Cette remarque venant d'un homme connu pour ses conquêtes féminines et ses divorces lui a aliéné toutes les femmes du jury.

— Je n'en suis pas si sûre. J'ai senti les jurés et la juge très réceptifs aux arguments de la défense.

— Si tu n'avais pas agi seule et en dehors des clous, on n'en serait pas là, fit-il remarquer en remontant le couloir.

Cette réflexion eut le don d'exaspérer Lucia.

— Si je n'avais pas agi de la sorte, Mélendez serait dehors en train de tuer ! rétorqua-t-elle. Qu'est-ce qui va se passer s'il ressort ?

— Il ne ressortira pas, Lucia, je peux te l'assurer. Il n'y a pas la moindre probabilité pour que ça arrive. Tout le monde sait que c'est lui.

Elle aurait aimé le croire. Elle avait déjà vu des avocats comme des politiciens montrer un mur rouge et convaincre les jurés ou leurs partisans qu'il était jaune.

47
Mercredi matin

Lucia entra en trombe dans la salle de classe 001 « Francisco Tomás y Valiente » comme si elle était une étudiante qui n'avait pas entendu son réveil. Salomón lui jeta un coup d'œil depuis l'estrade.

— C'est fini pour aujourd'hui, lança-t-il à l'assistance. La prochaine fois, nous nous intéresserons à l'économie de la drogue et nous verrons comment, dans les années 1980, « Freeway » Rick Ross, un gamin illettré de Los Angeles, a réussi à inonder les États-Unis de crack en vendant la drogue à prix cassés aux plus pauvres, et comment, de cette façon, la consommation de drogue a explosé dans les quartiers pauvres des villes américaines avant d'exploser chez nous.

Lucia descendit l'allée centrale à contre-courant des étudiants qui quittaient la salle.

— Comment ça s'est passé à l'audience ? demanda-t-il en bouclant sa sacoche.

— Mal, mais peu importe : je crois qu'il a commis une erreur.

Salomón leva la tête.

— Mélendez ?

— Non, celui que nous cherchons…

— Quelle erreur ?

— C'est quelque chose que l'avocat de Mélendez a dit…

Ils remontèrent vers la sortie.

— Il m'a dit : « Comment une agente aussi entraînée, aussi aguerrie que vous a pu se laisser surprendre aussi facilement ? » Et j'ai pensé à Sergio : lui aussi était un agent entraîné, expérimenté, sur ses gardes. Lui non plus ne se serait certainement pas laissé surprendre aussi facilement. D'après l'autopsie, le crâne de Sergio portait la marque de ce qu'ils appellent, dans leur jargon, « anesthésie préalable de Brouardel » : un coup très violent porté à l'arrière du crâne pour étourdir. On sait qu'ils étaient deux, Gabriel Schwartz et quelqu'un d'autre, dans son appartement. Et qu'ils étaient sans doute deux aussi sur la colline : Schwartz a servi de leurre, de diversion. Il a attiré l'attention de Sergio pendant que son véritable meurtrier arrivait dans un angle mort. Et il a aussi aidé l'autre salopard à hisser Sergio sur la croix.

À l'extérieur de la salle de classe, ils empruntèrent le couloir en direction de l'escalier menant au sous-sol.

— Mais ce n'est pas cela, son erreur, poursuivit Lucia. C'est le fait d'avoir utilisé Gabriel. Peut-être parce qu'il n'avait personne d'autre sous la main. Ou parce que Gabriel était la personne la plus manipulable dont il disposait. Mais sans s'en rendre compte, Schwartz, parmi ses multiples identités, nous a lâché un indice…

Salomón s'arrêta au milieu du couloir.

— Comment ça ? Quel indice ?

— Nous savons que nous cherchons un homme cultivé, intelligent. Quelqu'un qui sait aussi effacer ses traces, qui n'en laisse aucune – tu as dit toi-même que la première fois c'était comme s'il s'était évaporé –, mais, en réalité, il en a laissé une : *il a laissé une trace dans l'esprit de Gabriel Schwartz*.

Salomón la fixait intensément à présent, ignorant totalement le flot des étudiants qui passait autour d'eux.

— Je suis presque sûre qu'il a changé d'apparence pour approcher Gabriel, qu'il s'est déguisé. Et Gabriel n'a sans doute jamais su son identité. Mais il a dit quelque chose pendant son interrogatoire. Il a dit que c'était un véritable *lundi des eaux* pour parler de la pluie qui tombait ce jour-là. Sur le moment, je n'y ai pas prêté attention. J'ai simplement trouvé la formulation un peu étrange. C'est en sortant tout à l'heure du tribunal qu'elle m'est revenue. En repensant à tout ça, à ce qu'avait dit l'avocat de Mélendez dans la salle d'audience, à Sergio, à l'audition de Schwartz… Et mon chef, Peña, qui a grandi dans la province de Salamanque, m'a expliqué que c'était le nom d'une fête qui n'a lieu qu'à Salamanque et aux alentours : le lundi des eaux.

Sourcils froncés, le criminologue acquiesça :

— C'est exact. C'est une tradition qui remonte au XVIe siècle : le roi Felipe II, qui était très pieux, avait fait interdire les prostituées dans la ville de Salamanque pendant toute la durée de la Semaine sainte. On les exilait de l'autre côté du fleuve en attendant la fin des festivités. Le lundi suivant, une fois la Semaine sainte achevée, le *padre Putas* – c'était son nom – était chargé de les ramener en ville, mais elles devaient traverser le fleuve en bateau ; elles ne pouvaient emprunter le pont romain, car elles vivaient dans le péché… D'où l'expression *lundi des eaux*. Je vois où tu veux en venir : tu penses que Gabriel, qui vit à Madrid, pas à Salamanque, ne pouvait connaître cette expression que parce qu'il l'a entendue dans la bouche de celui que nous cherchons. Et qu'il s'est contenté de la répéter. Cela confirme mon intuition que notre homme est d'ici plutôt que du haut Aragon, même si tout a commencé là-bas…

— Exact.

— Viens avec moi, dit brusquement Salomón d'un ton de conspirateur.

Lucia le suivit. Ils descendirent au sous-sol. La lumière grise du matin traversait la grande paroi de verre donnant sur le patio ; elle éclairait la longue phrase peinte en rouge sur le mur.

— Nous avons découvert ça il y a quelques heures, dit Salomón. Nous n'avons touché à rien.

Lucia sortait déjà son téléphone.

— C'est le même rouge qui est utilisé pour peindre les *vitores*, continua-t-il, les emblèmes des docteurs de la faculté. Il semblerait que tu aies raison : *il aime les traditions*.

Lucia joignit un de ses contacts au SECRIM, le service de criminalistique de la Guardia Civil.

— Envoie une équipe à la faculté de droit de l'université de Salamanque, lui dit-elle dans l'appareil. Au sous-sol. Une équipe réduite. Il s'agit juste d'effectuer des prélèvements sur un graffiti.

Elle remit son téléphone dans sa poche, relut la longue phrase : « *Je trouve Procris à demi morte, souillant de son sang ses vêtements épars et retirant de sa blessure – ah ! plaignez mon infortune – le trait qu'elle m'avait donné.* »

— J'ai aussi appelé Vanessa à la bibliothèque, dit Salomón à côté d'elle. Le livre d'art dont a parlé ton ami, celui avec les peintures, ne s'y trouve pas. En revanche, elle a découvert qu'ils en ont eu un exemplaire il y a quelques années. *Un exemplaire qui a été volé...*

— Volé ? répéta Lucia.

Avec une mimique d'étonnement, elle s'abîma un instant dans sa réflexion.

— *Les Métamorphoses*, dit-elle finalement en fixant la phrase sur le mur. Encore une fois… On se rapproche : l'assassin est tout près de nous.

48
Mercredi matin

Le conseiller pour l'éducation de la junte de Castille-León Héctor Delgado regardait fixement Salomón, le visage dépourvu d'expression. Le criminologue se fit la réflexion qu'il ressemblait davantage au directeur exécutif d'une multinationale qu'à un conseiller pour l'éducation.

— Tu m'as dit qu'il y avait du nouveau concernant DIMAS ?

— En effet, répondit Salomón.

Héctor Delgado joignit les doigts sous son menton en un geste qu'il avait probablement vu faire à la télé.

— Je t'écoute.

Salomón prit une inspiration. Puis il résuma l'essentiel des découvertes des dix derniers jours sans entrer dans les détails de l'enquête qu'il n'était pas autorisé à divulguer. Il vit avec satisfaction que, malgré ses grands airs, ce salopard d'Héctor avait bien du mal à cacher sa sidération.

— Et vous avez découvert tout ça grâce à DIMAS ?

— Disons qu'il a été le premier moteur, pour parler comme Aristote, confirma Salomón.

— Tu dis qu'un officier de l'UCO s'est joint à votre équipe ? demanda un Héctor Delgado de plus en plus stupéfait.

— Oui. La lieutenante Guerrero. Cela démontre, si c'était nécessaire, l'immense intérêt que ce logiciel pourrait présenter pour le SECRIM de la Guardia Civil et comment elle pourrait l'utiliser en collaboration avec nos équipes universitaires.

— Impressionnant, reconnut Delgado. Mais vous n'avez pas encore trouvé le coupable de ces meurtres…

— Héctor, cela fait à peine quelques jours que nous sommes sur sa piste… Laisse-nous le temps… On l'aura, crois-moi.

Il surprit l'étincelle dans l'œil du conseiller.

— Vraiment ?

— Oui. Cette enquêtrice, c'est un sacré limier. Et une fine mouche. C'est une aubaine qu'on l'ait avec nous.

— Ah bon ? fit Héctor, et Salomón vit distinctement ses yeux gris s'étrécir, de sorte qu'ils se réduisirent à deux fentes derrière les verres.

Le conseiller pour l'éducation paraissait préoccupé.

— Héctor, DIMAS a apporté la preuve que notre projet fonctionne. Nous devons passer à une phase plus… industrielle. On doit être capables d'établir de nouveaux protocoles, de développer ses fonctionnalités, d'établir une base de données plus importante à l'échelon national. Pour cela, il nous faut des renforts : des informaticiens, des gens qui font de la saisie de données, des analystes… Et il nous faut donc une rallonge budgétaire…

Salomón se pencha par-dessus son bureau. Derrière lui, il y avait des diplômes encadrés et des ouvrages de criminologie.

— Tu ne crois pas qu'il est temps de faire bouger les choses, Héctor ? On a usé nos fonds de culotte sur les mêmes bancs d'école, on a nourri les mêmes rêves de changer l'université quand on était étudiants, tu t'en souviens ? Alors je sais que tout ça est loin, mais quand même… Tu n'es pas déçu par notre génération ? Quand on est entrés à l'université, on a souffert du conservatisme et, en fin de compte, on l'a reproduit. Il y a beaucoup de conservatisme dans cette université. *Tu pourrais changer ça…*

Héctor Delgado tripotait son stylo-roller Cartier. Il se redressa et prit un air sévère.

— Tu as toujours été un rêveur, Salomón.

49

Mercredi soir

Il était 18 heures passées de deux minutes quand Lucia et Salomón arrivèrent à la cour provinciale de Madrid après avoir roulé sur l'A50 et l'A6 bien au-dessus de la vitesse autorisée.

Le procès avait suivi son cours toute la journée et ce serait sans doute encore le cas pendant des jours, mais elle voulait prendre la température, et Salomón avait insisté pour l'accompagner.

— Après tout, avait-il dit, un procès pareil, ça intéresse aussi le criminologue que je suis.

Elle avait souri. Compris qu'il voulait surtout qu'elle n'ait pas à affronter cette épreuve toute seule. Il avait le droit d'assister au procès, quoi qu'il en soit, comme tout citoyen de ce pays, un droit constitutionnel.

Elle se gara sur un emplacement réservé, après avoir déplacé une barrière, puis ils coururent vers le building de vingt-sept étages tandis que le ciel s'assombrissait.

— Lieutenante Guerrero ! Lieutenante Guerrero !

Lucia vit l'attroupement des journalistes devant l'entrée ; caméras et micros se braquèrent dans sa direction dès qu'elle s'en approcha. Elle rentra la tête dans les épaules telle une tortue et s'engouffra dans le hall sans un mot. Elle dut passer à deux reprises sous le portique de sécurité quand ses clés sonnèrent au fond de la poche de son jean, repartit au petit trot dès qu'elle l'eut franchi. Dans la salle d'audience, ils retrouvèrent Peña, qui n'avait pas manqué une minute du procès depuis le matin.

— Alors ? demanda-t-elle.

— Il a beaucoup été question du marteau, murmura-t-il en se penchant vers elle. Ce truc taché de sang dans un sac plastique a fait un effet bœuf sur les jurés, comme il fallait s'y attendre. Et le baveux a beau expliquer que personne n'a vu son client le brandir, l'expression « tueur au marteau » a fait la une de la presse pendant des semaines, elle est dans tous les esprits. Aucun juré ne gobera que c'est toi qui es venue avec. Le marteau, c'est bon pour nous…

Elle observa la juge et l'avocat de la défense. La présidente avait le même air sévère et impénétrable que le matin, l'avocat semblait soucieux. *Bien*… Elle réalisa que ses oreilles bourdonnaient. Peña s'inclina de nouveau vers elle.

— Regarde la tête du baveux, murmura-t-il.

Lucia ferma les yeux. Se déconnecta. Ses pensées l'emportèrent sur une plage de République dominicaine aux palmiers bruissants dans la brise, aux vagues murmurantes, au soleil brûlant sur sa peau.

— C'est fini pour aujourd'hui, dit Peña en lui étreignant le biceps.

Elle rouvrit les yeux, de nouveau maîtresse d'elle-même. Ils remontaient le couloir quand l'avocat de la défense les rattrapa.

— Ne croyez pas vous en tirer à si bon compte, lieutenante, lui lança-t-il. Vous avez agi en dehors de toutes les règles. Vous et moi savons qu'on ne peut pas permettre ce genre de comportements. Si les corps de sécurité de l'État enfreignent les règles, alors il n'y a plus de loi qui vaille. Vous êtes la honte de votre corporation, lieutenante. Et j'ai bien l'intention de le prouver…

— Maître, intervint Peña, je vous trouvais plus éloquent et plus fin, à vrai dire, quand vous vous adressiez à la presse. Je suis déçu : moi qui admirais tant votre éloquence.

Le ténor du barreau lui jeta un regard noir et s'éloigna.

Alejandro Lorca quitta le bâtiment de la faculté de droit vers 22 heures. Il y avait au-dessus de l'édifice une lune qui lui faisait de l'œil. Il avait hâte de retrouver Assa. De la serrer dans ses bras. De l'embrasser. De la toucher. Il n'avait jamais ressenti ça pour une fille : cette impatience, ce besoin, cette nécessité quasi fusionnelle.

Il eut subitement envie de l'appeler, chercha son téléphone. S'arrêta net. *Merde, où est-ce qu'il l'avait mis ?* Il fouilla les poches de son jean puis celles de son blouson, une première fois, une deuxième.

Putain, c'est pas vrai, qu'est-ce que j'en ai fait ?

Il était comme tous ceux de sa génération. Sans son téléphone, il était amputé d'une partie de lui-même. Comme si on avait coupé le cordon ombilical qui le reliait à la communauté. Comme si on l'avait jeté hors du monde.

Son bureau au sous-sol... C'est là qu'il avait dû l'oublier. Il se rappelait l'avoir sorti de sa poche à un moment donné pour passer un coup de fil…

Pourvu que ce soit ça... Il avait toute sa vie dans ce fichu téléphone.

Alejandro fit demi-tour sur le trottoir, revint vers l'édifice dont la façade éteinte brillait sinistrement sous la lune, gravit les marches et présenta son badge devant le lecteur.

À cette heure, les couloirs étaient déserts. Il traversa le hall vide, prit à droite puis à gauche, remonta le corridor silencieux jusqu'à l'escalier. Passant devant les distributeurs de boissons et d'en-cas, il descendit les marches. Vit qu'il y avait encore de la lumière en bas. Derrière la cloison vitrée du bureau voisin, bien que le reste du sous-sol fût plongé dans l'obscurité.

Il profita de cette clarté pour gagner son bureau sans allumer les néons. Entra sans faire de bruit, alors qu'à côté on parlait à voix basse. Il ne tenait pas à croiser quelqu'un. Il n'avait qu'une envie : récupérer son appareil et rejoindre Assa.

Il était bien là. Noir sur le stratifié blanc. Alejandro respira, soulagé. Puis il se concentra sur les voix dans la pièce voisine :

— Cette meuf, elle me fait flipper, c'est une véritable fouille-merde… Je n'aime pas la tournure que ça prend. Et si elle découvrait la vérité ?

Un silence. Alejandro fut tenté de se pencher au-dehors et de regarder dans la pièce à travers la paroi vitrée. Pas la peine. Il reconnaissait la voix. Il prêta l'oreille.

— Pas de risques, dit une seconde voix. On a déjà un coupable qui fera parfaitement l'affaire, n'oublie pas… Réjouis-toi, cette histoire va rendre DIMAS célèbre : c'est le but, non ?

— Oui, mais quand même… on ne peut pas être tout à fait sûrs… Et si elle comprenait ce qui se passe ? Ça me fait flipper grave !

— Je crains, mon ami, que tu n'aies en effet toutes les raisons du monde de flipper, comme tu dis, fit remarquer la première voix.

Alejandro Lorca respira plus fort. L'étudiant sentit un courant d'air froid caresser sa nuque. *Qu'est-ce qui se passait ici ?*

— Et si on se débarrassait d'elle ?

— Se… *débarrasser* d'un membre de l'UCO ? Tu n'es pas sérieux ? Tu te rends compte de ce que tu dis ?

— Et si on n'avait pas le choix ?

— Non, c'est impossible… Ce qu'il faut, c'est faire en sorte que DIMAS l'envoie sur une fausse piste, lui donner un os à ronger… Comme je te l'ai dit, on a déjà un coupable…

Alejandro se figea. *Est-ce qu'il avait bien entendu ce qu'il avait entendu ?* Non, ça ne pouvait pas être ça… Il avait dû mal comprendre… Ça ressemblait trop à un mauvais polar.

Il demeura immobile, incapable de décider ce qu'il fallait faire. *Me barrer d'ici pour commencer*, songea-t-il, *et en causer à Assa... Elle saura quoi faire... Bordel de merde...*

Il se rendit compte qu'il avait la gorge sèche. Que la sueur mouillait ses aisselles. Et que ça portait un nom : la peur. Il n'avait qu'une envie : décamper. Si c'était bien ce qu'il pensait, il était lui-même en danger à se trouver là, dans ce sous-sol, à écouter une conversation qu'il n'aurait pas dû entendre…

Merde de merde... Fous le camp... Mais surtout ne fais pas de bruit...

Il s'efforça de ne pas penser à tout ce qu'impliquaient les bribes de conversation qu'il venait de surprendre. Ça foutait bien trop les boules. Il y penserait plus tard. Il fallait d'abord sortir d'ici. *Tout de suite.* Sans se faire remarquer…

Il se dirigea vers la porte. Lentement… Il y était presque quand sa manche frôla l'un des deux bureaux et accrocha une agrafeuse au passage. L'objet tomba sur le sol dans un tintement métallique assourdissant.

Putain ! Quel con !

Son cœur venait de faire un triple saut périlleux dans sa poitrine. Alejandro s'immobilisa. Tendit l'oreille, le sang battant à ses tempes. Il avait l'impression que la sueur jaillissait de tous ses pores à la fois.

La conversation avait cessé dans la pièce d'à côté.

Il avala sa salive.

J'ai merdééé...

Il était sûr qu'ils avaient entendu. Il ouvrit la porte vitrée, sortit dans le couloir. Tomba sur un visage familier qui le dévisageait.

— Alejandro, qu'est-ce que tu fous là, mec ?

— Et tu lui as dit quoi ? demanda Assa, les yeux écarquillés.

Elle le regardait comme elle regardait la télé quand ils mataient ensemble un *slasher* ou un *torture porn* – ce sous-genre du cinéma d'horreur où les personnages, souvent des jeunes gens, souvent des clichés, sont à la merci de sadiques qui les soumettent à toutes sortes de sévices. Alejandro lui avait ainsi fait découvrir des trucs comme *Cannibal Holocaust*, *La Dernière Maison sur la gauche*, *Hostel I* et *II*, *I Spit on Your Grave* et la série complète des *Saw*, et elle avait hésité entre fou rire et nausée, lui avait dit qu'il était un grand malade. Mais, là, il n'avait plus du tout envie de rigoler – ni de visionner ces espèces de daubes dégueulasses.

— La vérité, dit-il, que j'avais oublié mon téléphone.

— Quelle angoisse, gémit-elle. Ça craint !

— Oui. Je le sens mal, ce coup-là…

— T'es vraiment sûr de ce que tu as entendu ? demanda-t-elle, ouvertement dubitative. Je veux dire : c'est pas une preuve… Et puis, il t'a laissé partir. Tu crois qu'il… qu'il l'aurait fait s'il pensait que tu les as… *entendus* ? Enfin, s'il pensait que tu as entendu ce que tu crois avoir entendu…

— Assa, je suis archi-certain de ce que j'ai entendu !

— D'accord, d'accord ! Dans ce cas, il faut en parler à Lucia, décréta-t-elle.

— Oui ! s'écria-t-il. On n'a qu'à l'appeler tout de suite !

— Non, sérieux ? Il est presque minuit, Alejandro !

— Assa, tu n'y es pas : c'est hyper important !

— OK, OK.

Il y avait dans les yeux d'Alejandro une lueur terrorisée qui acheva de la convaincre.

— Où j'ai mis mon téléphone ? demanda-t-elle.

Brusquement, ils sursautèrent. Trois coups venaient d'être frappés contre la porte. Trois coups impérieux, impatients. Trois coups comme on en entend dans les films qu'ils adoraient.

— Qui c'est ? lança-t-elle d'une voix qu'elle aurait voulu plus ferme.

50
Jeudi matin

Haruki Tanizaki grimpait les marches étroites et inégales. Le petit étudiant rondouillard à la grande mèche de cheveux noirs et aux énormes lunettes de *nerd* avait sommeil. Il avait passé la nuit sur Internet et plongé dans ses livres. À étudier l'histoire de la criminalité de son pays. Depuis les *kabuki-mono* du XVIe siècle – des samouraïs sans maître qui s'habillaient de manière excentrique, parlaient l'argot, attaquaient les voyageurs sur les chemins et pillaient les villages – jusqu'aux yakuzas modernes en passant par les *bosozoku*, les « tribus du tonnerre », des gangs de motards dont les batailles faisaient rage à Tokyo et dans tout le Japon durant les années 1970, et par la légendaire « K-Ko the Razor » qui, à la même époque, dirigeait un gang de cinquante *sukeban* – des collégiennes en uniforme traditionnel mais armées de chaînes et de rasoirs, comme dans le film *Kill Bill*.

Le Japon n'avait pas attendu l'Occident pour inventer les gangs de filles, se dit-il en parvenant tout rouge et essoufflé en haut de l'escalier.

Salomón lui avait demandé de préparer un exposé qu'il présenterait devant l'une des classes au grand complet, et il s'était attelé à cette tâche avec enthousiasme.

De nos jours, les quatre principaux clans regroupant la majorité des yakuzas étaient le Yamaguchi-gumi, le Sumiyoshi-kai, l'Inagawa-kai et l'Aizukotetsu-kai. À l'exception du deuxième, qui était une sorte de confédération de gangs plus petits, ils avaient tous une structure pyramidale, avec à leur sommet un *oyabun*.

Haruki avait prévu d'illustrer son propos par des photos de tatouages de yakuzas et aussi des clichés de motards arborant oriflammes, bandanas, tenues multicolores et lunettes noires. Il était certain que l'assistance allait adorer ça et être frappée par le nombre et la variété des gangs que comptait le Japon, un pays réputé sûr et policé, ainsi que par la singularité de leurs usages – stigmates ou symboles d'une société schizophrène, déchirée entre des traditions plongeant leurs racines dans un passé très ancien et un avant-gardisme extrême.

Haruki n'avait aucun mal à s'exprimer en public. Ce qui le mettait terriblement mal à l'aise, c'étaient les face-à-face – surtout quand son interlocuteur était une fille.

Parvenu au sommet de la cage d'escalier, sous le toit en pente, il cogna au battant de la chambre d'Assa… qui s'ouvrit de lui-même. Haruki regarda la porte voisine fermée, celle d'un étudiant qui s'appelait Jordi.

— Assa ? Alejandro ? lança-t-il en élevant la voix.

Il y avait quelque chose là-bas, sur le lit, dont il ne voyait qu'une partie. *Des pieds*… Il secoua la tête en souriant. Entra joyeusement. Émit un petit rire.

— Allez, debout là-dedans !

Il aimait bien Alejandro et Assa. C'étaient ses amis. Surtout Assa. Elle comprenait ce que c'était que d'avoir une couleur de peau différente dans ce pays ou de devoir s'adapter à une autre culture que la sienne, tolérer certains traits d'humour qui pouvaient blesser.

Quoique Assa ne tolérât nullement qu'on pût la blesser et encore moins insulter ses origines : elle était capable de remettre n'importe qui à sa place, de clouer le bec à tous les *kusoyarô*[1] de service, et elle ne s'en privait pas. Elle…

Il s'avança encore un peu – pas beaucoup : la chambre était si exiguë –, s'arrêta.

Kuso[2] *!* Il sentit ses cheveux se dresser sur sa tête tandis que son cœur cognait follement.

Ce qu'il voyait… ça ne pouvait être… *réel*. Une abomination pareille, ça n'existait que dans les séries et les films coréens ou japonais qu'il affectionnait.

Ou dans les romans de Natsuo Kirino. *Pas dans la réalité…*

C'était un tableau monstrueux, démentiel. On aurait dit qu'ils faisaient l'amour. Ils étaient nus, Alejandro couché sur Assa. Haruki voyait ses fesses blanches et musclées entre les cuisses sombres de la jeune femme et, absurdement, cette vision offensa sa pudeur plus que le sang répandu. Car ils s'étaient littéralement vidés de leur sang. Il y avait une mare écarlate qui poissait les draps autour d'eux, et tellement de gouttelettes sur le mur qu'on eût dit que quelqu'un avait déversé sur le lit un seau de peinture. Et – *oh non, non,*

1. « Connards », en japonais.
2. « Merde ! », en japonais.

noooonnnnn – Haruki aperçut la plaie béante et écarlate qu'Alejandro avait dans les cheveux, à l'arrière du crâne, la blancheur de l'os au milieu de tout ce rouge, et quelque chose de grisâtre qui était peut-être, qui était sans doute, qui était sûrement, songea-t-il en sentant monter la nausée, *de la matière cérébrale*…

Oh, Seigneur... !

Il se précipita dans les toilettes, où il se vida à longs traits, ses convulsions contractant son ventre avec une telle force que ses lunettes churent dans la cuvette. Il finit de vomir son petit déjeuner, plongea la main pour les récupérer, les essuya ainsi que sa bouche avec une grande quantité de papier toilette, l'estomac toujours agité.

Puis, après un long râle désespéré et quelques sanglots hystériques, les joues baignées de larmes, il retourna dans la chambre.

Les deux corps étaient raides, immobiles, et le jeune Japonais devina qu'ils devaient être comme ça depuis des heures, que s'il avait osé les toucher – ce que pour rien au monde il n'aurait fait – ils auraient eu sous ses doigts la froide rigidité du marbre.

Une pensée confuse le traversa.

Non, pas eux ! N'importe qui, mais pas eux ! Comment a-t-on osé commettre un acte aussi sacrilège ?

La fureur l'emportait maintenant sur l'horreur dans l'esprit de l'étudiant. Bien qu'en état de choc, il se secoua. Son cerveau paniqué se mit à tourner à cent à l'heure. Qui devait-il appeler ? Les secours ? La police ? Il essaya de se remémorer les numéros d'urgence en Espagne, tels qu'il les avait inscrits sur un calendrier dans sa chambrette.

Le 112 ou le 061 ? Le 091 ? Le 062 ?

L'esprit en surrégime, il se souvint que le 112 était le numéro à faire en priorité – qu'à partir de là un standard orienterait l'urgence vers les pompiers, la police ou une ambulance.

Il appela.

Pendant que ça sonnait, il remarqua un cordon électrique blanc qui semblait provenir d'un chargeur de téléphone et entourait le lit ainsi que ses deux amis à hauteur de la taille. Haruki doutait qu'il eût servi à les attacher. Alors, quel était le sens de ce détail ?

Il entendit une voix lui répondre quelque chose qu'il ne comprit pas. Il parla quand même, son débit précipité, hystérique. La voix lui demanda de répéter. *Despacio*. « Lentement ».

Cette fois, il comprit.

Il le fit.

51
Jeudi matin

10 heures du matin.

La rue était pleine de gardes civils et de véhicules. Deux heures plus tôt, on avait réveillé les riverains à grands coups de gyrophares et de sirènes. Même les serveurs en tenue noir et blanc des cafés voisins avaient laissé tomber leur clientèle pour suivre le manège.

Sous le crachin qui patinait les pavés comme un vernis, les plantons en uniforme se donnaient des airs importants devant les badauds, tandis que les personnes véritablement importantes s'engouffraient sans un mot dans le vieil immeuble de quatre étages.

À l'intérieur, Salomón et Lucia se tenaient sur le petit palier, au sommet des marches, à l'entrée de la chambre, au centre du tourbillon. Elle venait d'arriver de Madrid et il avait fallu qu'elle s'en mêle pour que la Guardia Civil autorise le criminologue à monter.

On ne leur avait permis de gravir les marches, cela dit, qu'une fois que la police scientifique avait passé au peigne fin le palier, la cage d'escalier et le vestibule, et posé des marques en plastique pour indiquer le chemin à suivre, mais Lucia ne doutait pas qu'un trop grand nombre de personnes avait piétiné les traces éventuelles bien avant leur arrivée.

Salomón regardait la chambre depuis le seuil comme s'il se tenait devant les portes de l'enfer. Lucia remarqua qu'il avait les yeux rougis. Elle posa une main sur son bras.

— Allons-y, dit-elle doucement. Ça ne sert à rien de rester là. Laissons-les travailler.

Il hocha la tête, silencieux. Dans la chambre et dans la cage d'escalier, les techniciens du SECRIM portaient combinaisons intégrales, gants et lunettes protectrices. Aucun détail n'échapperait à leurs torches ni à leurs yeux aguerris. Leurs prélèvements partiraient au labo central, qui comportait neuf départements : Chimie, Milieu ambiant, Biologie, Ingénierie, Graphologie, Balistique et traces, etc.

— Je te jure que je vais choper ce fils de pute, gronda-t-elle en redescendant.

Salomón avait l'air dévasté. Il ne fit aucun commentaire. En émergeant de l'immeuble, Lucia rejoignit Peña et Arias qui se tenaient près des véhicules de la Guardia Civil – dont le fourgon du SECRIM – de l'autre côté de la rue. Peña fumait nerveusement. Il n'était pas rasé et les poils sur ses joues ressemblaient à des piquants de porc-épic. Elle refusa le café qu'Arias lui tendait.

— Tu te charges d'informer la famille du jeune homme, lui dit-elle, et tu appelles la police française pour qu'elle informe celle de cette pauvre gamine.

— Comment a-t-il fait pour les poignarder tous les deux ? demanda Peña.

— Comme les autres fois. Il a l'habitude et il prend les devants, à mon avis. Il joue sur l'effet de surprise. Il a dû poignarder le garçon dès qu'il a ouvert la porte, puis s'est jeté sur la fille, et il les a… *terminés* ensuite. La fille l'a vu venir : il y a des marques de défense sur ses mains, pas sur celles d'Alejandro.

— Mais elle a dû crier…

— C'est un immeuble de rapport plein d'étudiants. Il y avait probablement du bruit ou de la musique aux étages en dessous. Et leur seul voisin, un étudiant qui s'appelle Jordi, était sorti.

Peña hocha la tête.

— Il faut que tu voies quelque chose, lui dit-il.

Il se pencha par la portière ouverte du Toyota derrière lui, se redressa, tendit un journal à Lucia.

— Qu'est-ce que c'est ?

— Lis.

Le journal était ouvert, Lucia lut à la page indiquée.

LE GROUPE DE CRIMINOLOGIE DE L'USAL
SUR LA TRACE D'UN TUEUR EN SÉRIE
A-t-il quelque chose à voir avec le violeur d'étudiantes ?

— Bordel ! s'exclama-t-elle.

Elle poursuivit sa lecture :

Il existe au sein de la faculté de droit de l'USAL un groupe de criminologie très discret dirigé par le Dr Salomón Borges, éminent spécialiste faisant autorité. Sous son égide et à son initiative, le groupe a mis au point un logiciel baptisé DIMAS, révolutionnaire en ce sens qu'il serait capable de corréler des affaires dont le lien avait échappé jusqu'à ce jour aux services enquêteurs. C'est ainsi que DIMAS a exhumé récemment trois affaires non résolues : trois couples assassinés à trente ans d'écart. Non content de mettre ses étudiants sur le coup, le Dr Borges a fait appel à l'étoile montante de l'UCO, la lieutenante Lucia Guerrero, connue pour avoir appréhendé Francisco Manuel Mélendez, « le tueur au marteau », dont le procès en première instance se déroule en ce moment même au tribunal de Madrid. Cette information soulève une question : la personne que traque le groupe est-elle celle qui a commis des viols dernièrement à Salamanque ? Ou bien s'agit-il de deux [...]

Elle interrompit sa lecture. L'article était signé Candace Boix, l'ambitieuse journaliste qui avait voulu savoir, lors de leur dernière conférence de presse, comment un suspect avait pu échapper à la vigilance de l'UCO et mettre fin à ses jours.

— Putain ! s'emporta-t-elle. Quelqu'un a vendu la mèche.

Lucia hésita, se tourna vers Salomón.

— Tu crois que ça peut être… un de tes étudiants ?

Le regard dans le vague, le criminologue mit du temps à réagir. Il secoua la tête.

— J'en sais rien, Lucia. Et, très franchement, en ce moment précis, c'est le cadet de mes soucis. On vient de perdre deux magnifiques jeunes gens pleins d'avenir. Et moi, j'ai perdu deux de mes étudiants. Alors, même si nous finissons par… attraper ce salopard, il est déjà trop tard.

Il s'interrompit, les yeux remplis de larmes.

— Je suis désolée, dit-elle, confuse.

Elle aperçut, par-dessus l'épaule de Salomón, Ulysses, Cordélia et Verónica au milieu des badauds, de l'autre côté du ruban antifranchissement. Ils avaient l'air hébétés, prostrés. Haruki, lui, était assis, hagard, à l'arrière d'une ambulance, une couverture de survie passée sur ses épaules, lesquelles étaient courbées sous un fardeau invisible.

— Tes étudiants sont là, dit-elle doucement.

Le criminologue se retourna. Elle le vit se mettre en marche, se plier en deux et soulever le ruban pour passer en dessous. Après quoi, il serra ses trois étudiants dans ses bras. Lucia vit qu'ils étaient secoués par des sanglots. Verónica pleurait sans retenue, Cordélia essayait de garder une contenance, mais les larmes brillaient sur ses joues, Ulysses était pâle et défait. Absent. Il jeta un rapide coup d'œil à Lucia avant d'appuyer son menton sur l'épaule de Salomón.

Peña soupira, jeta sa cigarette par terre.

— Tu en penses quoi, toi, de ce qui vient de se passer ?

Son ton était neutre, mais elle devina qu'il bouillait intérieurement.

— Il est en train de paniquer, répondit-elle. Il se sent coincé, acculé. Il a agi dans l'urgence. Ici, la mise en scène est minimale. Il faudra voir si elle correspond là aussi à un tableau inspiré des *Métamorphoses*…

Elle sortit son téléphone, appela Adrián, tomba sur son répondeur. Elle lui envoya les photos qu'elle avait prises là-haut.

— Pourquoi eux ? demanda Peña. Pourquoi tout à coup s'en prendre à des étudiants du groupe ?

— C'était aussi un couple heureux, proposa Lucia. Comme les autres.

— Oui…, confirma tristement Salomón, qui venait de les rejoindre.

— En tout cas, entre ce double meurtre et l'article de l'autre journaliste, cette fois la presse va se déchaîner, maugréa Peña, morose.

Une ambulance émit un bref mais strident avertissement avant de se frayer un chemin parmi les badauds.

— On se rapproche, insista Lucia. Il faut reconstituer l'emploi du temps et l'itinéraire d'Assa et d'Alejandro hier. La première chose à faire, c'est de dénicher toutes les caméras de surveillance devant lesquelles ils ont pu passer et de visionner les enregistrements.

Il les observait de loin, à travers les vitres du café. Ils se tenaient au-delà du cordon de sécurité, près des véhicules de la Guardia Civil : Salomón et cette lieutenante de l'UCO. Les deux autres devaient être ses collègues à elle. Le grand type mal rasé et moustachu avait la dégaine d'un chef ; cela se devinait à la façon dont il s'adressait à eux et dont il supervisait les opérations.

Il y avait aussi, un peu plus loin, trois étudiants du groupe de Salomón qui se soutenaient mutuellement. Verónica pleurait sans pouvoir s'arrêter. Cordélia se frottait plus discrètement les paupières. Ulysses, lui, ne pleurait pas.

Salomón aurait sans doute été surpris qu'il connût leurs prénoms, mais il s'intéressait bien plus à DIMAS qu'il n'en donnait l'air. Il termina son café, reposa sa tasse.

Il portait ce matin-là un costume Paul Smith sur une chemise Turnbull & Asser et une mince cravate en soie Salvatore Ferragamo. Il jeta un coup d'œil à sa montre. 8 h 16. Il était temps de retourner à Valladolid. Le conseiller pour l'éducation Héctor Delgado avait passé la nuit à Salamanque.

Il paya. Considéra la petite femme brune tout de noir vêtue. Blouson de cuir noir, jean noir. La trouva jolie. Même à cette distance, il pouvait deviner son caractère : obstinée, têtue, intrépide et soupe au lait.

Cette garde civile, Lucia Guerrero : elle ne savait pas à quel point le diable était près d'elle.

52
Jeudi matin

Ils étaient cinq dans la pièce de trois mètres sur trois : Lucia, Peña, Arias, Salomón et l'employé de l'université chargé de la surveillance des écrans. Assis devant eux qui restaient debout, ce dernier avait des pellicules sur son uniforme, une tignasse qui ne devait pas voir un peigne tous les jours, et il suait comme un bœuf.

Lucia voyait la transpiration luire sur sa nuque de taureau où des poils noirs frisottaient. Elle se dit que c'était à cause du stress. Une enquête de l'UCO qui requérait de visionner ses images, ça ne lui arrivait pas tous les quatre matins.

— Pablo, c'est ça ? dit-elle peu après 11 heures.

— Oui…

— Pablo, on voudrait les images des deux caméras de surveillance, celles de l'entrée est et celles de l'entrée nord à partir de 17 heures hier soir pour commencer… Je vois que vous avez deux écrans. Balancez-les en parallèle et en accéléré, vous pouvez faire ça ?

— Je crois que oui, répondit Pablo en déglutissant.

— Génial.

Le gros homme pianota sur son clavier et ils virent des silhouettes entrer et sortir du bâtiment par les deux accès. Il était 17 heures passées et beaucoup plus de personnes sortaient qu'il n'en entrait.

— Là, dit Lucia quand Assa et Haruki apparurent à leur tour sur l'écran, émergeant de la faculté du côté de l'avenue de los Maristas. Arrêtez l'image et revenez une minute en arrière.

L'homme se redressa sur son siège et s'exécuta. Lucia nota l'heure. 19 h 03. D'accord. Ces étudiants faisaient un paquet d'heures sup. Ils arrivaient tôt, restaient longtemps après la fin des cours. *Ils adorent ce qu'ils font...* Sa gorge se serra en découvrant Assa encore vivante qui rigolait avec Haruki, lequel riait aussi. Elle réprima un soupir. L'étudiant japonais ne rirait plus avant longtemps ; il y avait fort à parier qu'il rentrerait prématurément dans son pays, marqué au fer rouge pour le restant de ses jours, qu'il ferait des cauchemars récurrents et se réveillerait au beau milieu de la nuit, baigné de sueur nocturne, l'esprit bruissant comme un vent de feuilles mortes dans un palais en ruine – celui de sa croyance perdue en la bonté du monde.

Le regard de Lucia allait et venait entre les images en accéléré et le compteur digital qui tournait dans un coin de l'écran. Les minutes puis les heures défilèrent. Le flot de ceux qui quittaient le bâtiment se raréfia. Et plus personne n'entra.

— Stop, dit brusquement Arias, revenez en arrière !

Alejandro… *Il venait d'apparaître à la sortie nord.*

— L'écran de droite en vitesse normale, dit Lucia. Tout va bien, Pablo… Vous vous en tirez très bien.

Les gros doigts de Pablo laissaient des traces de sueur sur le clavier. Sur l'écran, Alejandro franchit les portes pour la deuxième fois.

— Continuez, Pablo, dit Lucia. Vitesse normale…

Pablo obtempéra. Lucia surveillait la porte, espérant voir quelqu'un sortir dans le sillage de l'étudiant. Elle ne quittait pas l'écran des yeux.

— Il y retourne ! s'exclama Arias.

Elle se pencha davantage. Effectivement, Alejandro venait de rentrer dans le bâtiment, environ deux minutes après en être sorti.

— Accélérez, dit-elle, mais tenez-vous prêt à repasser en vitesse normale…

Elle surveilla le compteur. Cinq minutes. Dix. Un quart d'heure… Alejandro réapparut soudain. Il avait l'air pressé. Et stressé. Juste avant de descendre les marches, le bel étudiant se retourna pour jeter un regard en arrière.

— Stop ! cria Lucia.

Pablo sursauta. Écrasa une touche de son gros index. Sur l'écran, le visage du jeune Espagnol se figea. Immobilisé dans une attitude qui ne laissait pas de place au doute. Il y avait dans ses yeux quelque chose qui ressemblait à une très vive inquiétude.

Peut-être même à de la peur...

— J'ai vérifié le listing des appels, dit Lucia. Alejandro a appelé Assa une minute après cette image, c'est-à-dire une minute après être sorti pour la seconde fois de la faculté de droit comme s'il avait le diable à ses trousses.

— Et tu en conclus quoi ? demanda Peña.

— Mon hypothèse, c'est qu'Alejandro retourne à l'intérieur parce qu'il a oublié un truc. C'est là que quelque chose se passe qui l'effraie. Ou qu'il surprend quelqu'un. Et il appelle Assa dès qu'il est dehors pour lui en parler. Ensuite, il la rejoint, je suppose. Qu'est-ce qu'ils se sont dit ? Et surtout qu'est-ce qu'Alejandro a vu ou entendu qui l'a mis dans cet état ?

— Tu veux dire qu'ils auraient été tués à cause de ce qu'Alejandro a vu ou entendu la nuit dernière à l'intérieur de la fac ? voulut savoir un Peña à la fois perplexe et incrédule.

— C'est une éventualité…, insista-t-elle. Si Alejandro a vu quelque chose qui les a mis en danger, nous devons à tout prix découvrir qui se trouvait dans le bâtiment en même temps que lui. Continuez, Pablo. En accéléré, merci.

— À votre service, répondit celui-ci en fixant l'écran.

Il avait oublié son stress. Il était conscient de participer à une enquête de la plus haute importance. Une enquête sur un double meurtre. Rien que ça ! Il était au cœur de l'action. Il n'avait qu'une hâte : pouvoir rejoindre ses copains au café et les épater en leur racontant ce qu'il venait de voir et d'entendre.

— Et Pablo…, dit la voix de la femme derrière lui, aussi froide que sa douche le matin avant que l'eau chaude n'arrive dans les tuyaux, pas un mot à qui que ce soit, c'est compris ?

Ses épaules s'affaissèrent imperceptiblement.

— Oui, lieutenante.

Il avait bien l'intention de ne pas suivre cette dernière instruction. Même si la jolie petite brune lui flanquait la pétoche. De son côté, Lucia regardait l'heure défiler.

23 : 15.

23 : 16.

23 : 17.

23 : 18.

23 : 19.

Soudain, une nouvelle silhouette apparut. Mince, haute. Manteau sombre, lunettes. Une expression à la fois soucieuse et hautaine.

Alfredo Güel.

53
Jeudi matin

— Merde, dit Lucia.

— Putain, s'exclama Arias, c'est qui, lui ?

— Un professeur, répondit Salomón.

— Notre ami Alfredo… qui nie avoir emprunté *Les Métamorphoses* à la bibliothèque. Et qui a toujours son attelle au poignet, observa Lucia.

Elle se souvint qu'elle avait eu un doute quand, après qu'elle lui eut demandé ce qu'il s'était fait au poignet, il avait parlé d'un accident. Elle avait discerné dans sa voix quelque chose qui sonnait faux.

Elle attrapa son téléphone en disant :

— D'après la Guardia Civil de Salamanque, le violeur a échappé de peu à ses poursuivants la dernière fois.

— Et alors ?

— *Il s'est peut-être blessé en fuyant…*

Quand elle eut obtenu son interlocuteur, elle lui posa plusieurs questions rapides puis attendit les réponses. Dans la petite pièce aux écrans, plus personne ne parlait, tout le monde avait les yeux rivés sur elle.

Les siens étincelèrent quand elle raccrocha.

— D'après la déposition de celui qui a poursuivi le violeur dans les rues de Salamanque, ce dernier a sauté d'une terrasse située à près de quatre mètres au-dessus de la rue. Lui-même a hésité avant d'en faire autant. Il n'est pas du tout impossible qu'en se réceptionnant le fuyard se soit fait mal… *au poignet, par exemple.* Quelqu'un a pensé à vérifier auprès des hôpitaux et des cliniques ?

Assis au volant de sa Mercedes, le conseiller pour l'éducation Héctor Delgado enfila une belle paire de gants Bottega Veneta en agneau et cuir de veau couleur toffee ; après quoi, il ouvrit la boîte à gants et en sortit l'enveloppe kraft sur laquelle était inscrit au stylo-roller : « Guardia Civil de Salamanque, à l'attention de la lieutenante Guerrero ».

Il regarda autour de lui. Le trottoir était désert. Personne à proximité de la boîte aux lettres. Un carrefour se trouvait à une vingtaine de mètres de là, avec un club de gym, un magasin d'optique, une parapharmacie, un supermarché Dia, une grande terrasse de café et deux passages piétons perpendiculaires, mais ils étaient suffisamment loin pour ne pas l'inquiéter. Et puis, on était en novembre, il bruinait et les passants ne s'attardaient pas.

Fort bien. Sortant de la Mercedes, il traversa le large trottoir sans hâte en direction de la boîte aux lettres. Sa main trembla quelque peu quand il glissa l'enveloppe dans la fente, après un dernier coup d'œil alentour. Il n'était pas aussi ignorant que Salomón le croyait en matière d'affaires criminelles. En vérité, le crime le passionnait. Et, au moment de laisser tomber l'enveloppe dans la boîte aux lettres, il songea au célèbre tueur du Zodiaque qui, à la fin des années 1960, terrorisait la région de la baie de San Francisco et narguait les autorités en envoyant à la presse des missives anonymes où il ridiculisait les forces de l'ordre et les mettait au défi de l'attraper. Aujourd'hui encore, on ignorait son identité. Tout comme on ignorait celle du non moins célèbre bourreau d'Elizabeth Short, surnommée « le Dahlia noir », qu'on avait retrouvée morte un matin de janvier 1947 dans les rues de Los Angeles. Nue, mutilée et coupée en deux au niveau du bassin. Son assassin avait lui aussi défié la police en lui envoyant des messages. Ou peut-être quelqu'un qui se faisait passer pour lui… Nul ne savait.

L'air était humide et froid ; il n'en sentit pas moins une bouffée de chaleur monter le long de son cou quand l'enveloppe fut avalée par la boîte.

Les dés en étaient jetés. Plus moyen de faire machine arrière.

Il remonta en voiture. Là-bas, plantée au carrefour, une vieille femme à moitié cassée en deux sur sa canne l'observait. On aurait dit que la sorcière savait ce qui se tramait, qu'elle lisait dans ses pensées.

Ne sois pas parano…

Il démarra.

— On a tout vérifié, dit Arias en revenant trois heures plus tard. Le CHU, l'hôpital Virgen de la Vega, les cliniques et même deux cliniques de physiothérapie et une de chirurgie esthétique : personne n'a soigné un poignet cassé ou luxé dans la nuit du 17 au 18 novembre ni dans les jours qui ont suivi.

Pas loin de 14 heures. Ils se tenaient dans une pièce qu'on avait mise à leur disposition dans la caserne de Salamanque. Elle devait servir de débarras en temps normal, car des cartons rangés sur des étagères métalliques, des lampes sans ampoule et des ordinateurs mis au rebut l'encombraient. Mais il y avait aussi une table, quatre chaises dont une cassée, et une cafetière en état de marche.

— Qu'est-ce qui nous prouve que Güel est le violeur ? protesta Salomón. Sa blessure n'a peut-être rien à voir. Et, même si c'était le cas, quel rapport avec notre affaire ? N'est-on pas en train de perdre notre temps ?

— C'est toi, le spécialiste, dit-elle, mais, d'après ce que j'ai lu, la clé de la personnalité de ces tueurs réside dans le caractère psychosexuel de leurs crimes. Ils sont incapables de relations sexuelles librement consenties et leurs meurtres répondent à des fantasmes, même quand il n'y a pas viol, je me trompe ?

— Non. On a déjà eu cette discussion. Mais on parle de quelqu'un qui tue depuis des décennies, pas d'un primomeurtrier… Pourquoi se contenter, passe-moi l'expression, de violer ses victimes quand il peut aussi les tuer ? Le type qui s'en est pris aux étudiantes a « seulement » infligé des attouchements à certaines d'entre elles. Ça ne correspond pas au profil…

Une fesse posée sur un coin de table, Peña suivait l'échange.

— Il n'est pas possible qu'à côté des meurtres il ait eu envie de violer des femmes ? interrogea-t-il.

— Tout est possible dans la tête de ces individus, répondit le criminologue en haussant les épaules. Ils ont un univers fantasmatique d'une telle richesse…

— « Fantasmatique », « richesse » ? releva Lucia en grimaçant, comme si elle avait senti une mauvaise odeur.

— Ce n'est pas un jugement de valeur, Lucia. C'est juste un fait, si désagréable soit-il.

Le téléphone de Lucia sonna. C'était Adrián.

— *Mars et Vénus surpris par les dieux*, annonça-t-il sans préambule. C'est bien dans *Les Métamorphoses*. Vulcain a appris que son épouse, Vénus, le trompait avec Mars. Il forge des liens presque invisibles. À peine l'épouse et le dieu adultères sont-ils réunis dans la même couche qu'ils se trouvent pris tous les deux dans ces liens… Après quoi, Vulcain ouvre les portes et expose les deux amants honteux aux autres dieux… De la même façon que votre assassin a surpris ces deux jeunes gens, les a tués, a passé le cordon électrique autour des deux corps, puis a laissé la porte entrouverte afin de les exposer à la vue de tous… Cette fois, il a réduit sa mise en scène au minimum. Crénom, Lucia, c'est quoi, ce type ? Et c'est qui, ses victimes ? Elles ont l'air si jeunes…

— Merci, Adrián, dit-elle sans répondre.

Elle raccrocha. Une idée avait germé pendant qu'Adrián parlait, qui n'avait aucun rapport avec ce qu'il venait de dire, plutôt avec leur recherche précédente, celle liée à l'attelle d'Alfredo Güel.

— Et les pharmacies ? dit-elle subitement.

— Quoi, les pharmacies ? fit Peña.

— Il y avait bien une pharmacie de garde dans la nuit du 17 au 18 novembre.

Arias était déjà sur son téléphone.

— J'ai plus de vingt pharmacies rien que dans le centre, déclara-t-il quinze secondes plus tard.

Pendant le quart d'heure qui suivit, ils se répartirent les tâches et passèrent une vingtaine de coups de fil.

— Pharmacie Filiberto, place du Marché, lança Arias en raccrochant. Elle est ouverte 24/24. La pharmacienne se souvient qu'un homme est venu en pleine nuit pour une entorse au poignet il n'y a pas longtemps.

Lucia s'était déjà levée. Elle attrapait son blouson, qu'elle avait jeté sur le dossier de sa chaise.

— Allons-y !

Ils franchirent les portes automatiques à 15 heures. Lucia repéra tout de suite la caméra placée en hauteur, dans un angle, à gauche du comptoir, qui filmait à la fois l'entrée, les rayons et la caisse.

Elle se présenta et montra sa carte à l'employée, qui se frotta le menton avant d'aller chercher la patronne. Celle-ci, une femme anguleuse, aux cheveux secs et au long nez pointu, déclara qu'elle était ravie d'aider la Guardia Civil, mais qu'elle s'était fait cambrioler le mois dernier et qu'elle attendait toujours qu'on trouve les coupables. Lucia joua la compréhension.

— Je vais m'occuper de ça personnellement, mentit-elle.

Après quoi, elle lui demanda de lui parler de son dispositif de surveillance.

— Vous avez un suspect pour mon cambriolage ? voulut savoir la pharmacienne, pleine d'espoir.

— Il s'agit d'une autre affaire.

La femme parut déçue.

— J'ai une caméra dans la boutique et une autre dans l'entrepôt, dit-elle, reliées par wifi à un enregistreur vidéo. La liaison est indépendante de la box. Les caméras sont aussi équipées de LED infrarouges pour la vision de nuit bien qu'on soit ouverts et donc éclairés 24/24. Elles se déclenchent dès qu'il y a un mouvement. On peut aussi visionner les images en direct de son smartphone ou d'un PC.

Ce qui est bien pratique pour surveiller ses employés, pensa Lucia.

— Quelle est la capacité de stockage du disque dur ? demanda Arias.

— De cinq à quinze jours, en fonction de la fréquentation du magasin…

Lucia calcula : la fuite du violeur remontait à quatre nuits.

— J'aimerais voir les images du 17 au 18 novembre à partir de minuit, déclara-t-elle.

Franchissant un rideau derrière le comptoir, la femme les guida dans l'arrière-boutique, où les murs étaient couverts de tiroirs contenant des boîtes de médicaments en quantité industrielle. *Les tonnes de médicaments que peut s'enfiler une population comme celle de l'Espagne*, songea Lucia. Le système de stockage des images se trouvait sur une petite table dans le fond : une boîte parallélépipédique en composite noir qui ressemblait à n'importe quelle box de fournisseur d'accès à Internet. Comme l'avait fait l'agent de sécurité avant elle, la pharmacienne s'assit sur l'unique siège et ouvrit son ordinateur portable avant de se mettre à pianoter sur le clavier. Elle cliqua sur [Caméra] puis sur [Menu], fit défiler les dates, cliqua sur [18/11] puis sur [0 : 00]. L'instant d'après, les images apparurent. Elles étaient en couleurs, mais en basse résolution et sans audio.

— Accélérez, s'il vous plaît.

La femme effectua une nouvelle manipulation. Lucia jura intérieurement : à cette heure, la pharmacie était vide ; la permanence de nuit était assurée à travers un guichet donnant sur la rue et ménagé dans la vitrine, c'est-à-dire *loin de la caméra*.

— Vous n'avez pas de caméra à l'extérieur ? demanda-t-elle.

— Non. Tenez, fit la pharmacienne, le voilà !

Une silhouette de haute taille en sweat à capuche bleu marine et bandes blanches venait d'apparaître derrière la vitrine, à hauteur du guichet, se tenant le poignet. *Il était trop loin...* Sur la vidéo, ils virent la pharmacienne s'approcher de la trappe carrée.

— Vitesse normale, s'il vous plaît… Merde, sous cet angle, on voit rien, grommela Arias.

— Attendez. Je me souviens de lui. Un monsieur très bien élevé. J'ai supposé, vu son accoutrement, qu'il venait de faire du sport malgré l'heure tardive…

Lucia ne releva pas. Sur la vidéo, elle vit la pharmacienne retraverser le magasin pour se rendre dans l'arrière-boutique, puis revenir vers le guichet une boîte à la main. Qu'elle lui tendit à travers la trappe.

— Je lui ai dit d'aller aux urgences, commenta la pharmacienne.

Sur l'écran, ses lèvres s'agitaient. L'homme hochait la tête de l'autre côté du guichet, à travers la vitrine, parlant à son tour, mais son visage restait dans l'ombre de la capuche. Finalement, il remonta la manche de son sweat-shirt pour dégager son poignet.

Abaisse ta capuche, le supplia mentalement Lucia. *Abaisse-la...* Mais l'homme n'en fit rien, il entreprit de fixer l'attelle autour de son pouce et de son poignet, manche relevée.

— Vous vous souvenez à quoi il ressemblait ? demanda Lucia en dissimulant sa frustration.

— Plutôt bel homme, grand, des lunettes, dans la quarantaine. Très poli, charmant.

C'était lui. Güel. Pas de doute.

Et c'était exactement la même attelle. Mais, s'ils n'avaient pas d'autres images, aucun juge ne le mettrait en examen sur la foi de cette vidéo. Güel redescendit sa manche une fois l'attelle en place.

Merde, c'est pas vrai... Lucia avait envie de donner un coup de poing dans quelque chose.

— Une minute ! s'écria-t-elle, faisant sursauter tout le monde. Revenez en arrière !

La pharmacienne obtempéra, sourcils froncés.

— Vitesse normale, dit Lucia. Là ! Stop !

La femme immobilisa la vidéo sur une image légèrement tremblante, à l'instant où l'homme remontait sa manche sur son avant-bras pour poser l'attelle. Lucia se pencha. *La montre*...

Pas la plus chère, mais chère quand même. Pas la plus rare, mais pas courante non plus. Une Omega Speedmaster : la montre qu'Alfredo Güel portait au poignet quand elle l'avait vu. Combien y avait-il d'hommes à Salamanque ayant la même stature et s'étant blessé au poignet dans la nuit du 17 au 18 novembre qui possédaient une Omega Speedmaster ?

La montre, plus l'attelle, plus la date, la taille et la corpulence. Ça ferait l'affaire... Et la pharmacienne le reconnaîtrait en cas d'identification.

54
Jeudi après-midi

Lucia le regarda. Il était 17 h 28. Cinquante minutes plus tôt, ils avaient fait irruption dans la salle de classe où Alfredo Güel donnait cours et l'avaient appréhendé devant ses élèves stupéfaits. Un brouhaha était très vite monté parmi les étudiants, certains s'élevant contre les manières de la Guardia Civil, tandis qu'une voix féminine s'écriait : « Vous ne comprenez pas ? C'est lui, le violeur : encore un foutu mâle blanc ! »

Ils lui avaient demandé s'il désirait la présence d'un avocat, d'un médecin, lui avaient donné connaissance de ses droits. Il n'avait pas desserré les lèvres.

Il les toisait à présent, pendant qu'ils fouillaient son appartement de la rue Concejo, avec l'arrogance d'un Laurence Olivier dans *Marathon Man* et la ruse d'un Robert Mitchum dans *Les Nerfs à vif.* Lucia n'était pas une grande lectrice, mais elle adorait les vieux films policiers.

— Vous voulez un café ? demanda-t-elle en soufflant sur le sien et en observant l'agitation autour d'eux.

Pas de réponse.

— Professeur Güel, où vous vous êtes fait ça ? (Elle montrait l'attelle bleue à son poignet.) Je sais, vous m'avez déjà répondu : vous êtes tombé. Vous savez ce que je crois ? Je crois que vous vous êtes mal réceptionné quand vous avez sauté de cette terrasse dans la nuit du 17 au 18, en fuyant cet étudiant qui vous poursuivait. Que vous vous êtes tordu le poignet et que vous vous êtes rendu à la pharmacie Filiberto. Vous êtes bien allé dans cette pharmacie cette nuit-là, n'est-ce pas ?

Pas de réponse. Il se tenait tout à fait droit, et la fixait sans sourire. Mais le sourire n'était pas loin, il était dans son regard sarcastique, hautain.

Pas de problème. Lucia était rodée à ce genre de confrontation. Au cours de sa déjà longue carrière, elle avait croisé à peu près tous les cas de figure. Le mutique était un classique. D'une manière ou d'une autre, elle finirait par entrer dans sa tête. Personne n'était meilleur qu'elle à ce jeu-là.

— Je vois ici que vous enseignez l'évaluation psychologique légale, la psychiatrie légale et... les délits sexuels, dit-elle après une feinte hésitation en consultant les papiers qu'elle avait en main. Ça a l'air intéressant... Surtout les délits sexuels, vous ne trouvez pas ? Remarquez, la psychiatrie légale aussi... Vous croyez qu'un professeur qui agresse sexuellement et viole ses étudiantes après ses cours, ça relève de la psychiatrie ? Légalement parlant, je veux dire ?

Pas de réaction. Assis à côté d'elle, Peña prit le relais.

— Presque toutes les étudiantes qui ont été agressées ou violées ces dernières semaines assistaient à vos cours, professeur... Ou dois-je dire : docteur ?

Et avant, vous les trouviez où, vos victimes ? On ne devient pas violeur à presque cinquante ans, Alfredo. On a commencé bien avant. Ce n'est pas un *hobby* qu'on se découvre sur le tard.

Elle scruta l'effet sur lui du passage au prénom. Constata que cette munition-là avait raté sa cible. Pas grave. Ils en avaient d'autres en magasin.

— Et si ce… professeur… ce docteur… cet individu tue aussi des couples parce qu'il ne peut pas supporter leur bonheur, lui qui vit seul parce que sa femme l'a quitté pour un autre, c'est bien votre cas, n'est-ce pas ? Vous croyez que ça aussi ça relève de la psychiatrie légale ? poursuivit Peña.

Elle nota enfin un infime frémissement dans ses pupilles. L'arrogance était toujours là, mais ils avaient obtenu une première lézarde dans la façade. Ils étaient comme les vagues qui rongent la falaise. À l'usure, c'est toujours l'océan qui gagne.

Elle jeta un rapide coup d'œil aux agents qui passaient au peigne fin chaque centimètre carré de l'appartement en présence de l'avocat d'administration représentant le juge.

Question suivante. De petites vagues… Il y avait une sacrée différence cependant entre l'océan et eux : l'océan avait tout son temps, alors que le leur était sévèrement circonscrit dans les limites de la loi. Et Güel le savait.

— Il paraît que de nombreuses étudiantes fantasment sur vous, c'est vrai ? demanda-t-elle. Elles vous allument ? Vous couchez avec elles ? Ou bien il faut qu'elles soient non consentantes pour que vous soyez excité, Alfredo ?

Pas de réponse.

— Ulysses Joyce, vous savez qui c'est ? enchaîna Peña. Il a découvert que quelqu'un avait fouillé dans les papiers du groupe de criminologie, et il a dit au professeur Borges qu'il vous avait vu dans le bâtiment de la faculté la nuit où il a entendu du bruit au sous-sol… Il pense que c'est vous qui êtes descendu… C'était vous, Alfredo ? Et si c'était vous, pourquoi fouiller dans les dossiers du groupe du professeur Borges ?

Pas de réponse.

— Vous avez emprunté *Les Métamorphoses* à la bibliothèque de la faculté de droit, mais vous avez refusé de l'admettre, pourquoi ? Il y a votre nom dans le registre, mais vous avez inventé cette histoire absurde d'étudiants à qui vous prêtez votre carte… C'était assez décevant, à vrai dire… J'aurais espéré de votre part un stratagème plus subtil…

Pas de réponse.

— Vous savez ce que je crois ? avança Lucia. Je crois que celui qui a fait ça a un ego immense. C'est un homme avec un très haut niveau intellectuel. Il est redoutable, malin, habile, prudent. Il occupe une position élevée dans la société : *professeur d'université, par exemple*. Il est parfaitement intégré. Comme chez tous les grands pervers, il y a chez lui une absence remarquable de culpabilité, de remords, devant la souffrance des autres. Au contraire, sa jouissance est si forte que chaque meurtre réussi renforce son sentiment de toute-puissance, son désir de recommencer…

Comme pour accompagner les paroles de Lucia, un coup de tonnerre fit trembler les vitres. Et, presque aussitôt, une pluie oblique cingla la rangée de fenêtres en plein cintre donnant sur la rue Concejo.

— C'est un manipulateur-né, continua-t-elle. Il a atteint un haut degré de sophistication et de maturité, et il est capable de se servir de la fascination qu'il exerce sur son entourage – ses élèves par exemple – pour détecter leurs failles, leurs faiblesses. Car sa nature ou le milieu dans lequel il a grandi ont fait de lui un prédateur. Il chasse. Tuer des couples en plein jour et les mettre en scène n'est pas chose facile. Il est doué pour ça. C'est aussi un esthète. Un érudit. Il veut de la beauté dans ses meurtres. Il veut leur donner un sens… À propos, pourquoi *Les Métamorphoses*, Alfredo ?

Peña comprit ce qu'elle faisait. Elle flattait l'immense ego de Güel, qui suivait d'un air indifférent la perquisition de son domicile. Elle espérait que sa vanité intellectuelle l'amènerait à réagir. Il y avait peu de chances que ça marche à ce stade. C'était trop tôt. Et Lucia le savait. Mais ainsi ils alternaient le chaud et le froid, le déstabilisaient, le préparaient pour l'assaut final.

— Qu'est-ce que la morale, après tout, sinon une série de conventions sociales, n'est-ce pas, docteur ? poursuivit-elle sur le même ton. Faites pour protéger les faibles des forts. Qu'est-ce que vous en pensez ? La nature, elle, est plus vraie, plus cruelle : il n'y a pas de place pour les faibles dans la nature.

— N'est-ce pas nietzschéen, docteur ? suggéra Peña en espérant que, fouetté dans son orgueil d'universitaire, Güel allait ouvrir la bouche pour remettre à leur place ces deux minables qui jouaient les philosophes.

Mais il gardait le silence.

— Respirez, docteur, suggéra Lucia. Détendez-vous. Je vous sens stressé. Vous êtes stressé ?

Peña se fit la réflexion qu'il n'avait pas l'air si stressé que ça. Mais toutes les remarques hors de propos de Lucia devaient commencer à l'agacer, même s'il n'en laissait rien paraître. Dehors, les rafales de vent se succédaient, miaulant comme un chat le long des rues.

— Je crois que vivre seul vous a abîmé le cerveau, dit Lucia, usant subitement d'un langage volontairement offensant après l'avoir flatté. Je crois que vous êtes impuissant avec les femmes, que vous n'arrivez pas à les satisfaire… Toutes ces gamines à la fac qui vous allument, ça vous rend fou, mais elles n'ont aucune envie de coucher avec…

— On a trouvé la colle ! lança soudain une voix à l'autre bout de l'appartement.

Arias…

Ils se précipitèrent. Un bureau exigu tout au fond, sans fenêtre, encombré de paperasse et de livres en vrac sur les étagères et sur les meubles. Il sentait la poussière et le renfermé. Un petit meuble de rangement avait été écarté du mur. Elle se pencha.

Six tubes de colle extra-forte dans un trou du mur…

Bon Dieu… Lucia resta un moment le regard dans le vide. Puis elle se redressa et revint vers Güel à travers l'appartement. Il dut déceler que quelque chose avait changé, car il fronça légèrement les sourcils en la fixant.

— On a trouvé la colle, annonça-t-elle triomphalement en guettant sa réaction. Ma main au feu que l'analyse confirmera qu'il s'agit bien de celle utilisée pour coller mon coéquipier sur la croix… et aussi les couples de Ségovie et de Benalmádena…

Elle ressentit une brusque excitation. Là, face à eux, il avait été sur le point de dire quelque chose. Mais il garda finalement les lèvres serrées. Et, de nouveau, ce fut le silence.

Ils ne cherchèrent pas à le rompre. *Le fruit était mûr... prêt à tomber...* Il fallait parfois savoir perdre son temps pour en gagner.

Nouveau coup de tonnerre à l'extérieur. Des averses passaient rapidement sur la ville, entrecoupées d'éclaircies.

— Vous devriez…, finit-elle par dire.

Tout à coup, elle la boucla. Il venait de lever la main pour l'interrompre.

— Vous entendez ? dit-il en souriant. Le tonnerre… en novembre… Plus fréquent qu'on ne le croit. Contrairement aux orages d'été, les orages d'automne et d'hiver sont le résultat de conflits entre des masses d'air très froid en altitude et de l'air plus doux dans les basses couches.

Elle se demanda où il voulait en venir. Il les considéra l'un après l'autre d'un air rusé.

— C'est bon, dit Alfredo Güel sans se départir de son arrogance souriante, laissez tomber, je suis celui que vous cherchez : je suis « le tueur aux métamorphoses ».

55
Jeudi soir

— Alors ? demanda Salomón, l'air débraillé, un pan de sa chemise sortant de son pantalon, quand ils furent de retour à la caserne.

— Il a avoué, répondit-elle. Et on a trouvé la colle dans son appartement.

Le criminologue les contempla avec un réel étonnement. Sur quoi il émit un profond soupir.

— Bon sang ! (Il se passa une main sur la figure.) C'est incroyable ! Le recteur et le doyen de l'université viennent juste de m'appeler. Ils veulent donner une conférence de presse demain soir ! Je leur ai dit que je n'avais pas le cœur à ça, ajouta-t-il, et sa voix baissa d'une octave. Je crois bien qu'ils vont s'en charger eux-mêmes…

Elle se raidit.

— Une conférence de presse sur quoi ?

L'embarras se peignit sur les traits de Salomón. Lucia entendit le tonnerre au-dehors.

— Eh bien… sur le succès de DIMAS… Apparemment, les nouvelles vont vite. Et ils sont en train de retourner leur veste. Voilà que DIMAS leur apparaît soudain comme un formidable coup de pub pour l'université… « Une démonstration de la façon dont cette université allie le savoir traditionnel à la technologie la plus moderne et dont sa recherche trouve des applications concrètes dans tous les domaines », ce ne sont pas mes mots : ce sont ceux du recteur à l'instant !

Elle lui jeta un regard circonspect.

— Et il n'y a pas moyen d'empêcher ça ?

Salomón ouvrit de grands yeux.

— Lucia, cela fait des années que je me bats pour ce programme, que je me heurte au conservatisme et aux réticences de cette université. Et je ne suis pas le seul : Alejandro et Assa aussi ont participé à ce programme, ne l'oublie pas. Tout comme le reste du groupe. Quelqu'un doit en parler.

— Et elle aura lieu où, cette conférence ?

— Au théâtre Liceo, répondit-il.

— Dans un… *théâtre* ?

— C'est là que l'université donne pas mal de ses conférences, justifia le criminologue. En plus des pièces, des concerts et des films… C'est un très bel endroit.

— En tout cas, nous ne participerons pas à ça, décréta Peña, furieux. L'enquête n'est pas terminée ! Et vous ne livrez aucun nom, c'est compris ? Qu'il soit bien clair que nous n'allons pas filer des munitions aux futurs avocats de Güel ! Je savais bien qu'associer quelqu'un d'extérieur à cette enquête était une mauvaise idée, ajouta-t-il avec un coup d'œil en direction de Lucia.

Elle fit la grimace.

— Je crois en effet que cette conférence est prématurée, protesta-t-elle.

— On ne parlera pas d'Alfredo, suggéra Salomón. Ils n'auront qu'à dire qu'on a arrêté un suspect et exposer comment DIMAS a fait le lien entre plusieurs affaires. De toute façon, cette information a déjà filtré dans la presse… Et c'est aussi une manière de reconnaître votre travail…

Elle devina qu'il essayait de masquer son enthousiasme pour ne pas les contrarier davantage. Lui, son programme et son groupe – ou ce qu'il en restait – allaient connaître leur heure de gloire. Nul doute que bientôt le public connaîtrait l'existence de DIMAS et du groupe de criminologie de l'USAL. Et pourquoi pas, après tout, si cela l'aidait à faire le deuil de ses étudiants ?

— C'est bon, professeur, dit finalement Peña, en s'avançant jusqu'au distributeur de boissons chaudes. Je suppose que l'université se passera de notre autorisation de toute façon… Je vais quand même en parler à ma hiérarchie. Et ni Lucia ni aucun autre membre de l'UCO ne participera à votre petit moment d'autopromotion, on est bien d'accord ?

Il glissa une pièce dans l'appareil.

Un coup de tonnerre plus puissant que les autres fit trembler les murs et ils se retrouvèrent dans l'obscurité jusqu'à ce que le générateur de secours prenne le relais. La lumière revint. Mais c'était celle, faiblarde, orange et un brin sinistre des veilleuses sur les murs. En cette soirée de novembre, la pluie fouettait les vitres, le vent la poussait dans les rues et l'orage se déchaînait sur Salamanque.

Lucia allait ajouter quelque chose quand son téléphone sonna au fond de sa poche.

— D'accord, merci, dit-elle à son interlocuteur à la fin de l'appel.

Peña la dévisagea.

— C'était Arias. Il y a du neuf.

Alfredo Güel s'était de nouveau enfermé dans son mutisme. Il les regarda entrer avec la plus grande indifférence. Lucia trouva que la pièce évoquait, dans le halo orangé de la veilleuse, un cachot éclairé à la bougie à une époque lointaine.

Elle tira une chaise et s'assit, tandis que Peña restait debout près de la porte. Dans la clarté blafarde, les lunettes de Güel capturaient leurs deux silhouettes comme un fish-eye. Elle laissa passer un silence en écoutant le murmure de la pluie.

— Tu es un violeur, dit-elle finalement, mais tu n'es pas « le tueur aux métamorphoses », comme tu l'appelles.

Un tressaillement en face.

Elle avait enfin réussi à obtenir une vraie réaction. À percer la cuirasse. Elle soutint son regard étonné sans ciller. Et elle enfonça le clou :

— Ce n'est pas toi qui as tué ces couples, ni mon collègue…

Dehors, les « conflits entre masses d'air » se poursuivaient à grand renfort d'impacts de foudre autour de la ville.

— Tu t'es vanté de quelque chose que tu n'as pas fait.

Il parut légèrement agacé.

— Si, c'est moi.

— Ah bon ? Alors pourquoi tes empreintes digitales n'apparaissent pas sur les tubes de colle qu'on a trouvés chez toi ?

Elle lut la perplexité dans ses yeux. Elle avait vu juste.

— Parce que je les ai effacées, répondit-il après coup.

Elle se pencha vers lui, un sourire cruel aux lèvres.

— Pourquoi tu effacerais tes empreintes et tu conserverais la colle chez toi, dis-moi ? Pourquoi, au lieu de t'en débarrasser, tu la planquerais derrière un meuble ? Ça n'a pas de sens. C'est quelqu'un d'autre qui a effacé toutes les empreintes après avoir placé la colle chez toi à ton insu. Et ce n'étaient pas les tiennes mais les siennes qu'il voulait effacer.

— C'est idiot, dit-il du même air rusé. Pourquoi je m'accuserais ? C'est chez moi que vous avez trouvé la colle. Et vous l'avez dit vous-même : j'ai emprunté *Les Métamorphoses* à la bibliothèque. Je suis un violeur et un assassin. J'ai tué ces couples en m'inspirant du livre parce que, comme vous l'avez souligné, je ne supporte pas le bonheur des autres depuis que ma femme m'a quitté.

— Du livre ou des peintures ? demanda-t-elle.

— Quoi ?

— Tu t'es inspiré du livre ou des peintures ?

De nouveau, une hésitation dans ses pupilles.

— Tu es une belle saloperie, mais tu n'es pas le tueur que nous cherchons, répéta-t-elle. Tu as peut-être pensé au « violeur de l'ascenseur », qui a pris quatre-vingt-seize ans de prison à l'audience de Madrid le mois dernier[1], et tu t'es dit que, comme lui, tu ne sortiras pas de prison avant d'être très très vieux.

1. Pedro Luis Gallego, connu comme le « violeur de l'ascenseur », condamné en octobre 2019. Déjà condamné à 273 ans de prison pour deux meurtres d'adolescentes et dix-huit viols dans les années 1990 mais libéré en 2013 et récidiviste en 2016 et 2017.

Tu as un ego tellement surdimensionné, une telle soif de publicité et de gloire, tu souffres d'un tel trouble narcissique, Güel, que tu préfères t'accuser de crimes que tu n'as pas commis. Tant qu'à aller en prison pour des décennies, mieux vaut être « le tueur aux métamorphoses » qu'un violeur d'étudiantes : ça a quand même une autre allure, pas vrai, Alfredo ?

Il la toisa méchamment dans le halo orangé. Il avait sans nul doute une envie meurtrière en ce moment même. Puis le sourire revint.

— Je maintiens mes aveux, dit-il. Les charges contre moi sont accablantes. Avec mes aveux réitérés devant le juge, je serai condamné pour ça aussi. Que ça vous plaise ou non, lieutenante : *je suis* le tueur aux métamorphoses…

— C'est ce qu'on verra, dit-elle en se levant.

Elle quitta la pièce derrière Peña. Dans le couloir, Salomón lui demanda :

— Alors, d'après toi, ce n'est pas lui, c'est ça ?

— Non, ce n'est pas lui. Et je sais qui c'est.

56
Jeudi soir

— On ne l'a pas trouvé, dit Arias au téléphone. Il n'était pas en cours cet après-midi. Il n'est pas dans sa tente non plus. Personne ne l'a vu… Et impossible de le géolocaliser, il a dû balancer son portable.

— Continuez de chercher.

Elle raccrocha.

— Qui cherchez-vous ? demanda Salomón sans dissimuler sa curiosité.

— Un de tes étudiants. Quelqu'un du groupe.

Il eut l'air de tomber des nues. Lucia lut dans son regard qu'il était perdu.

— Quelqu'un de mon groupe… ? Et depuis quand tu as des soupçons ?

Elle le dévisagea.

— Quasiment depuis le début. J'ai pensé très tôt que ça pouvait être quelqu'un à l'intérieur du groupe. Que DIMAS, c'était presque trop beau… Tu as entendu parler de l'affaire Theranos ?

Il acquiesça. Theranos était une start-up américaine spécialisée dans la bio-tech et valorisée à des milliards de dollars qui prétendait avoir mis au point un test sanguin révolutionnaire ne nécessitant que quelques gouttes de sang prélevées au bout du doigt pour permettre la détection précoce de centaines de maladies. Sa fondatrice, Elizabeth Holmes, était devenue la plus jeune milliardaire de la Silicon Valley et se rêvait en Steve Jobs au féminin – dont elle copiait jusqu'au *dress code* –, enchaînant les conférences et les interviews pour la presse, laquelle s'était entichée de cette jeune femme charismatique, tout comme les fonds d'investissement, qui se bousculaient pour la financer. Jusqu'à ce qu'un journaliste sceptique, John Carreyrou, deux fois prix Pulitzer, peu convaincu par tout ce battage, enquête et découvre le pot aux roses : le test révolutionnaire n'existait pas, la machine, baptisée « Edison », n'avait jamais fonctionné et Theranos utilisait pour ses prétendues démonstrations des tests classiques de la concurrence ! Le scandale avait eu un tel retentissement aux États-Unis que Hollywood avait déjà mis un film en chantier et que Jennifer Lawrence était pressentie pour incarner la jeune arnaqueuse.

— Tu veux dire que DIMAS n'aurait pas vraiment trouvé de lien entre ces affaires, c'est ça ? dit Salomón, qui parut tout à la fois choqué et incrédule.

— Je veux dire qu'on l'a sans doute un peu aidé…

— Dans quel but ?

— Faire parler du logiciel, bien sûr. Ton groupe tient autant que toi à ce que DIMAS devienne célèbre. Tes étudiants aussi veulent être dans la lumière, Salomón.

— Tout le monde veut être dans la lumière de nos jours, commenta-t-il d'une voix presque éteinte.

— Même toi, le rembarra-t-elle gentiment. Avoue que cette conférence de presse te fait plaisir. Et, à ta place, je la donnerais moi-même : je reste convaincue que DIMAS est le logiciel dont la Guardia Civil a besoin. Et, comme tu l'as dit, ce serait une bonne façon de rendre hommage au travail d'Assa et d'Alejandro…

Il la regarda, perplexe.

— Ça ne peut pas être quelqu'un du groupe, objecta-t-il. Tu le sais bien.

— Ah bon ? Pourquoi ça ? Je sais ce que tu penses. Que le premier double meurtre a eu lieu il y a trente ans. Que les membres de ton groupe sont trop jeunes : ils n'étaient même pas nés à l'époque. Rappelle-toi ce que nous avons trouvé à Graus. Dans cette maudite *finca*. Peut-être que César Bolcán était bien l'auteur du premier double meurtre, que c'est lui qui a enlevé l'enfant du couple pour… ce que tu sais… Et que celui que nous traquons aujourd'hui est un imitateur plus jeune, qui d'une manière ou d'une autre a eu vent de ces meurtres.

— Mais qu'est-ce qui te permet d'affirmer qu'il fait partie de mon groupe ?

Ils se tenaient dans un des bureaux de la caserne. La panne d'électricité n'avait apparemment pas été résolue et dans le faible halo orangé on aurait dit une veillée funèbre.

— Une comparaison d'empreintes, répondit-elle.

— Quoi ?

Elle lui jeta un regard par en dessous.

— Quand j'ai commencé à avoir des soupçons, j'ai profité d'une de nos réunions dans le laboratoire pour… dérober près de l'évier le verre et la brosse à dents d'un de tes élèves. Ensuite, j'ai envoyé Arias à la bibliothèque récupérer l'exemplaire des *Métamorphoses* supposément emprunté par Alfredo Güel, relever les empreintes des employées pour les éliminer et en chercher d'autres sur l'exemplaire en question. Bingo. Il n'y avait pas les empreintes de Güel sur le livre, car Alfredo a commencé par dire vrai sur ce point : il ne l'a jamais consulté. En revanche, celui qui a emprunté le livre à la bibliothèque au nom de Güel ne pouvait pas le rendre en portant des gants : ça aurait attiré l'attention des employées, qui risquaient de s'en souvenir par la suite. Il n'a donc eu d'autre choix que de laisser ses propres empreintes sur la couverture du livre – les mêmes que celles que j'ai trouvées sur le verre et la brosse à dents… d'Ulysses Joyce.

— Ulysses… ? souffla Salomón, stupéfait.

Il se tourna vers Peña.

— Vous étiez au courant ?

Le chef du groupe Homicides, séquestrations et extorsions de l'UCO hocha la tête en tirant sur sa moustache.

— Je suis désolé, professeur, dit-il, mais on ne pouvait pas vous mettre dans la confidence à ce stade.

— Et Güel ?

— Il est évident qu'Ulysses n'a pas pu agir seul, dit Lucia. Mais je pense de moins en moins que Güel est un assassin. C'est Ulysses qui les a tués…

Elle descendit du bord de la table sur lequel elle était assise.

— On a pu joindre la police du Somerset et de l'Avon, dont dépend Bath. En Angleterre, un enfant est pénalement responsable à partir de l'âge de dix ans, et il peut donc avoir un casier judiciaire. D'après les informations qu'on a obtenues, Ulysses Joyce a fait l'objet de plusieurs arrestations pour des délits comme des cambriolages dans les maisons de ses voisins ou encore pour avoir tenté de mettre le feu à son école à plusieurs reprises entre l'âge de dix et quatorze ans. Après quoi, il s'est calmé.

— Soit parce qu'il a arrêté, enchaîna tristement Salomon en hochant la tête, soit… *parce qu'il est devenu trop malin pour se faire prendre*. Bon sang !

Il soupira et les regarda :

— En somme, il a le profil idéal…

57
Jeudi soir

— Tout le monde est vanné, décréta Peña. On reprendra l'enquête demain. Le lieutenant-colonel de la *comandancia* et moi, on va rester aux manettes pour cette nuit. Allez vous reposer. Je vous veux en forme demain matin…

— On va dîner ? proposa Salomón à Lucia avec un air de chien battu qui la dissuada de refuser.

L'électricité était revenue, mais l'orage n'en continuait pas moins de tournoyer au-dessus de la ville, cisaillant le ciel nocturne, découpant les silhouettes des deux cathédrales et des clochers. La pluie tambourina sur le toit du SUV pendant toute la durée du trajet vers le vieux centre, et la voiture cahota sur les pavés ruisselants quand ils pénétrèrent dans ses rues.

Ils choisirent un petit restaurant proche de la Plaza Mayor. Un endroit chaleureux, décoré de photos en noir et blanc, de céramiques et de jambons suspendus à une poutre au-dessus du bar. Un porc aux cèpes pour lui et des *chipirones rellenos* accompagnés de riz noir pour elle. Abîmé dans ses pensées, Salomón toucha à peine à son assiette.

— Quand je pense que je l'ai eu à côté de moi presque tous les jours et que je n'ai rien soupçonné, finit-il par dire en triturant nerveusement la mie de son pain. C'est vrai que c'est un garçon un peu bizarre et solitaire mais… un sociopathe… Moi, le « grand criminologue », je me suis fait rouler dans la farine par un gosse.

Lucia le regarda.

— Parfois, les choses sont juste sous notre nez et c'est pour ça qu'on ne les voit pas.

Il esquissa un sourire piteux.

— « La Lettre volée », dit-il.

— Quoi ?

— Rien. C'est une nouvelle d'Edgar Allan Poe, l'inventeur des énigmes policières… Tu crois vraiment que DIMAS n'a pas trouvé ces liens par lui-même ? Que c'est Ulysses qui a tout bidouillé ? Ça voudrait dire que le programme a échoué…

— Je ne suis pas une spécialiste, je n'ai aucun moyen de répondre à cette question.

La pluie coulait comme des larmes sur la fenêtre. Lucia aperçut son reflet hagard dans la vitre noire.

— Qu'est-ce que je vais bien pouvoir dire demain à la conférence de presse ? s'inquiéta-t-il.

— La même chose qu'avant : que DIMAS a été l'une des clés du succès de cette enquête, qu'il vous faut plus de financements, plus de moyens. On a besoin d'un tel programme, Salomón… Alors, vas-y, n'hésite pas à embellir la réalité. Après tout, Ulysses voulait assurer le succès de DIMAS en jouant les *copycats*, mais DIMAS a quand même repéré le lien entre les doubles meurtres, pas vrai ?

— Comment Ulysses a fait pour deviner que vous étiez à ses trousses, d'après toi ? demanda-t-il.

— Je n'en sais rien. Et puis, tu ne te demandes pas pourquoi il a pris ses « amis » pour cible ?

— Un couple heureux, proposa Salomón. Et il les avait tous les jours sous les yeux. Ce spectacle lui était insupportable, il a fini par craquer… Tu crois qu'il a quitté Salamanque ?

La vision périphérique de Lucia capta un mouvement à travers la vitre, dans la rue. Elle tourna vivement la tête. Rien qu'un passant courbé en avant qui s'empressait de rentrer chez lui sous la pluie battante ou de rejoindre la chaleur de son bar préféré.

— Je ne sais pas, dit-elle. Mais je ne serai pas tranquille tant qu'on ne l'aura pas arrêté.

Il pleuvait comme vache qui pisse et les gouttières vomissaient des rigoles sur le pavé crépitant de la rue Zamora quand ils pénétrèrent en courant dans le Dania Palace. Un vrai déluge. Ils n'avaient pas parcouru plus d'une vingtaine de mètres entre la voiture et la porte, mais ils étaient trempés. Salomón appela l'ascenseur en s'ébrouant comme un chien mouillé, envoyant des gouttelettes dans toutes les directions. Lucia vit une silhouette encapuchonnée passer en vitesse derrière les portes vitrées, au milieu des lueurs stroboscopiques de l'orage. Et elle réalisa à quel point elle était nerveuse.

L'exiguïté de la cabine la rendit presque claustrophobe. Sur le palier, Salomón déverrouilla la double porte de l'appartement et elle s'assura qu'il tirait bien les verrous derrière eux. Sous les assauts de l'orage, l'immeuble craquait comme une vieille personne.

— Si tu étais lui, demanda-t-elle, tu choisirais de filer comme un voleur ou tu finirais sur un coup d'éclat ?

Il ne réfléchit pas longtemps.

— Il est trop orgueilleux, trop sûr de lui. Il va vouloir reprendre la main. Se terrer quelque part, ce serait avouer sa défaite. Il va choisir le coup d'éclat…

Elle riva son regard au sien. Leurs vêtements s'égouttèrent sur le parquet quand ils les retirèrent dans l'étroit couloir tapissé de livres.

— Et tu choisirais qui comme cible pour ce coup d'éclat ?

Il lui retourna son regard d'un air lugubre.

— *Toi ou moi…*

Elle hocha la tête sinistrement.

— C'est aussi ce que je pense… Et pour passer à l'attaque, quel meilleur moment et quel meilleur endroit qu'ici, pendant qu'on dort ?

— Tu proposes quoi ?

— Tu n'as pas d'arme, je suppose ?

— Non. Pourquoi j'en aurais une ?

— Très bien, dit-elle, on va monter la garde à tour de rôle. Tu prends le premier quart. Fais-toi un café. Installe-toi dans le salon. Si tu entends le moindre bruit suspect, tu cries. J'ai le sommeil léger.

— D'accord, dit-il. Mais si jamais je m'endors ?

Elle plongea une main dans sa poche, en ressortit une boîte.

— Prends un cachet de ça. Un. Pas plus.

— Qu'est-ce que c'est ?

— Modafinil, un anti-endormissement puissant. Ça permet de rester éveillé pendant plusieurs heures.

C'est utilisé par les services d'intervention. Tu n'es pas cardiaque au moins ?

— Hmm, non, d'après mon toubib, j'ai un cœur de jeune homme, répondit-il en prenant la boîte. C'est pas un peu extrême ?

— Salomón, ni toi ni moi n'avons envie de nous endormir pendant qu'Ulysses rôde dans les rues en essayant de trouver le moyen de s'en prendre à nous.

— Très bien. J'ai compris. Va te coucher. Je ferai bonne garde.

— Je vais d'abord prendre une douche. Et je vais mettre l'alarme de mon téléphone à 3 heures. À tout à l'heure.

L'eau chaude la réchauffa, l'apaisa. Elle coulait sur sa peau, se frayait un chemin dans ses cheveux, le long de son corps. Sur ses épaules, sur sa nuque, sur son dos, sur l'image de Rafael les bras en croix. Puis Lucia se sécha, sécha aussi ses cheveux et entra dans la chambre. Elle alluma la lampe sur la table de chevet, s'allongea en peignoir – celui que lui avait fourni Salomón – dans le lit, composa un numéro. L'appartement était au dernier étage et elle entendait le vent gémir contre les tuiles.

— Lucia ? dit la voix de son ex-mari au téléphone.

— Salut. Tu peux me passer Álvaro ?

Un silence.

— Tu as vu l'heure ?

— S'il te plaît, Samuel : juste cinq minutes. Il se rendormira de toute façon. Il a le sommeil lourd le soir, tu sais bien…

— Non, Lucia. Désolé. Il est trop tard. Appelle demain.

Elle réfréna la colère qui montait en elle.

— Samuel, s'il te plaît… J'ai vraiment besoin de lui parler. Je ne pouvais pas plus tôt. J'ai eu une journée… difficile.

— On a tous des journées difficiles, Lucia. Qu'est-ce que tu crois ? Que tu es la seule à avoir des mauvais moments ?

— Samuel, gémit-elle, partagée entre la fureur et l'abattement. Je te promets que j'appellerai à une heure décente la prochaine fois… *S'il te plaît…*

— Désolé, Lucia. Appelle demain. Je ne réveillerai pas notre fils uniquement parce que tu te sens triste. Bonne nuit.

— Putain ! C'est ta pétasse qui t'a rendu aussi con ? Va te faire foutre, tu m'entends ? VA TE FAIRE FOUTRE !

Il y eut un silence au bout du fil. Puis il raccrocha. Assise contre les oreillers, à la tête du lit, il lui fallut plusieurs minutes pour faire redescendre sa colère, comme une lave qui refroidit lentement. Elle attendit ensuite que le sommeil vienne. Mais il ne vint pas. Trop de pensées sous son crâne, trop de stress.

Elle songea à son garçon. Puis à Ulysses.

Où était-il ?

Est-ce qu'il rôdait dans la nuit venteuse à la recherche de son *coup d'éclat*, comme elle en avait émis l'hypothèse ?

Que faisait-il en ce moment même ?

Il était peut-être en bas…

À surveiller leurs fenêtres. À chercher le moyen d'entrer et de s'en prendre à eux.

Il était tellement sûr de lui.

De sa supériorité intellectuelle.

Elle ne savait ni quand ni comment le coup viendrait, mais elle savait qu'il viendrait…

Oh oui, de ça elle était sûre.

Ulysses Joyce n'avait pas dit son dernier mot.

Peu après 2 heures du matin, elle se réveilla.

Elle jeta un coup d'œil au radio-réveil sur la table de chevet : les chiffres rouges avaient disparu. L'appareil était éteint.

Elle tendit la main vers la lampe. Rien. Noir complet. Elle sonda les ténèbres profondes de la chambre en direction de la fenêtre ; il lui sembla apercevoir une lueur entre les lourds rideaux tirés.

Elle se leva, fit le tour du lit à tâtons, écarta les rideaux.

Il y avait effectivement de la lumière dehors…

En bas, dans la rue, les réverbères étaient allumés ; elle les voyait à travers les stries de l'averse. Et la bulle lumineuse de la ville planait au-dessus des toits, rebondissant contre les nuages chargés de pluie. Merde… Un nouvel éclair flamboya. Il illumina l'intérieur obscur, entre les rideaux. Qu'est-ce qui l'avait réveillée ? Un éclair ? Ou bien avait-elle entendu un bruit ?

— Salomón ?

Pas de réponse. Le cœur de Lucia hésitait encore entre demi-fond et sprint. Elle prit son téléphone, le mit en mode torche, empoigna son arme sur la table de chevet. Fit monter une balle dans le canon.

Elle apprécia le poids du Beretta dans sa main gauche, la forme pleine et rugueuse de la crosse entre ses doigts, son index étiré le long du canon, au-dessus de la queue de détente, en position de sécurité.

— Salomón ? répéta-t-elle, plus fort.

Seul le silence de l'appartement lui répondit. Elle tendit l'oreille. Le vent et la pluie cependant continuaient de hurler à l'extérieur. Ça n'aidait pas. Elle lâcha un instant son téléphone pour ouvrir la porte de la chambre. Brandissant arme et téléphone devant elle, le bras droit tenant le téléphone en mode torche croisé sur le bras gauche tenant l'arme, elle bondit hors de la pièce.

Dans le couloir, les tranches des livres sur les rayonnages lui renvoyèrent le halo blanc. L'éclairage de son téléphone n'atteignait toutefois pas le grand salon plongé dans l'obscurité. Aucune lumière n'y brillait. C'était quoi, ce bordel ?

Lucia cligna nerveusement. Essayant de deviner ce qui pouvait se tapir dans la pièce emplie d'encre, elle s'avança. Lentement. Vit Salomón effondré dans son fauteuil.

Bon Dieu ! Elle s'approcha du criminologue, braqua le faisceau de son téléphone sur lui.

— Salomón !

Il tressaillit. Battit des paupières. Ouvrit les yeux. Le con, il s'était endormi ! Malgré le comprimé… Dès qu'il la vit, il se redressa, les yeux grands ouverts.

— Lucia ? Qu'est-ce qu'il y a ?

— Chut !

De nouveau, elle balaya le salon du regard, tournant sur elle-même.

— L'électricité est coupée, dit-elle. Pas dehors… Uniquement ici… *Je crois qu'il y a quelqu'un avec nous…*

Il se redressa. Il était tout à fait réveillé maintenant. Il serra sur lui les pans de sa robe de chambre comme s'il avait froid.

— Qu'est-ce que tu veux dire par « quelqu'un avec nous » ? Tu parles… d'Ulysses ?

Elle entendit la frayeur dans sa voix. Comme elle, il sondait du regard l'obscurité. Mais le sien était apeuré. De son côté, elle élimina mentalement le couloir et la chambre d'où elle venait.

Restait l'enfilade des autres pièces.

Cet appartement était vaste, il ne manquait pas d'endroits où se cacher.

— Qui d'autre ? répondit-elle.

58
Jeudi soir

Elle progressait à travers les pièces endormies, l'esprit effervescent ; le halo lumineux de son téléphone les réveillait, redistribuant sur son passage les ombres des meubles comme s'ils étaient vivants.

Le bruit feutré de ses pas et ceux de l'orage au-dehors étaient les seuls à déflorer le silence. Elle avait enfilé à la hâte un jean et un gros pull en laine, et elle avançait tel un soldat sur un champ de bataille, l'esprit détaché, analytique ; réflexes acquis, entraînement, instinct de survie, expérience trouvaient ici leur place.

La théorie des trois cerveaux a beau avoir du plomb dans l'aile, Lucia avait vraiment la sensation que c'était son cerveau archaïque qui avait pris le relais. Ou bien qu'il opérait tel un scan mental lui permettant de synthétiser des bribes d'informations issues de multiples données sensorielles.

Elle fit un pas de plus.

La porte de la cuisine… Elle se présenta dans l'encadrement, arme pointée. Au même instant, la foudre flamba à l'extérieur. Elle distingua les contours d'une forme qui se tenait debout en face d'elle une fraction de seconde avant qu'une langue de feu ne jaillisse au milieu de la silhouette. Elle éprouva une pression aiguë sur ses tympans quand la détonation explosa. Puis ils se mirent à siffler. Elle sentit la balle traverser le pull aussitôt après, effleurer son bras dans la seconde où elle se jeta de côté.

Dos collé au mur, à droite de la porte, sa poitrine se soulevant à un rythme rapide, elle tâta son bras.

Un trou dans la laine du pull et quelque chose d'humide en dessous – mais ça n'était ni très profond ni très douloureux. Plutôt une éraflure. L'instant d'après, elle avait bondi dans la cuisine, jambes pliées, presque accroupie, arme brandie, s'écartant immédiatement du seuil.

Elle vit que la double porte vitrée donnant sur la terrasse était ouverte. Les rafales de vent la rabattaient contre le mur et elle claquait ; la pluie entrait dans la cuisine.

Elle avait laissé tomber son téléphone quelque part quand le coup était parti.

Renonçant à sa lumière, elle courut à l'aveugle vers la grande terrasse, contournant la table où Salomón avait l'habitude de prendre son petit déjeuner. À temps pour voir la silhouette d'Ulysses enjamber la rambarde à l'autre extrémité et sauter en contrebas.

Elle traversa l'espace sous la pluie furieuse et se pencha par-dessus la balustrade.

Il galopait déjà sur les toits voisins.

— Ulysses, arrête-toi ! tonna-t-elle.

Elle se rendit compte qu'elle avait la voix rauque à cause de l'adrénaline. Le ciel nocturne de Salamanque était un nuancier d'orange, de jaune, de vert et de bleu zébré par la pluie. La grande lueur de la ville guidait

Ulysses dans sa fuite éperdue sur les toits sombres. Où espérait-il aller comme ça ? À son tour, passant l'arme dans la ceinture de son jean, Lucia enjamba la balustrade.

Elle se reçut sur un toit de tuiles aussi glissant qu'une patinoire et pentu, dévala malgré elle vers le bord. Son cœur remonta dans sa gorge quand elle aperçut le puits vertigineux d'une cour intérieure cernée de fenêtres obscures. Près de sa joue, l'eau tourbillonnait dans une gouttière et s'engouffrait ensuite dans un tuyau d'évacuation. Il y avait bien quinze mètres entre elle et le sol. Le vertige lui siphonna l'estomac.

Elle se redressa et gravit la pente glissante presque à quatre pattes. Chaque fois qu'un éclair l'illuminait, le toit ruisselant resplendissait comme un miroir. Elle se mit debout sur le faîte. Tremblante. Ulysses était à présent en train d'escalader un mur de deux mètres de haut pour accéder à une autre terrasse. Elle se rua à sa poursuite, plongea à plat ventre quand il se retourna et tira dans sa direction.

Elle n'entendit même pas le sifflement de la balle. Il ne la visait pas vraiment. Il cherchait plutôt à l'effrayer, à la ralentir. Elle se fraya comme lui un chemin à travers le dédale des toits, s'élança à son tour pour agripper le haut du mur et se hisser sur la terrasse suivante. Quand elle se rétablit, elle vit qu'il courait le long d'une grande verrière éclairée et disparaissait à l'angle d'un bâtiment.

Elle sortit son arme de sa ceinture. Elle était intégralement trempée. La pluie dégoulinait dans sa nuque et dans son dos, sous le pull imbibé. L'averse lui rinçait le visage. Elle cligna des yeux, ses cils pleins d'eau. Essuya sa figure à plusieurs reprises. La pluie était un obstacle. Mais elle se dit qu'elle gênait pareillement Ulysses. Fébrilement, elle cherchait une issue. Comment tout cela allait finir ? Par un duel au pistolet, comme dans les westerns ? Absurde.

Puis elle tomba.

En courant, elle allait atteindre l'angle du mur derrière lequel il avait disparu, quand son pied se prit dans un trou, la fit trébucher et partir en avant.

Une détonation...

Elle entendit le sifflement : la balle était passée tout près cette fois. Sa chute l'avait sauvée. Momentanément. Car elle se redressa sur un genou. Une douleur vive dans la cheville. Entorse. *Et elle le vit.*

À environ cinq pas, debout à l'extrémité de la terrasse, tournant le dos au vide.

Son arme braquée sur elle.

C'est alors qu'elle comprit. Que c'était terminé. Que ça s'arrêtait là. Elle avait perdu son Beretta en tombant. Quelle mort idiote. Ulysses la regardait, mais elle ne voyait pas ses yeux : son visage demeurait caché dans l'ombre de sa capuche ; elle ne distinguait que sa silhouette immobile et sombre à travers la pluie – et un vague reflet sur le canon de son arme. Qu'attendait-il ?

Tire, qu'on en finisse.

Elle écouta sa respiration. Elle tremblait. Une partie de son esprit attendait le coup fatal, l'autre tournait à plein régime. Elle compta.

Un.

Elle eut une pensée pour Álvaro. Elle ne reverrait pas son fils. Il grandirait sans elle.

Deux.

Et une autre pour Rafael. Personne ne la pleurerait. Personne ? Peut-être Peña et Arias la pleureraient-ils un peu et évoqueraient-ils ses exploits, peut-être feraient-ils d'elle une sorte de légende. Peut-être aussi sa sœur et sa mère, malgré tout. Et Adrián. Et Álvaro, bien sûr. Le tonnerre continuait de rouler dans le ciel nocturne. Elle respira.

Trois.

Qu'est-ce qu'il attendait, bon Dieu ? Elle haletait. L'eau de pluie entrait dans sa gorge. Elle toussa. Essuya encore une fois son visage.

Est-ce qu'il trouvait ça excitant de retarder le moment ? De la voir sans défense à ses pieds ? C'était bien ce que faisaient les individus dans son genre, non ? Ils se délectaient de la peur de leurs victimes. Ils jouissaient de leur toute-puissance. Ils retardaient le moment.

Tout à coup, un déclic en elle.

Et elle la sentit : la vague de rage, de volonté farouche, de désespoir qui montait comme une flèche des tréfonds, le pur instinct de survie resurgissant comme un animal blessé, son cerveau qui passait en pilotage automatique, tous ses muscles soudain tendus sans qu'elle eût bougé d'un pouce.

L'instant d'après, elle avait roulé sur elle-même aussi vite qu'elle avait pu. Deux fois.

Elle entendit claquer les détonations. Il s'était enfin décidé à tirer. Trop tard. Elle bondit dans sa direction et, en trois enjambées, elle fut sur lui, mains en avant, à la seconde même où il tournait son arme vers elle.

Cette fois, la balle lui traversa l'épaule.

Il s'envola. Littéralement.

Dans le ciel orangé de Salamanque. Un vol plané presque parfait. Comme Rafael… Un vol qui se termina six étages plus bas, par un choc mou sur le trottoir.

Elle s'approcha du bord, tenant son épaule, dans laquelle naissait un feu qui était une bonne chose, qui signifiait qu'elle était en vie.

Elle aperçut la forme étendue en bas. Il n'y avait même pas un passant pour prêter attention au corps inerte, à l'angle contre nature de son bras droit et de sa jambe gauche, à celui tout aussi bizarre que décrivait sa tête par rapport à son tronc – et au flot de sang qui jaillissait sous lui et formait une flaque s'élargissant de seconde en seconde, emportée par l'eau de pluie.

Ulysses Joyce était mort comme il avait vécu : seul.

Elle se força à bouger le bras de son épaule blessée. Elle ressentait une douleur lancinante mais supportable. Cela voulait dire que la balle n'avait brisé aucun os ni déchiré aucun muscle en profondeur.

Elle entendit la voix paniquée de Salomón qui l'appelait. Il criait si fort que celle-ci partait dans les aigus et on avait l'impression qu'il allait se déchirer les cordes vocales.

Elle refit le parcours à l'envers. Sur la terrasse, Salomón la regardait approcher et son sourire s'agrandit. Il l'aida à se hisser, la prit dans ses bras. La serra contre lui. Des frissons la parcoururent. Sans qu'elle pût dire si c'était de soulagement, de terreur rétrospective ou de chagrin.

La pluie croulait sur eux, leur tombait droit sur la tête. La pluie lavait le sang, lavait les péchés, lavait la fatigue.

— Il est mort, dit-elle.

— Tu es blessée…

— C'est superficiel.

Ils n'ajoutèrent rien. Combien de temps ils restèrent ainsi l'un contre l'autre, tremblants et ruisselants, elle n'aurait su le dire. Dans la nuit, le tonnerre faisait écho aux battements de son cœur.

59
Vendredi soir

Devant l'entrée du théâtre, Salomón Borges parlait avec deux hommes d'un certain âge en costume cravate et manteau d'hiver qui devaient être des pontes de l'université.

Il était près de 19 heures. Lucia se fraya un passage dans la foule se pressant vers les portes. Il y avait là des professeurs, des étudiants, des curieux, des officiels. Il y avait des robes du soir, de fausses et de vraies fourrures et même des nœuds papillons. On aurait dit qu'ils se rendaient au théâtre. Mais n'était-ce pas le cas, en fin de compte ?

La petite place du Liceo était noire de monde. Lucia se dit que les nouvelles allaient vite à Salamanque, et que tous ne réussiraient pas à entrer.

La télé était là aussi. Deux chaînes d'info. Équipes réduites, mobiles, équipement léger : temps nouveaux.

La sensation ne l'avait pas quittée de la journée. Celle qu'elle était à sa place, ici, ce soir : qu'elle faisait ce qu'il fallait. Elle s'était maquillée un peu plus qu'à l'ordinaire. Elle avait acheté une veste trop légère pour la saison au Zara du coin. Quelques heures plus tôt, la décision de la hiérarchie était descendue jusqu'à Peña et de Peña jusqu'à elle : non seulement on voulait en haut lieu que la conférence de presse se tienne, mais on voulait que l'UCO y participe.

— Tu ne vas pas y échapper, cette fois, avait dit Peña. Ça vient d'en haut, de très haut…

— Si haut que ça ?

Assis au deuxième rang, Héctor Delgado regarda autour de lui. Il reconnut de nombreux visages, en salua quelques-uns. Il était accompagné de sa très belle épouse – Manuela était sublime dans sa robe-chemise Alberta Ferretti sous un manteau Max Mara à capuche doublée de renard. Il avait confié les enfants à la baby-sitter : ce n'était pas une soirée pour eux. Il n'était nulle part écrit que l'accès à la conférence de presse était interdit aux moins de douze ans, mais tout le monde savait qu'on allait y entendre des choses qui n'étaient pas destinées à de jeunes oreilles. C'était sans doute pour cela qu'ils étaient venus si nombreux – par goût du scandale, du carnage… pour le sang, le frisson.

Le conseiller pour l'éducation de la junte de Castille-León avait la gorge un peu sèche. *Il était une des rares personnes présentes à savoir que la conférence n'allait pas se passer tout à fait comme prévu.*

Il leva les yeux, contempla les balcons circulaires qui sertissaient la salle d'un écrin joliment scintillant. Quel endroit merveilleux. Dire que le théâtre du Liceo avait été fermé pendant des années jusqu'à ce qu'en 2002, quand Salamanque avait été nommée capitale européenne de la culture, on l'ait réhabilité et restauré en retrouvant le dessin originel du XIXe siècle.

Puis il reporta son attention sur la scène lorsque les lumières s'éteignirent. On aurait vraiment dit qu'une pièce allait se jouer.

Delgado retint son souffle en les voyant monter tous les quatre à la tribune, prendre place l'un après l'autre derrière la longue table blanche hérissée de micros : Salomón Borges, le recteur de l'université, le doyen et enfin la lieutenante de l'UCO, Lucia Guerrero.

Son vieil « ami » le criminologue n'osait pas sourire, compte tenu des circonstances dramatiques qui les avaient tous conduits ici, mais le conseiller devina qu'il savourait ce moment. C'était son heure de gloire – et tout le monde rêve d'en avoir une.

Lucia parcourut l'assemblée du regard : le parterre du Liceo était plein à craquer. Elle n'avait guère l'habitude de se retrouver sous les feux de la rampe, encore moins devant plusieurs centaines de personnes, aussi attrapa-t-elle la bouteille d'eau minérale pour se donner une contenance. Elle aperçut Cordélia, Verónica et Haruki au premier rang. Ils avaient l'air de zombies. Elle constata qu'il y avait beaucoup d'étudiants dans la salle. Et aussi – à en juger par leurs tenues – pas mal de notables. La journaliste blonde, Candace Boix, était là également. Assise au deuxième rang, avec ses confrères venus de Madrid, elle souriait.

Le recteur commença :

— Bonsoir, mesdames et messieurs, ne perdons pas de temps. Je suis Valerio Molina, le recteur de l'université de Salamanque, et je vais tout de suite donner la parole à mon voisin, le professeur Salomón Borges, *catedrático* de la faculté de droit de l'USAL, qui va nous parler du programme DIMAS, développé par le groupe de criminologie qu'il dirige. Ce programme a permis la neutralisation la nuit dernière de rien de moins qu'un assassin en série qui a été arrêté dans notre ville. C'est un programme qui représente un grand espoir pour l'avenir des forces de sécurité de ce pays. Professeur Borges, c'est à vous…

Salomón s'éclaircit la voix et s'inclina vers le micro :

— Ahem… mesdames et messieurs, bonsoir… Je vois que vous êtes venus nombreux et qu'il y a aussi des journalistes… Ce n'est sans doute pas uniquement pour le volet *universitaire* de cette conférence… Je passerai tout à l'heure la parole à ma voisine, la lieutenante de l'UCO, Lucia Guerrero. Avant cela, je vais donc vous dire quelques mots, comme le recteur l'a évoqué, sur l'exploit technique et scientifique que nous avons réalisé à l'université, avec nos étudiants, exploit qui a contribué en partie, en partie seulement, à résoudre cette enquête difficile…

Il marqua une pause pour apprécier le silence qui, après le brouhaha, régnait maintenant dans l'enceinte du théâtre.

— Mais avant, je voudrais que nous ayons une pensée, continua-t-il, la gorge serrée, pour deux des victimes de cet assassin, deux étudiants de notre groupe de criminologie qui ont travaillé à ce projet, deux jeunes gens magnifiques, qui avaient l'avenir devant eux jusqu'à ce qu'un individu décide que leurs vies avaient moins de valeur que la satisfaction de ses monstrueuses pulsions. Je voudrais que nous rendions hommage aux doctorants Assa Diop et Alejandro Lorca. Nous ne les oublierons pas…

Il se tut, fixa l'assistance. Le silence plana un instant, aussitôt suivi d'une salve d'applaudissements. Lucia vit que Cordélia, Verónica et Haruki regardaient le bout de leurs chaussures, tête baissée. Au bout de cinq secondes, Salomón mit fin aux applaudissements.

— Je tiens aussi à remercier, déclara-t-il, ému aux larmes, le recteur Molina et le doyen Luque, ainsi que le conseiller pour l'éducation de la junte de Castille-León, Héctor Delgado, présent ce soir dans cette salle, d'avoir permis à notre université de mettre au point un logiciel qui, n'en doutons pas, sera un outil indispensable dans les années à venir pour les enquêtes criminelles conduites par les forces de l'ordre de ce pays. Ce logiciel, comme l'a dit M. le recteur, s'appelle DIMAS. Dimas, c'est dans la Bible ce personnage qui…

Elle se déconnecta momentanément. Elle savait peu ou prou ce qu'il allait dire. Elle savait aussi, bien que n'étant pas familière des usages universitaires, qu'il allait faire un certain nombre de détours et de circonlocutions avant d'en venir aux faits. Or c'étaient les faits qui l'intéressaient. *Les vrais et les faux*…

— … je ne vais pas m'attarder ici sur les notions d'intelligence artificielle et d'algorithme, poursuivait Salomón. Ça va peut-être vous paraître bizarre venant de quelqu'un qui dirige ce programme, mais je n'y comprends rien, et ce bien que mes étudiants aient tenté à de nombreuses reprises de m'expliquer comment tout ça fonctionne.

Quelques rires dans la salle, essentiellement parmi les étudiants.

— Mais enfin, nous savons tous comment l'intelligence artificielle est en train de révolutionner notre quotidien et de changer nos vies dans d'innombrables domaines. Pourquoi les enquêtes devraient-elles y échapper ? Disons simplement que DIMAS est un logiciel révolutionnaire, unique en son genre, capable de repérer des liens passés inaperçus entre des affaires et, ce faisant, de mettre la police ou la Guardia Civil sur la piste de dangereux criminels en série, qu'il s'agisse de crimes sexuels, de violences ou de meurtres.

Il regarda l'assistance.

— *Et c'est ce que DIMAS a fait*...

Il eut un geste de la main embrassant le public qui buvait ses paroles.

— Il a repéré, parmi les centaines de procédures avec lesquelles des bénévoles de la police et de la Guardia Civil ont alimenté DIMAS depuis deux ans, trois affaires distantes à la fois dans le temps et dans l'espace, mais comportant des éléments communs que personne n'avait remarqués. Soit parce que ces éléments étaient trop ténus et noyés dans le maquis de la procédure, soit parce que ces enquêtes ont été menées par des services éloignés géographiquement et ne communiquant pas entre eux.

Il expliqua dans le détail de quels éléments il s'agissait : les mises en scène, les jeunes couples en apparence heureux, les poses, la colle, les couleurs rouge et verte...

— Ces aspects, continua-t-il, nous ont amenés à comprendre que, pour mettre en scène ses meurtres, l'assassin s'inspirait du chef-d'œuvre d'Ovide, *Les Métamorphoses*, ce long poème qui renferme près de douze mille vers écrits en l'an 1 de notre ère. Ou plutôt de peintures de la Renaissance et du baroque, elles-mêmes inspirées du poème. Les trois peintures où l'assassin a trouvé son inspiration pour ses trois doubles meurtres sont : *Pyrame et Thisbé* de Jean-François de Troy, *Céphale et Procris* d'un artiste anonyme, et *La Mort de Hyacinthe* d'une école italienne du XVIIe siècle.

Il brandit trois reproductions au format A4, quoiqu'il fût évident que, passé le troisième rang, l'auditoire devait avoir du mal à distinguer les images. *Là, tu es en train de les perdre*, se dit Lucia. *Reviens aux faits : ce n'est pas une soutenance de thèse.*

— Par ailleurs, un exemplaire des *Métamorphoses* figurait dans la bibliothèque de notre faculté de droit. Plusieurs indices nous ont fait penser que c'était précisément de cet exemplaire que l'assassin avait extrait les messages anonymes qu'il nous a ensuite adressés. Ce fut sans doute sa plus grande erreur. Car nous avons pu ainsi remonter jusqu'à lui. Je laisse maintenant la parole à la lieutenante Lucia Guerrero de l'UCO. C'est elle et son service qui ont brillamment résolu cette affaire et mis l'assassin hors d'état de nuire.

Elle inspira à fond. But une gorgée d'eau minérale. C'était ce dont ils étaient convenus. Qu'elle prendrait finalement la parole. Même si le sujet de la conférence était DIMAS, les gens étaient aussi là pour l'affaire. Et, bien qu'elle détestât s'exprimer en public, ce soir elle n'y couperait pas. *Elle n'avait pas le choix*.

— Comme vous l'a dit le professeur Borges, enchaîna-t-elle, sans le programme DIMAS, nous n'aurions jamais fait le lien entre ces trois doubles meurtres, dont le plus ancien remonte à 1989. Hier soir, un jeune homme est mort. Il s'appelait Ulysses Joyce. Il était étudiant et membre du groupe de criminologie du professeur Borges. Il avait donc, ironie du sort, participé à la mise au point du programme qui a permis de le confondre. Ce n'est pas si surprenant que cela. Souvent les assassins en série aident la police à les démasquer, ça s'est vu. Ils ont faim de gloire, ils veulent être célèbres. Ils veulent qu'on parle d'eux. Parfois aussi, ils se sentent si supérieurs aux forces de police, ils ont un tel complexe de supériorité qu'ils pensent qu'on ne les capturera jamais, qu'ils parviendront toujours à nous échapper, même quand ils fournissent eux-mêmes certains indices…

Elle leva la tête. On aurait pu entendre une mouche voler. Tout le monde sentait que le laïus de Salomón n'avait été que le hors-d'œuvre, qu'on attaquait maintenant le plat de résistance.

— Ulysses Joyce répond parfaitement au profil que je viens de décrire : un jeune homme solitaire, d'une grande intelligence, à l'ego gigantesque, ayant faim de gloire et de célébrité. Qui plus est, exerçant une activité en rapport avec ses crimes, puisqu'il étudiait la criminologie. Ce qui est aussi un cas de figure bien connu. Nous avons toutes les raisons de penser que Joyce est l'individu que nous recherchions. Tout le désigne. Tout. Pourtant, je persiste à croire qu'Ulysses Joyce n'était qu'un leurre destiné à nous égarer, que *quelqu'un d'autre se dissimule derrière lui*…

Une onde de stupeur parcourut l'assemblée. Elle vit la perplexité se répandre dans la salle comme la marée noire d'un supertanker. Car elle venait tout juste de contredire son voisin.

Au premier rang, Cordélia Blixen et Haruki Tanizaki se redressèrent sur leurs sièges, Héctor Delgado fit de même au deuxième. Lucia surprit aussi le regard interloqué de la journaliste blonde.

— D'abord parce qu'il n'était pas né lors des premiers meurtres et que je ne crois pas à la théorie du *copycat*, de l'imitateur, qui seule expliquerait qu'il ait commis les suivants. Ensuite, à cause de ceci…

Elle brandit une enveloppe sur laquelle figurait son nom écrit au stylo-roller.

— C'est une lettre qui a été envoyée à mon intention à la Guardia Civil de Salamanque, je l'ai reçue ce matin. Les exemples de tueurs en série envoyant des messages anonymes à la presse ou à la police pour les mettre au défi de les attraper sont légion. Les plus connus sont ceux du Tueur du Zodiaque, d'Unabomber ou du Fils de Sam aux États-Unis. Ils jouent avec les nerfs des enquêteurs, ils les provoquent, les ridiculisent, ou bien ils exposent leurs motivations. *Mais cette lettre est d'un genre différent*… Elle n'a pas pour but de nous narguer. Elle a été écrite au contraire par quelqu'un qui cherchait à nous aider, à permettre la manifestation de la vérité, quelqu'un qui, j'en suis sûre, est présent dans cette salle ce soir…

Le murmure enfla jusqu'à devenir un quasi-grondement. Le recteur et le doyen tournaient vers elle des regards médusés – et elle vit que Cordélia, Verónica et Haruki écarquillaient les yeux. Tous étaient suspendus à ses lèvres.

— La personne qui a écrit cette lettre connaît très bien celui qu'il pense être l'assassin. Elle le connaît depuis l'enfance. Ils ont été à l'école, au lycée, et plus tard à l'université ensemble… Il décrit des symptômes et un contexte familial que les spécialistes des tueurs en série mentionnent souvent : cruauté envers les animaux et envers les autres enfants, refus de l'autorité, famille désunie, père violent, maltraitant, rapport amour/haine fusionnel avec une mère à la fois idéalisée et haïe… Selon cette lettre, à dix ans, l'assassin a planté la pointe d'un compas dans le front d'un de ses camarades de classe parce que celui-ci s'était moqué de sa petite taille. L'auteur de la lettre écrit aussi que les chats du quartier avaient tendance à disparaître, jusqu'à ce que la famille de son ami déménage. Il ajoute que tout le voisinage savait que son ami était frappé et maltraité presque quotidiennement par son père, et ce dès le plus jeune âge. Après que j'ai reçu cette lettre, nous nous sommes renseignés ; il se trouve que l'homme dont parle cette lettre a fait l'objet, dans sa jeunesse, d'un suivi psychiatrique pour les faits mentionnés, mais ce suivi a été abandonné peu de temps avant sa majorité, car les faits ne se sont plus reproduits…

Elle reposa l'enveloppe dans un silence de cathédrale.

— L'homme dont nous parlons a pourtant atteint une position élevée dans la hiérarchie sociale : il a fait de brillantes études, il a obtenu le titre de *catedrático* et ses cours sont parmi les plus appréciés des étudiants de cette université. Mais être connu dans le petit milieu universitaire ne suffisait pas à son immense ego. Il a voulu entrer dans l'histoire de la criminologie et dans les annales du crime. Bref, passer à la postérité.

Elle jeta un coup d'œil au talkie-walkie posé à côté d'elle, près de la bouteille d'eau minérale.

— Alors, poursuivit-elle, cet homme a élaboré un plan machiavélique pour accéder à cette gloire dont il rêvait tant. Il a décidé, comme certains scientifiques avides de reconnaissance que leur soif de notoriété finit par perdre, de truquer les résultats de ses propres expériences en commettant lui-même des crimes extraordinaires, des crimes extravagants, que son groupe de recherche résoudrait par la suite avec son aide et celle du logiciel qu'ils ont inventé. Pour cela, il lui fallait un complice capable de faire ce dont lui-même était incapable : travailler avec des ordinateurs et des algorithmes. Et il l'a trouvé en la personne d'Ulysses Joyce, étudiant en informatique doué, vaniteux, solitaire, mais aussi fragile, désaxé, manipulable. Et aux scrupules moraux inversement proportionnels à la taille de son ego. Qui sait, notre homme a peut-être passé des soirées entières à espionner les étudiants dans les cafés de Salamanque, à écouter leurs conversations, jusqu'au jour où il a déniché la perle rare – celui qui allait lui permettre de mettre son plan à exécution et qu'il a recruté dans son groupe.

— Lieutenante, lança le doyen exaspéré, arrêtez de tourner autour du pot et de lancer des accusations ! Venez-en aux faits : qui, au sein de cette respectable université, êtes-vous en train d'accuser ?

— J'y viens, monsieur le doyen, j'y viens. Cet homme avait déjà commis un double meurtre il y a trente ans sans se faire attraper. Il s'était déjà inspiré à l'époque, comme on l'a dit, des *Métamorphoses* d'Ovide. J'ai cru, au départ, que c'était parce qu'il admirait le poète. Car notre homme est féru de littérature : il a chez lui des milliers de livres. Puis j'ai compris une chose : ce n'est pas le poète exilé qu'il admirait. Non, ce qu'il admirait, c'était le pouvoir de l'empereur qui avait droit de vie et de mort sur ses sujets, qui pouvait briser des existences comme il a brisé celle d'Ovide. Bref, une fois son complice trouvé, il a mis son plan à exécution. Ulysses Joyce a fait semblant, en présence de son camarade Alejandro Lorca, qui ignorait tout de leur scénario machiavélique, de découvrir le lien que DIMAS avait révélé entre tous ces meurtres, et il a appelé leur professeur pour lui annoncer la bonne nouvelle… Mais, pour être sûr que cette affaire prendrait des proportions encore plus extraordinaires, il manquait un ingrédient : par exemple, une enquêtrice qui avait déjà fait la une des journaux pour une autre affaire tout aussi retentissante…

Elle reprit son souffle, jeta un coup d'œil vers sa droite. Le visage de son voisin avait perdu toute expression, une goutte de sueur glissait sur sa joue. Une énorme rumeur enflait dans la salle. Elle avança la tête vers le micro, éleva la voix pour couvrir le brouhaha.

— Il a donc assassiné un de mes collègues en le collant à une croix, puis a feint de trouver l'information concernant ce dernier meurtre dans le journal et de le relier aux autres meurtres identifiés par DIMAS à cause de la colle mentionnée dans l'article. J'ai commencé à avoir des soupçons quand j'ai moi-même reçu une lettre anonyme dans un hôtel de Ségovie où je séjournais avec l'homme dont nous parlons. J'ai d'abord cru que l'assassin nous avait suivis jusque-là, puis je me suis dit qu'il y avait une solution plus évidente.

À côté d'elle, Salomón Borges se leva tranquillement de sa chaise. Lucia ne fit rien pour le retenir : toutes les issues étaient contrôlées.

— L'auteur de la seconde lettre, celle que j'ai reçue ce matin, celle écrite par cet homme qui le connaît si bien, dit aussi qu'il a perdu de vue son ami pendant quelques années, vers la fin des années 1980, une période qui correspond au premier double meurtre. Je me suis renseignée : après son doctorat, notre homme est parti enseigner à Saragosse, d'où était originaire son épouse.

Il est probable qu'il en a profité pour faire des séjours dans le haut Aragon. Nous ignorons encore le mobile de ce premier double meurtre, tout comme nous ignorons la raison pour laquelle il a cessé de tuer – s'il a vraiment cessé – pendant vingt-six ans. Mais nous espérons qu'il nous éclairera sur ce point, une fois que nous l'aurons interrogé.

Elle tourna la tête, vit Salomón s'éloigner sans hâte et disparaître dans la coulisse. Elle attrapa le talkie-walkie de sa main valide – elle avait le bras gauche en écharpe –, pressa une touche et dit : « Tenez-vous prêts, il arrive. »

— Aujourd'hui, notre homme est criminologue ici même : à l'université de Salamanque. Il était assis à côté de moi il y a encore un instant. Eh oui : il s'agit bien du professeur Salomón Borges…

Un « oh ! » retentissant parcourut l'assemblée.

— Lieutenante, s'exclama le doyen, ça suffit ! Ce n'est pas un endroit pour… !

— Cette nuit, poursuivit-elle sans se démonter, Ulysses Joyce, son complice, m'a tiré dessus. Je suppose que le professeur Borges l'avait convaincu de le faire parce que je représentais une menace trop grande pour eux. Ça ne s'est pas passé comme prévu. Lorsque le jeune Joyce a braqué sur moi le canon de son arme, il n'a pas tiré tout de suite et j'ai pu le désarmer. Sur le coup, j'ai pensé que c'était parce qu'il savourait ce moment. Je crois maintenant que c'était parce qu'il allait tuer quelqu'un pour la première fois. Voilà pourquoi il a hésité avant de tirer. Ça m'a sauvé la vie. Et, au fond, la mort d'Ulysses Joyce arrangeait bien Salomón Borges. On tenait un coupable et plus personne ne pouvait le dénoncer. (Elle brandit à nouveau l'enveloppe qu'elle avait trouvée ce matin-là à la Guardia Civil.) Plus personne… *à part l'auteur de cette lettre.*

— C'est moi qui l'ai écrite, lança solennellement le conseiller pour l'éducation en se levant devant l'assemblée stupéfaite, car je suis convaincu, mesdames et messieurs, que la lieutenante a raison !

— Monsieur le conseiller ! s'emporta le doyen d'une voix tonitruante. Qu'est-ce qui se passe ici ? Vous pouvez m'expliquer ce cirque ?

— Le déclic, ça a été quand ces deux étudiants ont été assassinés, ça a confirmé mes soupçons ! poursuivit Delgado sans tenir compte de l'interruption.

— Lieutenante ! Lieutenante ! grésilla une voix dans le talkie-walkie. La cible s'est échappée !

Elle se mit à courir, gênée par son bras en écharpe.

60
Vendredi soir

— Je l'ai pas vu arriver, dit le garde civil qui avait le visage en sang. Il a surgi des coulisses, et il m'a frappé sur le crâne de toutes ses forces avec ce truc avant que j'aie pu faire quoi que ce soit.

Il montrait une fausse épée en bois peint qui gisait sur le sol et qui avait sans doute servi dans une représentation récente.

— Putain ! s'écria-t-elle. Je vous avais dit d'être sur vos gardes !

Elle jeta un rapide coup d'œil autour d'elle. Il y avait de fait pas mal de coins d'ombre où se planquer dans le dédale obscur des coulisses encombrées d'éléments de décor, de rideaux et de mobilier hétéroclite.

— Bouclez le quartier ! lança-t-elle.

— C'est déjà fait. Il y a des agents partout, dans toutes les rues, de toute façon. Il n'ira pas loin.

— On reparlera de votre négligence plus tard…

L'agent au visage ensanglanté pâlit, elle secoua la tête en repoussant de sa main valide la barre métallique de la porte de secours. Un couloir aux murs défraîchis recouverts de crépi jaunâtre. Elle repartit au trot sur le revêtement en résine époxy. Un choix se présenta quand elle fit irruption dans un couloir perpendiculaire au premier.

Droite ou gauche ? À gauche, il y avait une double porte vitrée. Elle se dit qu'il ne connaissait pas les lieux, il avait dû choisir la porte, plutôt que de s'engager à droite dans ce qui pouvait être une impasse.

Elle la franchit.

Elle regarda autour d'elle. Une scène de théâtre, encore une fois : une grande cour intérieure profonde, aux murs de brique percés de dizaines de petites fenêtres carrées. Éclairée par quatre réverbères. Une demi-douzaine de bancs disposés en rectangle. Tout était symétrique, géométrique, épuré, artificiel. D'une sobriété angoissante. Une prison. Ou une résidence étudiante.

Elle chercha Salomón des yeux, mais il n'y avait personne.

Elle allait s'élancer à gauche quand il apparut de l'autre côté de la cour, marchant vers elle. Il avait dû trouver porte close et rebrousser chemin. Ou bien il avait vu les agents dehors, dans la rue. Il stoppa net lorsqu'il la vit. Elle braqua son arme de sa main valide, légèrement déséquilibrée par son bras en écharpe.

— Ne bouge pas !

Il leva les mains.

— Qu'est-ce que tu vas faire si je n'obéis pas : me tirer dessus ?

— Ne bouge pas, salopard !

Il fit la grimace.

— « Salopard » ? Et notre amitié, tu en fais quoi, Lucia ? C'est important pour moi, ton amitié. Tu es quelqu'un que j'apprécie beaucoup… Même si je t'ai un peu… manipulée.

— C'est fini, Salomón ! Tu vas avoir ce que tu voulais : tu vas devenir célèbre. Mais en prison.

Il secoua la tête.

— Tu n'as aucune preuve. Tout ça, ce sont des hypothèses. Qu'un excellent avocat démontera. Aucun jury ne va croire à une histoire aussi abracadabrante !

— C'est vrai qu'on manque de preuves… Mais en prenant la fuite, tu t'es désigné toi-même comme le coupable… Ce qui était précisément le but de mon intervention…

Elle leva brièvement les yeux. Il y avait de plus en plus de monde aux fenêtres. Des jeunes gens. Elle ne s'était pas trompée. Une résidence étudiante. Ils étaient des dizaines à se pencher et à observer cette femme qui braquait un pistolet sur un homme. *Un public*... Pour l'ultime représentation.

Elle pensa : « troisième acte, scène finale ».

— C'est terminé, Salomón, tu as perdu la partie. Ce soir, c'est Waterloo… Qu'est-ce que tu as fait de l'enfant ? Je veux savoir !

Elle leva un peu plus haut le canon de son arme.

— Tu l'as tué de tes propres mains ? Ou bien César Bolcán était ton complice et vous l'avez fait ensemble ? Réponds !

Il hésita, secoua la tête, eut l'air choqué tout à coup.

— Jamais de la vie ! Le gosse, c'était un accident… Je ne l'avais pas vu, il était planqué derrière les sièges de ses parents. J'étais… j'étais en train de finir ma mise en place quand une voiture s'est arrêtée. Un garde civil en est descendu et il m'a mis en joue ni une ni deux. Cet homme, c'était César Bolcán ! Il se rendait à son travail ce matin-là et, comme tous les matins, il empruntait la route des tunnels… Le camion arrêté l'a intrigué. Déformation professionnelle, je suppose… Un manque de chance qui s'est avéré être une chance pour moi, en réalité… Car c'est lui qui, en jetant un coup d'œil à l'intérieur du véhicule, a découvert la présence du garçon. À partir de là, son attitude a complètement changé. Il m'a posé plein de questions, il m'a obligé à lui montrer mes papiers d'identité. Il voulait savoir qui j'étais, pourquoi je faisais ça, mais on n'avait pas beaucoup de temps : à tout moment quelqu'un pouvait passer et, même si on ne voyait pas les corps de la route, pouvait s'arrêter. Au bout de quelques minutes, il m'a dit de m'en aller. Je lui ai dit : « Et le gosse ? » Il m'a répondu : « Je m'en occupe. » J'ai filé sans demander mon reste ! Et je n'ai plus jamais entendu parler du gamin jusqu'à…

Après quoi, se dit-elle, Bolcán avait sans doute caché le gosse quelque part puis avait rejoint son travail, où il avait été envoyé sur la scène de crime avec son coéquipier Miguel Ferran, après que l'automobiliste qui avait trouvé les corps eut appelé la Guardia Civil… Et, sur place, Bolcán avait fait mine de les découvrir pour la première fois. Elle entendit une cavalcade derrière elle. D'autres membres de la Guardia Civil l'entourèrent, braquant leurs armes sur Salomón.

— À genoux ! cria l'un d'eux.

Il obéit, sous les yeux des dizaines d'étudiants penchés aux fenêtres. *Jusqu'au bout, ils auront été son public*, pensa-t-elle.

— C'est au musée que tout a commencé, dit-il.

— Au musée ?

Elle le regarda, interloquée. Il avait joint ses petites mains blanches sur la table dans la salle d'interrogatoire et il se racla la gorge.

— Oui… La lettre d'Héctor disait vrai au sujet de ma mère… Je l'aimais au-delà de tout, je la vénérais, je la haïssais. C'était une très belle femme. C'était aussi une femme de mœurs légères. Elle m'emmenait tous les dimanches au Prado quand j'avais une dizaine d'années, et elle m'abandonnait devant le même tableau en me disant de rester sage et de ne pas bouger…

Il sourit, et une tristesse infinie, presque enfantine, se peignit sur ses traits.

— Il y a plusieurs peintures inspirées des *Métamorphoses* au Prado. Celle devant laquelle ma mère me laissait était une grande toile de Rubens, de deux mètres sur trois : *Mercure et Argos*, salle 79, dans laquelle le dieu abat son épée sur le cou d'Argos, le berger chargé par Junon de surveiller la nymphe Io, maîtresse de son mari Jupiter, que la déesse jalouse a changée en vache. Il n'existe aucune peinture au monde dont je connaisse mieux chaque détail.

Il avait demandé à être seul avec elle ; Peña avait accepté à condition que l'audition soit filmée.

— Et puis un jour, je devais avoir dix ans, j'en ai eu marre de rester assis là, au milieu de cette salle, et je suis parti à la recherche de ma mère. C'était tôt le dimanche, comme d'habitude, et le musée était pratiquement désert… J'ai fini par la trouver dans un coin, entre deux gardiens. Je n'ai pas compris exactement ce qui se passait, mais en voyant ma mère les embrasser et leurs mains sur ses cuisses et sous sa jupe, l'enfant que j'étais a senti que quelque chose n'allait pas, que c'était bizarre et dégoûtant, et ça m'a presque rendu malade. Je l'ai appelée. Elle m'a alors regardé. Je ne lui avais jamais vu un regard pareil, elle paraissait devenue une autre. Elle était… ailleurs. Elle s'est arrachée aux mains de ces hommes qui riaient, et elle m'a entraîné rapidement vers la sortie en me menaçant de tout un tas de choses si j'en parlais à papa.

Lucia aurait aimé croire que l'enfant d'alors n'était pas encore le monstre qu'il allait devenir par la suite. Mais rien n'était moins sûr. On trouvait toujours quelque chose dans la vie d'une personne pour excuser ses actes, pour lui pardonner, se dit-elle. C'était pourtant la responsabilité qui, à ses yeux, faisait le poids de nos actes. Pas le pardon. Si tout était pardonnable, alors plus personne n'était responsable de rien.

— Très bien, dit-elle, tu avais cette colère en toi, cette frustration, cette rage, cette envie de punir quelqu'un pour ce que tu avais vu, pour la… trahison de ta mère… Mais à quel moment l'idée de ce double meurtre a germé ?

Il plongea son regard dans celui de Lucia.

— C'est quelque chose que j'apprends à mes élèves, dit-il, il faut des années pour qu'un fantasme de cette nature atteigne ce degré de sophistication. Et il commence généralement à se développer très tôt. Dans mon cas, cela a lentement mûri à partir de mes dix ans, je crois…

— Les tunnels, c'étaient tes premiers meurtres ?

— Mm-mm. Mais pas mes premières mauvaises actions…

Elle haussa un sourcil.

— Quelques vols, dit-il. Et un petit garçon que je persécutais chaque fois que j'en avais l'occasion. J'incitais mes camarades à faire de même. Il pleurait beaucoup.

Lucia eut l'impression de devenir toute froide.

— Et ensuite… ?

— Tu l'as dit, j'enseignais à Saragosse. J'ai toujours aimé la montagne, la nature. Les week-ends, je séjournais à Benasque, dans les Pyrénées, pas loin de la frontière française. Le lac était sur la route entre Benasque et Saragosse. Je voyais ce lac, cette jolie pelouse ensoleillée, ces baigneurs, les pédalos, les skieurs… Un jour, je me suis arrêté. Je voulais simplement nager et profiter du soleil. Il y avait ce couple à côté de moi. Ils avaient l'air si heureux. J'ai commencé à m'intéresser à eux, à les suivre pendant mon temps libre, et, petit à petit, mon vieux fantasme a pris une forme plus concrète, et j'ai senti que je devais le réaliser, que c'était le moment… Qu'est-ce qui déclenche le premier passage à l'acte d'un tueur en série, hein ?

— Et ensuite, dit-elle, sceptique, vingt-six ans sans récidiver ? Vraiment ?

— Ensuite, il y a eu Begoña.

— Ton épouse…

— … morte d'une saloperie de cancer en janvier 2015…

Il parut tout à coup très vulnérable.

— Comme je te l'ai dit, dès notre premier dîner, j'ai su que ce serait la femme de ma vie… mais aussi qu'elle pourrait faire taire mes démons… Elle avait cette lumière et cette force d'âme qui pouvaient leur faire barrage.

Il soutint le regard de Lucia.

— Oh, bien sûr, pendant toute cette période, il est arrivé de temps en temps que mes démons me rattrapent et refassent surface… Mais jamais je ne suis allé jusqu'au meurtre…

Lucia frémit, se retint de lui demander de quelle façon ses démons le « rattrapaient ». Plus tard. Elle voulait avancer.

— Mais ce n'est que quand elle est… *partie* que j'ai véritablement réalisé à quel point Begoña avait été pendant toutes ces années ma boussole, mon roc, ma sœur autant que mon amante…

— Janvier 2015, dit Lucia. Deux mois plus tard, en mars, tu tuais le couple de Ségovie…

Elle vit la rage flamber dans ses yeux.

— Oui. Je tuais leur bonheur. Comme pour le couple du lac, je suis tombé sur eux par hasard, en me promenant en ville. J'ai toujours aimé cette cité. Je me suis mis à les suivre dans les rues de Ségovie, à les espionner. J'ai découvert où ils habitaient. Ils avaient l'air tellement heureux. Je venais de perdre l'amour de ma vie, je ne pouvais pas tolérer un bonheur pareil.

— Et tu avais déjà tué. Longtemps avant. Tu savais ce que cela fait…

Il la regarda. Un regard pénétrant, noir, d'où toute lumière était absente.

— Oui. Mais la première fois, c'était juste une… *expérience*. La concrétisation d'un vieux fantasme.

— Et ensuite ?

— Ensuite, je suis revenu souvent le soir observer ce couple. Ségovie n'est qu'à une heure et demie de route de Salamanque, comme tu le sais. J'ai appris leurs habitudes, j'ai découvert leurs petits secrets : par exemple la jeune boulangère de vingt ans à qui l'homme rendait visite une fois par semaine… On croit connaître les gens mais, au fond, on ne sait rien d'eux tant qu'on n'a pas commencé à fouiller dans tous leurs vilains petits secrets, pas vrai ? Et bien sûr, comme la première fois, je me suis inspiré des *Métamorphoses*.

— Après cela, il y a eu la Costa del Sol : Benalmádena.

Il hocha la tête.

— Oui. J'étais en vacances là-bas à l'été 2018. J'ai d'abord observé le couple depuis la plage. Eux aussi avaient l'air terriblement heureux. Ça riait, ça faisait la fête, ça se pelotait, ça n'avait aucune honte à narguer la populace qui s'entassait en bas. Tout seul au milieu de la foule des baigneurs, je me suis mis à les haïr. Et puis, j'ai découvert que la maison d'à côté était à louer. Une villa luxueuse, qui n'avait pas trouvé preneur. Alors, j'ai eu l'idée de m'y installer sous une fausse identité : Naso… Comme Ovide. C'était drôle, non ? Tu connais la suite… Le portrait-robot qu'ils ont fait de moi n'était pas du tout ressemblant. Il faut dire que je m'étais rasé la barbe et que je ne quittais jamais ma casquette et mes lunettes de soleil. Pour en revenir à DIMAS, l'année dernière le projet était bien sûr déjà en route, mais les résultats se faisaient attendre. Alors, j'ai pensé à utiliser mes meurtres pour donner un… hum… os à ronger à DIMAS… Et cela a marché au-delà de mes espérances.

— Et Ulysses ?

Son visage s'illumina.

— Ulysses, c'est le coup de pouce du destin… Quand j'ai entendu cette histoire sur les deux étudiants qui avaient piraté l'ordinateur d'un de leurs professeurs à la faculté des sciences, j'ai voulu les rencontrer. Dès que je leur ai parlé de DIMAS, ils se sont montrés très enthousiastes. Et j'ai tout de suite su, en voyant Ulysses, à qui j'avais affaire : un sociopathe.

Un sourire s'étira sur ses lèvres.

— Et, grâce à Ulysses, j'ai réussi. Je suis entré dans vos têtes. J'y ai laissé une empreinte qui ne s'effacera jamais. Je serai dans tes cauchemars, Lucia. Pour toujours.

Elle se retint de lui faire une réponse cinglante.

— Pourquoi avoir tué Alejandro et Assa ? demanda-t-elle.

— Alejandro avait surpris une conversation entre Ulysses et moi dans la faculté quelques minutes plus tôt. Je ne pouvais pas prendre le risque qu'Assa ou lui te parlent.

— Et comment Ulysses a fait pour savoir qu'on était après lui ? Même toi, tu n'étais pas au courant…

Il émit un grognement.

— Ulysses n'en savait rien, il a paniqué, c'est tout. Il avait de plus en plus peur que tu remontes jusqu'à nous… Je suppose que la mort d'Alejandro et le sentiment que l'étau se resserrait l'ont convaincu de prendre le large… Ça ne l'a pas empêché de m'envoyer ensuite des messages d'un téléphone inconnu, me demandant de le rappeler. Ce que j'ai fait. Il était perdu, il ne savait pas quoi faire. J'ai profité que tu dormais pour le raisonner et le faire venir à l'appartement, où je lui ai remis l'arme que je conserve depuis mon premier double meurtre. Cela dit, le couteau, quand on sait s'en servir, c'est beaucoup plus discret et plus amusant qu'une arme à feu…

— Revenons à l'enfant, revenons au petit Óscar, dit Lucia d'une voix soudain très froide.

Elle le vit se raidir.

— Tu n'as pas terminé ta phrase tout à l'heure, dans la cour : tu sais ce qu'il est devenu, pas vrai ? lança-t-elle.

Il ne put s'empêcher de sourire. Un sourire appréciateur, provocant.

— J'ai tout de suite su, dès que je t'ai vue, que tu allais me donner du fil à retordre, plaisanta-t-il. Oui, c'est vrai. Je ne mentais pas quand j'ai dit que je n'ai pas cessé de penser à cet enfant pendant toutes ces années…

— Alors ?

— Alors j'ai repris contact avec César Bolcán…

— Quand ?

— Il y a quatre ans, après les meurtres de Ségovie. Je suis retourné là-bas, j'ai débarqué chez lui.

— Alors, César t'a reconnu l'autre jour…

— Oui… Mais évidemment il ne pouvait rien dire devant toi…

— Et, il y a quatre ans, tu lui as demandé ce qu'il avait fait de l'enfant…, prononça-t-elle, le souffle court.

L'atmosphère s'était alourdie d'un coup. Il acquiesça lentement.

— Oui… Le petit Óscar, le garçon qu'on n'a jamais retrouvé… Moi, je sais ce qu'il est devenu… Il est devenu… Ángel.

Elle sursauta.

— Ángel est Óscar ?

Il lui adressa un hochement de tête.

— Vraiment ? Comment Bolcán a-t-il fait pour l'élever à l'insu de tous pendant tout ce temps ?

— Tu as entendu parler, je suppose, de l'affaire Natascha Kampusch… Cette Autrichienne enlevée à l'âge de dix ans et séquestrée jusqu'à ses dix-huit ans dans une cave ? Ou encore de Jaycee Dugard, séquestrée par un couple pendant dix-huit ans après avoir été enlevée en voiture devant un arrêt de bus. À chaque fois, les victimes gagnaient peu à peu en liberté, en autonomie. Ça a été pareil pour Ángel… Ou Óscar… Sauf qu'il n'a jamais essayé de s'évader… Il a passé les premières années de captivité dans le dortoir souterrain de la *finca*, sans témoins, loin de tout. Puis, petit à petit, Bolcán l'a autorisé à monter au rez-de-chaussée, puis à sortir jouer dehors. Et, un beau jour, il l'a présenté officiellement comme son aide à domicile. Apparemment, Bolcán se saignait aux quatre veines pour Ángel, qui ne manquait de rien. Et, étonnamment, Ángel ne manifestait aucun désir de se séparer de son ex-ravisseur. Peut-être Bolcán le tenait-il par la drogue.

Lucia secoua la tête, incrédule.

— Et jamais Ángel n'a été tenté de le dénoncer ? Ils étaient amants ?

Borges haussa les épaules.

— Je ne connais pas la nature exacte de leur relation. Tout ce que je sais, c'est qu'un lien étrange s'est développé entre eux. Ángel était très attaché à Bolcán.

— En parlant d'attaches, dit Lucia, son suicide : tu y es pour quelque chose ?

Il hésita.

— Disons que, avec Ulysses, César était la seule personne qui pouvait te permettre de remonter jusqu'à moi… Je n'avais pas pensé à Héctor… Tant qu'il était libre, César ne m'aurait certainement pas dénoncé : il se serait dénoncé lui-même par la même occasion.

Mais j'ai commencé à craindre que tu ne l'arrêtes. Ou qu'on finisse par découvrir ses crimes. Si César tombait, j'étais sûr qu'il m'entraînerait dans sa chute.

— Comment tu as fait ? On était ensemble tout le temps… Ángel a disparu après la mort de Bolcán. Il t'a aidé ?

Salomón acquiesça.

— Tu te souviens de la nuit qu'on a passée à Graus ? Tu m'as vu discuter avec ces jeunes sur la place. Ils m'ont révélé où Ángel dealait et je suis allé le trouver. Je lui ai proposé de l'argent pour m'écouter, je lui ai dit que j'avais quelque chose de très important à lui dire. Il était un peu méfiant au début, mais l'argent a un effet des plus remarquables sur ce jeune homme et, quand il a vu les billets, il m'a suivi. Je lui ai dit que je savais qui il était, tout ce qu'il avait vécu et aussi le genre de choses qui se passaient à la *finca*. Après ce que m'avait dit Bolcán quatre ans plus tôt, j'étais presque sûr que, de victime, Ángel était devenu bourreau et complice de César, qu'il avait désormais les mêmes pulsions que l'homme qui l'avait kidnappé. J'avais raison. Je lui ai foutu la trouille de sa vie. Je lui ai dit qu'il allait finir ses jours en prison avec César, qu'il n'y avait qu'un moyen d'y échapper : se débarrasser de Bolcán. Et disparaître. Je lui ai donné une grosse somme d'argent – je le répète : Ángel aime beaucoup l'argent – et il m'a dit qu'il savait comment s'y prendre…

— C'est donc Ángel qui a pendu César dans la grange… Et il ne s'est pas demandé pourquoi tu voulais la mort de Bolcán ?

— Bien sûr que si. Il a dû penser que j'étais un des nombreux types passés par la *finca* au fil des ans…

Quelqu'un qui voulait effacer ses traces… Mais, contrairement à Bolcán, Ángel ne sait pas qui je suis ni ce qui s'est passé dans les tunnels à l'époque.

— À moins que Bolcán ne le lui ait dit…, suggéra Lucia perfidement.

Salomón secoua la tête.

— Non, non, Ángel ne sait rien. Je m'en serais aperçu. Je suis très doué pour percer les gens à jour, Lucia, ne l'oublie pas.

— Et Miguel Ferran ? Le garde civil qui s'est pendu ?

— Je suppose que c'est César qui l'a tué – mais il ne me l'a jamais clairement dit, et je l'ai perdu de vue après ma dernière visite il y a quatre ans…

Lucia prit une longue inspiration.

— Donc, c'est aussi toi qui as tué mon collègue avec l'aide de Schwartz… Comment tu as recruté Schwartz ?

Un sourire éclaira son visage, et Lucia comprit à quel point cet homme était fou.

— Il y a des tas de forums et d'endroits sur Internet où on peut rencontrer des gens comme lui, Lucia, pour peu qu'on sache où chercher. On s'est d'abord parlé en ligne, avant de se rencontrer. Gabriel, comme tu le sais, avait quelques petits problèmes mentaux. Avec l'aide des drogues que vous avez trouvées dans son sang, j'en ai fait ma… créature.

— Pourquoi mon collègue ? demanda-t-elle d'une voix où perçait une colère aussi tranchante qu'un couteau. Pourquoi lui, pourquoi Sergio ?

— Parce que c'était ton coéquipier… Quand j'ai décidé de t'inclure dans mon jeu, toi aussi je t'ai observée, suivie, avant de passer à l'attaque… Comme tous les autres… C'est ma façon de procéder.

Lucia avait le visage empourpré. Elle ne parvenait plus à contrôler sa jambe sous la table. Elle se pencha vers lui.

— Contrairement à ce que tu as dit dans cette lettre que tu m'as laissée à l'hôtel, gronda-t-elle, nous n'avons rien en commun, Salomón. J'ai cherché, mais je n'ai rien trouvé…

— Oh que si, glissa-t-il en souriant.

Il se pencha et posa sur elle un regard qui était celui – avide et d'une inquiétante fixité – d'un varan devant un œuf de crocodile ou d'un bébé tétant le sein de sa mère.

— Tu devrais chercher mieux que ça, Lucia. Nous sommes pareils, toi et moi : trop lucides pour nous faire des illusions sur le reste de l'humanité, trop intransigeants pour pardonner, trop intraitables pour faire des concessions, et *nous envions le bonheur des autres*…

— Il est minuit douze, l'interrogatoire est terminé, signifia Lucia en se redressant et en faisant signe à la caméra.

Épilogue

Une matinée d'automne. Une matinée glaciale mais un ciel clair, lumineux. Quand les jours raccourcissent et font dire que la vie ressemble à cela : des années qui passent de plus en plus vite, un printemps merveilleux, un brillant été, un automne, puis l'hiver.

Elle a garé sa voiture devant une des maisons mitoyennes en brique de la rue Cascanueces, qui ferait penser, n'étaient le soleil éclatant et les pins parasols, à une banlieue chic anglaise. Une rue proprette dans un quartier rupin à l'est de Madrid : l'oasis résidentielle de Conde de Orgaz, où on trouve des ambassades, des célébrités et un lycée français.

Elle se dit que jamais elle n'aura les moyens d'offrir un tel cadre de vie à Álvaro. Elle n'a qu'une peur : que la nouvelle compagne de son ex-mari le transforme en petit lord habitué à tout obtenir sans le moindre effort, qui deviendra un jour un adulte arrogant et méprisant.

Soudain, la porte s'ouvre. Álvaro apparaît en haut des marches, dans le soleil matinal. En compagnie de son père et d'Alicia, aussi grande et blonde que Lucia est petite et brune.

Sans s'en rendre compte, Lucia serre si fort les poings sur le volant que ses jointures en deviennent blanches. Une respiration – puis elle descend du véhicule, un sourire plus factice qu'une copie de *La Joconde* sur les lèvres. C'est Alicia qui porte la petite valise rouge de son fils. Elle lui ébouriffe les cheveux, lui murmure quelque chose, et Álvaro s'élance vers sa mère, comme s'il n'attendait que ce signal. Lucia l'étreint de toutes ses forces, le soulève, puis le repose sur le trottoir pour prendre la valise que lui tend la jeune femme.

— J'ai mis dedans ses cartes Pokémon – il ne s'en sépare jamais –, ses chaussures de marche et aussi sa crème pour les piqûres d'insectes…

Lucia sait. Elle a mis la même dans son bagage, mais elle ne dit rien. Álvaro est allergique à la moindre piqûre d'abeille, de guêpe ou d'araignée, et elle a l'intention de l'emmener loin de la ville. Et de ce quartier.

— Et n'oublie pas, ajoute Alicia, pas de fruits secs…

Cette fois, Lucia lui jette un regard noir. C'en est trop.

— Il était déjà allergique avant que tu apparaisses, réplique-t-elle.

Le visage de la grande femme blonde est pivoine – et Lucia savoure cette minuscule et mesquine victoire.

— Tu es sûre que ce week-end à la campagne, c'est une bonne idée ? lui demande Samuel.

Elle ouvre la portière arrière sans répondre, attend que son fils soit monté, retourne au volant.

— Je vous le ramène lundi, lance-t-elle.

Le regard qu'ils échangent n'échappe pas à Lucia, mais qu'est-ce qu'elle en a à foutre ? Elle a son fils pour trois jours. Elle démarre doucement, la maison s'éloigne dans le rétroviseur. À l'arrière, Álvaro bavarde déjà, tout excité, ses cartes Pokémon étalées sur les genoux. À côté de lui, un Rafael qui n'existe que dans l'imagination de Lucia, à jamais figé dans ses seize ans, parle et plaisante avec son neveu. Au volant, la lieutenante de l'UCO Lucia Guerrero sourit, les yeux légèrement embués, tandis que la lumière dorée de l'automne danse sur le pare-brise en traversant les feuillages.

Le téléphone sonne. Numéro inconnu. Elle hésite. L'appel bascule sur le répondeur. Le soleil clignote entre les derniers feuillages. Conde de Orgaz est l'une des oasis les plus verdoyantes de Madrid. Elle sourit. Elle va dire quelque chose à Álvaro quand ça sonne de nouveau. Même numéro.

Elle attrape l'appareil sur le siège passager.

— Allô ?

— Vous êtes Lucia ?

Elle se tend. Elle ne reconnaît pas la voix, mais le ton ne lui dit rien de bon.

— Oui…

— Je m'appelle José, je suis urgentiste. On a trouvé votre numéro dans la cuisine de Mme Guerrero… Elle a appelé les urgences. Elle ne se sentait pas bien. Elle était dans le coma quand on est arrivés. On la transporte à l'hôpital.

REMERCIEMENTS

L'un des aspects les plus enthousiasmants de ce métier, ce sont les rencontres qu'on y fait dans la préparation de chaque roman. Comme toujours, ce livre n'aurait pu être écrit sans l'aide et les éclairages d'un certain nombre de personnes à Madrid, à Salamanque, à Paris et à Graus (province de Huesca). Chacune à sa façon a contribué à ce que cette histoire ne s'égare pas trop loin du réel malgré les gaffes qui s'y trouvent sans doute et qui sont toutes de mon fait. Après tout, si on veut s'affranchir totalement du réel, autant écrire de la science-fiction.

Mes remerciements les plus sincères vont donc à Eduardo A. Fabián Caparrós, professeur titulaire de droit pénal à l'université de Salamanque, qui enseigne également la criminologie, et à son sympathique groupe de doctorants et de docteurs : Berta Álvarez Arranz, Cristina Fernández Gonzalez, Javier Sánchez Bernal, María Quintas Pérez et Selena Tierno Barrios. Grâce à eux, j'ai pu comprendre (un peu) le fonctionnement de l'USAL et aussi situer la tente d'Ulysses dans cet incroyable sous-sol (où il y a vraiment des portraits de Charles Manson et de Ted Bundy). L'enseignement en criminologie dispensé par Salomón Borges dans le livre ne ressemble cependant ni de près ni de loin à celui de l'USAL, bien qu'il s'appuie sur quelques ouvrages sérieux. De la même manière, le groupe d'Eduardo A. Fabián Caparrós ne traque pas les tueurs en série et DIMAS n'existe pas !

Mes remerciements vont ensuite à Eduardo Hernández Pérez, le « gardien des livres », bibliothécaire à l'érudition captivante de la fabuleuse bibliothèque historique de l'université, qui nous a ouvert les portes de ce saint des saints interdit au public – où sont conservés des milliers d'incunables et de manuscrits, ainsi que 60 000 livres publiés entre le XVIe et le XIXe siècle – et qui nous a si gentiment accueillis. Malheureusement, ce décor extraordinaire n'a pas trouvé sa place dans cette histoire, contrairement à la moderne bibliothèque Francisco-de-Vitoria de la faculté de droit de Salamanque, dont nous avons pu découvrir les réserves les plus secrètes grâce à la complicité de sa directrice, Mariate Soria Alonso (qui ne ressemble aucunement au personnage de Vanessa).

Ils vont à Cruz Morcillo, journaliste et auteure spécialisée dans les enquêtes criminelles pour la presse écrite, la radio et la télévision espagnoles : tant son ouvrage *Departamento de homicidios, una memoria de la España negra* (Libros del K.O., 2021) que ses réponses à mes questions ont été d'une aide précieuse ; à José Jiménez Córdoba, de Graus, qui a les clés de l'impressionnante basilique de la Virgen de la Peña, et qui m'a permis de grimper sur le toit – où j'ai presque eu autant le vertige que Lucia –, ainsi qu'à son épouse Maria Amparo Mur Armisen et à l'Association des

Amis de la Peña. Puisqu'on est à Graus, mes plus chaleureux remerciements à Pedro Colomina Lafalla, à Maria Gloria Lomillos Sopena, à Javier Lomillos Sopena et à Renate Rozeboom pour leur accueil, et à leurs enfants (pour le *botellón*), ainsi qu'à la Guardia Civil du haut Aragon, dont les membres n'ont pas souhaité être cités, mais qui n'ont été avares ni de leur temps ni de leurs informations. Non loin de là, à Lérida, mes remerciements vont à Rafa Melero, inspecteur adjoint du corps des Mossos d'Esquadra et auteur de noir, qui m'a donné lui aussi quelques renseignements fort utiles. De même qu'à José Manuel Carboneras Martinez, garde civil affecté à l'investigation au commandement d'Almansa (Albacete).

Pour les détails du rapport d'autopsie que Lucia a entre les mains, je suis redevable à Gastón Intelisano, criminaliste, radiologue, technicien d'autopsie, enseignant et officier de police judiciaire de la province de Buenos Aires. De son côté, Begoña, de la librairie La Galatea de Salamanque, m'a vendu une très belle édition du *Quichotte* avec 356 gravures de Gustave Doré, mais j'ai remis à plus tard l'acquisition de la fameuse édition Ibarra (quatre volumes in-quarto datant de 1780) ; elle a donné sans le savoir son prénom à un personnage.

Enfin, comme toujours, ma reconnaissance va aux gens de ma maison d'édition : Bernard Fixot, Édith Leblond, Renaud Leblond, Stéphanie Le Foll, Anissa Naama, Catherine de Larouzière, Bruno Barbette, David Strepenne, Roxana Zaharia, Marine Papillon, Marie Salle et les autres, et, *last but not least*, Sarah Hirsch et Ève Sorin, qui travaillent à rendre mes livres presque parfaits. Je dois également remercier toute l'équipe des éditions Pocket, qui a porté l'année dernière l'édition de poche de *La Vallée* vers les sommets. Et puis, je dois mes précieux contacts espagnols à l'entregent et aux réseaux de Lucia… pardon : de Laura, qui a peut-être quelques points communs, qui sait, avec mon nouveau personnage…

OUVRAGES CONSULTÉS

John Douglas et Mark Olshaker, *Mindhunter, dans la tête d'un profileur*, trad. de l'anglais par Agathe Fournier de Launay, Neuilly-sur-Seine, Michel Lafon, 2017.

Cristina García Rodero, *Espagne occulte*, Paris, Contrejour, 1990.

Vicente Garrido Genovés et Patricia López Lucio, *El rastro del asesino, El perfil psicológico de los criminales en la investigación policial*, Barcelone, Ariel, 2006.

Ian Hacking, *L'Âme réécrite, étude sur la personnalité multiple et les sciences de la mémoire*, trad. de l'anglais par Julie Brumberg-Chaumont et Bertrand Revol, Le Plessis-Robinson, Institut Synthélabo, « Les Empêcheurs de penser en rond », 1998.

Daniel Keyes, *Les Mille et Une Vies de Billy Milligan*, trad. de l'anglais par Jean-Pierre Carasso, Paris, Calmann-Lévy, 2007.

Cruz Morcillo, *Departamento de homicidios, una memoria de la España negra*, Madrid, Libros del K.O., 2021.

Patrick Morvan, *Criminologie*, Paris, LexisNexis, 2019.

Ovide, *Les Métamorphoses*, trad. du latin par Georges Lafaye, Paris, Gallimard, « Folio », 1992.

Ovide, *Les Tristes – Les Pontiques*, trad. du latin par Danièle Robert, Arles, Actes Sud, « Babel », 2020.

José Antonio Sánchez Sánchez (dir.), *Medicina legal y forense I et II*, Valence, Tirant lo Blanch, 2018.

Andrés Sotoca Plaza, José Luis González Álvarez et Lucia Halty Barrutieta, *Perfiles criminales, Principios técnicas y aplicaciones*, Madrid, Síntesis, 2019.

« Les Métamorphoses » d'Ovide illustrées par la peinture baroque, trad. du latin par Georges Lafaye, Paris, Diane de Selliers, 2003.

Salamanque artistique et monumentale, Zamora, Edilera, 2015.

À mes lecteurs espagnols, et aussi à mes lecteurs allemands, américains, anglais, arabes, australiens, autrichiens, belges, bulgares, canadiens, coréens, danois, grecs, hollandais, hongrois, indonésiens, israéliens, italiens, japonais, latino-américains, lettons, norvégiens, polonais, québécois, roumains, russes, serbes, slovaques, sud-africains, suisses, taïwanais, tchèques, turcs, ukrainiens, vietnamiens, et d'abord à mes lecteurs français, chaque jour plus nombreux :
merci.

CRÉDITS PHOTOGRAPHIQUES

P. 357 : *Céphale et Procris* (artiste anonyme).
Huile sur toile, XVIIe siècle.

P. 358 : *La Mort de Hyacinthe* (école italienne du XVIIe siècle).
Huile sur toile, XVIIe siècle.

P. 359 : *Pyrame et Thisbé* (Jean-François de Troy).
Huile sur toile, XVIIIe siècle.